玄幻故事集

ANCIENT SORCERIES AND OTHER WEIRD STORIES

〔英〕阿尔杰农·布莱克伍德 著　　穆从军 等 译

人民文学出版社
PEOPLE'S LITERATURE PUBLISHING HOUSE

Algernon Blackwood
Ancient Sorceries and Other Weird Stories

Simplified Chinese edition copyright © 2016
by Shanghai 99 Readers' Culture Co., Ltd.
All rights reserved.

图书在版编目(CIP)数据

玄幻故事集 /(英)阿尔杰农·布莱克伍德著;穆
从军等译.—北京:人民文学出版社,2016
  (域外聊斋)
ISBN 978 - 7 - 02 - 011757 - 4

Ⅰ.①玄… Ⅱ.①阿… ②穆… Ⅲ.①故事-作品集
-英国-现代 Ⅳ.①I561.45

中国版本图书馆 CIP 数据核字(2016)第 139156 号

责任编辑:卜艳冰
特约策划:邱小群   骆玉龙
封面插画:杨 猛
封面设计:高静芳

出版发行 人民文学出版社
社   址 北京市朝内大街 166 号
邮政编码 100705
网   址 http://www.rw-cn.com

印   刷 山东德州新华印务有限责任公司
经   销 全国新华书店等

开   本 890 毫米×1240 毫米 1/32
印   张 10
字   数 306 千字
版   次 2016 年 11 月北京第 1 版
印   次 2016 年 11 月第 1 次印刷

书   号 978-7-02-011757-4
定   价 39.00 元

如有印装质量问题,请与本社图书销售中心调换。电话:010 - 65233595

目　　录

怪人史密斯

"我在医学院读书时，碰到好几个非常古怪的人，其中有个人令我至今难忘，他让我产生了有生以来最不安但却最真切的感觉。"火光下，医生侧过身，面向围坐的听众开始讲述道。

"最初几个月，我只知道有个叫史密斯的租客住在我的楼上，无疑，这个名字与我没有丝毫关系。我整天忙于上课、读书、会诊，以及诸如此类的事情，哪有闲工夫去认识别的房客。不久，一个机缘巧合让我们碰在了一起，这个叫史密斯的家伙第一次就给我留下了深刻的印象。我那时并不清楚这一印象的力道，不过，以我现有的阅历回头看那段时间，我得承认他把我的好奇心提升到了非比寻常的程度，同时也唤醒了我的恐惧心。要知道对于医学生来说，这两种情感深埋于心，只有在非常特殊的环境和自我意识非常强的情况下才会启动。

"我至今也没搞清他是怎么知道我有研究语言的兴趣的。有天晚上，他悄无声息地来到我的房间，开门见山问我希伯来语[1]掌握得怎样，是否足以帮他拼读一些单词。

"我丝毫没有拒绝他的请求，能为他提供需要的信息，我甚至感到受宠有加。然而，当他向我表示感谢、消失后，我才意识到刚才我对面的那个人颇不寻常。生活当中，我并不擅长揣度别人的性格特点，但这个人一下子让我有些刮目相看，他有不同常人的兴趣，交流方式也大异于人，他的世界似乎非常遥远，不同寻常，让我顿生敬畏之感。

---

[1] 希伯来语是犹太人的民族语言，是世界上最古老的语言之一。"希伯来"意为"土生土长的以色列人"，它没有元音字母，只有22个辅音字母，其文字从右往左书写。许多文学作品和文献是用希伯来语创造出来的，今日则主要保留在基督教《圣经》和大量犹太教法典及文献之中。

　　"他消失的那一瞬间，我意识到了两件事情：一是迫切想进一步了解他，看看他真正的兴趣到底是什么；二是真切地感到浑身起满了鸡皮疙瘩，毛骨悚然。"

　　说到这儿，医生停了停，狠狠地吸了口烟斗，事实上，烟早已灭了。四周一片寂静，听众们沉浸在故事当中。有人捅了捅火炉，让火烧得更旺。还有几个人瞄了一眼大厅远处的黑影。

　　医生看着火炉吐出的火焰，继续讲道："回想起来，那是一个矮小精壮、年约四十五岁的中年人，膀阔腰圆，手却很纤小。这一特征非常鲜明，当时我就想这个大块头和如此纤细的手指是怎么长在同一个人身上的。他的脸又大又长，毫无疑问，这是一张比较理想的面孔，只不过下巴发育得太快。我那时对相术知之甚少，说不清那样一张脸代表什么。现在看来，那是一张热情、坚定和理性的面孔，是梦想家和空想家所不具备的。

　　"总之，这个人令人浮想联翩，似乎无所不能，就像一台摆幅很大的座钟。

　　"他的头发很茂密，鼻子和嘴角线条分明，犹如雕塑一般。最值得一提的是他的眼睛，大大的眸子变幻莫测，不光是色彩丰富，形状大小似乎也在不断变化。有时候，那双眼睛就像是别人的，我的意思是说，它们会同时呈现出斑驳的蓝色、绿色和不知名的深灰色，恶狠狠的眼光让整张脸看起来有些可怕，我得承认那是我见过的人类身上最明亮的眼睛。

　　"啰里啰嗦说了这么大一通，那个人就是史密斯。一个冬天的夜晚，我在爱丁堡的寒舍第一次见到他。实际上，真正的他，我还没有讲到，因为那是难以言状、无法描述的。我说过，他所到之处都会造成一种不安而又冷漠的气氛，我在这里不可能把他带给我的各种讶异——分析一遍，但我的确一见他就产生了高度戒备，每条神经都绷得紧紧的，各个器官都处于警戒状态。我没有说他身上发出的危险信号是故意为之，但他与生俱来的力量会不由自主地提醒我的神经系统要保持戒备。

　　"自打我们第一次见面，我又体验了很多，看到了很多难以理解的事情。有生以来，我唯一一次遇到的令人不快的人，就是史密斯。他一出现，必有怪事发生，总是让我感到神秘莫测，心里发慌。

　　"我不知道他白天都在干什么，有时会发现他一直睡到日落。白天，没有人看到他在楼梯间露面，也没有人听到他的房间有任何走动声。显然，他怕光喜暗，有如鬼魅。房东太太对他一无所知，也不愿意谈论他，至少，她没有看出来史密斯有什么问题。我常想他用了什么魔力，让一个普通的出租屋房东太太变得如此谨言慎行。单此一点，足以说明史密斯天赋异禀。

　　"我得到的唯一一条信息就是：'他在这儿住了很多年，比你早多了。只要他付房租，和我无关的事，我都不会干涉，也不会去打听。'毫无疑问，这条信息等于没说，我也不好意思进一步追问了。

　　"后来有一段时间，由于各种考试、紧张的医学学习，我完全忘记了史密斯先生。他也有很长一段时间没再找我，而我也没有勇气再见这位不速之客。

　　"就在这时，为我提供生活来源的人遭了财产变故，为了节约开支，我不得不从一楼搬到更为简陋的顶层小间，它的下层就是史密斯的房间，所以，我要回房间，就必须经过他的门口。

　　"我那时正好是大四，晚间常常被叫出去看妇科病，有时回家已是凌晨两点左右。令我吃惊的是，当我走过他的门口，还能听到屋内有说话的声音。而且，楼道还飘溢着一种特别的香味，但又不像是香精的味道。

　　"我蹑手蹑脚上了楼，心里直犯嘀咕，这个时候是谁在和史密斯说话呢？因为我清楚史密斯从来就没有客人。我一只脚踏在楼梯上，在门外迟疑了片刻。我对这个怪人的兴趣又都恢复了，甚至有了立即采取行动的冲动，也许可以从此了解这个酷爱夜晚和黑暗的人的某些生活习惯。

　　"说话的声音清晰可闻，谈话由史密斯主导，另一个声音时断时续，穿插其间，不知道讲了什么。虽然他们的声音清晰可辨，但我却没有听懂一句话。后来，我才意识到他可能说的是外国话。

　　"脚步声也能听得很清楚，他们两个在房间里来回绕圈子，不时地经过门口。听得出来，一个人的脚步声比较轻盈，另外一个人的脚步声比较笨拙。一个人的声音连续低沉单调，经过门口时声音大些，然后逐渐减弱。另一个人似乎也在动，但节奏似有不同，我听到很快的脚步声，跌跌撞撞，有时会停下来，由于走得太快，还发出猛烈撞击墙壁或家具的声音。

"再听屋内的声音，我开始有些担心了。凭本能判断，史密斯可能遇到了麻烦。我隐约有一种冲动，想要敲门询问他是否需要帮助，但我得承认那只是一闪念的冲动而已。

"不过，还没等我行动，甚或还没来得及思考，一个声音就在我的身边响起，我肯定这是史密斯在低声讲话，但这个声音却并没有穿门而出。它离我那么近，就好像史密斯站在我身旁。我惊出一身冷汗，努力抓住楼梯栏杆，以免跌倒，防止在梯子上发出'嘚嘚'的声音。

"那声音清晰地说：'你帮不了我，还是待在自己的房间安全。'

"我几步并作一步逃到顶楼，用颤抖的手点亮蜡烛，赶紧把门闩上。我至今为自己当时的狼狈不堪羞愧不已，可没办法，当时我就是那副熊样。

"这段子夜惊魂，虽然有些奇特，事儿不是很大，但它却前所未有地点燃了我对史密斯的好奇心，总是让我在脑子里把他和恐怖、不信任联系在一起。如前所言，我很长一段时间没见过他，和他没有任何交流，但是，我们好像心心相印，他周围某种奇特的力量渗入我的身体，让我感到惴惴不安。每到天黑，我觉得顶楼仿佛为鬼魅所盘踞。表面上，我们的生活没有任何交集，但在思想上，我必须极力抵抗他的纠缠。我感到他在利用我与我的意志互搏，让我渐渐丧失理解力。

"而且，我那时和大多数初通解剖学与神经系统的医学生一样，绝对信奉唯物主义，武断地认为医学可以操控宇宙，一切生死尽在掌握之中。我认为自己'洞察一切'，把物质以外的信仰都视作不值一驳的胡言乱语，最多也就是看作未经训练的思想。在这种情况下，楼下传递的那种令人沮丧的恐惧开始逐渐占据我的心灵，而且有增无减。

"我没有记录后来发生的事件，但它们给我留下的印象太深，让我终身难忘，一桩桩犹如历历在目，我可以轻松忆起与史密斯有关的每件事，件件都是在用生命历险。"

医生停了停，把烟斗放在身后的桌子上。炉火小了，也没有人去拨一拨。大厅一片寂静，烟斗碰到桌面的回音在远处的黑暗中都能清晰可闻。

"一天晚上，我正在看书，房门开了，史密斯走了进来，他根本不在意什么礼节。那时已是十点过后了，我很疲倦，但是，他的出现让我顿时振作起来。我还想礼貌一番，他却置若罔闻，直接让我拼读几个希伯来语单词，完后突然问我是否有一本他称作《拉比论文选》的非常珍稀的著作。

"他是怎么知道我有这部著作的，我大感讶异，但是，令我更吃惊的是，我还没来得及回答他的问题，他已跨过房间，从我的书架上把书取了下来。显而易见，他非常清楚书放的位置。这让我的好奇心陡增，我赶快乘机问他问题，当然，我表示出了对他最大的尊重，问询小心翼翼，几乎就跟谈话差不多，然而，对于我的问题，他就一句回复。他抬头看着我，并没觉得自己的行为有什么特别，然后轻轻点了点头，非常严肃地说道：

"'对，你的问题非常得体。'——那是他回答我的唯一一句话。

"这次他待了大约十到十五分钟时间，然后就拿着我的那本《拉比论文选》迅速下楼了，我亲耳听到他关上门，插上锁栓。

"但是，不一会儿，我还没来得及坐下看书，甚至还在诧异他的不速之访，我听到自己的门打开了，史密斯再次来到我的椅子边。对于这次来访，他没有做任何解释，只是弯腰低头，隔着烛火死死地盯着我的眼睛。

"'我希望，'他低声说道，'希望今夜没有打扰到你。'

"'嗯？'我一时语塞，'打扰？哦，不，你客气了，至少，我不这样看——'

"'那我就放心了，'他回答道，似乎没有注意到我对他问题的迟疑和惊讶，'不过，要是你觉得受到干扰，请立即告诉我。'

"然后，他就再次径直下楼回屋了。

"有好一会儿，我想着他的奇异举止。心想，他应该没有精神问题，可能由于独居时间长了，慢慢产生了某种不会带来伤害的妄想。从他读的书来看，可能和中世纪魔术有关，或是与古希伯来神秘主义思想有关。他让我拼读的单词可能是'咒语'，如果用很强的意念大声喊那些咒语，就会产生某些物理效应，或者在自己内心建立某种心灵感应，这样就可以破解别人心里的秘密了。

"我思考着史密斯以及他的生活方式，还有他那长期危险的实验所可能产生的结果。直到现在还记得，当我发现他属于某种精神失常后，我的好奇心荡然无存，一种怅然失落的感觉油然而生。

"有段时间，我总是一个人坐在那里想着这事儿，有时十多分钟，有时半个小时，直到又有人靠近我的椅子站在房间时，才从幻觉中清醒过来。我首先想到的是史密斯又悄无声息地回来了，但我立刻就意识到那是不可能的，因为门就在我对面，没有谁开过那扇门。

"然而，房间里确实有人在小心翼翼地来回走动，观察我的一举一动，有时几乎碰到了我。我清楚他的存在就像清楚我本人的存在一样，虽然那时我并不觉得害怕，但我得承认自己有多虚弱。我心猿意马，无心于事，也许让人崩溃的真正恐怖才刚刚开始。如有可能，我很想把自己藏起来，蜷缩在角落里，或者躲在门后，任何地方，只要不被别人看到。

"我极力克服自己的紧张情绪，从椅子上跳起来，高举烛灯，屋子一下子变得亮堂堂的，一览无余。

"房间里什么也没有！至少肉眼看不见，但是我的神经，所有的感官，都让我觉得有'人'立在旁边，近在咫尺。

"因为找不到合适的词，我叫它'人'，事实上，我有百分之百的把握肯定那不是人，那只是一种我不知道的生命形式，我不了解它的本质，也不清楚它的属性。但我能感受到它的巨大力量，它可以像捏死一只苍蝇一样轻而易举地碾碎我，而且它是隐形的，离我那么近，随时关注我的一举一动。想到这些，我至今还清晰记得自己当时的恐怖情状。

"确定它对我有所图谋后更让我惊恐万分，我确信它意在谋命，因为我感到自己越来越没有力气，就好像体内的精气消耗殆尽。心跳开始不齐，然后逐渐虚弱。很快，我感到整个人的生命力直线下降，犹如退潮，人失去了控制，明显感到萎靡颓废。

"远处似乎有一阵骚动，我却动弹不得，连思考应对的力气也没有了。这时，'咔嗒'一声，一扇门打开，我听到有人用我听不懂的语言大喊大叫。那正是我的近邻史密斯，他正对着楼梯大声呼喊。顷刻，我感到有东西从我面前，从我身上，真真切切地从我皮肤上消失了。仿佛一阵气流呼啸而过，某种巨大的生物从我的肩头一扫而过。顿时，我的心平静了下来，周围似乎又一切如常。

"楼下史密斯的门轻轻关上了，我哆哆嗦嗦放好烛台。究竟发生了什么，我不知道。我只知道房间里又只有我一个人了，我的精气失而复得。

"我走到镜子前观察自己，发现自己脸色苍白，两眼无神。感觉体温比较异常，脉搏虚弱，心跳不齐。然而，这些表象异常与刚才没有任何症状的感觉相比，真是小巫见大巫了，那是一种发自心底的震颤，我顿生死里逃生之感。"

医生站起来，走到奄奄一息的炉火前，背对着壁炉，没有人看得清他的表情。他继续讲述着那个古怪的故事。

他两眼越过我们的头顶，望着远方，仿佛看到了爱丁堡寓所那诡异的昏暗的顶楼。他声音更轻地讲道："我花这么多时间分析我的感觉，试图再现我整个人包括智力、情感和身体所经受的考验，可能会让大家感到冗长乏味。实际上，我主要想讲的是这个事件给我留下的巨大情感冲击，我对自己为如此荒唐的幻觉所羁而无力回天，感到愤愤不平。而且，这种感觉日益强烈，让我对自己甚为不满，当我整个人起而抗争的时候，我的理性受到了顽强的抵抗。

"然而，那一夜我的'幻觉'并没有结束，就在翌日凌晨大约三点钟，我被房间里一阵奇怪的窸窸窣窣的声音惊醒，紧接着一阵噼里啪啦的声音，好像是我的书从书架悉数掉落地板的声音。

"不过，这次我倒没有感到恐慌，嘴里骂骂咧咧，跳下床去点蜡烛。在闪亮的火柴光芒下，我确信看到了一个黑色的奇形怪状的影子，有点像一颗人头，倏地飞过墙边，消失在门角的黑暗中。

"点好蜡烛，我一个箭步追了上去，但是，还没走两步，就触到了地毯上堆积的硬物，险些跌一跤。我站稳身子，发现我所谓的'语言书架'上的书散落一地，扫视四周，什么也没看见。我检查了房间的每一个角落，甚至家具靠墙的地方，也没找到什么。大家可以想象，一个穷学生每周花十二先令租的卧室是没有多少可以藏东西的地方的。

"可是，怎么解释那些'噼里啪啦'的声音呢？书架上的书一定是在外力作用下才会落到地上的，至少，书在地上是毫无疑问的事实。我把书拾起来放回原来的位置，发现没有一本遗失。我怎么也想不明白，那个开玩笑的家伙是怎么进入我房间继而又成功逃脱的，毕竟，我的门上了锁，而且加了栓。

"想到史密斯刚才问我是否有被打扰的奇怪问题，还有他提醒一旦出现这种情况，要立即让他知道，我不禁浑身打颤，一阵寒意袭上心头。但我同时明白，几乎不可能说服自己这一超级真实的噩梦和他本人有什么联系。我宁愿忍受这种不速之客，也不想去问他其中的缘由。

"这时，一阵敲门声打断了我的思考，我倒了些蜡油，烛光更亮了。

"'开下门。'外面传来史密斯的声音。

"我打开门，穿戴整齐的史密斯走了进来，他脸色苍白，满脸带着疑问，两眼熠熠发光，似乎直透我的心底，而我则通体透明，没有任何隐私。

"他关上门，靠近我，近得让我感到很不舒服。我不知道对他说什么好，也不晓得他如何解释在这个时间来拜访我。

"他盯着我的眼睛，悄声说道：'你刚才应该立即通知我。'

"我结结巴巴地把那场噩梦叙述了一遍，可他全然无视我的讲话。我发现他的目光游移不定（如果可以用这词来形容的话），然后转向了书架。我目不转睛地观察着眼前这个人。他让我感到说不清的毛骨悚然，究竟为了什么他在凌晨三点穿戴整齐地来到我的房间？他怎么知道我房间发生的怪事？然后，我又听到他开始对我小声讲道：

"'你的活力惊人，所以才有这番打搅。'他一边说，一边将目光移回到我的身上。

"我倒吸一口凉气，他说话的声音或态度中有样东西让我身体里的血液几乎凝固。

"他继续讲道：'那是一种真正的魅力，可是，如果这种事继续发生，我们俩就得有一个人离开这里，明白吗？'

"我无言以对，只好呆呆地望着他，看他接下来说什么，感觉就像是做梦一般。我只记得他要我答应他下次有事早点通知他。然后，他绕屋子转了一圈，口中念念有词，双手还不停地比划着。他走到门口，一下子就不见了。我赶紧关上门，锁好门栓。

"这件事之后，我和史密斯的交往迅速升级，很快达到高潮。约摸一两周后，在一个清晨三点左右，我诊治完妇科病人回家，因为脑子里装的都是病人的事，所以经过史密斯的门口时，我压根儿没想到他。

"楼道里点着汽灯，光线很暗，楼梯间暗影重重，让人分不清东西南北。楼顶一缕微弱的曙光在告知黎明即将来临，从天窗望出去，可以看见几颗稀疏的星星挂在天空。整个出租屋犹如坟墓，一片寂静，唯有呼啸而过的风声划破一丝静默，风声忽高忽低，时断时续，让四周更显静寂。

"我鼓足勇气爬到顶楼，机械地、条件反射式地动作着，一边摸索门把手，一边考虑赶快找地儿躲起来。就在这时，我耳边传来一个声音，以前似乎听到过，它好像是在向我求救。我没理睬就推门进了屋，我想说服自己是我听错了，也许是自己走路的声音，或者是风吹过的声音。

"可等我刚走到放蜡烛的桌子前，那个呼救声又来了，而且非常清晰，好像那人就在我的面前，还抓住我的手臂不放。

"我不由自主，直奔史密斯的房间。他先前告诉我有事要立即通知他，这回应验了。我靠在门口旁边，搞不清自己是来帮助别人，还是来寻求帮助。

"门忽然打开了，我冲进去，整个房间弥漫着一股令人窒息的气味，烟雾缭绕，什么也看不见，好像有几个大影子晃来晃去。过了会儿，我发现壁炉上有盏红灯，这是房间里唯一的光源。在我的眼里，这个房间可以用家徒四壁来形容。

"地毯卷了起来，堆在墙角，白色的地板上画了一个大大的黑圈，画圈的材料散发出一种淡淡的光，还冒着烟。圈的内外有规则地摆放着一些新奇的小玩意儿，也是用那种黑色材料做成的，发出淡淡的光和烟。

"映入我眼帘的好像有很多'人'，但这个字未必准确，毫无疑问，它们是有生命的，但我绝对保证它们不是人类，可能是某种有智商的生命体。我虽然拿不出证据，但我可以肯定这些生命体的进化机制完全不同于人类，与有形无形的人类生命没有任何联系。

"就在我揣摩的当口，瞬间那些生命体消匿于无形。不过，我虽然看不见，却能感觉到它们近在咫尺，这让我想起了几天前的夜间闯入我卧室的那个生命体，而现在我看到的是一个团队，它们让我恐惧颤抖，汗如雨下。

"它们在我身前身后不停地晃动着，擦过我的肩头，吹动我前额的头发，围着我转圈，步步紧逼，但却并不碰我。特别是在我头顶，似乎有东西不断地飞过，伴有窃窃私语和叹息声，声音并不大。因为听不清说的是什么，只能想象是时断时续的风语，所以也无所谓了。

"我印象最深、记忆最持久的，是这些生命体似乎能发出强烈震动，它们从我身旁经过，能引起气流快速旋转，空中好像充满气流漩涡。每一个漩涡靠近我，我都感到自己的一部分神经被吸走了，顿时丧失了活力。

"突然，我发现了史密斯，他蹲靠在我右侧的墙边，显然在抗拒着什么，情势好像很紧急。他面露恐惧，其状堪怜。只见他紧咬牙关，努力保持理智，神色决绝，显得信心十足，似乎在等待时机。

"这个局面完全超出了我的理解范围，我感觉自己像个小孩儿，什么也做不了，无能为力。

"'快想办法帮我回到那个圈中。'只听史密斯在旋动的气雾中断断续续向我喊道。

"此时我还能怕什么，我不知道自己面对的是一种什么力量，也不清楚自己到底有多危险。因为无知而无畏，我奋力向前抓住史密斯，我们一起用力，终于把他拉离了墙体，我扶着他跌跌撞撞走向那个圈。

"突然，烟雾中一股巨大的力量向我们扑来，这是风在狭窄空间积蓄所产生的爆发力，它呼啸而来，震耳欲聋，撞击着我们身体的每一个部位，整个房屋仿佛要被掀翻了。这一击让我们重新跌回了墙边，显而易见，它的目的就是阻止我们回到地板中央的圈中。

"我和史密斯大汗淋漓，气喘吁吁，又竭尽全力到达圈边。又一次，那股力量分开了我和史密斯。我整个人被带离了地面，旋转着飞向窗口，就好像我的衣服被巨大的机械轮卷住，拖拽着翻转不已。

"我撞到了墙上，身上顿时起了淤青。我大口喘着气，发现史密斯已经稳稳地站在了圈中，他慢慢站直身子，我则目不转睛地盯着他。

"史密斯挺直身板，脑袋微微后倾，神色很快从恐惧转为镇定。他环顾四周，口中念念有词，由弱到强，逐渐恢复到那晚他来我房间时我听到的正常的声音。

"那是一种非常奇妙的渐次增强的声音，与其说是人声，倒不如说是乐器发出的声音。音量越来越大，充满了整个房间，周围好像也有了变化。史密斯的声音与气流的呼啸声融合成又长又稳的颤音，就像风琴踩到底发出的声音。气流越来越弱，声音越来越小，直至停止。空气中的私语和叹息声也小了，小到最后我根本什么也听不见了。更为奇怪的是，那个圈和周围的摆设散发的光亮却越来越强，越来越稳定，光影照在史密斯的身上透出一种诡异的效果。显然，史密斯已真正掌握了操控声音的秘诀，他能用这一绝技降服那些逃出掌控的力量。整个房间又回到了以前的宁静，一派秩序井然。

"我长吁一口气，明白危机已经过去了，史密斯完全控制了局面。

"然而，我还没来得及庆幸，精神尚在恍惚之中，只见史密斯大叫一声，跳出圈外，扑向空中，可在我看来，其实空中什么也没有。我还在担心他会重重摔到地上，只听一声闷响，史密斯的身体在空中撞到了重物，然后就是他和那个我看不见的庞然大物扭打在一起，整个房间也地动山摇起来。

"他们两个忽前忽后，忽左忽右，离我近得可怕。我抖抖索索靠在墙边，只有观看的份儿。

"打斗不过一两分钟就戛然而止了，史密斯伸开双臂欣然长啸，那个我看不见的庞然大物撕心裂肺地惨叫一声，状如呼啸而过的群鸟所发出的声音。两扇窗被震得好像要飞出窗框一样，很快，房间归于沉寂祥和。我知道战斗真的结束了。

"史密斯立刻转向我，面色苍白，表情诡异。

"'上帝啊！要不是你，我就……是你阻止了气流，打破了局面……'他小声说道，'你救了我。'"

医生停顿了好一会儿，然后在黑暗中摸到了他的烟斗，双手轻轻敲打着我们身后的桌子。此时，没有人讲一句话，医生准备划亮火柴，发现所有人脸上还留着惊恐不安的神色。炉火也快燃尽了，大厅一片漆黑。

然而，医生并没有点燃火柴，他似乎在考虑着什么。过了会儿，他又用低沉的声音讲起了他的故事。

"我不记得自己是怎么回到房间的，依稀能够回忆起那晚后半夜，我点了两根蜡烛，早上起床做的第一件事就是通知房东太太，自己周末会搬出去住。

"史密斯至今还拿着我的《拉比论文集》，至少当时他没有还我。从那以后，我就再也没见过他了，所以也无从要回我的宝书了。"

（穆从军 译）

柳树林

一

多瑙河流经维也纳，可能你还来不及从维也纳赶到布达佩斯，河水早已注入一片无人问津、荒凉落寞的地方。虽然有一条干流，但这个地方的河水向四面八方扩散开来，于是形成了一片沼泽地，连绵不断，长满了一望无际的柳树丛。这片荒凉的土地在地图上被染成了淡蓝色，离河岸越远，颜色越浅。地图上还可以看到一串字母散落其间，字体很大，组成了一个单词，意为"沼泽"。

岛上有一大片沙滩，上面布满了卵石，还有柳树。不过洪涝灾害降临时，整座岛几乎全让大水给淹没了。在正常季节，这些柳树会弯下腰，在微风中沙沙作响，银白的枝叶映衬着灿烂的阳光，整个树丛在风中不停地摇曳，美轮美奂令人眼花缭乱。这些柳树永远不会有大树的庄严肃穆；它们没有坚硬的树干，唯有圆形的树梢和纤柔的线条，一直默默无闻。柳树的茎十分纤细，稍有清风拂过，便会婆娑起舞。柳树如青草一般柔嫩，不断地随风摇曳，让人感觉整片土地都仿佛在摇晃，生机勃勃。风一吹，整个这一片泛起了涟漪，这可不是河水的波纹，而是柳叶的拂动，此起彼伏，宛如一片绿色的海洋。随后，树枝随风翻转，柳叶的背面迎向阳光，树林的颜色又变了，变成了一片银白色。

无论多瑙河如何"死缠烂打"，这座岛的河岸就是不让它流过去，但最终它还是"嗖"的一下，摆脱了河岸的束缚，得意洋洋、随心所欲地在纵横交错的河道网内徜徉，在岛屿各个角落开辟了宽敞的大道。河水沿着大道倾泻，呐喊着，盘旋着，湍急的水流，激起了朵朵浪花。河水撕破了沙岸，卷走了岸边的泥沙和树丛，许多新的岛屿应运而生，其大小与形状逐日变换。这些岛屿充其量也是临时的，好景不会长，一旦发大水，它们便会消失殆尽。

确切地说，多瑙河是在流经普莱斯堡[1]后不久才开始变得生龙活虎的。而我们则是乘着一艘加拿大独木舟，带着吉普赛人用的帐篷和一个长柄平锅于大约七月中旬抵达普莱斯堡的，那时正值洪涝灾情最为严重的时期。抵达普莱斯堡的那天清晨，旭日东升之前，苍穹渐渐泛着红晕，整个维也纳还处在睡梦中，我们就已经悄悄地从它身边迅速驶过。数小时后，我们留给这座城市的，唯有一团团烟雾，萦绕在远方维也纳森林里蓝色的山丘上。我们在菲莎门德下游的一片白桦树林里吃了早饭，风吹得白桦树呼呼作响。我们乘风破浪，分别经过了奥尔特、海恩堡和佩特罗奈尔（马可·奥勒留[2]的古罗马卡农图姆[3]）。接着，抵达了德文城堡，其伟岸的高度不禁令人望而生畏。城堡位于喀尔巴阡山的一条支脉上，我们从城堡左侧潜入山脉，那里是奥地利和匈牙利的交界处。

独木舟以每小时十二公里的速度前行，很快就轻松抵达了匈牙利。那边的河水泥泞不堪，显然是发过大水了。我们不得不将木舟搁置在布满卵石的沙滩上。这时的独木舟就像一个软木塞，在河水中来回盘旋。刹那间，普莱斯堡的塔楼前方上空划过一轮气流；当时天灰蒙蒙的，独木舟犹如一匹欢腾的骏马，全力奔驰。河面上还有一艘轮船，船上悬挂了一根锚链，我们的独木舟并没有受到锚链的影响，顺利驶过，然后向左急速转弯，掀起了黄色的浪花，猛地一下驶向一片荒凉之地，那里有岛屿、沙岸和沼泽，是一片种满柳树的土地。

我们的航线改变得太突然了，就像一组动态图片，前一秒还是关于小镇的大街小巷，后一秒就变为一组湖畔森林的风景图，压根儿没有先

---

1 即布拉迪斯拉发，今斯洛伐克共和国首都和最大的城市，该市在历史上曾经长期使用德语名称普莱斯堡（Pressburg）。

2 马可·奥勒留（Marcus Aurelius，121—180），全名为马可·奥勒留·安东尼·奥古斯都（Marcus Aurelius Antoninus Augustus），是罗马帝国五贤帝时代最后一个皇帝，公元160年至180年在位，人称"哲学家皇帝"。

3 全称佩特罗奈尔·卡农图姆，位于奥地利维也纳以东26公里处，有历史上曾是罗马军队驻地的卡农图姆遗址公园（Archaologescher park Carnuntum）。

兆。独木舟轻盈地驶进这片荒凉的土地，还不到半小时，船舶啊，捕鱼棚啊，红屋顶啊，什么都没有了，连个人影都没有。这片"世外桃源"、人迹罕至之地，杨柳依依，微风习习，流水潺潺，我们俩都不禁如痴如醉。我们互相调侃道，到这里来之前应该凭特许准入证，我们居然义无反顾、自说自话地来到了这片与世隔绝、充满遐想与魔幻的小王国。这里虽然没有白纸黑字告示，禁止外来者闯入，但敏感的人会感觉这样的告示随处可见。

虽然时间还早，下午一两点钟的样子，但狂风肆虐，丝毫没有停歇的意思，我们的木舟来回摇摆不定，大家有些百无聊赖的感觉。于是，我们四处张望，打算找一处合适的地方晚上安营扎寨。可是这片岛屿的环境纷繁复杂，令人摸不着头脑，也使得我们着陆变成了一个老大难问题。泛滥的河水来回盘旋，我们一会儿被冲上岸，一会儿又被卷入河中。我们伸手抓住柳枝，想让木舟停下来，不料却被枝条划破了手。我们从沙岸又驶向了河水中，不过之后，由于木舟被大风从侧面击打了一下，我们冲向了一摊死水之中，木舟溅起了朵朵浪花，终于成功靠岸了。大风离我们而去，我们顶着火辣辣的太阳，躺在炙热的黄色沙滩上，不停地喘气，脸上露出了笑容。湛蓝的天空万里无云，一棵棵柳树在微风中翩翩起舞，沙沙作响，仿佛从四面八方向我们靠近，枝叶上闪烁着亮晶晶的水花，它们拂动的身影仿佛上千双小手，在为我们成功靠岸鼓掌庆贺。

"这条河怎么回事啊！"我对斯威德说，脑海中闪过我们从黑森林出发一路走来的历程，以及六月初的时候，我们不止一次无奈之下在靠近河岸的浅水坑中前行。

"唉，别抱怨了，好不好？"他边说边把木舟移至沙滩上较为安全的地方，然后安定下来，开始打盹。

河水潺潺，微风习习，我和他并肩躺在沙滩上，安逸地沐浴在火辣辣的阳光下，心里美滋滋的。想到之前的漫长旅程，以及今后去黑海的日子，虽然还有很长一段路要走，但我是幸运的，因为我的旅伴，斯威德，他经常给我带来欢声笑语，而且极具人格魅力。

我们之前也有过许多类似的旅行经历，此次的多瑙河之行给我以耳目一新、无与伦比的感觉。打一开始我就被多瑙河的生机与活力深深震撼到了。起初，多瑙河发源于多瑙埃兴根[1]的松树园内，给人以涓涓细流之感，而如今它却和我们玩起了"过河游戏"。它默默无闻、无拘无束地徜徉在这片人迹罕至的沼泽中，渐渐迷失了自己。它就像一种活生生的物种，从年幼的青涩，到如今的放荡不羁；从最初的宁静，到如今的狂野，逐渐体会到自己的内心世界。它就像一个巨大的生物，在河水中遨游，凡是我们历经的各个国家都有它翻腾的身影。它伟岸的肩膀扛起我们的独木舟，偶然与我们折腾嬉戏一番。它一直很友善，没有坏心眼，不过我们最终还是发现它是个高高在上、难以亲近的"大人物"。

既然它向我们诉说了那么多秘密，怎么会显得"高高在上、难以亲近"呢？深夜里，当我们躺在帐篷里，会听到它在对月吟唱，咝咝的歌声是其特有的音符，据说是河床边的鹅卵石之间猛烈碰擦后发出的音效，可见多瑙河的水流是多么的湍急。我们也知道当多瑙河打起漩涡时，会发出潺潺的流水声，万籁俱寂的河面会突然冒起泡泡来；岸边的河水在咆哮，中间湍急的河水在呐喊；河面下方可以听到轰轰的流水声，不绝于耳；也能听到冰冷的河水在不断地冲刷河岸。它居然能在雨中保持镇定，在雨中呐喊，任凭雨点在其脸上（河面）拍打！当大风往上游方向吹时，想灭灭其嚣张的气焰，可水流居然越来越湍急，它的欢笑声响彻云霄！多瑙河的歌喉、多瑙河的嗓音，我们都了如指掌。它不停地翻腾，泛起朵朵浪花，还矫情地拍打着桥梁；它矫揉造作，面对众多山丘，依然喋喋不休；当它流经各个小镇时，会装出一副一本正经的样子，不苟言笑，发表自己的重要演讲。在水流平缓的地方，它不顾太阳的存在，窃窃私语，有说有笑，烈日将阳光撒在河面上，蒸汽从水面冒出来。这时，它才识相地关上了话匣子。

当它还是沧海一粟、默默无闻时，它诡计多端。当时，它还不敢放肆地窃窃私语。不过，在施瓦本森林的一些上游地区，它选择先流进地下的洞穴里，然后从多孔的石灰石山另一侧流出，这样就开辟了一条新的河流，并用新的名字命名。与此同时，它也会在自己的河床上留一摊水，难怪我们当时会遇到一大摊浅水，只好从独木舟里爬出来，一边推着木舟，一边一步一步趟过河水！

1　多瑙河的源头不在高原雪域之上，而是在黑森林山地边缘的多瑙埃兴根（Donaueschingen）小城中。

多瑙河在起源阶段狂野不羁。当一条条汹涌的支流从阿尔卑斯山脉流出，准备与其汇合时，它装得像贝雅狐狸[1]那样，不露声色，然后给这些支流吃个闭门羹，不过多瑙河还是和这些支流并排地流淌，只是之间有一条非常明显的分界线，让其显得与众不同。可见它压根儿不欢迎新来的河流。当它流经帕绍的下游地区时，碰到了因河[2]，其威力之大，不可小觑，多瑙河的计谋便得不到施展。因河在主干河道推推攘攘，挨着主干河道的是一条蜿蜒曲折的长峡谷，这么一来，两条河流在峡谷中便显得"摩肩接踵"。多瑙河招架不住，被挤到一边的悬崖上。无奈之下，为了及时躲过这一劫，它加快了流速，掀起了大浪，来回横冲直撞，浪花四溅。我们的独木舟从浪尖滑到了浪腹，多瑙河也幸免于难。不过多瑙河这个"老油条"也因此吸取了一个教训，它再也不对新来的河流"装聋作哑"了。

当然，这是好几天前的事情了。打那以后，我们逐渐发现了多瑙河这一生物的其他方面的特点。六月的天，骄阳似火，它徜徉在斯特劳宾市的巴伐利亚麦田中。我们容易发现，它只有表面一点是河水，河床下方则是一大群披着丝绸的温蒂妮[3]，默不作声、优哉游哉地向大海游去，免得招人耳目。

多瑙河对岸边出没的飞禽走兽十分友好。空旷的河岸上那一排排鸬鹚，就像一排排黑色的小围栏；灰压压的一群乌鸦挤满了卵石滩。鹳鸟站在浅水滩边捕鱼，雄鹰和天鹅都来此处凑热闹，形成这片岛上一道亮丽的风景线。各种鹭鸟展翅高飞，靓丽动人，耍着性子，在空中鸣啭。当我们看见一只鹿在太阳升起时，为了逃避猛兽，一跃跳进河水，游过我们独木舟的船头时，曾经变幻莫测的多瑙河，如今不再那么招人讨厌；当独木舟一侧倾斜，驶向另一河段时，经常看到幼鹿在灌木丛中窥视着我们，或者直接将目光投向雄鹿，投向其棕色的眼睛。狐狸也在河岸边出没，在浮木间穿梭，步伐矫健，有时一下子就销声匿迹了，真是

1　1946 年迪士尼电影《南方之歌》中的卡通动物，反叛角色。

2　因河（德语：Inn）是流经瑞士、奥地利和德国的一条河，它是多瑙河的支流，全长 517 公里。

3　温蒂妮（Undine、Ondine 或 Undina），亦被译作娥丁、昂丁、乌丁娜），又称水女神，是中世纪欧洲炼金术士帕拉塞尔苏斯在其炼金术理论中提及的"水"元素名称，亦是欧洲古代传说中掌管四大元素的"四精灵"之一，与"火""风""地"并列。

迅雷不及掩耳。

虽然我们在很多方面都原谅了它，不过如今，在离开普莱斯堡后，多瑙河变得更加严肃起来，它不再调皮捣蛋。因为在离黑海只有一半不到的路途中，多瑙河可以体察到接下来要流经的国家根本不吃它那一套。它瞬间长大了，也因此赢得了我们的尊重，甚至敬畏之心。它分了三条支流，这些支流只会在一百公里的下游汇合，我们的独木舟也不知道会和哪一条相遇。

我们在普莱斯堡选购干粮时，遇到一位匈牙利警察，他对我们说："如果你们选择支流，那么等泛滥的河水平息下来时，你们会发现自己停留在河中央一座岛屿上，到岸边要划四十英里，那边地势很高，而且又干燥，很快就会饿肚子。那里人迹罕至，没有农场，也没有渔民。我劝你们不要这么做，而且到时候河水仍然会上涨，风力也会加大。"

听到"河水会上涨"，我们压根儿就没觉得有什么大不了的，但想到河水突然平息后，我们所处的"地势会很高，而且又干燥"时，我们觉得问题可能会有点严重，于是我们又多买了一点儿干粮。那位警察的预言果然不假，而且当风一刮，一开始万里无云的晴空一下子就暗了下来，风的威力越来越大，大到有种刮西风的感觉。

这次，我们比平时安营扎寨的时间要早，因为当时离太阳下山还要整整一两个小时。斯威德仍在炙热的沙滩上呼呼大睡，而我则在帐篷周围随便溜达，看看帐篷搭得有没有问题。我发现这座岛屿面积不超过一英亩，岛上只有一片沙岸，比河面高了约两三英尺。岛屿的远端，映衬着晚霞，猛烈的风刮破了浪尖，水花四溅。岛屿呈三角形，其顶端位于河的上游。

那泛着暗红色的河水，波涛汹涌，呐喊咆哮，猛烈地冲刷着河岸，掀起层层浪花，仿佛要把整座岛屿卷走似的。接着，两条溪流泛着浪花，在岛的两边来回盘旋。我在那儿驻足许久，目不转睛。河水不断碰撞、拍打河岸，我感觉地表在颤动。再加之大风呼呼地吹，柳树林也随之猛烈地摇晃。这样看来，这座岛屿貌似真的在晃动。再抬头看看，涌起的河水像斜坡一般，正向我们逼近，泛起白色的浪花，映衬着夕阳，四处欢腾。

除了沙岸，这座岛上就只剩下这片柳树林了。由于树木过于浓密，路并不好走，不过，我还是在里面逛了一圈。从地势低的地方开始，光线自然暗了下来，河水显得昏暗，只看得见汹涌的波涛在阵阵强风下前赴后继。几英里之内，还是看得到波浪的踪迹，它在岛屿间来回穿梭，然后突然"嗖"的一声，消失在柳树林中。这片树林好比一群巨大无比的原始生物，将河水包围，然后争先恐后地将河水吞噬。我联想到一种巨大的、类似于海绵的生物，它们可以将河水吸到自己身上，全部吸光。这些柳树也类似，那么多簇在一起，十分震撼。

总的来说，这场景十分壮观，无与伦比，让人遐想联翩。面对此景，我怀揣着好奇心，眼神凝视，久久不愿离去。此时，我内心深处依稀萌发一种独特的思绪。当我还徜徉于野外美景的时候，心头突然涌上一种莫名的不安，甚至可以说是一种惶恐。

河水不断上涨，让人感觉是一种不祥之兆：此前遇到这样的情况，许多小岛在早上太阳还没出来之前，就很有可能被河水卷走；河水威力无比，浪声大作，令人生畏。不过，我发现我的不安并不是单纯因为敬畏与惊叹之情。不是这样的，也和强风的威力没有直接联系。这里所说的强风，是指咆哮的飓风，几乎能将数公顷的柳树一齐卷上天，然后将它们打散，就像对待麦田里的麦糠一样，任其撒落一地。这风只不过是自得其乐罢了，因为平地上没有任何物体拔地而起，制止大风的肆虐，更何况我也从中收获了愉悦、兴奋之情。不过话说回来，这种独特的感受与这大风没有关系。这种不安，说不清是什么滋味，很难追根溯源。在这种恶劣的天气情况下，我感到自己只是沧海一粟，这也许是我不安的症结所在吧。当然，我的不安也与泛滥的河水有关。每每发大水、刮大风时，我们都显得心有余而力不足，却又莫名地表示蔑视，想到这些，我就会有种莫名的伤感。这时风雨大作，难免让人触景生情。

不过，对我来说，不安更多的是和柳树林有关，和那一片片柳树林有着千丝万缕的关系。茂密的树林，簇集在一块，一望无际。树林束缚着河水的流动，似乎要将其"憋死"。这一排排柳树，绵延数英里，映衬着天空，似乎在观察着什么，等待着什么，聆听着什么。而且与大风大水截然不同的一点在于，柳树与我不安的情绪有种微妙的联系。莽莽苍苍的树林，就像一股全新的、强大的力量，仿佛在无意间以某种方式，侵入我们的内心，但我们并没有感到十分舒心。

诚然，当大自然的魅力展现在面前时，人们总会感到这样或那样的震撼，感到耳目一新，我对此并不陌生。巍峨的高山让我们无不产生敬畏之心，汹涌的大海让我们战战兢兢，而硕大的森林则给我们蒙上了一层神秘的面纱。不过，这些自然风景与我们的生活和阅历是或多或少相关联的。即使它们让人感到惶恐，也是可以理解的。总的来说，它们让人心潮澎湃。

不过，这一大片柳树林带给我的感受，与之前的景致所带给我的感触是大相径庭的。我的心堵得慌，也许就是由于柳树林的缘故。的确，柳树林唤起了我心中的敬畏之心，但这份敬畏又带了点儿莫名的恐惧。岛上密密麻麻种满了一排排柳树，越往里走，树荫也变得愈加阴森。柳树随风猛烈地拂动，遒劲有力。柳树林让我产生奇思怪想（而这并不是我希望看到的），我幻想我们成了这片"世外桃源"的不速之客，擅自闯入了这里，可能还是冒着生命危险呢！

虽然，我的这种不安情绪一言难尽，可是我并没有感到自己受到任何威胁。只是当我顶着飓风搭帐篷，抑或为炖锅生火时，这种情绪仍萦绕在我心头。安营扎寨本是一件乐事，只是这种情绪大煞风景，让我感到困惑不已。而我并没有向斯威德倾诉，在我看来他十分单纯，没我那么敏感。我也许不会告诉他我自己的想法，因为如果我告诉他了，他会嘲笑我，说我傻的。

岛屿中央，可以略微感到一丝悲凉，我们在那儿搭了帐篷。而帐篷周围因为都是柳树，风力有所减小。

"什么破帐篷，"几经折腾，这帐篷终于立了起来，平常十分淡定的斯威德也发起了牢骚，"唉，这边没有石块，柴火也少得可怜，不妨明儿一早就走吧？这片沙地不是人待的地方。"

不过，我们之前的帐篷因为风力太大而被吹翻过。这次我们吸取教训，带了许多装备，把我们温馨的"小窝"搭得严严实实。接着，我们去收集一堆柴火，以免晚上不够用。柳树下很少有坠落的树枝，唯有河边漂动的浮木。我们将河岸上的"宝贝"搜了个遍。每当大水肆虐，惊涛骇浪，浪花四起，河岸就会损失惨重，大量的宝贵资源便会被河水卷走。

"这岛比我们刚来时小了很多，"细心的斯威德说道，"这么看来，此地不宜久留。我们最好将独木舟拖到靠近帐篷的地方，随时准备撤离。而我呢，就穿着衣服睡觉吧。"

接着，他走开了，慢慢地沿着河岸移动，我能听到他说话时兴奋的笑声。

"天哪！"不一会儿，我听到了他的叫喊声，立即转身观望。不过，当时他被柳树给遮住了，只闻其声，不见其人。

"这到底是什么东西？"我耳边又传来了他的喊声，这次感觉他真的有什么事了。

我立即赶到岸边，发现他望着河水，指着水面，似乎水下有什么东西。

"好家伙，这不是一具尸体嘛！"他惊呼道，"瞧！"

那是黑乎乎的一个东西，在水里来回翻腾，泛起了朵朵浪花，"嗖"的一下，就从眼前一掠而过，时隐时现。它离河岸约二十英尺，就在我们对面，四处游动，两眼直瞪着我们看。它的眼睛映衬着夕阳的倒影，当它转过身来时，那双眼睛则绽放出异样的光芒，金灿灿的。接着，它猛地一下窜入水中，销声匿迹了。

"哎呀，是水獭唉！"我们一起惊叹道，相视一笑。

那真的是水獭！还是活的！它是出来觅食的，不过它看上去真的像一具溺水身亡的尸体，任凭湍急的水流肆意拍打。在河水远处的下游，它再次浮出了水面。只见它的皮肤是黑色的，湿漉漉的，在阳光下显得亮晶晶的。

当时，我们胳膊肘下夹满了浮木，正准备转身离开时，刚巧发生的一幕把我们再次拉回到岸边。这次我们看见的是真的大活人了，而且还在一条船上。如今，在多瑙河上，任何时候都已经几乎很难找到小船了，真是太罕见了。不过，在这荒郊野外，又恰逢河水泛滥，能见到此情此景，真是出乎意料。我们俩站在原地目瞪口呆。

是夕阳的余晖让我产生了错觉，还是波光粼粼的河面让我浮想联翩？我说不清。但不管怎样，那人就像幽灵一样，在空中飞来飞去，令我眼花缭乱。不过，我能隐隐约约看见一个人，手划长桨，挺着腰板，站在平底船上。水流极快，他的船被冲向下游的对岸。看得出，他是在朝我们的方向眺望，不过距离太远了，光线又不好，我们看不清他长什么样。他好像在做手势，在向我们传递某种信息。我们在岸边能听到他在对面奋力高呼，只是风刮得太猛了，他的声音完全被淹没了，什么都听不清。那人、那船、那手势、那嗓门，这一切都显得有点反常。在我看来，那人为什么会搭着一条小船漂荡在多瑙河上，已经显得不那么重要了。

"他在胸前画十字！"我大喊道，"瞧，他比划出了一个十字架的图案！"

"没错，"斯威德一边说着，一边把手放在眼睛上面，望着那人从视线中消失。他仿佛是在弹指之间消失的，融入到广袤的柳树林中。河道蜿蜒曲折，此处的柳树在夕阳的余晖下，宛如一堵深红色的墙，蔚为壮观。与此同时，薄雾开始在空中弥漫开来，一切变得雾蒙蒙的。

"天都快黑了，他到底想在这泛滥的河里干什么？"我自言自语道，接着又问斯威德，"这么晚了，他要去哪里？他做手势干吗？对我们大声呼喊什么？你觉得他是不是想提醒我们要注意些什么？"

"他很有可能是看到我们这边冒出了滚滚炊烟，认为我们是幽灵吧，"斯威德笑着说，"这些匈牙利人什么流言蜚语都信以为真：你还记不记得普莱斯堡有一家商铺的女老板这么对我们说过，她说这边从来没有人来过，这里是外星人待的地方！我猜他们是信奉小精灵或元素精灵 [1]，也有可能是魔鬼之类的东西。那个船上的草包可能是生下来第一次见到人吧，"他稍稍停顿了一下，补充道，"他吓坏了，就这么简单。"

听斯威德说话，感觉他底气不足，似乎少了点什么，他以前不是这样的。他刚才说话时，我便立刻察觉到这一变化，虽然还没有十足的把握。

"如果这些匈牙利人多动点脑筋的话，"我放声大笑道（记得当时我笑得非常欢，使劲地在笑），"他们不妨在这儿塑造古代神话人物和元素女神，建神庙、造园林。古罗马人当时一定经常去这种地方。"

说着说着，谈话就进行不下去了，因为斯威德向来不习惯别出心

1　元素精灵（Elemental）是最先由帕拉塞尔斯在关于炼金术的著作中提出的概念，他认为整个世界由以下四种元素及其主掌精灵组成：土元素，主掌精灵名为"诺姆"（Gnome）；水元素，主掌精灵名为"温蒂妮"（Undine 或 Ondine）；风元素，主掌精灵名为"西尔芙"（Sylph）；火元素，主掌精灵名为"沙罗曼达"（Salamander）。

裁、遐想联翩，于是我们只好回到炖锅旁。另外，我刚刚想起来，我当时发现他没有什么想法时，真的很欣慰；虽然他平时沉默寡言、不会异想天开，但这种性格，似乎突然让我感到特别慰藉。他就像一位红种印第安人，在湍急的水流中，仍能掌握好方向，顺流而下。面对一座座岌岌可危的桥梁，一个个急剧旋转的漩涡，他都能驾着独木舟，勇敢地飞驰过去。在我看来，任何一个白人都无法与其媲美。一路走来，披荆斩棘，他的确是位靠谱的旅伴。他背着一堆浮木（是我个头的两倍大），步履蹒跚。看着他坚毅的面庞和微微卷起的头发，我感到特别舒心。没错，我刚才格外地高兴，斯威德没变，还是以前的他，还是那个说一不二的朋友。

"可是，河水还在上涨，"他又说道，似乎是想要印证他之前的预言没错。他放下了沉甸甸的柴火，喘了口气，"再这样下去，不出两天，这座岛屿将被河水淹没。"

"我倒是希望这风可以小一点，"我说，"河水涨不涨，无所谓。"

没错，我们一点不担心发大水；因为一旦发大水，我们能在十分钟内撤离，而且在我们看来，水越大越好。这样，水面上涨，卵石滩也将遭淹没。我们的独木舟驶向卵石滩时，船底就不会像以往那样经常磨损了。

只是，事与愿违，虽然太阳下山了，可是风力丝毫不减。似乎天色越暗，风力越大。大风在我们头顶怒吼，周围的柳树像稻草一般，随风摇摆。有时，大风还会伴随着一种奇怪的声音，感觉像重型火炮发出来的。大风拍打着水面，席卷整片岛屿，惊天动地。这风让我想到了行星，行星穿梭于太空中很有可能会发出这样的声音（如果我们真的能听到的话）。

天空一直万里无云，我们吃过晚饭后不久，从东边升起了一轮满月。皎洁的月光撒在波光粼粼的河面上，穿梭在风声呼呼的柳树林间，照得整个地方宛如白昼一般。

夜幕降临，我们躺在沙地上的火堆旁，点支烟，倾听周围的声音，回顾我们往昔的旅途，展望眼前的蓝图，洋溢着愉悦的气氛。我们将地图平铺在帐篷口，打算琢磨一番，可惜风太大了，地图根本看不了。于是，我们立即拉下了帘布，熄灭了灯笼。有炉火足够了，火光照亮了我们彼此的脸庞，火星在头顶上方盘旋，犹如烟花一般绚烂。帐篷外，流水潺潺，阵阵浪花时不时地拍打着、冲刷着河岸。

我注意到，我们谈论的，都是远方的美景，第一次在黑森林安营扎寨的趣闻轶事，抑或是与眼前一幕幕毫不相干的话题。因为我们彼此都觉得没有必要谈当下的事情——我们似乎达成了默契，什么帐篷啊，搭帐篷时发生的事情啊，都一概不提。什么水獭啊，船夫啊，都只字未提，要是换作以前，我们都会聊很久。当然了，在这种地方遇到这样的事情，也算开眼界了。

由于柴火匮乏，我们要时刻留心炉火的大小。因为风一大，炊烟便会向我们扑面而来，躲都躲不掉，穿堂风也会如期而至。于是，我们轮流去找柴火，当时外面漆黑一片，每次看到斯威德捧了一堆柴火回来，我就感到纳闷，觉得找这点柴火不需要花那么长时间。事实上我不是很怕一个人待着，但是似乎每次轮到我时，我总免不了要在月光下、灌木丛间来回翻找，在湿漉漉的河岸边步履蹒跚。这场与大风大浪之间的"持久战"把我们都给整得筋疲力尽。不过，每天早起还是雷打不动的，只是我们醒后都没有离开帐篷。我们仍旧躺在原地，守着炉火，高谈阔论，凝望远处茂密的柳树林，聆听风浪的咆哮。这种荒凉之感已深入我们的骨髓，宁静的环境似乎对我们来说是多么的自然。很快，我们的嗓音变得微不足道、虚无缥缈、矫揉造作；而窃窃私语则可能是我们之间最佳的沟通方式。况且，一直以来，在风雨大作之时，人类的嗓音便总显得格格不入，而如今，几乎是完全不合时宜。就像我们在教堂里或在其他场合一样，若大声喧哗，很有可能会冒犯他人，与周围气氛尤其不协调。

这片孤岛，阴森森的，四周种满了柳树，伴有飓风肆虐，环岛是一片湍急的深水区，让人有些毛骨悚然。这里人迹罕至，与世隔绝，月光下，岛屿远离人世喧嚣，是一片世外桃源，一个完全陌生的地方，唯有一片柳树林独守这方净土。而我们居然贸然地闯了进来，还住在了这里！当我躺在沙地上，双脚靠在篝火一边，透过树叶间的缝隙，仰望星空时，我为之深深震撼，这种震撼不仅仅来源于岛屿本身带给我的神秘感。随后，我起身，准备最后一次收集柴火。

我很肯定地说："等这些柴火都烧完了，我就该去睡了。"说完，我便离开帐篷，而斯威德则揉着惺忪的眼睛，看着我消失在婆娑树影中。

斯威德向来很有主见，而那晚他却愿意倾听我的意见，没有意气用事，十分难得。这里凄美的景致也触动了他的心弦。但我记得，当时看到他这点细小的变化，我并不十分开心。我没有立即去收集柴火，相反，我走到了岛屿远处的岬角，看见岛上和河面上都撒满了月光，分外显眼。顿时，一种对于独处的渴望涌上我的心头；之前强烈的恐惧之情死灰复燃：我心中有种莫名的感觉，说不太清楚，我想坦然地面对，看看这恐惧到底是怎么一回事。

当我站在沙地的高处，四周浪花在飞舞，顿时感到一股魔力席卷全身，心灵受到很大震撼。这种感觉并非单单这些"夜色"就可以带来的，更多的是一种让我感到惶恐的东西。

我凝望着奔腾的河流；柳树在风中沙沙作响，耳边传来呼呼的风声；无论是波涛汹涌的河流，还是婆娑多姿的柳树，抑或是不休不止的强风，都让我心中那种莫名的不安之情油然而生。柳树对我的影响尤为强烈：它们一直喋喋不休，时而笑声不断，时而呼声刺耳，时而唉声叹气——它们吵吵嚷嚷，它们熟知自己所寄生的这片土地上的隐秘生活。我对这块地方则完全一无所知，脑海中的荒郊野外，绝非这里的"风雨肆虐"。这里的柳树，仿佛是从其他星球进化而来的，叽叽喳喳在谈论属于它们自己的秘密。柳树翩翩起舞，络绎不绝；树梢又硕大又茂密，其摇曳的姿态，风格迥异；茂密的树叶随之来回旋转。大风肆虐时如此，风平浪静时亦如此。这些柳树随心所欲地摇摆着，充满了生机与活力，而正是这些柳树，让我体会到一种说不清道不明的"恐惧"之情。

月光下，柳树巍然屹立，就像一支庞大的军队，将我们的帐篷层层包围。银色的柳枝数不胜数，宛如一把把长矛，在风中挥舞，仿佛要寻衅滋事，早已严阵以待。

至少，对于一些敏感的人来说，来到这儿，善于察言观色，就能摸清这地方的"心计"；对于那些四处漂泊的人来说，尤其如此。初来乍到，我们也不清楚自己是会备受欢迎，还是四处碰壁。起初，这种感觉还不是很明显，因为我们都忙着搭帐篷，准备做饭，但是一旦停下来（通常是晚饭过后），这种感觉就涌上心头，不言而喻了。现在看来，很明显，这个"柳树营"认为我们不是它们圈子里的人，我们未经允许就擅自闯入，它们根本不欢迎我们。站在原地的我，望着这些柳树，渐渐地，一种陌生感油然而生。在这块边远的地方，我们把"树神""野神"的火气都钓了上来。也许我们刚来那天住了一晚，没什么，但我们已经住了好几天了，而且我又四处溜达，东瞧瞧，西望望，这些"神灵"便忍无可忍了！这里以前还从没有人类的足迹，我们并不受待见。柳树林与我们势不两立！

当我驻足倾听柳树的沙沙响声时，诸如此类的奇思幻想在我的脑海里盘旋。柳树韬光养晦，或欲蓄势待发，若真如此，怎一个愁字了得！万一众神号召全体柳树一起出动，个个顿时拔地而起，挣脱沼泽，集聚夜空，然后突然垂直向我们冲来怎么办！当我面对这一切，不知不觉地产生了幻想，感觉它们的确在移动、逼近、后退又聚集，虎视眈眈，万事俱备，只欠东风。而且我明明发现它们的面貌有所改观，队形更加严密紧凑的啊！可是看来一切都只是"海市蜃楼"罢了。

头顶传来一阵夜莺的尖叫声，凄凄惨惨。刹那间，我失去了平衡，脚下的一截河岸"扑通"一声坠入汹涌的河水之中，水花四溅。我及时向后退了几步，继续收集柴火，满脑子都是一些奇思乱想，如痴如醉，嘴角泛着微微的笑容。回想起斯威德的话，我觉得挺有道理的，是应该第二天就撤的。突然，我一转身，就看到他站在我的面前，真是说曹操，曹操到。他已经离我非常近了。只是当时大风呼啸，波涛汹涌，他没法继续靠近我。

他顶着大风，对我喊道："你离开好久了，我想你一定发生了什么事吧。"

不过，从他的语气和表情，可以发现他话里有话。瞬间，我明白他为什么来了，因为他也好像感觉这块地方不太对劲，而且他不喜欢独处。

他指着月光下的滚滚河水，大喊道："河水还在上涨，这风简直吓死人了！"

他老是喋喋不休，反复唠叨着，不过其实他是想让我来陪他，这才是他的初衷。

我回应道："还好我们的帐篷搭在洼地上，应该可以撑得住！"我又说柴火怎么怎么难找，免得我到处瞎逛的事情穿帮。不过风刮得太猛了，我的声音全被大风给压了下去。这样一来，他也就听不到我在说什么，只能透过树枝望着我，向我点点头。

他大叫道："我们能平平安安地离开就是万幸了！"风太大了，没太听清，反正说了诸如此类的话。他这乌鸦嘴，怎么想就怎么说了，记得我当时有点生气，因为我也担心会有什么不测，有种大难临头的不祥之感。

我们回到火堆旁，点燃了最后一簇火，用双脚蹭一下柴火，使之烧得更旺。我们最后一次环顾四周。还好当时风比较大，要不然火堆的热量太大，肯定热得够呛。记得当时我把这一感受说了出来，不料，斯威德说了一句令我很诧异的话，大概是说他宁愿热一点，也不想在七月饱受"妖风"的摧残。

那个晚上，一切都是那么的舒心；我们把独木舟倒扣在帐篷旁，下面还压着两把黄色的划桨；放干粮的袋子就挂在了柳树的枝干上，洗完的碟子被移到安全的地方，以免被火烧到。

柴火烧得差不多了，可是还有点余烬，我们便用沙子将其压灭。帐篷的门帘随风飘了起来，只见外面纷繁的枝头，满天的繁星，皎洁的月光。躺在"小窝"里的我，很快便进入了甜美的梦乡，一切都抛之九霄云外，唯有那婆娑起舞的柳树，还有那肆虐无情的强风，萦绕在我的梦境之中。

二

突然，我发现自己居然躺在沙垫上睡不着了，从门帘望出去，明亮的月光下，看到挂在帆布上的手表，已经过了午夜十二点——新的一天开始了——我也睡了几个小时。而斯威德仍在旁边呼呼大睡；大风咆哮依旧；我的心揪了一下，感到有种恐惧感，总觉得周围会不太平。

我立马坐了起来，向外张望。狂风肆虐，一棵棵柳树在风中猛烈地摇摆，而我们的绿色小窝，由于地处洼地，安然无恙，任凭大风在其上方无情吹打。不过，我内心的不安并没有因此减轻，我悄悄爬出帐篷，看看物品有没有受损。我小心翼翼，担心吵醒斯威德。此时，一种莫名的兴奋涌上心头。

我匍匐前进，身子一半已经伸了出去，第一眼便看到对面的树梢，一片片树叶映衬着天空，形成一个个会动的影子。我蹲坐在原地，瞠目结舌。真的太不可思议了！稍稍低下头，眺望对面的柳树，则看到一连串不可名状的影子在柳树间出没。隐隐约约看见，树枝一边在风中摇曳，一边聚集到这些影子周围，映衬着月光，瞬息万变，骇人惊悚。当时，这些影子就在我面前十五米远，近在咫尺。

我当时第一反应就是唤醒斯威德，让他也来看看这些影子是不是幽灵，但我又举棋不定。很可能是突然顿悟的缘故，觉得要相信自己的眼睛；我蹲坐在那儿，惊愕地看着这些影子，看得两眼生疼。此时，我没了丝毫睡意，记得当时对自己说，这根本不是做梦！

这些影子开始变得清晰可见了，宛如庞然大物，青铜色的，在树丛间出没，与婆娑的树影完全是两码事。我变得更加镇定，开始观察影子，发现它们比常人高大许多，而且从外形来看，可以确定它们绝非人类！可以肯定的是，它们并不是月光下枝头摇曳的影子。相反，它们特立独行，从大地上一跃而起，直冲云霄，络绎不绝，然后立刻消失在漆黑的夜色里。它们相互交错，形成一根巨大的柱子。四肢和魁梧的身躯若即若离，就像一条蜿蜒的曲线，随着大风和柳树一起低头弯腰，婆娑起舞，扭动盘旋。它们一丝不挂，线条优美；冲破层层树叶的束缚，一根根柱子一般，直奔天空。我一直看不到它们的面庞。它们就这样不断地冲向天空，划出一道道暗红色的曲线，蔚为壮观。

我聚精会神地看着这些影子，琢磨了许久，猜它们一定每隔一段时间都会消失，与摇曳的枝头融为一体，也许这一切只是幻影罢了。我又四处溜达，想看看这些影子是否真的是幽灵。不过当时一想，其实一直以来，这里真真假假的标准就和其他地方不同。因为我看这些影子的时间越长，我就越确信这些影子是真的幽灵（当然了，摄影师和生物学家也许对此不敢苟同）。

我没有丝毫的畏惧，相反，内心充满了一种前所未有的敬畏和惊叹之感。也许，在这片神出鬼没的原始地区，大风肆虐，波涛汹涌，充满了生机与活力，令我如痴如醉。抑或是这里的"神灵"：我想，我们擅自到访，惊动了诸位"神仙"，是罪魁祸首，也联想到各地神灵的传奇故事（古往今来，这些地方一直为世人尊崇）。我也讲不清为什么，可是一股莫名的力量敦促我爬出帐篷。我爬向了沙地，站了起来，光着脚，感觉沙地仍旧暖暖的；大风吹拂我的头发，划过我的脸庞；河水的咆哮声震耳欲聋。感觉这风、这水都是那么的真实，而且也说明我的五官没有失灵。然而，这些幽灵仍在悄悄地冲向天空，那盘旋的弧线，刚柔并济，气势磅礴。我被深深地震撼了，内心深处萌发了敬畏之心，感觉有必要双膝跪下，虔诚地表示崇敬之情。

突然，一股强风向我袭来，把我吹到一边，我跌跌撞撞，差点就要双膝下跪了。感觉我猛地一下子从梦境中摆脱了出来，至少，我对这些影子有了新的看法。这些幽灵仍阴魂不散，依旧划过漆黑的夜空，冲上云霄，而我突然恍然大悟，发现之前的这些都是我的主观想法——虽然这一切看起来像是真的，但其实都带有主观色彩。皓白的月光和舞动的枝头交相辉映，令我浮想联翩，而我也不知道为什么，居然信以为真，认为这些都是客观存在的，猜想一切就是如此。眼前一切，看似活灵活现，引人入胜，其实都是幻象罢了，我中套了。我又鼓起勇气，在空旷的沙地中前行。天哪！这一切都是幻觉吗？只是我的主观臆断吗？我也的确用常识想过这个问题，但为什么没有想通呢？

我只知道，这些庞然大物似乎花了很长时间这样来回地在空中穿梭，和多数人一样，我也喜欢探个究竟。刹那间，这些影子消失得无影无踪了！

顿时，我内心的那种敬畏之情也烟消云散，恐惧之情冷不丁地涌上心头。我突然感觉这块地方极其神秘，令人摸不着头脑，我开始不寒而栗。我惊恐不已，甚至有些惊慌失措，我用目光快速扫视一下四周，想了许多逃生的办法，但都无济于事；我感叹自己心有余而力不足，便悄悄地爬回帐篷，回到自己的沙垫上。我把门帘放了下来，这还是我头一回这么做，这样就看不到那月光下的柳树林了。然后，我使劲把自己的头埋到毯子下面，不想听到那呼呼的、阴森森的风声。

三

记得我当时辗转反侧，过了好久才得以入睡，不过一直睡不安宁，够折腾的。这也似乎更加可以说明我当初没有做梦，甚至我感觉除了上半身是处于休眠状态之外，整个下半身压根没有完全失去知觉，而是时刻保持戒备状态。

在我睡觉的时候，我又感觉到不对劲，这一次我真的惊跳了起来。倒不是因为外边狂风大作，也不是因为惊涛骇浪，而是感觉有样东西在慢慢向我逼近。我的睡意越来越少，最后我完全清醒了！我发现自己居然坐在了垫子上，腰杆挺得笔直，想听听到底是什么东西发出这声儿。

帐篷外面传来一阵阵"啪嗒啪嗒"的响声，不绝于耳。我发现这声音老早就有了，我睡觉的时候就听到过。我坐在原地，惶恐不安，毫无倦意，似乎之前一点都没睡过一样。我感觉自己胸口闷得难受，呼吸开始变得困难。虽然那晚天很热，但我却感到浑身冷飕飕、黏糊糊的，瑟瑟地发抖。我敢肯定，有样东西正慢慢地逼近帐篷的一侧，我感觉它正在往帐篷上压。这是狂风拍打帐篷的声音吗？还是骤雨啪嗒啪嗒击打树叶的声音？还是强风敲打河面激起的浪声？我的脑海中迅速闪过十几种可能性。

刹那间，我灵光闪现：我们这座岛上只有一棵超大的树，就在我们对面，应该是树枝被风吹落的声音吧。也许那树枝卡在其他树枝之间，若再刮一阵大风，树枝也许就会砸向我们；还有一种可能：我们的帐篷很结实，树叶掠过帐篷表面时也会发出"啪嗒啪嗒"的声音。我掀起柔软的帘布，直奔出去，并呼喊着斯威德的名字，让他也跟着出来。

不过，当我来到帐篷外，挺着腰板站在沙地上时，发现帐篷安然无恙。没有什么大树枝悬在帐篷上方，也没有下雨，更没有什么浪花；啥都没有。

一束冷白的光透过柳树林斜射下来，撒在了那片微微泛光的沙地上。仰望苍穹，依旧繁星点点，大风呼呼地吹，气势磅礴，唯独这篝火已没有昔日的光芒；透过茂密的树林，看见远处的东方红霞映照。从我一开始站在那儿，到后来看到有幽灵冲向天空，再到现在，已经过去好几个时辰了。而之前幽灵的画面又在我脑海中浮现，我惊慌不已，感觉是像做噩梦一般。唉！还有这该死的妖风，折腾死我了！我整晚没有睡好，疲惫不堪。不过，即便如此，我的神经还是一直紧绷着，焦虑不已，就像那妖风一样，一直保持着亢奋的状态，根本就睡不着。河水又涨了，惊涛骇浪，响彻云霄。我的睡衣很薄，泛起的浪花溅到了我身上。

我四处寻找声音的来源，可没有找到哪怕一丁点儿的蛛丝马迹。我感到心烦意乱。

我叫了声斯威德，可他没有反应，看来现在没有必要唤醒他了。我环顾四周，仔细观察周围的一切：有倒扣在地上的独木舟、两把黄色的划桨、放干粮的袋子，一盏多出来的灯笼在树上挂着，还有四周那一望无际、密密麻麻、婆娑起舞的柳树林。耳边居然传来了一阵鸣叫声（一般早上才有），一群鸭子排成一列，划过天空，呼呼作响。我站在沙地上，感觉脚下干干的，略带刺痛，沙粒也随风起舞，在我的两只光脚丫周围来回盘旋。

我在帐篷周围溜达了一会儿，然后走进了那片柳树林，这样我便能够眺望大河，看到更远的风景。当我看到茫茫柳树林与天空连成一线时，那种强烈的痛苦感涌上心头，溢于言表。柳树林在黎明曙光的映衬下，显得阴魂不散，如梦如幻。我迈着轻盈的步伐到处走动，脑海中还在纠结那"啪嗒啪嗒"到底是从哪里传来的，还对当时帐篷被压、突然惊醒的那一幕心有余悸。我想，这一定是大风在作怪：大风一刮，地上热乎乎的沙子，"嗖"的一下击打上帐篷的帆布，所以会有"啪嗒啪嗒"的响声；而我们的帐篷顶不结实，当时大风重重地拍打过来，所以会感到有东西往帐篷上压。

虽然这么想，可还是老觉得自己有种莫名的焦虑不安，而且越来越焦虑。

我穿过沙地，来到了沙岸的远处，注意到河岸线在夜里发生的巨大变化，大量沙子被河水冲走。我把双手和双脚都伸进那凉凉的水流，洗了一下额头。天空已有旭日东升的光芒，新的一天即将来临，一切都是格外的清新。回帐篷去的路上，我刻意往之前闹鬼的那片柳树林里走，走到一半时，感到一股强烈的恐惧席卷全身。一个庞然大物从树影中冲了出来，迅速从我身边擦过，我确信无疑……

是妖风在作怪！我吓得停下了脚步，不敢再往前走，不过，当时风力很大，我也不得不跌跌撞撞地继续前行，来到空旷的沙地后，不知怎么的，我不再那么恐惧了。晨风像一个庞大的鬼魂，时不时地出没在树林中。记得当时我自言自语：大风在我的周围穿行。总的来说，萦绕在我心头的那种恐惧感，说不清、道不明，十分强烈，前所未有，也唤起了我心中的敬畏之心和惊叹之情，这么一来，我的情绪好了许多。当我来到岛屿中央的高处时，看到茫茫大河，一望无际，在旭日的映衬下，泛着红光，令人心旷神怡。我心潮澎湃，满怀憧憬，真想痛快地大声呐喊。

可我并没有大声喊出来。因为当我环视岛屿四周时，惊讶地发现我们的小帐篷居然一半被几棵柳树给遮住了，简直太可怕了！相比之下，之前在树林里的大风就像"浮云"一般，根本没什么好怕的。

我发觉这块地方的布局，神不知鬼不觉地发生了变动。倒不是因为我所观察的角度不同，而是因为帐篷与树林之间的相对距离，很明显有了变化。没错，柳树丛离帐篷的距离短了很多——碍手碍脚的，显得累赘、碍眼，而且越来越近了！

柳树丛在黑夜中，轻手轻脚、不紧不慢地在沙地上移动，悄无声息地向我们的帐篷逐渐逼近。但这是大风吹的，还是柳树自己长腿了呢？我回想起之前"啪嗒啪嗒"的响声，想起了有东西挤压帐篷的情景，也想起当时我胸闷的遭遇。我在大风中就像一棵树，来回摇摆，发现很难在沙丘上掌握平衡。我感觉这一切都是有人在背后蓄意而为，把我当成仇人、冤家，我吓得呆若木鸡。

忽然，我发现自己的想法太荒谬、太离谱了，有种想捧腹大笑的冲动。不过还是收了回去，而是惊叫了一声。因为我发现自己对这种"幽灵"特别敏感，担心自己会受到精神创伤，所以我愈加感到惊恐不已。

大风肆虐，把我吹得东倒西歪，不过很快，太阳出来了，越过了地平线。那时已经过了四点。我自己都想不到原来自己在沙丘上居然待了这么长时间，我不敢下来，因为不想靠近柳树林。不过，我还是战战兢兢、蹑手蹑脚地回到了帐篷旁。当时我已身心俱疲，环顾了一下四周，开始了"测量"工作。是的，我在温暖的沙地上，用脚步丈量柳树林与帐篷之间的距离，还特意留心了一下最近的那棵树离帐篷有多远。

我悄悄地爬回被窝，瞧了一眼斯威德，发现他依旧躺在那儿，睡意正浓。要是找不到这些灵异事件的真相，我也许会借助外力来推翻自己的胡思乱想。天亮了之后，我便可以确信这一切都只是幻觉，是自己深夜里的遐想，是想象力在作祟。

此时，我心无旁骛，几乎一下子就睡着了，实在太累了。不过我还是有点心有余悸，害怕自己再次听到那"啪嗒啪嗒"的响声，害怕自己胸口发闷，喘不过气来。

四

太阳当空照，而我还睡得像死猪似的，斯威德叫醒了我，说粥已经煮好了，正好也可以出来晒晒太阳。刚烤好的培根，发出嗞嗞的响声，香气飘了进来，沁人心脾。

"河水还在上涨，"他说，"河中央的一些岛屿全都消失了，我们待的小岛面积也小了许多。"

"柴火还有吗？"我没精打采地问道。

他笑着说："到了明天，柴火和小岛将同归于尽。不过今天柴火还凑合够。"

我猛地一下从岛屿的岬角处跳进了河里，发现小岛的大小和形状，的确在一夜之间发生了很大的变化。我们帐篷对面，就是当初来的时候的着陆点，如今也已岌岌可危。河水冰凉冰凉，一块块河岸的碎片飞一般从我身边擦过。沐浴在阳光下的我，兴奋不已，昨晚的恐惧似乎烟消云散了。太阳火辣辣的，万里无云，而风力却丝毫不减。

刹那间，我悟出了斯威德的弦外之音，他不再像之前那样，巴不得立刻离开这里了，他改变主意了。"今天的柴火还凑合够"——他认为我们今天可以再住一晚，我觉得很奇怪，前一天晚上他还是执意要离开的，怎么今天又变卦了呢？

吃早饭时，河岸发生剧烈的崩塌，由于风力太大，水花都溅到我们的炖锅里了。斯威德则在一旁喋喋不休，说发大水时，维也纳到珀斯的轮船要找到航道有多难。不过，这些我都不怎么感兴趣了，相反，我对他葫芦里到底卖的什么药产生了浓厚的兴趣。他莫名其妙地改了主意，昨天晚上还好好的。他的举止也变了——有点激动，略显害羞，说话的腔调和做出的动作，都显得有点迟疑不决。我不知如何冷静地描述当时的情形，不过有一点可以肯定，即他让步了！

他没怎么吃早饭，连烟斗都没来得及抽，便展开地图，放到身边，一直在琢磨地图上所作的标记。

我想不管怎样，也要让他做个交代，说说葫芦里到底卖的什么药，便当机立断，打开话匣子，探探他的口风："我们最好在一个小时内离开这里。"不过他的回答让我摸不着头脑："成！如果它们同意的话。"

我装作一副若无其事的样子，立马问道："'它们'是谁？大风大雨吗？"

他一边两眼目不转睛地盯着地图，一边回答道："这里的神灵啊，它们是谁不重要，如果这世上真有神灵的话，那应该就是它们没错。"

听完他的话，我放声大笑道："大风大雨向来都是活神仙啊！"不过我极力克制住自己，以免露馅。不料，当他神情严肃地看着我时，我就想自己内心的想法一定是写在自己脸上了。他边吐烟，边说道：

"希望我们离开时不要再有什么不测了，那样就万事大吉了。"

我也恰恰就担心有什么不测，忍不住开门见山了。这就好比同意让牙医拔牙一样；最终疼到受不了就会妥协，之前都是假话。

"再有什么不测！怎么讲？发生什么事了吗？"

他低声细语地说："首先——少了一把划桨。"

"划桨没了！怎么会呢——"我重复道。当时我十分吃惊，因为这是我们的舵，多瑙河要是泛滥的话，没有划桨简直就是自寻死路。

"独木舟的底部有一道裂痕。"他又加了一句，明显感觉他说话声音有点打颤。

我继续注视着他，当着他的面，傻乎乎的，他说什么，我就照着念什么。当时太阳火辣辣的，沙地也热得发烫，而我却偏偏感觉到一股凉意向我们席卷而来。他只顾着点头，而且幅度很大。他径直往篝火另一边不远处的帐篷走去，我也急忙赶上，跟在他后面。独木舟在老地方，我昨晚就看到它在那儿。船的肋骨朝上，在独木舟旁边的沙地上放着划桨，确切地讲，只放着一把桨。

他弯下腰，捡起划桨，说道："只剩一把了，而且船的底板上还有一道裂口。"

当时我真想告诉他，其实几个小时前我明明看到有两把桨的，只是考虑再三，那句话到了喉咙口便又咽了下去。我又凑近了看独木舟的情况。

这道裂口很长，而且很整齐，没有任何坑坑洼洼，船底有一小块木头被整块地削掉，感觉是被锋利的岩石或什么尖的东西给划破的。我仔细观察了一下，发现船底已经穿孔了。如果我们当时啥也不检查就启程的话，那么我们必将命丧多瑙河。可能一开始船上的木头遇水膨胀，那个洞也许会补住。不过，如果到了河流中央，水流湍急，离水面也只有不到两英尺的距离，不一会儿船体就会进水，然后立马沉没。

"你瞧瞧，这是要取人性命啊！"他说道，仿佛是在对我说话，可更像是在自言自语，"确切地说，应该是取两条人命。"他一边说，一边弯下腰，用手指触摸船上的裂口。

我开始吹起了口哨——我无所事事时都会下意识地这么做——故意把他的话当成耳边风。没错，他说的话在我看来是言过其实了。

他检查完独木舟，挺直了腰板，环顾四周，唯独没有瞟我一眼，说道："昨晚还没有裂口呢。"

我停了下来，不再吹口哨了，说道："这八成是我们靠岸时蹭的，岸上的石块锋利无比——"

话还没说完，看到他转过身来，直视我的双眼，我便戛然而止。其实，我和他一样，都明白刚才那番推理是多么的荒诞离谱。首先可以肯定的是，岸边压根儿没有石块。

他把那把桨递给我，指了指桨叶，低声说道："你再看看，这又如何解释呢？"

我接过划桨，仔细观察了一番。一种新鲜感和好奇心油然而生，感觉到一丝凉意。整片桨叶都被刮过了，而且刮痕很整齐，像是用砂纸一点一点磨过一样。桨叶变得很窄，想必当初一定是从桨柄与桨叶的交界处开始刮的。

我有气无力地说道："也许这是我们俩其中一个晚上梦游时干的。或者——或者是由于风太大了，把沙粒都吹了起来，然后这些沙粒不断地打磨咱们的独木舟，最后就成这样了。"

斯威德转身离开了，微微笑道："哈！你还真是什么事都能自圆其说啊！"

见他转身离开，我心有不甘，觉得无论什么问题，自己完全有信心作出推理，便对他喊道："风太大了，把桨也甩到了岸边，划桨连同一截河岸一起坠入了河中。"

"明白。"他转过头来，看看我，大声回应道，然后便消失在柳树林中。

这一切分明是有人蓄意而为。每当独自回想起这些扑朔迷离的怪事时，我总觉得"这肯定是我们两人中的一人干的，而且那人肯定不是我"。但我后来又斟酌了一番，发现无论如何，我们俩都不可能是罪魁祸首。我是绝对不会把矛头指向与我患难与共的斯威德的，绝不会怀疑这一切是他干的。同样扑朔迷离的，是斯威德这个人。他原先沉着冷静，严谨务实，而如今突然变得极为反常，做出的行为令人匪夷所思。

不过，最令我忧心忡忡的，是他好像变了个人似的。不知道他葫芦里到底卖的是什么药——他变得神情紧张，羞涩腼腆，疑神疑鬼。他变得十分敏感，能察觉出一些问题，不过他并不会说出口，而是细心观察其中的玄机，唯恐天下不乱，在我看来，他巴不得动乱早点发生。每每想到这些，哪怕是艳阳高照，抑或是景色迷人，我都惶恐不已。不知为什么，这种恐惧、不安，不由自主地在我内心愈演愈烈。

我赶紧检查了一下帐篷以及帐篷周围，发现布局和昨晚的一样，没有变动。只是沙地上有好几个坑，这还是我头一回看到。坑呈圆弧状，深度、大小不一。小的只有茶杯那么大，大的则有一只碗那么大。这些小坑不用说，肯定是风刮的。连船桨都被风甩到了河里，至于小坑为什么是由风刮的，也就自然说得通了。唯一令人费解的就是那船上的裂口了。这很明显是我们靠岸时，船碰到坚硬的东西造成的。虽然我检查下来，发现岸边并没有什么坚硬的东西，虽然我的脑子越来越不好使了，但我还是坚持自己的推理。厘清事情的来龙去脉是绝对有必要的，就好比厘清宇宙是如何运行的一样，无论最后得出的结论是多么的荒诞离谱，这个过程对于每一个渴望发现问题、解决问题的人来说，无不是一种享受。在我看来，找到那"裂口"的来龙去脉，与探索宇宙的奥秘差不多是一回事。

接着，我们开始修船了。我用火加热树脂，使之熔化，斯威德也赶紧跟着我一块干。即便天时地利人和，这船最快也要明天才能安全起航。我一边修，一边看着沙地上的小坑，斯威德也随着把目光投向那些小坑。

他说道："没错，我也看到了。这些坑，岛上遍地都是。你啊，肯定能说出个所以然来！"

我毫不犹豫地答道："当然是风造成的啦！你以前走在大街上有没有见过一个个小旋风，把地上所有的东西都一股脑儿地卷起来？这里的沙子很松软，风一吹自然就形成坑了，就这么简单。"

他没有吭声，我们俩各干各的活，彼此陷入了沉默。我一直偷偷地观察着他，感觉他好像在看我的样子。周围一片寂静，而他身子一直转来转去，时不时地望望柳树林，看看天，透过林中的空地，眺望河水。他似乎在认真聆听着什么，或者说他期待听到什么。有时候，他甚至把手放在耳边倾听，时时不肯放下。然而，他什么都没有和我说，我也没有问他。他修船的架势，宛如一位红种印第安人，技艺精湛，动作娴熟。我有种莫名的担心，怕他说柳树林有什么不对劲，不过，看到他那副投入的样子，十分欣慰。如果他真的发现树林有什么问题，也就说明我的"感觉"不是万能的了。

沉默了许久之后，他终于开口了。

"有问题，"他急冲冲地说道，感觉有事要交代，"我指的是昨晚的水獭有问题。"

他说的和我预想的完全大相径庭，我感到十分惊讶，猛地一下抬起来头。

"只能说明这块地方荒凉偏僻罢了。水獭胆子很小，极易受惊——"

他打断了我："我当然不是这个意思，我的意思是，你当初真的认为那是只水獭吗？"

"不是水獭是什么？我的天！还会是什么东西？"

"你要知道，我比你先发现它。一开始我发现——它比水獭大多了呢。"

我答道："那水獭在上游，可能是夕阳的余晖在水面产生了折射，所以看起来好像放大了，或许是别的什么原因。"

他看着我，神情恍惚，好像脑子里在想其他事情。

他继续说道，像是在对我说，又像是自言自语："它的眼睛很特别，是黄色的。"

我笑道，稍微有点激动："那也是太阳光的缘故啦！我猜你接下来会问，在船上的那个人是不是——"

突然间，我欲言又止。因为我看到他又开始倾听，转头聆听风的声音，看了他的面部表情，我不敢继续说下去。我们彼此又陷入了沉默，继续修船。很明显，他没有注意到其实我话还没说完。五分钟过后，他把视线从船转移到我身上，手上沾着树脂，还冒着烟，脸色凝重。

他慢慢地说道："不管你是怎么想的，反正我很想知道那艘船上装的到底是什么东西。记得当时船上那个不是人，刹那间，那船上的东西连同船一起离开水面，一跃而起。"

听到这里，我放声大笑。不过这次我的内心有点不耐烦了，略带一丝愤怒。

我大声嚷道："你瞧瞧，这块地方没什么问题啊，我们不要胡思乱想好不好！那艘船以及船上的人都没什么不对劲的啊，那人和船一同飞速顺流而下罢了。那个黑黑的东西的确是水獭，我们不要装傻了好不好！"

他凝视着我，脸色还是那么凝重。他没有吭声，看得出他压根没有生气，我的底气更足了。

我继续说道："拜托，不要再疑神疑鬼了，这边只有河水和妖风的咆哮声，根本没有啥怪声。你这样只会让我心惊胆战。"

他惊讶不已，低声答道："你傻啊！你就是个傻子。说这话的人，最后都没有好下场。其实你应该和我一样，都应该明白的呀！"他的话语中略带轻蔑的口吻，又有点无奈，"你最好不要乱说话，不要自欺欺人，这是弱者的表现，做好充分的心理准备，不然到时候接受不了残酷的事实。"

我已经尽力了，无话可说了。我心里很清楚，他说的话才是对的，我才是傻子，他一点不傻。我们一路走来，原本我比他更通灵的，而如今他居然轻而易举地赶超了我。事实证明，对于灵异事件，我没有他那么敏感，没有那种"特异功能"来察觉到异常，对眼皮底下所发生的事一直是慢半拍的。很显然，他从一开始就很"敏感"。只是，我当时全然没有抓住他说话的要点，认为不可能遇到困难，认为我们不可能那么倒霉。我不再装腔作势了，不过，与此同时，我感到无比的恐惧席卷全身。

他接着说道："不过你有一点做得很对！那就是，我们不要谈论这件事，甚至连想都不要去想，这才是明智的选择。因为言为心声，其言必验。"

到了下午，用树脂补过的地方干了，船也牢固了。我们便开始钓鱼，看看船还漏不漏水，收集柴火。泛滥的河水还在上涨，有时候许多浮木漂到岸边，我们便用较长的柳树枝，把这些浮木拉上来。惊涛骇浪，水花四溅，一截截河岸都被河水卷走，我们这座岛也渐渐变得越来越小了。四点过后，天色渐渐暗了下来，风力也渐渐变小，这是三天以来头一回啊！西南面的天空开始云彩密布，渐渐布满了整片天空。

之前，大风一直不停地肆虐咆哮，呼呼作响，震耳欲聋，我们都有些出离愤怒了。好在风力减小了，我们都松了一口气。到五点左右，原先那呼呼的风声，完全消失了，反而令我惶恐不安。此时，河水开始活跃起来，随心所欲，潺潺流水，深沉悠远，响彻云霄，灵动悦耳，却略显单调。风声虽不及水声那样清脆动听，却抑扬顿挫，伴奏着大自然的韵律。而河水的音调，单调乏味，带有一丝惆怅，与大风的音调截然不同。我感觉这水声隐隐约约触到了我的神经，虽然悠扬动听，却带有一丝不祥之兆。

同样令我感到蹊跷的是，暮色突然降临，整座岛居然一下子变得死气沉沉。原先就感到这里阴森森的，现在天又这么一黑，愈加感到继续待在这是凶多吉少了。我惊慌不已，不止一次盘算着满月什么时候从东面升起来，渴望月光撒满大地，又担心一会儿乌云密布，大煞风景。

风基本平息了——虽然偶尔也会咆哮一阵——感觉河水颜色变得更深了，柳林间的距离变小了。而且，哪怕是风平浪静的时候，柳树也会自己翩翩起舞，沙沙作响，只有树根以上的部分才来回摇摆，十分诡异。如果司空见惯了的东西，突然变得阴森恐怖，人们往往会浮想联翩。这里的柳树也是如此，我们周围的柳树都聚到了一起，深更半夜，怪吓人的。感觉它们处心积虑，蠢蠢欲动。这些柳树看似平淡无奇，实际背后充斥着阴险与狡诈。天色越来越暗，这里的神灵愈加向我们逼近。它们不单单是冲着这座岛来的，更多的是针对我们。我开始浮想联翩，冥冥之中自己那种莫名的恐惧油然而生。

下午一两点钟的时候，我美美地睡过一觉，昨晚折腾了一夜，累死了，午睡过后精神好多了。不过这对我来说不一定是件好事，因为脑子清醒了，周围一有风吹草动就会格外敏感。我竭力克制住自己，自嘲这么战战兢兢其实是多么的荒唐、幼稚，可是尽管这样，那种莫名的感觉愈发强烈，我就像一个小屁孩，在森林里迷了路，害怕黑夜的降临。

白天的时候，我们小心翼翼地用防水板将船修补好，斯威德已将船连同剩下的那把桨一起拴在柳树的底部，以免大风把它们也吹走了。五点过后，我便忙得不可开交了，不停地在炖锅旁打转，准备晚饭，因为那天晚上正好轮到我来做饭。我打算用土豆、洋葱、培根吊鲜味，拿上顿的剩菜作锅底，最后再将黑面包打碎了倒入锅中，一定很美味。饭后再炖梅子吃，加点糖，沏上一杯浓浓的奶茶。我身旁堆放着一大堆柴火，好在没有刮风，不然就麻烦了。斯威德坐在地上，懒洋洋地看着我，一边抽着烟斗，一边指手画脚——这都是我们事先商量好的，谁不做饭谁就可以在旁边休息。斯威德整个下午都很安静，我午睡的时候，他只顾着修船，勒紧帐篷的绳索，到河岸边搜集浮木。他没有说不开心的事情，只是说了说河岸那每况愈下的处境，说我们这座岛已经比我们刚来时小了三分之一，除此之外，他什么都没说。

炖锅开始噗噜噗噜地冒气泡，突然，我听见河岸边传来斯威德的声音，他喊我过去。原来他趁我不注意时四处溜达去了，我立即跑了过去。

"你来听听看，"他说，"看看能听到些啥。"他与往常一样，手呈碗状，放在耳边。

"现在呢？有什么动静？"他一边问我，一边好奇地看着我。

我们俩站在那儿，聚精会神地倾听。起初，我只听到河水滚动时那深沉的嘶鸣声，而柳树林这次一动不动，没有任何沙沙作响的声音。接着，耳边传来一阵微弱的声音，这声音很奇特——有点像嗡嗡作响的锣声，从远处传来。声音似乎是从柳树林对面，荒废的沼泽地那边传来的，时隐时现，不过这肯定不是铃铛声，也不是远处汽笛的鸣叫声。我觉得这声音只可能是锣声，感觉这锣巨大无比，高高悬挂在空中，不停地发出沉闷的音律，叮叮当当，轻柔悦耳，反反复复。我心跳越来越快了。

"我整天都听到这声音，"斯威德说，"你午睡的时候，整个岛都沉浸在这声音中。我顺藤摸瓜，想找找看这声音的来源，可总是感觉与这声音有一层隔阂——也就找不到到底这声音哪里来的。有时候它好像在头顶上方，有时候则在水里。甚至有一两次，我产生幻觉，居然断定这声音其实是从我身体内部发出来的，就像是从第四维空间发出来的声音。"

我困惑不已，根本无法集中注意力听斯威德说话，仔细聆听，抓耳挠腮，想发出这声音的地方是不是以前去过，但都无济于事。这声音又改变了方向，更靠近我们了，然后又销声匿迹。不能说这声音有什么不祥之兆，因为在我看来它十分悦耳动听。不过有一点必须承认，打我听到这声音开始，我的内心就有一种不安，但愿我一辈子都不要再听到这声音。

"可能是因为大风吹过沙坑的关系，"我说道，摆出一副胸有成竹的样子，"要不就是大风大雨之后树林沙沙作响的声音。"

"这声音是从沼泽地那边传来的，"斯威德说道，"一下子从四面八方涌来。"他把我的话当成耳边风，"感觉这风是从柳树林那边传来的——"

"但现在风已经停了啊，"我反驳道，"难道柳树会自己发出声音？可能吗？"

随后，他的回答让我惶恐不已，首先是因为我原本就怕听到这样的回答，其次是因为直觉告诉我，他的回答千真万确。

"这是因为风力减小了，所以现在才听得清楚。之前风声太大，把这声音给压了下去。我认为，这声音是……"

我立刻冲了回去，此时，炖锅里开始不停的冒泡，眼看晚饭就快糊了。当然了，我冲回去的主要原因是不想和斯威德继续争执下去了。我是想尽办法，能不争就不争。而且我害怕他又提什么神灵啊、自然力啊，或者是一些吓人的东西，我希望能自己掌握自己的命运。我们还要在这儿过上一夜，明天才能离开这块阴森恐怖之地，谁也不知道接下来会发生什么事情。

"过来帮我切面包，"我一边喊他的名字，一边使劲搅拌炖锅，香气宜人。看来只有在炖锅旁一起做饭，我们俩的脑子才比较正常，想到这里，我不禁笑出声来。

他慢慢走了过来，从树上拿下行李袋，伸进去摸东西，但是又摸不着，于是就把袋子里的东西一股脑儿地倒了出来，撒到脚边的防潮布上。

"快点儿！"我大叫道，"快烧开了。"

斯威德突然放声大笑，我当时吓了一跳。这不是矫揉造作，而是强颜欢笑，带有一丝苦涩。

"这边没！"他大声喊道，态度十分坚决。

"我说的是面包。"

"没了，袋子里没有面包，有人拿走了！"

我放下长勺，奔了过去。袋子里所有的东西都倒在了防潮布上，就是没看见面包。

我越来越觉得恐惧，心里像压着一块重重的石头一样，不寒而栗。然后，我也跟着斯威德放声大笑起来。似乎放声大笑是我们唯一能做的事，听到自己的笑声后，我也明白了这一点。我们都太紧张了，神经绷得太紧，才会这样强颜欢笑地宣泄出来。我们压抑了太久，需要有所释放。当然了，放声大笑只是权宜之计，并不是定心丸，很快，我们的笑声戛然而止。

"罪过啊，我真是太笨了！"我大喊道，依然固执己见，想厘清事情的来龙去脉，"在普莱斯堡的时候，我把买面包的事情给忘得一干二净了。店里的那个女人唠唠叨叨说了一堆话，把我想要的东西都一股脑儿地拿到我面前，我想我一定把面包落在柜台上忘记拿了，或者——"

"燕麦片也比早上的时候少了很多。"斯威德打断道。

他关注燕麦片到底想干啥？我心里想着，有些生气。

"这点东西明天够吃了，"我激动地说，"到了科莫恩[1]或格兰[2]，这些东西就应有尽有了。而我们必须在二十四小时之内离开这里，逃到数英里以外的地方。"

1　匈牙利一城市，位于该国西北部多瑙河右岸，约一半居民信奉天主教。
2　匈牙利旧京。

"希望如此吧，老天保佑啊，"他一边嘀咕着，一边把东西都塞回袋子里，"如果我们没有来得及逃走，那我们肯定会遇难，被抓去当祭品了。"他一边说，一边傻笑。他把袋子拖到帐篷里，我猜是出于安全考虑吧。我耳边一直传来他嘀嘀咕咕自言自语的声音，不过听不太清，我也没当回事。

毫无疑问，我们的晚饭就这么泡汤了。我们彼此闷头吃着饭，避免与对方对视。各自往火堆里扔柴火，让火烧得旺些。吃完后，我把盘子什么的都洗了，准备睡觉。我们点了支烟，什么活都不想干了，憋在心里的焦虑之情越来越明显。我倒不是不敢直面恐惧，而是我自己也清楚恐惧这声音从何而来。我感觉这声音很奇怪，就像锣声一般，现在变得连绵不绝，寂静的夜空中充斥着这种声音，微弱却又一直萦绕在耳畔，但又听不太清，时而在我们身后，时而在我们面前。有时，我幻想它是不是一会儿从我们左侧的树林中窜出来，然后接着又从右侧的树林里冒出来。经常可以发现这声音在我们的正上方盘旋，就像蜜蜂振动翅膀时发出的嗡嗡声。这声音无处不在，前前后后，左左右右，上上下下全是，无法用言语来形容。不过，像这种沉闷的嗡嗡声，在来这片荒郊野地，来到这片柳树林之前，我从未听到过。

我们坐在地上抽烟，周围还算太平，不过心里那种焦虑紧张的情绪无时无刻不在膨胀。最糟糕的是，我们不知道接下来会发生什么，也因此无法采取任何防备措施，万事难料。我白天时的推理又萦绕在脑海中，现在看来当初的推理是多么愚蠢，多么荒诞。我越来越感觉，无论情不情愿，自己还是会不由自主地和斯威德聊天。毕竟，我得和他一起过夜，一起睡在同一张帐篷内。我发现，如果没有他的精神支持，我不会在那儿待得太久的，看起来聊天还是很有必要的！他有时候会在空虚时和我聊天，而我则尽量能不说话就不说话，只是装作没听到或者对他笑笑，等实在无聊了再和他聊天。

此外，他说的一些话，令我极度不安。他总是征求我的意见，来验证他的看法，这样可以让他的看法更加具有说服力。他会编一些稀奇古怪的话，然后就和我东拉西扯，让我感觉他的思路匪夷所思，他觉得这些闲言碎语憋在心里难受，就一吐为快了。这对他来说也是一种解脱，其实是一种病态。

"我敢肯定，有东西在我们周围晃悠，难怪这边动荡不安，整座岛四分五裂，似乎要把我们赶尽杀绝，"他有一次如是说道，当时我们俩面对面，中间是火堆，在熊熊燃烧，"我们目前处境不妙。"

又有一次，感觉这锣声离我们越来越近，响声越来越明显，而且似乎就在我们正上方盘旋，他说道，好像是在自言自语：

"这种声音留声机里肯定找不到，我压根儿不是用耳朵听见这声音的，这嗡嗡声简直可以说是通过另一种方式融入我的身体，这也许就是从第四维空间所传出来的声音吧。"

我故意没有理睬他，而是挪一挪屁股，靠火堆更近一些，环视四周，眺望远方漆黑的一片。天空乌云密布，连月亮的影子都找不到。一切照常，河水依旧不停地流淌，青蛙仍在岸边嬉戏。

"我们周围的这声音，"他继续道，"很奇怪，之前从来没有听到过，闻所未闻，用一个词来形容，即'非人类'。我的意思是说，这声音是从外星球传过来的。"

说完，他静静地躺了一会儿；不过，这对我来说也是无比欣慰，因为他道出了我的心声，虽然他也没说多少，但总比憋在心里好受些，我也得以释怀。

在多瑙河畔，在这么荒凉的地方野营，可能我一辈子都忘不了吧？在这人迹罕至之地，简直是百无聊赖！我的脑海中不断浮现繁华的都市和川流不息的人群。我巴不得回到之前去过多次的巴伐利亚村庄，陶醉其中，享受"布尔乔亚情调"；我巴不得回归正常生活；农民畅饮啤酒的豪情，在树荫底下桌边纳凉的惬意，沐浴在炙热阳光下的暖意都无不令我神往。还有那红顶教堂后，岩石上城堡的残垣断壁，也令我如痴如醉。哪怕来这里的游客络绎不绝、人满为患，我都会觉得很欣慰。

不过，我内心的恐惧并非普通意义上的恐惧，这种恐惧说不清，道不明，似乎比见到妖魔鬼怪时还要强烈、更加匪夷所思，感觉自己穿越到了远古时代，那种恐惧之情，前所未有，连做梦都没想到会如此令人心烦意乱。用斯威德的话说，我们"误入歧途"了，居然来到如此的荒郊野外，险象环生，令人摸不着头脑。我们这座岛的附近，有一片未知区域，那里的人像是在窥看我们，而我们却看不到它们的身影，而且感觉我们与它们之间的隔阂越来越小。如果我们在这里待得太久，我们就会被它们拉到那片未知区域，最后可能连"性命"都没了，不过它们不会在肉体上折磨我们，而是会从精神上摧残我们。这样，在他看来，我们很有可能会因这次探险而丧命，充当祭品。

由于我们对这种环境的敏感程度，以及抗干扰的能力都不同，因此我们各自有不同的反应。在我看来，这片未知的区域就像一个巨大的幽灵，受到惊扰，满腹杀气，气势汹汹，我们擅自闯入此地，影响其繁衍后代，他为此憎恨无比；而斯威德则把这片土地看成是一片圣地，有古代神灵保佑，感觉这边洋溢着过往朝拜者的敬畏之情，他也把自己看成是古人，把自己当成异教徒，沉迷于其中。

无论如何，这里的环境并没有为人类所玷污，狂风呼呼地吹，方得守住一寸净土，免得人类粗鲁无礼，肆意破坏。这里的神灵近在咫尺，气势汹汹。这种来自"外星球"的冲击，这种另类的生命体征，这种非人类的进化体系，深深地震撼了我，这种感觉也是空前绝后。可能我们最终会不堪重负，沉迷于神灵的魔力之中无法自拔，而且我们很有可能会被卷入属于它们的世界。

从一些琐碎的小事，就可以看出这块土地的神奇之处了。此时，火堆周围一片寂静，之前发生过的一些事情不由自主地浮现在脑海中。显然，这块地方会扭曲我们所看到的一切：在湍流中翻滚的水獭、在船上急急忙忙做着手势的人、变幻莫测的柳树林，种种这些都已失去其本来面目，展现在我们面前的是其另外一面，感觉就像是外星球来的一样。我感觉不光是我一个人对这种"变异"现象感到陌生，而是所有人类都会对这种现象不知所措。我们所经历的点点滴滴，都是人类闻所未闻的。这是一次崭新的经历，是真正意义上的"诡异"历程。

"这一切都是有人处心积虑，蓄意而为，我们的勇气都降到零点了，"斯威德突然说道，感觉他恰好道出了我的心思，"如果这一切都是虚幻的，那么我们也至少可以鼓鼓士气，可偏偏现实是船桨的确少了一把，独木舟也有破损，还有带的干粮居然也越来越少了——"

"难道我没有一遍说清楚吗？"我怒气冲冲地打断道。

"说清楚了，"他冷冰冰地答道，"没错，你说清楚了。"

和往常一样，他又开始侃侃而谈，用他的话说，我们就是"去白白送死"；不过，整理了一下思绪后，我发现这不过是他内心恐惧的坦白而已，说明他已被恐惧攻陷或者击垮了。此时就要鼓足勇气，镇定自若，而我们俩都做不到这一点。我从来没有如此清楚地感受到有两个自我——其中一个已经把事情的来龙去脉都厘清了，而另一个自己则自我嘲讽，讥笑自己所做的推理是多么愚蠢，不过嘲笑归嘲笑，我内心还是十分忐忑不安的。

与此同时，天色一片漆黑，火苗也渐渐熄灭，柴火也越来越少。我们俩都懒得去捡柴火了，于是黑暗笼罩着我们的脸庞。只有火堆周围一圈是亮的，离火堆稍微远一点的地方就是一片漆黑了。偶尔间，一阵微风吹过，周围的柳树开始沙沙作响。除此之外，整座岛万籁俱寂，压抑深沉，只有河水的汩汩声、头顶上方的嗡嗡声会稍稍打破一下宁静。

我想，我们都巴不得听到狂风呼啸的声音吧。

突然，微风不断，似乎风力又要加强。最终，我实在憋不住了，索性把话挑明，或者就歇斯底里地发脾气。如果我们俩都狂躁不安的话，当时的局面可能还要乱。我踢了踢火堆，火烧得更旺了，突然转向斯威德，他惊讶地抬起头看了看我。

"我实在是忍不住了，"我说道，"我讨厌这里，讨厌这里的黑暗，讨厌这里的噪音，讨厌自己糟糕的情绪，感觉整个人都垮了。我惶恐不安，一点不假，如果有其他河岸在我面前，我保证会选择游过去，离开这个地方！"

斯威德的脸历经风吹日晒，都变黑了，可是听到我这么一说，他脸刷地一下白了。他吃惊地盯着我看，回答的声音很轻。尽管他极力保持镇定，可从他的声音中我们可以发现其实他内心非常激动。不过，无论如何，他比我坚强，他比我更加沉着稳重。

"这并不是说我们逃走就可以解决问题的，跑得了和尚，跑不了庙，"他回答道，感觉就像一位医生在给一个重症患者看病，"我们必须处之泰然，安静等待。我们周围的幽灵可以几秒钟内将一群大象置于死地，就像我们打苍蝇一样易如反掌。我们只有保持绝对的安静，才能死里逃生，默不吭声就是我们的救命稻草。"

我内心憋了好几个问题，疑惑的神态都流露在了脸上，可就是不知该如何用言语来表达。就像自己明明得了一种病，却对自己有哪些具体症状一头雾水。

"我的意思是，目前它们这帮神灵虽然察觉到我们的动静，但它们并没有发现我们，或者说它们并没有找到我们的'具体位置'，"他继续道，"它们就像在大海里捞针。一把船桨离奇失踪，独木舟莫名受损，粮食无故变少，凡此种种就可以说明问题了。我感觉它们真的感受到了我们的存在，只是看不见我们罢了。要保持内心平静，内心焦虑就会引起它们的注意。务必沉着冷静，不然就完蛋了。"

"不然就死路一条，是吧?"听他这么一说，我张口结舌，浑身透凉。

"不是死那么简单，"他说道，"通常来说，死亡意味着销声匿迹，抑或是摆脱束缚，随心所欲，不过无论如何，一个人的本性是不变的。即便你的躯体不复存在，但本性犹存。而这次的死亡却意味着整个人翻天覆地的变化，彻头彻尾，就像换了一个人似的，想想就令人毛骨悚然，比死亡可怕多了，完全不是纯粹的销声匿迹。我们碰巧来到这个地方安营扎寨，与这些神灵不期而遇，感觉我们与它们之间的距离越来越近。"——太可怕了！他说出了我一直想说但又不知如何表达的话——"它们已经察觉到了我们的活动范围。"

"它们是谁?"我问道。

风平浪静时柳树的婆娑起舞，头顶上方一直盘旋着的嗡嗡叫声，凡此种种这些我都忘得一干二净，唯独担心的是"它们"到底是谁，这种忧虑之情溢于言表。

顿时，他脸色刷地一下变了，难堪得难以形容，反正我是不敢看他了，把头低了下去。他把身子往火堆那儿靠了一点，压低了嗓门，回答道：

"我这辈子，"他说道，"冥冥之中总感知到有另外一个世界，离我们这个世界并不远，却大相径庭：在那里，随时会发生惊天动地的大事，形形色色的魁梧骇人之士匆匆与你擦肩而过，似乎要干一番大事业。相比之下，尘世浮华、民族兴衰、帝王更迭、兵家胜败、大众前途，都犹如过眼云烟，沧海一粟。它们所做的'大事业'都会直接影响到我们的灵魂，影响到我们灵魂的表现形式——"

"我刚刚其实想说——"我鼓起勇气，竭力制止他，感觉我对面站的那位简直就是个疯子。不过他立即以雷霆之势压住了我。

"在你看来,"他说道,"'它们'是大自然的那些神灵,我之前认为'它们'是古代的神仙。不过,我现在要郑重地告诉你,我们俩都错了!我们一说神灵,想必都能明白它们是什么,因为它们和人类有一定的关系,面对这些神灵,人们朝拜供祭。然而那些在我们周围的'妖怪',它们和人类没有一丁点儿的关系,只是碰巧来到我们这儿罢了。"

听他这么一说,我感觉很有道理,加之当时岛上一片孤寂,伸手不见五指,我吓得不禁颤颤巍巍,差点跌倒,感觉自己失去了定力。

"那你有啥建议?"我又开口道。

"我们可以找一个替罪羊,当作这些幽灵的祭品,让它替我们掩护,这样我们就可以死里逃生,"他继续道,"就像一群凶神恶煞的野狼,吞噬了拉雪橇的狗,让雪橇上的人幸免于难一样。只是——我目前还没有找到替罪羊。"

我呆若木鸡地看着他,他眼里散发出来的光特别吓人。他又继续说道:

"当然是柳树林!柳树林可以遮蔽神灵,但神灵已在四处搜寻我们。我们要是惊慌失措,肯定就会彻彻底底乱了阵脚。"他双眼注视着我,看得出他是如此的镇定自若,坚定不移,真心实意,之前我还怀疑他是不是疯了,现在这些疑虑都烟消云散了。他正常得很!"要是能撑过今晚,"他说道,"我们天亮后就可以悄悄地离开这里,或者说是神不知鬼不觉地离开。"

"可这替罪羊真的会——"

话音未落,嗡嗡的锣声离我们头顶越来越近了。只是,真正让我瞠目结舌的,并非是那嗡嗡声,而是斯威德那惊悚的表情。

"嘘!"他一边小声说着,一边举起手来,"能不提它们就别提它们。千万别说'幽灵'两个字,一旦说漏嘴,它们就会显灵,然后肯定就会现身,我们目前唯一能做的就是无视它们的存在,这样一来,它们也就不会注意到我们。"

"连想都不能想吗?"

他听完我的话,恼羞成怒:"对,而且要格外小心。一旦我们脑海里有这个念头,它们很快就会察觉到。务必不惜一切代价,将这个念头抛之脑后。"

我整了整火堆，生怕周围一片漆黑，担心夜色肆意横行。夏日的夜晚阴森恐怖，我是多么渴望白天来临，渴望见到太阳的曙光，这种期盼之情，还是头一回有。

"你昨晚一宿没睡？"他突然问道。

"午夜之后，我就没怎么睡，"我含含糊糊地答道，这么做也是为了避免说出"幽灵"两个字（凭我直觉，斯威德说得没错），"不过这风——"

"明白，不过不是所有声音都来自大风吧！"

"你也听到风声了？"

"我听到的是无数窸窸窣窣的脚步声，"他说道，迟疑了一会儿，又补充道，"还有其他声音——"

"你是说那股强大的力量吗？是它压迫帐篷时发出的声音？"

他猛地点了点头。

"似乎我们的呼吸开始变得紧张了？"我说道。

"可以这么说吧！我感觉空气一下子变得凝重了许多，似乎整个人都要垮了似的。"

"那么'这个'声音，"我手指着天空，决定把憋在心里的话一口气都说出来，只闻那锣声嗡嗡作响，不绝于耳，起起伏伏犹如大风在呼啸，"这是什么声音？"

"这是'它们'的声音，"他的声音极其低沉，"这嗡嗡声是它们那个地方特有的，只是我们和它们之间的距离如此之近，所以它们那边的声音就神不知鬼不觉地传到我们这里了。但要是你仔细听一下的话，会发现这声音与其说是在我们正上方，不如说就在我们四周，就在柳树林里，这嗡嗡声其实就是从柳树林那边发出来的，就是柳树林在和我们作对！"

我不太明白他的意思，不过毫无疑问，他的想法和我的不谋而合，只是我分析得不及他那么透彻罢了，我真想把那天晚上看到幽灵升天、灌木移动的幻境那件事说出来。刚要开口时，他猛地一下将头越过火堆，看着我，然后开始低声细语滔滔不绝地讲起来。他镇定自若、刚毅勇敢、临危不乱，令我惊叹不已！几年来，他在我看来一直是不食人间烟火、遇事面不改色心不跳的人。

"现在给我听着，"他说道，"我们现在唯一要做的就是和往常一样起床，就像什么事都没有发生过一样，我们要装作什么都没感触到，什么都没有看见。这完全是心理作用，至于这些事情，想得越少，逃脱的可能性就越大。总之，不要去'想'，不然就糟了。"

"好吧，"我勉强回答道，听了他这番话，又想到之前发生的种种离奇事件，我瞠目结舌，"好吧，我尽量，但首先你得告诉我一件事，告诉我地上的一个个沙坑是怎么回事？"

"不行！"他激动得大喊起来，忘记应该低声细语了，"我不敢，我怎么敢把我心里的想法说出来呢？只要你别胡思乱想，我就放心了，千万别乱猜测！'它们'已经把事情的来龙去脉告诉我了，你要尽量不让'它们'左右你的思想。"

话音刚落，他的嗓音再一次低沉了下去，我也没有继续追问，竭力抑制住自己内心强烈的恐惧。我们俩一言不发，各自抽烟。

接着发生了一件事，表面上看微不足道，但当人神经处于高度紧张状态时，这件小事却完全改变了我的想法。当时，我无意间低下头，看了看脚上的沙滩鞋（其材质往往用来做独木舟），发现鞋尖有个洞，不禁回想起当时在伦敦一家店铺买鞋的经过。记得当时店家给我试穿了好几双鞋子，费尽周折，当然还有其他一些无趣但却实际发生的细节。我又想起每每回到家中，纵使这个社会尔虞我诈，我依旧能调整适应。我脑海中又浮现出烤牛肉、松子酒、摩托车、警察、铜管乐队等种种普普通通、实实在在的人和物。当时，我内心突然有了感触，连我自己都震惊了。从心理学角度分析，我之所以会突然有如此强烈的反应，是因为我处在一个非常特殊的环境之中，换做常人是无法适应的。不过，无论什么原因，想起这些往事之后，我的内心有了短暂的释怀，我变得无所畏惧。我把头抬了起来 看着斯威德。

"你这老不死的异教徒！"我一边大叫，一边冲着他大笑，"你尽胡思乱想、太迷信了，你——"

突然，原先的恐慌又卷土重来，我发现自己的嗓音太大，这么做是亵渎神灵的，于是立马住口。斯威德和我一样，都感觉有点儿不对劲，我们头顶上方有灵异的叫声，突然又没了，似乎有东西在向我们逼近。

他那黑色的脸颊一下子刷白，他直直地站在火堆前，呆若木鸡，两眼直瞪着我看。

"过一会儿，"他似乎有点无奈，又惊慌失措地对我说，"我们必须离开这儿！不能在这儿久留，赶紧撤离，然后沿着河流直上——直下。"

看得出，他说话开始语无伦次了。他惊恐万分，内心压抑的恐惧之情最终还是流露了出来。

"就在天黑的时候？"我惊呼道，身子不寒而栗。不过，我比他更了解我们当时的处境。"你简直疯了！现在河水已在上涨，况且我们只剩一把桨了。除此之外，这么做只会离它们的领地越来越近！方圆五十英里开外没有别的，只有无穷无尽的柳树林！！！"

他又坐了下来，有点崩溃了。大自然喜怒无常，风云变幻。原本他是我的精神支柱，不过由于他刚才听到空中那怪异的叫声，现在恰好相反，我成了他的精神支柱，他开始意志消沉了。

"你叫那么响干吗！为什么那么做？"他低声细语道，从他的嗓音和面色可以看出，他内心充满了恐慌和畏惧。

我绕过火堆，走到他旁边，握住他的双手，跪在他身旁，两眼直视着他那惊恐的双眼。

"我们再生一把火吧，"我坚定地说道，"然后我们就睡觉，等明天太阳升起后，我们便火速前往科莫恩。好了，振作一下，你刚才不是不让我去'想'那些事情的吗？"

他没有再吭声，似乎默认了我的劝告。从某种程度上来说，在夜里起身去远处收集柴火本身也是一种放松。我们走在沿河的灌木丛中，靠得很近，几乎快贴在了一起。头顶上方的嗡嗡声还在继续，而且感觉我们离火堆越远，这嗡嗡声就越响。真是令人战战兢兢啊！

走进茂密的柳树丛后，我们便分头找柴火。我发现有一根之前在汹涌的河水中漂动的浮木，居然卡在高高的枝头上。刹那间，有一股力量把我拽了下去，我差点就摔倒在沙地上。原来这是斯威德干的，他倒在了我身上，紧紧缠着我，我能听见他短而急促的喘息声。

"瞧！千真万确！"他轻声细语道，我也是平生第一次体会到那种撕心裂肺的恐惧是什么滋味。他指向离我们十五米开外的火堆，我顺着他手指的方向看去，我敢保证，我当时心跳骤然停了一下。

在那昏暗的火光前，仿佛有一个东西在来回移动！

　　我是透过眼前一层薄薄的纱布看到这一切的，这纱布宛如剧院后台的幕布，隔着它看东西看得不是很清楚。这东西，既不像一个人，也不像一种动物。我感觉好像是"一群"动物，像三三两两的一群马之类的，移动起来非常缓慢。斯威德也有同样的感觉，不过他根据这物体的形状和大小，猜测这物体像一簇柳树丛，顶端呈圆形，上面有东西在移动。"上面缭绕的好像是烟雾一样的东西。"他接着说道。

　　"我看这东西沉了下来，穿过了树丛，"他对着我哭泣道，"看，天哪！它朝我们这边过来了！啊，啊！"他尖叫道，"'它们'发现我们了！"

　　我惊恐地环顾了一下四周，恰好发现这模模糊糊的影子正穿过树丛，摇摇晃晃地向我们奔来。我仰天向后栽倒在一堆树枝中，不过，斯威德也压在我的身上，分量太重，我们便一股脑儿地摔在了沙地上。真的，我对发生的一切全然不知，只知道自己的神经被一阵恐惧感包围，不寒而栗，这种恐惧感在我的身上肆意蹂躏。我紧闭双眼，感觉有东西卡在嗓子眼，透不过气来，自己的灵魂正在膨胀，似乎要延伸至外太空，不过很快，我又感到自己正在慢慢丧失知觉，奄奄一息。

　　突然，一阵剧痛传遍全身，我发现原来这是斯威德干的，他倒下时一把抓住我身子，把我捏疼了。

　　后来斯威德说，正是这股疼痛感救了我的小命。当它们就快找到我们时，我疼得厉害，便忘记了它们的存在，注意力转移了，它们就没有发现我的灵魂，我也就正好死里逃生。斯威德说他当时也正好晕倒了，也因此幸免于难。

　　我只记得过了一会儿（至于多久还真难说），我居然在一堆湿滑的柳树枝中挣扎，努力想爬出来。此时，我发现斯威德站在面前，伸出一只手想拉我起来。我茫然地看着他，使劲拽着他的胳膊，竟不知该说些什么好。

　　"我有一阵子丧失意识了，"他对我说，"这才死里逃生，当时就没想'它们'。"

　　"你差点儿扭断了我的胳膊。"我好不容易组织了一下思路，说出一句话来。接着，我感到全身麻木。

　　"要不然你就没命啦！"他对我说道，"我们成功摆脱了它们，它们到其他地方去了。嗡嗡声也没了，无论如何，这声音至少目前来说消失了！"

突然，我开始歇斯底里地狂笑，斯威德也跟着笑了起来，笑得前仰后合，心情舒坦了许多。我们回到火堆旁，把柴火添在上面，火焰一下子又旺了起来。接着，我们发现帐篷倒了，乱糟糟的。

我们把帐篷重新搭好，这期间我绊倒过不止一次，双脚一直卡在沙地里。

"是沙坑的缘故，"等到帐篷搭好，火光将我们周围照得通亮，斯威德检查了下说道，"看看这些坑有多大！"

我们在帐篷和火堆四周，也就是我们之前看到有影子来回移动的地方，发现那块沙地上有一些沙漏形的深坑，和我们前几天看到的沙坑基本一致，只是这些沙坑更大、更深，形状别致，有些还很宽，都可以将自己的整条腿放进去了。

我们两人都不吭声了，明白目前最太平的，就是去睡觉。于是，我们便用沙子把火浇灭，把放干粮的袋子、船桨都拿进帐篷内，然后各自上床休息了，没有半点儿磨蹭。我们把独木舟放在帐篷旁边，睡觉时脚可以触碰到它，这样一旦有风吹草动，我们便可以察觉到。

为了应对突发状况，我们那晚睡觉时也没有脱衣服，随时准备逃生。

五

我原本打算坚持整晚躺着不睡，观察周围的动静。不过，当时身心过于疲惫，不知不觉睡着了，加之斯威德也睡了，我不一会儿便进入了梦乡，对周围发生的一切全然不知。不过，刚躺下时，斯威德辗转反侧，焦躁不安，时不时坐起身来问我是不是"听到这个"或"听到那个"。他在软垫上翻来覆去，老是嘀咕着帐篷在移动啊，河水涨过岬角了什么的。不过，我每次走出帐篷一探究竟后，都发现其实一切安然无恙，最后他终于平静了下来，静静地躺在床上一动不动。随后，他的呼吸开始变得匀称起来，也可以清晰地听到他的呼噜声了——我也是平生第一次，也是唯一一次觉得打鼾声是多么令人心旷神怡，身心舒坦了！

我想起来了，我是听着他的呼噜声睡着的，之后发生什么就不知道了。

突然，我感到呼吸困难，醒了过来，发现原来是毯子捂住了脸。不过，除了毯子，我发现还有其他东西压在自己身上。我的第一反应是，斯威德在睡觉的时候，毯子落到我身上了。我叫了一声他的名字，并坐了起来。就在那一刹那，我感觉帐篷四周有动静。外面又开始发出清脆的"啪嗒啪嗒"声，气氛开始变得阴森恐怖起来。

我又叫了一声他的名字，嗓音比之前更大了。他没有回应，但我发现呼噜声没有了，而且帐篷的帘布是掀开的，这太不应该了，简直无法原谅。我爬出帐篷，天还暗着，然后将帘布固定好。那时，我才确定斯威德并不在帐篷里，他已经走了。

顿时，我心烦意乱，发疯似的冲了出去。就在那时，耳边传来一阵阵嗡嗡声，感觉自己被这种噪音包围了，声音从四面八方向我袭来。我发现，这嗡嗡声和我之前听到的声音极为相似，我疯了！感觉就像一群看不见的蜜蜂在我的上方徘徊，空气变得凝重，感觉快喘不过气来了。

不过，斯威德现在肯定情况危急，我得立即去救他。

这时，天刚蒙蒙亮，一眼望去，天边一束微弱的白光穿过云层，风平浪静。依稀可见一簇簇柳树和远方的河流，似乎与白色的沙地融为了一体。我拼命地在岛上来回狂奔，一边跑一边喊着斯威德的名字，一想到什么就扯破嗓门大喊。不过，当时柳树沙沙声太响，还有那嗡嗡的噪声，把我的声音盖了下去，几英尺以外的人就听不见我的声音了。我冲进柳树林，一路披荆斩棘，不是一头栽倒在地，就是被树根绊倒，满脸被刮得伤痕累累。

万万没想到的是，当我赶到岛的岬角时，在河水和天空之间，发现一个黑黑的影子。原来那是斯威德，他的一只脚已经踏入河中！如果我再晚来一步，他可能就跳下去了。

我纵身一跃，一把抱住他的腰，使尽全力把他拖上了岸。当然，他拼命地反抗、挣扎，一直发出怪声，就像此前那讨厌的嗡嗡声，还气冲冲地说一些稀奇古怪的话，比如"走'进去'见它们""风啊、水啊，都给我走"，还有其他一些只有老天才能听懂的话，后来我也记不起来了，不过，当时听得我毛骨悚然，惊恐异常。好在我最后还是把他安置在帐篷里一个相对安全的角落里了，他气喘吁吁，在毛毯上不停地爆粗口，我用手按住他，不让他乱动，直到他最后平静下来。

此时，恰好之前一直萦绕在耳畔的嗡嗡声和帐篷外的啪嗒啪嗒声也戛然而止——这在我看来是最为扑朔迷离的。他什么都没做，只是睁开了双眼，把脸转向了我，黎明的微光从门口射了进来，照到他那疲惫的脸上。接着，他说了几句话，简直就像一个战战兢兢的儿童：

"多亏你救了我这条老命！不过，不管怎样，一切都过去了，它们找到替罪羊了！"

说完，他一下子躺倒在毯子上，在我眼皮底下睡着了。他一躺下就开始和之前一样打起呼噜来，好像什么事都没有发生过一样，好像自己之前从来没有溺水自杀来充当神灵祭品的想法。就这样，他足足睡了三个小时，而我也没有离开他半步。三个小时后，阳光把他照醒，我发现他显然已经不记得自己的所作所为了，我也学乖了，没有追问，怕惹麻烦。

我前面说了，他是自然而然醒来的，我没有刻意去叫他。那时太阳已经高高升起，酷热难耐，周围风平浪静。于是，他立即起床开始准备做早饭的柴火。他跑到河边洗洗身子，我也急切地跟了过去。不过，这水太冰凉刺骨，他并没有跳进去，只是低下头看了看河水，然后开始评头论足起来。

"河水终于退了，"他说道，"太好了！"

"那嗡嗡声也没了。"我说道。

他抬起头，平静地看着我，神情和以往没有任何区别。显然，他什么事都记得，就是自杀那件事忘了。

"一切都恢复正常了，"他说道，"因为——"

他迟疑了一会儿。不过，由于他晕倒之前说过类似的话，所以我知道他大概会说些什么，于是想确定一下。

"因为'它们找到替罪羊了'？"我勉强一笑，说道。

"没错，"他答道，"没错！我敢肯定，对，我这次敢打包票。"他补充道。

他开始好奇地东张西望，酷热的阳光直射在一小片沙地上，风平浪静，柳树一动不动。他慢慢地站了起来。

"过来，"他说道，"找找看，说不定能找到那个替罪羊。"

他立即跑到岸边，我也跟了过去。他驻足良久，不停地用一根木棍戳戳沙湾，戳戳洞穴，戳戳那一小摊壅水，而我一直在他身后看着。

"啊！"他突然大喊道，"啊！"

这惊呼声不禁让我回想起过去二十四小时发生的那一幕幕惊悚的场景，依然历历在目。我赶紧上前，发现他正用木棍戳一个庞大的黑色物体，这东西一半淹没在河水中，一半敞露在沙地上，好像是被卡在一些弯曲的树根之间，河水怎么冲都冲不走。几个小时之前，这物体肯定全部淹没在水里。

"瞧，"他轻声地说道，"是这个替罪羊给了我们生还的希望！"

从他的肩膀看过去，我注意到他把木棍搭在那人的尸体上，将其翻了个身。原来这是一个农民，他的脸埋在沙地里。很显然，他是淹死的，不过已经死了好几个小时了。八成是在黎明时分——确切地说，是当"他平静下来后"，他的尸体顺着河流被冲到了岛上。

"我们一定要好好给他安葬一下！"

"我也是这么想的。"我回应道。看到他凄惨的样子，我有点不寒而栗，不禁瑟瑟发抖。

斯威德抬头猛地扫了我一眼，神情不可名状，然后开始沿着河岸向下一步步靠近河水，而我则慢慢地跟在他身后。我发现，河水太迅猛，那人的衣服基本被冲走了，除了头颈，他一部分胸部也裸露在外。

走到一半时，斯威德突然停下了脚步，用手示意让我停下，不过也许是我双脚一滑，抑或是惯性的关系，无法立刻停下，便猛地向他扑去，生怕他有生命危险，又抱着他向前跳了一步。我们纷纷倒在坚硬的沙地上，双脚浸到了河水。说时迟，那时快，我们还来不及躲闪，便重重地撞向了那具尸体。

斯威德大喊了一声，我也立即往后一跃，好像中了一枪似的。

当我们撞向这具尸体时，他的表面响起一阵剧烈的嗡嗡声，应该说是多种嗡嗡声混杂起来的效果，就像长了翅膀似的，在我们上空盘旋，然后向高空飞去，嗡嗡声变得越来越模糊，直到最终消失在远方，这场景简直就像惊扰到一群看不见的生物一样。

斯威德紧紧地抱住了我，不过在我看来，是我先抱住他的。还没等我们俩从惊吓中缓过神来，我们发现尸体在流水的作用下，摆脱了柳树根的束缚。不一会儿，整具尸体都翻了过来，脸部朝上，双眼直盯着天空。这具尸体恰好在干流边，可能下一秒就会被冲走。

斯威德不想让尸体冲走，又大声喊叫，具体什么我也没听懂，反正是"要好好安葬"之类的——然后一下子跪倒在沙地上，用双手捂住眼睛。我立刻赶到了他的身旁。

这才看到他之前所目睹的一切。

尸体在激流中来回翻腾，我们看到了脸部和裸露在外的胸部的全貌。尸体的皮肤和肉上都是一个个小洞，形状别致，和之前我们在岛上随处可见的沙坑极为相似。

"这是它们的记号！"我听到斯威德小声说道。

"可怕的记号！"

当我再次把目光从他那失魂落魄的脸庞转向河水时，发现汹涌的河水已经将尸体卷进河中央，我们已经无能为力，他很快就从我们的视线里消失了，那尸体就像一只水獭，在朵朵浪花中来回翻腾。

（钱家骏　译　穆从军　校）

狂人琼斯

一

常言道，总在河边走，哪能不湿鞋。一个长期关注神秘现象、想象力丰富、好奇心强烈的人，碰到灵异怪诞之事是再自然不过的了。但是，对于常人而言，即使神秘大门虚掩，他们往往也会视而不见，根本不会洞察到悬挂在现象与本质之间的巨幕后的风吹草动。

少数人因为猎奇精神或天性使然，内心异常敏感，能够顿悟近在咫尺的神秘世界，只要有适当的情绪和勇气，就能进入那样的世界。

还有一些人则天生异禀，对神秘现象无师自通，琼斯无疑就是这样的人。

他发现自己感受到的现实生活都是一些有趣或无趣的假象，所谓的空间完全是误解，时钟敲打的时间根本毫无意义。实际上，他的一切感受只是幕后真实事物的复杂呈现，而那正是他努力捕捉的东西，他也的确偶尔捉到了。

他感到自己来到了一个完全不同的疆域，心里"扑通、扑通"乱跳。在这个神秘的疆域，时空只是思想的形式，古老的记忆完全对外开放，人类生命背后的力量暴露无遗，他可以看到世界最最隐秘的本源。作为一名消防保险人员，他的工作要求谨小慎微。然而，在上百人一起工作的嘈杂空间里，他还无时无刻不在记挂着自己心灵深处的美妙疆域。因为只有在那里，他的内心才不为外界的肮脏粗俗所扰，可以做自己的心灵之王，仔细掂量审视每天所做的一切。

琼斯并不是在做梦，他不是理想主义者，他也不认为自己的所作所为能够解决所有问题。他认为外部世界是人类各种感官受到欺骗的产物，即使看到圣保罗教堂[1]那样的宏伟建筑，他也不会欣喜得像果冻一样浑身乱颤，好像整个人都融化了似的。他看到的只是一些斑斓的色彩、难以捉摸的感觉、威严庄重的声音，还有就是建筑代表的精神思想。

这就是他的大脑活动的方式。

表面上，琼斯和别人并没有什么不同，他与世无争，尽心尽力做好各种商业理赔工作。他鄙视现代心灵主义[2]浪潮，分不清"超感视觉"和"超感听觉"[3]，从未想过加入神智学会[4]，推测什么星际生命理论或基本原理。他从不参加特异功能研究会的任何会议。他的生活无忧无虑，从来没想过复兴所谓廉价的神秘主义，他认为那都是一些神经兮兮、胡思乱想的弱智才干的事。

他并非不清楚人们所做的一切，但他无意卷入争端。出于本能，他不想对神秘疆域的一切贴上标签，因为他明白，依照普通世界的标准，贴标签只会掣肘那些不可限量的幻想事物。

虽然他心里是这样想的，但他身上多多少少还是有很明显的俗世之见。总之，琼斯在办公室同事的眼中，就是一个全名叫约翰·恩德拜·琼斯的人，名字中含有终结者的意思。

琼斯清楚自己只是漫长的一系列过去的继承者，是痛苦的进化产物。他虽然曾经寄生于无数不同的肉体，但他的本质并没有改变。他知道每一个寄生的肉体都是由前人的行为决定的。这些想法他从没有向别人说起过。他认为现在的约翰·琼斯一定是其他年代约翰·琼斯肉身思考、感受和行动的产物。他估计自己的过去一定很普通，无足轻重，所

1　世界第五大教堂，英国第二大教堂，是伦敦的宗教中心，建筑为华丽的巴洛克风格，是世界第二大圆顶教堂，十七世纪末建成。塔顶是眺望伦敦市区的绝佳地点。

2　十九世纪理论，认为所有物体中都弥散着一种赋予生机的液体。

3　统称超感知觉，俗称第六感，包括心电感应、超感视（听）觉和预知三类。超感视觉是不靠眼睛或任何工具即可看到物体的特殊能力。

4　神智学，泛指所有的神学学说、宗教教义、神秘主义等等，神智学会是由布拉瓦斯姬夫人（Madame Blavasky）于1875年在美国纽约所创立的一个团体，专门研究心理、精神、超能力、通灵、接神等的一个学会，其学说理论都非常的大胆，超越当时的时代，同时也因为个人及团员的行事风格迥异，因此也曾引起非常大的争议。其学说及成员广布英语系国家。

以才出现了他现在的局面。可他并不想了解其中的细节，也没有想去认祖归宗。他相信自己生下来就参与了这种无聊的游戏，没什么好辩论、质疑或询问的，这样一来，他的思想就永远停在了过去，从不思考未来。琼斯遍阅历史，尤其对自己可能生活过的时间段非常着迷，相信自己的精神力量来自那里。他觉得任何宗教都没有意义，因为它们都无一例外地预测人类的未来，而不愿意回顾历史，思考人类为什么会变成今天的样子。

尽管琼斯的保险工作干得非常出色，但他却并没有个人野心。所有的男男女女在他眼里都是没有情感的工具，他现在的喜怒哀乐都是过去造成的，一切规划根本不存在任何巧合。他认为如果大家工作不彻底，哪怕不是有意为之，现实世界就会无法运转。他对金钱名声概无兴趣，也不考虑工作的成果，一切工作均纯粹出于责任。

和其他循规蹈矩的人一样，琼斯也有一种大无畏的精神，时刻准备面对任何错综复杂的可怕局面，他相信那些局面都是自己过去经历导致的结果，不可避免，甚至是不可修正的。多数人对他来说没有任何意义，他既不喜欢他们，也不讨厌他们。当他遇见有人把过去和整个内心交织在一起，脸上写满真相，他就小心翼翼巧妙地调整自己的生活，就像哨兵监视着脚步声越来越近的敌人。

因而大多数男女对他没有任何影响，在他眼里，那些人只是进化大潮中的匆匆过客，只有很少的一部分人他觉得比较重要。他清楚自己的每根毫发都和这些人有着千丝万缕的联系，无数的喜怒哀乐皆出自这些联系，因此，他把所有的注意力都倾注在这些少数人身上。他通过自己惊人的下意识记忆选择这些少数人，他认为自己现世的主要目标（如果不是全部目标）就是竭尽所能来处理这些联系。他要求自己不能逃避这些联系的任何细节，无论这些细节多么让人不快，一旦他逃避了，他就觉得生活失去了意义。而且，他还会回到下一个肉身去履行同样的职责。他相信没有机会可以逃避，即使暂时逃脱了，最终也会补上，所以，逃避就是在浪费时间，错失发展的机会。

很久以前，琼斯就知道自己和一个人有一大笔账要清算，而且，这几乎成了他终生的奋斗目标。大约十年前，他还是个初级职员，刚刚到保险公司上班，透过玻璃门，他看到办公室里间坐着一个人，就在一闪念间，他产生了一种强烈的本能记忆，仿佛看到了过去可怕的画面。他毫不犹豫地记住了这个人，这个自己要倾尽一生算账的人。

"我就要和那个人干上了，"他自言自语道，就在这时，那个人的一张大脸抬了起来，他们两人四目相对，"我无法回避我们过去以来的种种联系。"

他走到自己的办公桌前，兴奋得整个人都有些颤抖，双腿直打晃。可怕的伤痛记忆突然袭上心头，极度恐怖的伤疤突然被撕开。就在二人双目穿过玻璃门相遇的那一刻，那是一种真正的恐怖，琼斯强烈地感到一种发自肺腑的憎恶和羞辱，他立刻预感到这次算账也许并不是自己能够完全掌控得了的。

幻象稍纵即逝，很快一切回归平静，可他却难以释怀，也许此生余世就得为了清账做好一切准备工作了。

十年前的时候，那人只是一个经理助理，后来升任公司的某分部经理，不久，琼斯也调到这个分部工作。再后来，公司设在利物浦的一个分部因经营不善而濒临破产，那人临危受命，来到这个公司最重要的分部做经理。显见的是机缘巧合，琼斯又调到这家分部。虽然他们两人前后相随数年，却从未有任何交流，也许是那个人自许甚高，从没注意到琼斯，而琼斯则认为这一切都是冥冥之中上天的安排，他坚信有种看不见的力量在缓慢而确定地安排所有一切，其目的就是实现最后的公正判决，也就是琼斯和那人的终裁。

"看来是避不开了，"他自言自语道，"想想确实有些可怕，不过，时机成熟，我绝不犹豫。祈祷上帝让我勇敢面对，做出正确的抉择。"

时间一天一天过去了，什么也没发生，但琼斯却感到恐怖与日俱增，一点一点靠近，因为他发现自己对那位经理的憎恨厌恶达到了难以容忍的地步。他总是想方设法避开经理的视线。就好像他曾在那人手下受过极惨的蹂躏，他逐渐意识到他们两人之间要解决的问题由来已久，这种日积月累起来的恩怨，恐怕要用极其惨烈的方式才能解决。

一天，总会计师告诉他那个人即将升任公司总部的总经理，他受命在公司优秀职员中为其物色一位私人秘书，并暗示有意选择琼斯。尽管内心有十二分不情愿，琼斯还是平静地接受了。这正是命运的安排！一切都是不可避免的报应，任何个人的考虑必须置之度外。同时，他非常清楚自己等待的时刻就要来到了，于是乎心里顿觉宽慰不少。尽管对变动不是十分满意，但怀着内心的秘密，琼斯一切都处置得井井有条，很快作为私人秘书被正式引见给总经理。

总经理是个大块头，肥头大耳，红光满面，眼袋松弛，戴一副近视眼镜，显得充血的眼睛越发大了。因为爱出汗，大热天他的脸上总是罩着一层薄薄的黏液。他几乎完全秃顶，粗壮的脖子被衣领折成两道清晰的红肉褶，两只手掌粗大而且肥厚。

他是位精明的商人，判断敏锐，意志坚定，从不优柔寡断。他的正直和能力赢得了商界和金融界的广泛赞誉，但是，他本性粗俗，内心野蛮，从不考虑别人的感受，因此，他对待部下的态度常常非常粗暴残忍。

他很爱发脾气，生起气来，脸色变成猪肝色，秃脑门儿锃亮，好像白色大理石一般，眼袋鼓得像就要爆炸的气泡，整个面目极其恐怖可憎。

可琼斯作为私人秘书，唯一能做的就是忠于职守。不管雇主是恶魔还是天使，雇员只能坚持原则，绝不可为情所动。基于这些原则，琼斯尽力让总经理高兴，他用自己超人的洞察力多次救助总经理，这让两人的关系越走越近，他也因此赢得了总经理的信任。不仅如此，会计师也因识人之明从中获利不少。

过了一段时间，公司运转逐渐正常，生意也慢慢兴隆起来，琼斯的收入也有所增加。表面看来，他们两人的关系也没什么变化，唯一变化的是总经理愈发肥胖，脸色更加红润，而琼斯则发现自己的双鬓日渐灰白。

这里，与琼斯相关的两个变化颇值一提。

一是琼斯开始老做噩梦。刚刚进入梦乡，他就看到自己备受折磨，场景十分真切。折磨他的是一个瘦高个，那人面色阴沉歹毒，眼露凶光，可梦境告诉他这人和自己关系密切。琼斯断定那是一个过去的场景，因为人们穿的衣服是数百年前的样式，而且折磨人的残忍方式也不是现代社会所有的。

还有一个变化也很重要，但却并不容易描述。他发觉那是自己新生的部分，是意识深处逐渐被唤醒的东西，也可以说那是另一个自己，心中的震颤让他看到了脆弱的自己。

他明白得提防总经理了。

二

自打琼斯不得已在自己不喜欢的环境下工作，他就养成了这样一个习惯：下班之后绝不再想工作的事。一到上班时间，他就紧锁心门，小心谨防心底的冲动干扰到自己的工作，但一下班，他就敞开心扉，尽情享受。

他没有读过任何有关神秘现象的现代书籍，也没有受过这方面的任何培训，他也没有参加任何似是而非的神秘团体。可每当他离开总经理办公室，思想立刻进入了那片神秘疆域，他是那里的常住合法居民，过着悠然自得的生活。这是货真价实的双重人格：一个是消防保险办公室的琼斯，另一个则是神秘疆域的琼斯。这两个琼斯达成了默契的一致，两种人格井水不犯河水。

当他换下工作制服，办公室的铁门在身后"咣当"一声锁上，他回到布鲁斯百利自己的家中。这时，美丽的象牙大门缓缓打开，眼前呈现一派鸟语花香的壮观景象。他恨不得断了与外界的联系，废寝忘食，沉醉其间。有时恍惚之间，他觉得意识飘离了身体。当他走在街上，在现实与精神的十字路口，不辨有形与无形，仿佛觉得那就是诗人、圣人和大艺术家获取灵感的地方。这时他的身体就站出来阻止他得意忘形，告诫他还需要生活，不可忘乎所以。

有天晚上，琼斯下班回到家，精疲力竭。白天的工作让他不堪重负，总经理比往日更加粗鲁无礼，乱发脾气，琼斯几乎按捺不住要破例反击。好像哪里出了问题，总经理的粗暴、没有教养，从早上一开始就有增无减，大拳头"砰砰砰"地擂在办公桌上，无理找茬，肆无忌惮。平日的虚与委蛇暴露无遗，他说的每一句话，做的每一个动作都对琼斯造成了巨大的伤害。所幸琼斯不为所动，他鄙视这类人犹如髭狗野物，但这已是他无法承受的极限了，平生第一次他回到家开始思考自己忍耐的限度了。

不久，发生了一件比较离奇的怪事。就在他们二人之间的紧张情绪快要得到化解的时候，琼斯的每一根神经都会因为无辜的指责而刺痛。有天，总经理突然从放保险箱的小房间角落转向他，镜片后的大眼珠虎视眈眈，一脸的怒气冲冲，就在同时，琼斯体内担任警戒的小人快速站了出来，拿着一面镜子对着他。

琼斯怒火中烧，刹那间，他清晰地看到总经理就是自己噩梦中的高黑男人，自己过去在他手里遭受的可怕伤害历历在目。

幻象并没有保持多久，琼斯从愤怒当中平静下来，但很快又怒从中来。离开办公室时，他心中暗下决心：这是他和总经理最后决斗的时刻了，无法避免的报应时刻终于来临。

不过，一旦脱下工作服，他又和往常一样，把一切的不愉快置之脑后。坐在炉火前的皮椅上小憩片刻，他便如往常一样去索霍法国餐厅吃晚饭，让自己徜徉在鸟语花香的梦中，与看不见的真实生命为伴。

他的内心就是这样想的。多年的习惯让他一丝不苟，但是，现在他得行动了，躲是躲不开了。

就在小餐馆门口停顿的片刻，他依稀记起和某个人有个约会。他记得自己确实约了人，但约在什么地点，约的什么人，他都想不起来了。也许是约人吃饭，也有可能和某人约在饭后见面，似乎与工作有关，他怎么也回忆不出来。他翻看兜里的记事簿，上面什么也没有写，显然他当时省去了记录环节。他徒劳地想了会儿可能约会的人、时间和地点，就走进餐馆坐了下来。

虽然记不清细节，但他的潜意识似乎明白一切。突然，他感到心里"咯噔"一下，竟然兴奋不已，产生一股莫名的期待。他的预感启动了，约会的细节立马再度浮现出来。

预感渐次增强，他感到有人正在某个地方等他，那正是他要约见的人。就在那晚那个时间，有人希望见他，可那人是谁呢？具体地点在哪里？内心的好奇让他兴奋不已，他拼命控制自己，随时准备迎接可能到来的一切。

忽然，他顿悟约会的地点就是这家餐厅，要约见的人已经来了，就等在附近。

他兴奋地抬头仔细观察周围的面孔，吃饭的大多数是法国人，他们高谈阔笑，手舞足蹈。少数和他一样的人来这儿吃晚饭只是因为这家餐厅的饭菜物美价廉，那些都不是他要找的人。这时，他的目光落在独自坐在对面角落的一个人身上。

"那正是正在等我的人！"琼斯立刻作出判断。

那个人坐在很靠后的角落里，厚厚的外套，扣子一直扣到下巴。他的皮肤很白，满脸留着络腮胡。刚开始，琼斯以为与他并不认识，但当双目相对时，他的心头闪过一丝亲切的感觉，马上想起这是多年以前的故人。去掉络腮胡，那不正是以前的老同事吗？想当初他刚进公司的时候，和那人是邻座，在他最困难的时候，那人给了让他终生难忘的同情和帮助。但是，很快眼前的幻象消失了，他想起来那个名叫索普的老同事已经去世至少有五年了。虽然那人的眼睛酷似索普，但这显然是记忆误导的结果。

两人相互对视了数秒，琼斯本能地站了起来，他必须主动行动。他走过去坐在那人对面的空位上，觉得有必要解释下自己为什么迟到，是如何差点儿忘了约会的。

他在脑海里快速思索，却无法找到一个像样的借口。

还没等张口，只听那人平静地说道："是的，你迟到了，但是，没有关系。你虽然忘记了约会，那也没什么。"

"我知道……有个约会，"琼斯结结巴巴地回应，不时用手擦着额前的汗珠，"但是……"

"你会很快想起来的，"那人脸上带着笑容，语气柔和地继续说道，"我们是昨夜梦中定下的这场见面，今天发生的不愉快让你忘掉了约会。"

听着那人这样一说，他好像有点儿印象了，眼前晃过一片树林，但很快又消失了。那人双目炯炯有神，似乎拥有自圆其说的本领，而且滴水不漏。

"哦！"琼斯似乎明白过来，"是那里，那个神秘疆域。"

"没错，"那人满脸笑容地说道，"你会想起来的，别着急，没什么好担心的。"

他说话轻声细语，让人有如沐春风之感。琼斯很快平静了下来。他们坐了好一会儿，但琼斯始终想不起他们说了什么，吃了什么，他只记得后来领班走过来在他耳边低语了几句，他环顾四周，发现其他人都好奇地望着他，还有人对着他大笑。再后来，那个对面坐的人就把他领出了餐厅。

两人一言不发，匆忙穿街过巷。琼斯极力想回忆梦中的过程，压根儿没注意走过的路，可他显然很清楚他们要去的地方，他常常走在前头过马路，没有一丝犹豫，而那个人则紧随其后，并没觉得他走错了路。

路上行人擦肩接踵。伦敦街头的夜晚，灯火通明，游人如织，人人健步如飞，但却互不相扰，如入无人之境。他们越往前走，行人车流越来越少，很快，他们经过市长官邸、皇家交易所前的空地，然后到了芬乔奇大街，伦敦塔影影绰绰，近在咫尺。

琼斯头脑很清楚，因为太过专注，不知不觉走了很长距离，然而，当伦敦塔落在了身后，他们朝北转时，才注意到一切是多么的不同：四周房屋稀稀落落，一片荒芜，唯一的亮光是头顶星星发出的。随着深层意识越来越取代白天的臭皮囊，疲劳感消失了，他明白自己来到了神秘面纱后的神秘疆域，远离了感官的欺骗，完全从愚蠢的时空中解放了出来。

他转身看到紧随其后的那个人一下子变老了，他把外套和黑帽子都脱了，悄无声息地走在旁边。过了会儿，琼斯看到那个人一下子长高了，就像一棵大树，伸展开巨大的影子，模模糊糊，摇摇晃晃，在黑暗中发出"噗噗噗"的声音。琼斯感到一阵害怕，停下脚步，很快那人恢复了原来的身高，轮廓在绿野中也清晰起来。

接着，琼斯看到那人用手抹了抹脖子，取下脸上的络腮胡。

"噢，原来你真是索普！"琼斯的眼睛瞪得溜圆，不过，对此他似乎早有预料。

两人相对站在寂静的街头，头顶繁茂的树叶遮住了天空的星光，似乎只闻见游走在树枝之间的一缕缕忧伤的气息。

"是的，我是索普。"一个像是从远处风吹过来的声音回答道，"我从遥远的过去前来助你，我的前世欠你太多，此生必得相报。"

琼斯立刻想起了索普在办公室给他的诸多帮助，一时情由心生，恍恍惚惚回忆起自己无数个前世结交的朋友。

"前来助我？"琼斯轻声问道。

"是的。你现在进入真实的记忆，会回忆起我欠了你一个多大的恩德！你自然就明白了。"索普轻叹一声，气若游丝。

"我们之间就不要讲报恩的事了。"琼斯听到自己这样说，并记得这句话传到对方的耳朵里时，那张严肃的面孔一下子绽开了笑容。

"好吧，不讲报恩。不过，能够帮你的确是我的荣幸。"

琼斯激动的心都要跳出来了，这是多么深厚的友谊啊！经过多少年的考验，依然那么忠诚。他跨上一步去握索普的手，可对方却像雾一般散开了，刹那间，他的头和眼睛都不见了。

"这么说，你是鬼魂？"琼斯战战兢兢地轻声问道。

索普回道："你知道，五年前我离开了自己的肉体。以前我对你的帮助完全出于本能，我当时并没有认出你。现在，我知道你曾与我有大恩大德，所以我可以为你付出更多。"

琼斯渐渐听明白了一点，可心里却产生出一种不祥的预感。

"和……有关系吗？"

"与你和总经理的过节有关。"一个仿佛是从树梢传来的声音回答道，后面说的话随风吹走了。

琼斯从汹涌起伏的回忆中突然回过神来。他随着索普越过田野，穿过清香宜人的小巷，来到一片树林前，林边孤零零地耸立着一座独家小院。四周一片寂静，小屋所有的窗户都挂着黑色的帘子。琼斯看着小屋，一丝强烈的忧伤袭上心头，忍不住眼睛一阵灼热刺痛，几乎落下泪来。

钥匙在锁孔里转动发出刺耳的声音，门开处是一间宽阔的客厅，他们能听见一阵忙乱的移动低语声，好像有一群人涌上前来迎接他们。空气中似乎有人在来回走动，琼斯相信自己看到了那些伸出的手，还有模糊不清、似曾相识的面孔，他清楚自己内心尘封已久沉睡多年的无边记忆正在一点一点打开。

他们走进大厅，屋门在身后闷响一声关上。他们刚才看到的影子似乎都退了下去，模糊不清的手脸也随即消失。琼斯听到屋外响起一片哀鸣，和着屋内沉重的呼吸声，像是大海在呻吟。他和索普踏上宽阔的阶梯，穿过带有穹顶的房间，房屋的柱子像是粗壮的树干。布局甚是拥挤，那一排排房间承载着琼斯本人漫长的过去的记忆。

"这栋房子叫记忆之屋，"索普小声说道，他们蹑手蹑脚走过一个个房间，"在你的这个记忆之屋，从地下室到屋顶都充满着你最初进化到现在的所为所思所感的记忆。

"这栋房屋直耸云霄，向外一直延伸到我们刚才看到的树林核心地带。远处的大厅充斥着几百年前的无数鬼魂，即使我们能够唤醒他们，你现在也已记不得他们了。但是，总有一天，他们会来找你，相信你一定认识他们，能够回答他们的疑问。他们就是通过这样的方式耗尽自己，只有正义得到伸张，他们的灵魂才会安息。

"但是现在，请紧随我，你会看到我指引给你看的特别记忆，这样你就可以理解你现在生活中的巨大能量，你可以使用自己的权限，决定挥起正义之剑，还是宽大为怀。"

琼斯顿觉身上一阵寒意，浑身都在颤抖，他慢慢走在索普身边，听到远处传来一阵阵密集的逝者的躁动和叹息，在静寂的夜空就像无形的琴弦奏出的和声。

他们蹑手蹑脚穿过高大的房柱，爬上洁净的楼梯，经过几个又黑又暗的走廊和房间，来到一条狭长的过道，停在小门外边。

"靠我近点，千万别出声。"索普小声叮嘱道。琼斯转头回应，看到索普面色煞白，表情十分严肃。

他们初入房间，四周一片漆黑，渐渐地能感到远处有微弱的红光，好像还有人在来回走动。

"现在看吧，"索普轻声道，他们走上前，靠在门边的墙等着，"要记住绝对不能出声，这是一个折磨人的场景。"

琼斯害怕极了，要是胆大，他一定会转身飞快跑掉。他感到不可名状的恐怖，双膝打颤，可好像有种无形的力量让他无法逃避，只好待在原地一动不动。他双眼盯着亮点，蹲靠在墙边等着。

那些人影移动得越来越快，每个人身上的光并不散开。这时，琼斯听到一阵镣铐的撞击声，有人发出痛苦的呻吟。紧接着门打开了，琼斯看到一个老人全身赤裸，被铁链拴在地板上的一个铁架上。突然，琼斯的记忆让他忘掉了害怕，那人的身形和白胡子是那样熟悉，一切就好像发生在昨天。

其他人都不见了，老人成了恐怖画面的中心。他身下的火越烧越旺，口中发出可怕的呻吟，全身痛苦地蜷曲在一起，只有手腕和脚踝还紧紧地绑在铁架上。琼斯觉得老人的哭喊和喘息好像发自自己的喉咙，那些锁链好像烙在自己的手腕和脚踝上，熊熊烈火在灼烧着自己的后背，他也开始全身扭曲起来。

这时，索普说道："这个场景发生在四百年前的西班牙。"

"他们为什么要如此这般折磨老人呢？"琼斯此时已是气喘吁吁，汗如雨下。事实上，他不用问也已知道答案了。

"为了从他口中掏出一个朋友的名字，让他背信弃义。"索普在黑暗中回答道。

这时，铁架上方的墙上吱吱呀呀地滑开一扇小窗，露出一张同样泛着红光的脸，他的双眼望着奄奄一息的老人。琼斯强忍住惊叫，认出那人正是自己梦中那个又高又黑的人。只见那人一副幸灾乐祸的样子，盯着老人扭曲的身体，嘴里唠唠叨叨，但却听不清他在讲什么。

"他又在审问老人朋友的姓名。"索普解释道。琼斯努力抑制住强烈的憎恶，自己也说不准这种憎恨什么时候会爆发出来。他感到脚踝和手腕钻心地疼，心情无法平静，可是好像有一种冷酷的力量迫使他只能在旁边观看。

他听到老人凄厉的叫声，看到他抬起饱受折磨的头颅，一口浓痰吐向窗边的面孔，小窗迅疾关上。这时，老人躯体下的火烧得更旺，身体也更加扭曲，肯定是施刑的人在加热。远处传来肉体烧焦的怪味，老人的白胡子被烧得卷了起来，他的肢体实在支撑不住，身体一贴到烧红的烙铁，立刻因为新的疼痛又弹射了起来。世界上最凄惨的叫声穿越房屋，传得很远很远。小窗口"吱呀"一声又滑开了，那张可怕的折磨者的面孔又露了出来。

那人再次要求老人报出他朋友的姓名，但还是遭到了拒绝。这次小窗关好后，一扇门打开了，那个一脸邪恶的高瘦男人慢慢踱进了审讯室，他的表情因为盛怒和失望显得更加凶残。在暗红色的亮光下，他就像一个魔王，手上握着一柄烧红的尖烙铁。

"他要行凶啦！"索普的声音轻得好像是从屋外很远的地方传来。

琼斯非常清楚接下来会发生什么，但他甚至连自己的眼睛也无法闭上。受刑老人遭受的可怕疼痛好像就发生在自己身上，他越看感受的疼痛愈发强烈。那个高个子靠近铁架，先用红红的烙铁戳入老人的一只眼睛，然后是另一只眼睛。琼斯听到"嗞嗞"的声音，立刻感到自己的眼睛爆发出可怕的疼痛。就在这时，他已是忍无可忍，尖叫一声，扑上前去抓住那个坏人，将他撕得粉碎。

瞬间，整个场景一下子消失了，屋内变得漆黑，他感到自己被一阵狂风一样的力量抛向空中。

等他恢复知觉，已站了在屋外，索普也严肃地站在身旁。身后的屋门慢慢关上，他好像瞥见一个戴着面纱的巨大身影站在门槛上，他的眼里闪着火焰，手上握着一柄亮闪闪的火剑。

"快走吧，都结束了！"索普小声道。

"可是那个瘦黑男人？"琼斯快步走到索普身边，边说话边喘息。

"他就是现世的总经理。"

"那么那个受折磨的人呢？"

"就是你自己！"

"那么那个我拒不背叛的朋友呢？"

"就是我，"索普答道，他的声音听起来越来越像风的哀鸣，"为了救我，你承受了巨大的痛苦。"

"就是说，在今生我们三个又碰在了一起？"

"是的，这种力量不是一下子或者轻易就用尽的，种瓜得瓜，种豆得豆，正义最终会实现的。"

琼斯突然觉得自己的意识好像在逐渐清醒，索普似乎开始不再那么真实了，他马上就不能问更多的问题了，而且头也有些晕，力气也在衰减。

"快！快！"琼斯嚷道，"快多告诉我点，为什么让我看这些场景？我该做些什么？"

风呼啸着刮过他们右侧的田野，直奔树林。琼斯周围似乎充满了各种声音，还有急匆匆的脚步声。

"为了实现正义，"索普回答道，声音好像是从风的中央传出来的，显得非常遥远，"它往往掌握在遭受痛苦但却非常坚强的人的手中，我们不能用一个错误来纠正另一个错误，但如果有机会实现正义，生命的价值就实现了。"

索普的声音越来越弱，随风飘向远方。

"你可以惩罚，或者……"琼斯完全看不见索普了，他好像消失在了身后的森林里，他的声音在树林间时隐时现，飘得越来越远。

"或者你深明大义，选择谅解……"

索普的声音完全听不见了……只传来林中风的哀鸣。

琼斯颤抖着扫视了一下四周，使劲儿晃了晃自己的身子，又揉了揉眼睛。屋子一片漆黑，火也灭了，他觉得自己都冻僵了。他摇摇晃晃从躺椅里站起来，点上汽灯。屋外的风还在吼叫着，他看了看表，时间已经很晚了，得休息了。

他连工作服都没换，一定是一到家就在躺椅上睡着了，而且，已经睡了好几个小时。他的肚子饿极了，显然是没吃晚饭。

三

第二天，乃至其后好几个礼拜，一切都如往常。琼斯在工作上也没出什么差错，而且还很卖力。他再也没有出现幻觉，和总经理的关系也很平稳——当然，偶尔还会有些摩擦。

琼斯交替用心灵之眼和肉眼观察总经理，发现他确实和以前不同了，一会儿是那个肥头大耳的红脸汉，一会儿又变成了站在黑暗中透着红光里的黑瘦高个儿，有时候两个面孔交错糅合，场景也混在一起，让琼斯想到都后怕。不过，琼斯除了发现总经理外表偶有变化外，也没觉得幻觉带来其他后果，工作和以前一样也没什么大变化，甚至他和总经理之间的摩擦反而越来越小了。

但是，在布鲁斯伯里的家里，情况则大为不同，琼斯很清楚索普来过他家了，虽然他并没有亲眼看见，但他知道索普就在自己身边。每次下班回家，他都听到有人小声说："随时准备着，等待我的信号！"他常常在夜间沉睡中突然醒来，发现索普匆匆离开他的床，站在漆黑的房间里在观望等待。有时他跟着索普下楼，楼道晦暗的汽灯下，他也看不清索普的身形。还有的时候，索普并不进屋，而是在窗外徘徊，从肮脏的窗棂向里窥望，或者顺风向房间传话。

索普的存在让琼斯明白，自己只有实现正义完成他的期待，他才会真正离开自己。

同时，随着日子一天天过去，他在内心苦苦挣扎，后来逐渐明白"宽大为怀"是根本不可能的，他必须采取行动，运用自己手中的神秘知识去实现正义。当他做出这个决定后，发现索普不再像以前一样白天让他单独行动了，连上班都陪着他，不离左右。无论在街上还是地铁里，甚至在他工作的总经理办公室里，都能听到索普的低语，他有时在警告，有时在规劝，但从没有建议他放弃。不止一次，琼斯都怀疑办公室其他人都听到索普说的话了。

这是一种完全彻底的介入，琼斯感到白天黑夜都在索普的注视之下，他知道，时机成熟，他要么表现出男子汉的勇气，要么主动承认失败。

现在，他的决心已下，什么也不能阻止他采取行动。他买了把手枪，来到埃塞克斯海边，找了个没人的地方，依照总经理办公室的距离，在沙地上竖一块靶标，每个周六下午都去练习射击。周日，他就像流行的那般来到旅馆过夜，实际上是为了练习射击，他把以前存银行的钱都用来买子弹和住旅馆了。抱着必成的信念，把一切都做得很彻底。到最后几周，他的射击技法已十分老练，二十五英尺的距离，也就是总经理办公室的最长距离，他能做到十二射九中，而且射中的子弹都打中靶心。

他再也不想等了。他从各个层面进行了分析，发现难改初衷。作为实施正义的工具，惩恶扬善，他的确感到自豪。他的决定难免含有复仇的因素，因为至今他还能时而感到烧红的铁链烙在手腕和脚踝的感觉，那种直入骨髓的疼痛让人无法忘怀。还有炉火灸背的钻心之痛，那种生不如死的体会，都历历在目。但是，他心中又爆发出新的忍耐力量，一切疼痛都不在话下，潜意识似乎没有边界。可接着，灼热的烙铁又浮现在眼前……一切又回来了，一想到铁窗口的那张邪恶的脸，还有黑脸的表情，他的呼吸就变得急促，手指不由地扣动扳机。他的血沸腾了，报仇的念头根本无法从脑海中抹去。

好几次他有短暂的犹豫，当他就要采取行动，一些奇奇怪怪的事就出来阻止他。第一次是总经理热晕了。第二次，当他决定干的时候，总经理却根本没有来办公室。第三次，他的手已握住了兜里的手枪，突然，听到索普惊恐地小声要他等等。他一转头，看到总会计师悄没声儿地走了进来，显然是索普发现了状况，才没有让琼斯把事情搞砸。

而且，他怀疑总会计师在监视他，他总和他不期而遇，碰面的地方都是会计师不可能去的地方，似乎他也说不上什么理由，只好闪烁其词。他的行动似乎突然也引起了办公室其他人员的兴趣，他们总是来问些不疼不痒的问题，显然是精心设计以便监视他，因此，他就没有机会和总经理在办公室单独相处。还有一次，那个会计师更不着调儿，大家都在赶活，干得热火朝天，他却建议他如果愿意，可以提前休假。

他还发现有时自己在街上被人盯梢，那人装出一副漫不经心的样子，从不和他正面交锋，实际上也不是什么偶遇，那人总出现在琼斯乘坐的地铁或公交车上，他常常发现那人越过手中的报纸偷窥他，甚至有一次他出去吃饭，发现那人正等在他住所的门口。

还有各种其他迹象让他认为有东西在阻止自己实现目标，在敌对势力阻止之前，他必须立即行动。

最后的时刻终于就要来到了，索普也表示完全同意。

快到七月末的时候，那是伦敦最热的一天，整个城市就像一只大烤炉，空气中的尘粒似乎能把户内户外辛勤工作的可怜人喉咙烧焦。身形肥大的总经理更是苦不堪言，只见他气喘吁吁，汗如雨下，手上撑把浅色阳伞护着自己的秃头。

琼斯看着他走进来，心中暗忖："待会儿有他好看的！"

手枪就装在裤兜里，六发子弹早已上膛。

总经理看到琼斯脸上带着微笑，就停下来看了他好一会儿，然后走到角落的办公桌坐下来。几分钟后，他按铃召唤总会计师，就只按了一下，然后就让琼斯去楼上房间另一个保险柜取一些文件。

看到这一切，琼斯的心一下子吊到了嗓子眼儿上，他知道敌对势力正在负隅顽抗。可他觉得再也不能拖延了，无论有没有干扰，必须得在今天早上采取行动。不过，他还是顺从地坐电梯来到楼上，手上摸着只有他本人、会计师和总经理知道的保险柜密码，这时又听到身后索普那可怕的低语：

"你必须今天行动！必须今天行动！"

他取好文件回来，看到总经理独自一人坐在房间。他走进去，一股热浪从火炉似的房间扑面而来。跨过门槛时，他意识到自己就是会计师和总经理谈话的中心，他们刚才一直在议论自己，也许自己的某些行迹不小心暴露了，他们已经开始怀疑了，几天前就一直在监视自己。

显而易见，他得行动了，否则，也许机会就这样溜走了。这时，他听到索普的声音，不过，不再是很小的声音，而是真人的声音，而且很大。

那个声音说道："就现在！马上行动！"

房间里除了他自己和总经理，别无他人。

他从自己的办公桌边走过去，锁上通往大办公室的门，透过门上的玻璃，他看到其他员工正在伏案疾书。他镇定了一下自己的情绪，让心跳平稳下来。

听到锁门声，总经理敏感地抬起头来。

"你在干什么？"他急急地问道。

"锁门，先生。"琼斯平静地回答道。

"为什么？谁让你锁的？"

"先生，是正义之声。"琼斯答道，眼睛直直地盯着那张可憎的面孔。

总经理恼羞成怒，忿忿地望着琼斯。突然，他的表情大变，试图挤出一丝笑意，那显然是善意的微笑，但看上去却让人毛骨悚然。

"天气太热了，你的主意不错，"他故作轻松地说，"不过，是不是从外面锁更好？您说呢？琼斯先生。"

"不可以，先生。那样你会跑掉的。现在你跑不掉了。"

琼斯掏出枪，指着对方的面孔。顺着枪管，他看到的是那个邪恶无比的黑大个儿。总经理的身子抖了一下，赶快缩回自己的脸，面如纸色，豆大的汗珠闪着亮光。

"四百年前你把我折磨致死，"琼斯始终平静地讲道，"现在，正义之神安排我来惩罚你。"

总经理的脸一阵儿红一阵儿白。他迅速扑向电话，刚刚伸出一只手，说时迟那时快，就见琼斯扣动扳机，一枪击中手腕，顿时鲜血溅到了他身后的墙上。

"那正是当年铁链灼痛我的地方。"他心里想道。这时他觉得自己是个英雄，握枪的手绝对很稳。

总经理疼得尖声厉叫，右手撑在身前的桌子上。这时，琼斯再次扣动扳机，子弹直穿他的另一只手腕，只听"哐当"一声，失去了支点后的总经理扑在了桌子上。

"你这个死疯子！"他尖声叫道，"快把枪扔了！"

"这是我要射的第二个地方。"琼斯回应道，仍然认真地瞄着下一个目标。

只见那个大块头鬼哭狼嚎，踉踉跄跄，一下子趴在桌子下，抓狂想藏起来。可是，琼斯二话不说，走上前连开两枪，一枪打在左踝，一枪打在右踝，双踝打得粉碎。

"这是铁链灼烧的另外两个地方。"他说着，走得更近。

总经理痛得哇哇乱叫，拼命想在桌子下找地方躲起来，可他的块头实在太大，秃头只好露在了另一侧。琼斯抓住他的粗后颈，把他拖到地毯上，他浑身是血，扑通一声无助地倒在打断的手腕上。

"快下手！"索普的声音喊道。

这时，门外传来一阵急促的"砰砰砰"敲门声和骚动声，琼斯紧紧握住手枪，脑子一团乱麻。稍作镇定，他看到自己身边站着一个蒙面大高个儿，手上拿着宝剑，眼里射出火焰，露出一副认真的赞许态度。

"记住那双眼睛！那双眼睛！"浮在上空的索普低声呵斥道。

琼斯觉得自己像个神，有了神的威力，复仇的念头从他的脑海消失了。他只是隐形人手里的一件工具，冷漠地做着一切，是隐形人在主持公道，平衡恩怨。他弯身将枪管对着对方的脸，看着那人徒劳地用手捂住自己的头，他笑了笑。接着，他扣动扳机，子弹直射他的右眼，顿时眼周围的皮肤乌青。他挥了挥手再发第二枪，击碎左眼。然后，站直身子，满意地长叹一声。

总经理蠕动了一会儿，就躺着一动不动了。

这时，门已破开，几只有力的手抓住了他的脖子，琼斯不容迟疑举枪对准自己的太阳穴，扣动了扳机。

但是，没有听到枪响，只有扳机发出的咔嗒声，原来他忘了枪里只能装六发子弹，都打尽了。他把那把无用的武器扔向地板，大笑一声，转身不做任何抵抗投降了。

"我不得不那样做，"人们把他绑上后，他平静地说道，"那是我的职责！现在我已准备好面对任何结局，索普会为我骄傲的，正义得到伸张，诸神也会很满意。"

两名警察押送他穿过瑟瑟发抖的同事，他没有做任何反抗。这时，他又看到那个蒙面人庄重地走到他面前，用冒着烈焰的宝剑慢慢画了一个圈，隔开从神秘领域围过来的无数张脸。

（穆从军　译）

古代巫术

一

　　有这样一群人，他们看似平庸至极，骨子里压根就不爱冒险。不过，在他们一帆风顺的人生轨迹中，却有一两次不同寻常的经历，为世人所惊叹，令世人耳目一新！约翰·塞埈斯是一位心理医生，他富有仁爱之心，甚为耐心，且有强烈的同情之心。在他接诊的大量病例中，似乎绝大多数正是因为患者曾经有过一些特殊的经历，他也就经常会遇到一些扑朔迷离的症状和一些令人匪夷所思的志趣爱好。

　　无论这些症状或志趣多么离谱、多么令人难以置信，他都喜欢追根溯源，找到内在的原因。解开事物的谜团，同时解开患者的心结，缓解他们的痛苦，可谓他的真爱。他往往是和患者一起回忆那段奇遇，才最终打开患者心结的。

　　诚然，对于有些现象，世人虽能不懂装懂，但还是希望能找到合理的解释，为人们所信服。那些天生爱冒险的人并不难为世人所理解：这类人活得精彩刺激，当人们问他们为何如此时，他们还都说得头头是道。而且他们骨子里就向往去那些能带来惊险和刺激的地方。世人也就不再加以追问，对他们的回答很是满意。然而，那些百无聊赖、普普通通的老百姓并没有任何不同寻常的经历，也就并不怎么被看好。不料这些老百姓的一些经历却让世人大为感冒，甚至令他们极为震惊。这样，那些所谓的论断就被彻底颠覆，令之前还沾沾自喜的世人始料未及。

　　"他这种人居然也能有如此不平凡的经历！"世人惊呼道，"他普通得不能再普通了！太离谱了！肯定是搞错了！"

不过，毋庸置疑，名不见经传的亚瑟·维津的的确确有过一段不平凡的经历，正如他向塞埃斯所描述的，整个经历令人匪夷所思。无论世人怎么看，维津的确有过这段经历。不过听了他的故事之后，还是有少数朋友对他冷嘲热讽，还自作聪明地调侃道："这种事情要发生也只会发生在伊斯扎德身上，就是那个异想天开的伊斯扎德，抑或是怪咖闵斯基，维津这样的小人物，他怎么活法，最后会怎么死，老天早已安排好了，是绝对不会有这般特殊经历的。"

不过，不管维津最后会怎么死，至少他活着的时候，并没有听由老天爷的安排，他的人生并非就这样一直波澜不惊下去，而是有了这么一段特殊的经历。他在讲述这段经历时，嫩白的脸色变了，嗓音也越来越轻柔，说话结结巴巴的，可以断定，有时候，一些内容难以言传。每次讲述时，他都会重新体味一番这段经历。有时，在口述的过程中，他整个内心受到了压抑，渐渐迷失了自我，前所未有。最后，他不得不开始向听者致以歉意，说内心非常抵触这段经历，其实不应该说这些的，这么一道歉就是很久。他虽然壮胆完成了这么一段惊险刺激的旅程，但他这么一番道歉俨然是在为所作所为而忏悔，恳求他人的谅解。维津一直默默无闻，没有什么丰功伟业，他性格内敛、温顺、敏感，鲜有勇气直抒胸臆。无论是待人接物，还是面对动物，他都十分友善，几乎从来不说"不"字，对于许多自己应得的东西，他很少主动争取。他的整个一生几乎都是按部就班，波澜不惊，如果非要说有什么惊险刺激的事，那就要属错过火车，抑或是把伞落在公交车上。他遇到这桩怪事那年，已经四十好几了，而他的朋友以为他只是刚四十出头，连他自己也不愿意承认。

约翰·塞埃斯已经是不止一次倾听维津讲述自己的经历了，说他有时会略去某些细节，然后又增添一些其他内容，不过，他所讲的都是真实发生的故事。整桩事件的来龙去脉他都记得清清楚楚，像放电影一样回荡在脑海中。他所提到的任何细节都不是凭空臆想的，也不是胡编乱造的。当他把整个经历一五一十讲给世人听的时候，他简直就像变了一个人似的。他那棕色的眼睛熠熠生辉，引人注目，往日压抑的自我不复存在，展现给听者的是富有感染力的自我。当然，他一直满怀谦卑之心。只是在整个讲述过程中，他忘却了当下，仿佛将自己置于过去的经历之中。

整个故事要从他一次乘车回家的路上说起。他每年夏天都会去山区清静清静，一次，从山区穿越法国北部返程回家的路上便遇到了怪事。他什么都没带，只有一个行李袋，他没有办理登记托运手续，而是直接把行李带上火车，放在架子上。整个车厢人满为患，挤得都快喘不过气来了，多数乘客是来度假的，而且一看就是英国人。他对他们并没有好感，并非因为他和他们是老乡，而是因为他们太吵了，而且极为张扬，他们身材粗壮魁梧，衣着花里胡哨。他原本想一个人在安静的氛围中自得其乐，化成沧海一粟，忘却自己，可现在一切都被他们糟蹋了。这帮英国佬在他周围针锋相对地争论，俨然一个铜管乐队。他依稀感觉自己应该变得强势一点，桀骜不驯一点，但又发现自己态度不够坚决，并没有说有些东西其实并不是自己想要的，还有些东西其实毫无价值，诸如转角座和上下推拉的窗户。

为此，他在火车上浑身不自在，希望旅途快点结束，这样就能回到索比顿，和他未婚的妹妹一起生活。

火车抵达法国北部一座小站时，要停歇十分钟。他便走出车厢，到月台上伸伸筋骨，不料正好看到另外一趟火车的英国乘客拥了进来，顿时他感到没法继续自己的旅程了。当时，他柔弱的内心也开始进行强烈的抗争，脑海里浮现这么一个念头：在这个小镇住一晚，第二天换一趟慢速火车，车厢里的人也许会少一点。那时，列车长不停地喊着"上车了"，他所在车厢的过道已挤满了人。他当机立断，直奔车厢去取自己的行李袋。

不过，他发现车厢过道和台阶都堵住了，便敲打车窗（因为他的位子恰好在车厢一个角落），恳求坐在他对面的法国人把他的行李袋递出来，还用一口蹩脚的法语说他想中途下车。那位年迈的法国人瞪了他一眼，像是警告，又像是责备，这眼神他一辈子都忘不掉。火车开了，法国人把行李袋从窗口递出来，还说了很长一句话，语速很快，声音很轻，他只能听懂最后几个词："à cause du sommeil et à cause des chats."

塞埃斯的通灵术非常高超，一听维津的述说，立即断定那位法国人就是整个冒险经历的核心。维津在塞埃斯面前承认，他对那位法国人印象还不错，但是说不出个所以然来。在之前四个小时的旅程中，维津和那位法国人面对面坐着，互相没有说过话，维津的法语说得磕磕巴巴，怕丢人现眼。他坦露道，他的双眼时不时地会盯着那位法国人的脸看，他感觉自己有点粗鲁。他们彼此间的客气和关心溢于言表，点滴之间表露出他们都想给对方留下一个好的印象。他们彼此欣赏对方，性格也不冲突。即便他们恰好成了熟人，也不会发生矛盾。那位法国人似乎还是想默默地保护像维津这样名不见经传的英国人的，虽然他没有说过一句话，也没有任何动作，但无意间流露出他还是很希望他安好，并愿意欣然地给予维津帮助。

"他是不是在把袋子扔给你之后说了这句话？"约翰·塞埃斯问道，他同情地笑了笑，他的微笑很特别，总能消除患者对他的偏见，"你是不是没有听清？"

"他说得太快了，而且声音又小，气势汹汹的，"维津小声地解释道，"我基本没怎么听清楚。我只听到末尾几个词，就这几个词他说得格外清楚。他是把头探出车窗外，俯下身对我说的，当时他的脸和我贴得很近。"

"'À cause du sommeil et à cause des chats'？"塞埃斯重复道，仿佛是在自言自语。

"正是这句话，"维津说道，"这就是我听到的那句，意思好像是说'因为梦幻，因为有猫'，对吗？"

"没错，我也会这么翻。"塞埃斯立即说道，显然他不想频繁地打断维津。

"其余的话，也就是开始我没怎么听懂的那一部分，好像是在警告我不要做一些事：在镇里不要停留，或者说不要在镇里的某处停留，好像是这样，我的感觉。"

接着，火车飞驰而过，只剩维津一个人孤苦伶仃地站在月台上。

火车站后方，有一片平原，平原上矗立着一座陡峭的山丘，漫山遍野都是横七竖八的小镇建筑，小镇里有一对废弃教堂的塔楼，是俯瞰整座山丘的制高点。从火车站这个位置看这个小镇，他发现其毫无亮点，属于现代风格。实际上，撇去山峰不看，小镇的中世纪风雅一览无余。当他来到山丘的最高处，走进古老的大街小巷时，一切现代生活的元素都瞬间消失殆尽，俨然一下子回到了一个世纪以前。火车里人满为患，人声鼎沸的场景似乎是好几天前发生的事了。这座山区小镇，僻静安宁，没有游玩的旅客，也没有川流不息的汽车。他仿佛徜徉于秋日安谧的梦境，像着了魔似的陶醉其中。过了许久，他才察觉到自己好像的确着了魔。他步态轻盈，几乎是踮着脚尖走路的。沿着蜿蜒曲折的窄巷一路向前，路边的山墙和他个头差不多高。他来到一家客栈门口，周围已经没有其他客栈了。在这梦境般的小镇里，居然还有家客栈，显得格格不入，也许是出于对小镇的"歉意"，这家店铺排场也不大，也没有摆出欢迎宾客的架势。

不过，据维津回忆，他起初并没有怎么关注这一切。过了许久之后，他才开始慢慢洞察到。他当时唯一察觉到的，是这里的安宁与祥和，与之前火车上的嘈杂以及火车卷起的漫天尘土形成了鲜明的对比，令他甚为欣慰。他感到内心舒坦，像猫一样被轻抚。

"你刚才说什么来着？像只猫？"约翰·塞埃斯打断道，立即来了精神。

"是的。我一开始就感觉到了。"他有点不好意思地笑道，"这里温馨、安静、舒适，我就不由自主地发出猫的呼噜声，似乎周围一切都是这个基调。"

这家客栈破旧不堪，布局凌乱，俨然是过去的马车房，显然并没有给他带来宾至如归的感受。他觉得周围的人都憋着一包怒火没有对他发出来，他回忆道。不过这家客栈物价便宜，环境舒适，他点了杯浓郁的下午茶，喝完立即心情大好，感觉自己中途突发奇想，冒险下火车是明智的。对他来说，这么做似乎就可以体现他别出心裁，有胆识。他感觉自己还是幸运的。他房间里的墙壁呈暗色调，天花板也很低，高低参差不齐，同样舒缓了他的心情。从房间出来，眼前就是一道长长的倾斜走道，一直通向真正的"卧室"——实际上是一个昏暗舒适的洞穴，与世隔绝，听不到外界任何声音。从这个洞往外看就可以看到客栈的后院了。整个客栈令人心旷神怡，他仿佛穿了一件柔软的丝绒装，地板踩起来软软的，墙上也添了一层隔音材料。在屋里听不到任何外面街头的喧嚣声，他俨然被包围在一个安逸祥和的氛围之中。

他订的是一间两法郎的房间，当时是下午，整个客栈非常安静，接待他的没有别人，只有一位服务员，他慢悠悠地穿过石院，迎面向他走来，他年纪比较大了，留着络腮胡，说着一些客套话，令人厌倦。不过，当他再次来到楼下，准备晚餐前出去遛达时，遇到了女房东本人。她身材高大，无论是双手，还是双脚，抑或是面容，俨然猛地向他扑去，可以说是一下子浮现在他的面前。不过，她有一双妩媚动人的黑眼睛，看了她的眼睛，就不怎么觉得她体型庞大了，也由此看得出她实际上活力四射，但不乏警惕之心。之前，他第一眼见到女房东时，只见她背靠阳光，坐在墙边的矮凳上做针线活。突然，冥冥之中，他感觉她仿佛就像一只大斑猫，昏昏欲睡，但又似睡非睡，蓄势待发。当时，在他脑海中，她虎视眈眈，仿佛在等待老鼠的出现。

她带他来到屋内，出于礼貌，还上下打量了他一番，但显得并不和蔼可亲。他发现，虽然她身材高大，但她的脖子柔韧性极好。她转头看他时，毫不费劲，而且脑袋也可以轻松地低下，十分灵活。

"你知道吗？当她看着我的时候，"维津说道，褐色的眼神里流露出歉疚的笑容，有点傲慢地耸了耸肩，这俨然成了他的标志性动作，"当时我突发奇想，似乎她真的要做出什么异样的举动，似乎她只需纵身一跃，便一下子可以从石院的一侧跳到另一侧，猛地向我袭来，就像猫逮老鼠一样。"

他微微一笑，而塞埃斯则在本子上不停地记着笔记。从维津讲述经历时的口吻可以看出，他担心自己讲得太多，怕我们接受不了。

"尽管她身材高大，但她温文尔雅，又不乏矫健的身手，我感觉即便我走到她背后，也知道我在做什么。她对我说话的时候，感觉她的嗓音悦耳动听。她问我是否带了行李，房间住得舒不舒服，还特别交代七点准时晚餐，还说整个小镇晚饭都吃得早。很显然，她在间接提醒我赶早不赶晚。"

显然，无论是从她的嗓音，还是行为举止，她都想让他觉得来到这儿，他就可以被"安顿"好。一切事情都将安排得井井有条，他无需做任何事情，只需按部就班地执行就行。客栈里的人不会找他商量事情，也不会找他帮忙，这极为反常。他悄悄地走上街头，内心感到舒坦和平静。他感觉这正是他想来的地方，而且服务也很周到。这里什么事都不用做，衣来伸手饭来张口。他又开始惬意地发出猫的呼噜声来，结果发现整个小镇都不约而同地和他一起打起了呼噜。

他在小镇里优哉游哉地闲逛，渐渐地陶醉于镇里特有的安逸之中，就这样漫无目的地在街上来回晃悠。九月的阳光倾泻在建筑的屋顶上，小巷两旁布满了摇摇欲坠的山墙，墙上的窗户也是打开的，沿着蜿蜒曲折的巷子往前走，他瞥见山下大片平原，宛如仙境，芳草郁郁葱葱，黄色的矮树林在迷雾的映衬下俨然勾勒出一张美轮美奂的地图。他仿佛深深地沉迷于过往的时光之中。

街上到处可见衣着光鲜的男男女女，他们行色匆匆，各行其道，没有人搭理他，他那典型英国人的形象并没有让路人惊讶地回头。他甚至忘记自己只是一名过客，忘记自己是不和谐的音符，忘记自己与这里的美景是多么的格格不入。相反，他渐渐地与这般景致融为了一体，化成沧海一粟，沉醉其中，悠然自得。这里俨然成了五彩斑斓的梦境，这是他做梦都没想到的。

山丘的东侧愈加陡峭，下面的平原处于一团昏暗之中，一片片小树林俨然一座座小岛，一片片茬地仿佛一潭深水。他沿着一座古城堡的城墙漫步，往昔，这些古城堡令人心生敬畏，而如今，灰色的城墙上缠满了青色的藤蔓，格外迷人，犹如幻境。宽敞的墙顶与旁边被修剪过的圆顶悬铃木齐平，他坐到墙顶之上，发现下面的空地黑压压的；地上到处撒满了枯黄的落叶，随处可见一束黄光穿梭在纷繁的落叶之间。俯瞰小镇，只见人来人往，享受着傍晚的凉意；透过树与树之间的缝隙，他依稀听见人们缓慢的脚步声，以及喃喃细语声。由于离得太远，街上的行人在他眼里，仿佛是一个个影子，在他眼前晃动，却听不清他们的脚步声。

他坐在墙顶上陷入了沉思，徜徉在行人的喃喃细声中，悬铃木的枝叶在风中沙沙作响，耳边的回声也就不那么明显了。整个小镇俨然山丘上的一片天然古树林，仿佛在平原上昏昏欲睡，一边打着小盹，一边哼着小曲。

正当他渐渐融入小镇的梦境，耳边传来了一阵阵乐声，有小号的，有弦乐的，也有木管乐的。伴随着悠扬、低沉的鼓声，小镇的乐队在人群的尽头开始演奏。维津对音乐极为敏感，富有音乐细胞，他此前经常背着朋友，创作一些低弦音的轻旋律，在没人的时候，独自打着节拍练习。奇妙的是，这支乐队只闻其声，未见其影，美妙的声音在树丛间回响，令他如痴如醉。他们演奏的乐章，他都没听过，似乎没有指挥，仿佛是他们纯粹的即兴表演。反常的是，他们的演奏断断续续，没有明确的时间概念，就好像是用风弦琴演奏的。如果说夕阳的余晖和残余的微风，记录下的是时光的印记的话，那么，此般悠扬的乐声则诠释了小镇的景致。古朴的小号声，低沉哀伤；尖锐的弦乐声高亢有力；深沉的锣鼓声，隆隆作响，不绝于耳。他的心灵为之一振，仿佛着了魔似的，深深地陶醉其中，尽情享受美妙的乐章。

不过，这其中有点诡异。因为在他看来，这乐章就像是大自然的产物，不像是人类演奏出来的，十分蹊跷。这声音仿佛是大风卷过树丛时发出的沙沙响声，又仿佛是夜晚的微风穿过电缆和烟囱时发出的声响，抑或是船舶绳索晃动发出的响声，但却看不见帆船的影子。又或许是——他脑海中一下子又蹦出了一个猜想——一群野兽在某个偏僻的角落，朝着月亮尽情咆哮的声音。他幻想自己听见了啼哭声，这声音就像夜里野猫在屋顶瓦片上发出的似人非人的哭喊声，哭声起起伏伏，断断续续，十分诡异。而且由于距离太远，加之树叶的沙沙作响声，这乐章便听不太清。

这是当时他脑海中浮现的画面，虽然有些怪诞，但恰恰形象生动地描绘了他对这声响的感触。这些乐器演奏出的旋律断断续续，奇怪至极，调子一会儿逐渐增强，一会儿又慢慢减弱，让人不由得联想起夜里屋檐上那一群群野猫发出来的声音，抑扬顿挫，变幻无常，悠扬和刺耳的和弦乐交织在耳畔。但这悲凉的乐章中又蕴含着一丝喜悦，扑朔迷离。和小提琴跑调截然不同的是，这些破旧不堪的乐器并没有破坏他对音乐的兴致。

他深深徜徉在这声响之中，陶醉良久。之后，便迎着暮色，伴随着愈加刺骨的寒风，优哉游哉地漫步在回客栈的路上。

"你一点都不害怕吗？"塞埃斯只说了简短的一句话。

"一点都不怕，"维津说道，"不过你要知道这一切是多么的美轮美奂，可以说，我曾陷入了无尽的幻想之中，"他娓娓道来，"这乐队的声响激发了我的想象力，随后我又有了新的发现：比如，在回客栈的路上，那边的魔咒以各种各样的方式开始向我袭来，不过这些都不难理解。只是有一些事我是压根说不出个所以然，即便在当时也是如此。"

"你是说发生了一些神秘的事情？"

"我认为谈不上神秘，当时我脑海中充斥着各种莫名的感觉，历历在目：那时太阳刚下山，夕阳西下，天色犹如猫眼石一般绚丽多姿，倒塌的建筑在夕阳的映衬下显得格外美丽，宛如魔幻一般绚烂。暮色开始渐渐笼罩在蜿蜒曲折的大街小巷，山下的平原渐渐向山丘逼近，俨然一片朦胧的大海，意欲淹没这座山丘。此般景致可以说是震撼人心，令人为之陶醉，那晚便是如此。不过我当时并没有发现这些有什么神秘之处。"

"令你印象深刻的，应该不仅仅是小镇美景所发生的那些微妙变化吧。"塞埃斯见他迟疑了一会儿，便补充道。

"没错，"维津这次鼓起了勇气，不再害怕我们嘲笑，接着说道，"给我印象深刻的还有其他地方。例如，当我走在繁华的大街上，下班后的人们行色匆匆，有的急着往家赶，有的则在小摊小贩那边选购蔬果，有的则成群结队谈天说地，总之，所有人都没有注意到我的存在，根本没有扭头看一看我这个老外。我彻彻底底地遭到无视，行人们都对我不屑一顾。

"然后，我顿悟道，原来那时行人的世态炎凉其实都是装出来的而已。实际上所有人都在密切地关注着我，我的一举一动都尽在他们的眼皮底下，这种不屑一顾都是假象，是他们一手精心策划的。"

他停顿片刻，望了望我们，看我们是否在嘲笑他，然后气定神闲地接着说道：

"要问我是怎么注意到这些的，没多大用，因为我根本解释不清，但我为此感到有点震惊。就在我回到客栈之前，我又碰到了一桩怪事，深深地印在了我的脑海之中，而且我不得不承认这一切都是真的。我还要赶紧说一句，这桩事对我来说也是说不清道不明的。我的意思是，这都是事实，我只能就事论事。"

维津从椅子上站了起来，站在火堆前的毛毯上。打那以后，他一改之前的唯唯诺诺，深深沉醉于过往的探险经历之中。他在给我们讲述的过程中，双眸闪烁着光芒。

"是这样的，"他接着说道，可能是由于激动，轻柔的嗓音一下子提了起来，"我当时在一家商店买东西，突然脑海中闪现一个念头——当然了，这想法肯定老早就在我大脑中了，只是这次下意识地一下子都全部显现了出来。对，我是在那边买袜子，"他笑道，"我用一口蹩脚的法语和老板娘沟通，可是令我惊讶的是，她压根不关心我是不是来买东西的。她对销售业绩漠不关心，或者说根本不像是做买卖的，她只是装作在卖东西罢了。

"这简直就是鸡毛蒜皮的小事儿，而且感觉是自己臆想出来的。不过这的的确确不是小事儿，我的意思是说这就像一连串事情的导火索，最终引燃一场熊熊大火。

"我突然意识到，整个小镇其实都并非我之前所见到的那样。人们生活的常态都不是这样，关注的焦点也不在这儿，他们真正的生活面貌我用肉眼是看不到的，街头一派忙碌的景象其实都只是表象，掩盖了他们真正的目的。各种买卖、各种吃喝、各种闲逛，向来都不是他们生活的主旋律，他们真正的活动是在私底下、暗地里进行的，是不为人知的。我在商店里或摊位前选购商品时，他们并不在意我是不是买东西了；在客栈，我是去是留，他们并不关心；他们的生活圈子离我们很遥远，在一个隐蔽神秘的地方，在一个看不见的世外桃源。这一切都是他们一手精心策划的，像是为我着想，又好像是为他们自己谋利，不过他们的主流圈子在别处。我感觉自己简直就像一个格格不入的异物，进入了一个'人体系统'，我是去是留，全凭这个系统来决定。这个小镇对我来说就是那个'人体系统'。

"我回客栈的路上，脑子里一直充斥着这一奇思怪想，我开始忙着思考一个问题，这个小镇真正的生活圈子到底在哪里？人们背后关注的焦点到底是什么？平时都干些什么？

"而且，我当时眼睛稍稍睁开了一点，发现困扰自己的不只这件事。首先，我发现这个地方出奇的安静。毫无疑问，整个小镇都听不到什么声音。尽管大街小巷的地上都铺满了鹅卵石，但人们走起路来步态轻盈，蹑手蹑脚，就像猫一样。万物都悄然无息，一切都是那样的寂静、冷清，没有什么声响。即便有声音，也是很低沉的，就像猫打呼噜的声音一样。根本看不到那些嘈杂喧闹、慷慨激昂、振振有词的场面。这地方慵懒至极，整座山丘上的小镇都昏昏欲睡，似在梦中。就像客栈那位女房东，表面上看像是在休息，其实内心活动非常激烈，另有图谋。

"不过，这并不是说这里的人都真的无精打采或是拖拖拉拉。相反，他们神采奕奕、思维敏捷，只是他们表面看起来像是着了魔似的慵懒无比，真是令人费解。"

维津用手揉了揉双眼，似乎他的记忆变得更加清晰了，嗓音一下子低沉了下去，最后一点儿我们听不太清。显然，他讲的都是真的，但似乎又有点不太情愿讲出来。

"我回到了客栈，"他接着又提高了嗓音说道，"然后吃晚饭。我发现周围的一切都是那么的陌生，像是来到一个新的地方一样。我已经记不太清之前客栈是什么模样了。无论我是不是喜欢这里，对我来说都是一个新的环境，我也搞不清为什么会变成这样。我后悔当初一时冲动下了火车，这对我来说是一次冒险，我从骨子里就排斥厌恶冒险。不过对我来说，显然这一切还只是刚刚开始。这里变幻莫测，我的内心既充满好奇，又心生恐慌，害怕自己四十多年来所养成的'本我'一下子全盘颠覆。

"我上楼准备就寝，思绪万千，满脑子都是那些怪事儿。为了放松自己，我强迫自己想一些美好的事情，比如喧闹嘈杂的火车和那些'有素质'的乘客。我多么希望能回到那里。不过梦境把我带到了另一个地方，我梦见了一群群猫，梦见了那些走路蹑手蹑脚的人，也梦见了那片寂静、不为人所知的地方。"

二

维津就在客栈里日复一日地待着，日子过得似乎没有尽头，他原本根本没想过待这么长时间。他感到有点恍恍惚惚、昏昏沉沉。他没干什么特别的事，只是迷恋这块地方，舍不得走。每次要他做出选择总是无比的艰难，他有时候在想他怎么会莫名其妙地下了火车。似乎是有人蓄意安排的，曾有几次他回想起坐在他对面的那位皮肤黝黑的法国人。当时那位法国人跟他说了那句"à cause du sommeil et à cause des chats"，他觉得有点莫名其妙，真希望自己能明白整句话到底是什么意思。

整个小镇一片寂静安谧，他感觉俨然成了囚犯似的，稀里糊涂、不紧不慢地开始探寻其中的奥秘所在，搞清其中的来龙去脉。不过，他法语不够好，而且他本身就讨厌和人打交道，要他半路上拉住一个人不放问问题，是不太现实的。他还是喜欢东张张西望望，默默地体察周围的一切。

幸好这地方天气宜人，整个天空雾蒙蒙的，这对他来说再适合不过了。他在小镇里四处溜达，把所有大街小巷都逛了个遍。他就这样目中无人地、随心所欲地来回奔波，而周围的行人心里很不舒服。不过他渐渐发觉其实每天他都不自由，都生活在众目睽睽的监视之下。这个小镇就像猫盯着老鼠那样盯着他。而且他并没有因此有任何突破性进展，还是不知道他们究竟在忙些什么，他们的生活圈子到底在哪儿？一切都是个谜。这里的人就像猫一样，温文尔雅、扑朔迷离。

不过，随着日子一天天过去，他越来越明显地感觉到有人在暗地里持续监视着他。

比如，有一天他漫步到小镇的尽头，走进城墙下的一个小公园，坐在空板凳上晒太阳。一开始只有他一个人，其他板凳都是空空的没人坐；整个公园空荡荡的，小路也冷冷清清。不料，十分钟不到，他周围就有了足足二十人，有的漫无目的地在石子路上闲逛，看看绽放的鲜花；有的则坐在木板凳上，和他一样，尽情地在阳光中沐浴。他们看上去都没有注意到他的存在，不过他内心很清楚，他们是来监视他的，是来紧密跟踪他的。在大街上，他们看上去忙着各自的事情，忙得不可开交，不过来到公园后，瞬间把那些事情忘得一干二净，他们无所事事，懒洋洋地沐浴在阳光之中，都不记得自己要干什么活了。随后，他离开了公园，五分钟之后，公园又恢复了先前的冷清，板凳上空无一人。而在人头攒动的大街上，又呈现出刚刚在公园里的那一幕；总会有其他人在他的旁边走动，他一直处在他们的严密监视之下。

渐渐地，他开始察觉到那些人监视他的手法多么巧妙。他们所做的一切都不是"直截了当"而是"拐弯抹角"地监视。他见自己的这一想法原来还可以用词语描绘，便会心一笑，不过这两个词用得的确恰到好处。他们监视他的视角，并非正常人的视角。他们的举止目前对他来说，也是拐弯抹角的。直截了当、开门见山显然并非他们的处事方式。

显而易见，他们无所事事。他只要一走进店铺，老板娘就会立即走开，到柜台的另一端忙其他事情。当然了，只要他开口说话，她就会立刻回应，让他感觉她知道他在店里，而且让他感觉这是接待他的唯一方式。看老板娘的举止，感觉他俨然是一只猫。甚至在客栈的餐厅也是如此，那位留有络腮胡、彬彬有礼的服务员，体型柔软，动作轻盈，只要他点餐，那服务员都不会直截了当地来到他桌旁，而是拐弯抹角地走"之"字形路线，让人感觉好像是要走到另一桌的样子，但偏偏就在最后那一刹那，猛地一转身，来到了他的身旁。

维津一边讲述自己是如何开始察觉到这些的，一边居然自己偷着笑了起来。这家客栈没有其他旅客，不过他回想起一两位老者的身影，他们就住在这个小镇里，每天的中饭和晚饭都会来客栈吃。他清晰地记得他们走进客栈的姿态和那位服务员出奇地相似。起初，他们走到门口时停下脚步，目光扫视一下整个屋子，不一会儿，便走了进来，他们走路的姿势可以说就是侧过身子，紧贴墙壁，脑子里一直在想到底该选哪张桌子，直到最后一刹那，猛地一下向他们心仪的桌子冲去。此时，他又联想到了猫走路时的姿势。

这个小镇诡异、静谧，听不到任何噪音，人们的行为举止都拐弯抹角，在小镇里发生的其他一些奇闻异事同样令他记忆犹新。一些人来无影去无踪，转瞬即逝，令他瞠目结舌。一些看起来再正常不过的事情，在他看来颇为蹊跷。他搞不清为什么小巷附近看不见任何门或洞，但走在小巷里的人居然会在转瞬之间消失得无影无踪。他有一次在街上（离客栈很近）走，紧紧跟在两位老太太身后，他感觉她们其实是在暗暗监视着他，然后他突然发现她们在前面不远的街角拐了个弯，就在他面前消失了。不过，之前，他眼前只有那小巷子，冷冷清清，看不到任何生命的迹象，她们唯一可以逃走的通道，就是约五十码[1]开外的门廊。哪怕是世上跑得最快的飞人，也做不到在短时间内跑到那边。

令他始料未及的是，她们又一下子出现在了他的面前。有一次，他听见一堵矮墙背后有打闹声，便匆忙前去探个究竟。只见一群姑娘和妇女在大声嚷嚷，不过当他把头越过墙头时，发现她们立刻安静了下来，

---

1 1 码约等于 0.9 米。

小镇恢复了之前的宁静。只是，她们没有一个扭头直视他，而是以迅雷不及掩耳之势穿过院子，直奔棚屋。而她们之前吵闹的声音，甚是突兀，俨然像是一群猫在怒喊厮杀。

整个小镇的"魔咒"扑朔迷离，变幻无常，与世隔绝，且越来越强烈，令他摸不着头脑。他也在这个小镇待那么久了，却依然不知道这个小镇的来龙去脉。他开始彷徨、焦虑，甚至可以说开始恐慌起来。

他渐渐处于混沌的状态，思路不清了。除此之外，他又猜想这里当地的人们是不是在等他站出来露个脸，表个态，总之得做点什么，或许这么做之后，他们会最终开门见山，要不欣然接受他，要不毅然拒绝他。不过最关键的是，他压根儿都没想好到底该不该做点什么。

他有一两次故意跟在一列人或者一群人后面，想看看他们葫芦里到底卖的什么药。但他们每次都立刻发现了他，哄地一下散开了，各走各的路。他一直不知道他们到底在关注些什么。主教堂一如既往的空荡，圣马丁老教堂（在小镇的另一尽头）冷冷清清。他们除非万不得已，不会去商店买东西，电话亭无人问津，小摊无人过问，小咖啡馆生意惨淡。不过，街上总是人头攒动，镇里的人似乎总是忙忙碌碌的。

"是不是说，"他扪心自问道，脸上则露出骄傲的笑容，他简直不敢相信自己居然有如此奇思妙想，"是不是说这些人都是夜猫子，只有到了晚上，他们才开始真正的生活，只有到了黄昏时分，他们才会真正现身？白天，他们做的一切都是装出来的，但还是硬着头皮去做。等太阳下山后，他们的生活才真正开始？他们骨子里是不是就是夜猫子？整个安宁的小镇是不是在一群猫的操控之下？"

他想着想着，开始有点害怕，变得畏首畏尾，郁郁寡欢。虽然他强颜欢笑，但他心里清楚，感到有些局促不安。他感到自己身体的正中央有一股奇怪的力量，就象一千根隐形的绳子在拉拽着他的身子。他内心开始渐渐涌动一起一个非比寻常的东西，那是沉睡数年之久的东西，它的触角潜入他的大脑和心脏，激发了一系列奇思妙想，甚至影响了他的一些细微举止。这个东西对他的心灵来说至关重要，他却不知道到底是怎么回事。

而且，每当夕阳时分，他走在回客栈的路上时，总能看见镇民偷偷地从店铺门口溜出来，象哨兵一样，在街角的暮色中来回走动。不过，每当他向他们靠近时，他们就如同影子一般悄悄地消失了。而客栈每天晚上雷打不动都是十点关门，他每次都是心不在焉，仍然没怎么找机会去一探究竟，亲眼看看这个小镇夜里到底发生了什么。

"à cause du sommeil et à cause des chats"这句话开始不断地在他脑海中回荡，不过至今他也没搞清这句话到底意味着什么。

而且，他总是不知不觉地睡得像死人一样。

三

等到第五天的时候（可能并不十分准确），他确信有了新的发现，我想正是从那时候起，他开始变得愈发恐慌，甚至到了难以自拔的境地。此前，他已经意识到自己的人格开始发生了一些微妙变化，导致他的一些细微习惯也有所改变。不过，当时他装作什么也没发生，视而不见。不过这次不一样了，他无法再次逃避，他被深深地震撼了。

心情最好的时候，他向来不是很积极，反倒是一直处于被动的状态，当然不是百依百顺，逆来顺受。不过，必要时他还是会积极应对，当机立断，绝不优柔寡断。不过，这次他发现，他的人格发生了一百八十度大逆转，之前的魄力荡然无存，他发现自己已失去主见。可能是因为，到了第五天之后他发现自己已经在这个小镇里待了有一阵子了，出于种种原因，他已经不是很确定离开这里是否很明智，是否更安全。

而且他发现自己根本走不了了！

这一切很难用言语描述，他更多的是用手势和面部表情，告诉塞堠斯自己是多么的束手无策。他说周围人不停地监视他，仿佛一张蜘蛛网缠住了自己的双脚，让他进退维谷，无力逃生。他感觉自己就像一只苍蝇，陷入了一张错综复杂的蜘蛛网，像是被生擒一样，如同坐牢一般，难以脱身，他陷入了痛苦的境地之中。

他的意志力渐渐变得麻木迟钝起来，最后压根儿无法做出决策了。他一旦决定行动（逃生），就开始恐慌不已。内心思潮涌动，一些之前从未涉及过的东西，在脑海中翻腾，不由自主地回想起一些早已忘却的记忆，可能是几年前的，也有可能是将近几百年前的事情。

似乎他意欲打开自己内心深处的那扇窗户，展现在我们面前的是一个全新的内心世界，不过对我们来说其实并不怎么陌生。除此之外，他还幻想这个小镇俨然挂了一层帘布，只要将其卷起，就能看得更远，也就能揭开这里人们生活的神秘面纱了。

"正是有了这层帘布，他们才等在那边监视我的吗？"他内心忐忑不安地自问道，"我现在是主动加入他们，还是拒绝加入？决定权是不是全在我手里，难道不在他们手里吗？"

恰恰在这个时候，这次冒险开始凶多吉少，他真的开始变得恐慌起来。原本随性的他开始变得忐忑不安，他感觉自己变得唯唯诺诺了。

他为什么突然走起路来鬼鬼祟祟、轻手轻脚了，还老是往背后看？整个客栈冷冷清清，他在过道里走路时，为何还蹑手蹑脚的？他在外面的时候，为什么老是想找哪里有最近的藏身之所呢？如果他毫无顾忌，那么为什么太阳下山后，他突然选择待在客栈里面，觉得这个才是明智之举呢？到底为什么？

当约翰·塞埈斯循循善诱地追问他这些问题时，他都有点不好意思，说自己也根本解释不清。

"我得时刻保持高度警觉，以防不测，无他。我感到非常害怕，不由自主的那种。"他就说了这么多。"我感觉整个小镇的人都跟在我后面，想从我身上得到点什么。万一真的逮到我了，那我就完蛋了，至少我会失魂落魄，不知所措。不过，你也知道，我不是心理医生，"他谦和地说道，"我能说的就是这些，不知该如何更好地解释了。"

晚饭前半小时的时候，维津懒洋洋地坐在院子里，恰恰在那个时候，他发现自己有些不对劲了。他立刻上楼，经过弯弯曲曲的走道，来到自己的房间独自反思起来。整个院子空旷无比，那个身材高大的女房东正假装在织毛衣，坐在门口盯着他看，他老是感觉这讨厌的女人好像就要出来似的。这种感觉已经有好几次了，不想见到她，就立即上楼了。他依然记得之前自己的奇思妙想（虽然有点天方夜谭），他幻想一旦自己转过身子，这个女房东就会向他扑来，一跃冲到他的脖子上。当然了，这一想法有点荒唐，不过一直萦绕在他的心头，而且一旦这一想法开始在他脑中徘徊，那就不再荒唐。而如今，这一切都成真的了。

他就这样上了楼。楼道很昏暗，煤油灯都没点亮，破旧的楼道坑坑洼洼，他跌跌撞撞地走着，只见两旁隐隐约约有一排排门的轮廓（此前门都是关着的），房间似乎都没人住。他就这样偷偷摸摸、蹑手蹑脚地移动着，已经习惯了。

离到他卧室还差最后一个过道、走到一半时，他发现有一个明显的拐角。他伸手触摸周围的墙壁，发现自己碰到的不是墙，而是移动的物体。摸起来柔软、暖和、飘逸着芳香，无以言表，那物体到他肩膀那么高。他立即联想到这可能是一只毛茸茸的小猫咪，不过下一秒他发现其实远非如此。

不过，他并没有一探究竟，他说自己当时神经高度紧张，而是向后退缩，紧紧地靠在背后的墙上。且不管这东西是什么，它从自己身边划过，发出沙沙的响声，伴随着轻快的脚步沿着他背后的过道离去，消失得无影无踪，扑鼻而来的是一阵温和、芬芳的空气。

维津立刻屏住了呼吸，停下来一动不动，身子一半靠在墙上——然后眼看自己离卧室不远了，就立即冲向自己的卧室，匆忙把房门锁好。不过，他这次冲过去并非因为恐惧，而是因为兴奋，心花怒放，格外激动。他百感交集，整个人都变得满面红光。突然间，他仿佛感觉自己回到了二十五年前，回想起自己当年的青葱岁月，回想起初恋的美好时光。他体内流淌着一股暖流，一直进入他的大脑，轻快地来回盘旋。他的心情开始变得温柔细腻起来，柔情似水，爱意绵绵。

屋内黑压压的一片，他躺倒在窗边的沙发上，揣摩着发生的一切，想搞明白这一切到底意味着什么。不过，一刹那间，有一点他心里非常清楚，那就是他内心转瞬之间发生了一些改变，充满了魔幻色彩：他打消了离开这儿的念头，或者说再也不会就到底是去是留作思想斗争了。走道上的一次邂逅，一次彻彻底底的改变。当时他闻到的那奇特的香水味至今还在身边萦绕，整个人变得神魂颠倒，因为在他看来，邂逅的是位女孩，当时走道里一片漆黑，他的手指划过那女孩的脸颊，冥冥之中，感觉自己仿佛轻吻到了那个女孩，轻吻到了她的双唇。

他坐在窗边的沙发上瑟瑟发抖，忙着整理自己的思绪。他完全无法理解为何偏偏在黑暗的走道上遇到一个女孩能给自己带来那么大的触动？为什么现在心里还美滋滋的？不过，事实就是如此，他觉得没有必要去搞清楚，也没有必要去否认这一切。他内心燃起了火苗，热血沸腾，虽然已有四十五岁，已不是二十岁的小伙子了，但这一点儿都不重要。他内心波涛汹涌、思绪万千，除此之外，还有一点特别重要，那就是他只是在黑暗中无意中触碰到一个素昧平生的女孩，连她长什么样都不知道，但足以在他心中点燃一把烈火，一改之前死气沉沉的懒样。他一下子热泪盈眶，激动万分。

不过，过了一会儿，维津开始彰显其成熟稳重的性格，变得平静下来。最后，有人在门外敲门，听声音知道是服务员提醒他起紧去吃饭，晚餐时间快结束了。他振作了一下，缓慢下楼，往餐厅走去。

由于他来得很晚，走进餐厅时，所有人都抬起头，把目光投向了他。不过，他却走到远处的一个角落，坐到他的老位子上开始吃了起来。他依然战战兢兢，然而，在他穿过院子和大厅的时候，并没有看见有人穿裙子，他感到稍稍平静了一点。他吃的是客饭，吃得很快，几乎快超过上菜的速度。突然，餐厅内发生了一点小动静，引起了他的注意。

他所坐的位子背对着餐厅的正门，且离得很远。不过，他不需要转头也知道刚刚在黑暗走道里碰到的那个人也来到了餐厅。还没等他亲耳听到她的声音、亲眼看到她的样子，他老早凭感觉就知道她来了。接着，他发现这里的客人都是些老者，他们纷纷从各自的桌子前站了起来，和那人打招呼。他的心怦怦直跳，猛地一转头想看看自己的感觉是否准确，发现那人是个年轻的姑娘，身材柔软、纤细，从餐厅的正中央，径直向他那张角落里的桌子走去。她的步态优雅，婀娜多姿，宛如一只幼豹。她离他越来越近，他深深地痴迷其中，无法自拔，一开始也说不出那女孩长什么样，也讲不清为什么她一出现，他就像变了一个人似的，战战兢兢，欣喜不已。

"啊，小姐刚回来！"老服务员站在他身旁嘀咕道，他都不敢相信她就是房东的女儿，只好勉强默认了。她来到他跟前，他听见了她说话的声音。她在向他打招呼，只见她那红色的嘴唇、洁白的牙齿、灿烂的笑容、两鬓留有一小绺乌黑亮丽的卷发，他开始浮想联翩，激动不已，双眼就像被一层厚厚的云雾所蒙蔽，看不清她的一举一动，自己也糊里糊涂，不知自己的所作所为。他发现她向他微微地鞠了一躬，魅力四射。她那美丽的双眼端详着他的双眼，之前在走道里的香水味又一次扑鼻而来。她把身子微微向他靠近了一些，一只手搭在他的桌子上。她和他的距离非常之近（他心里大概就知道这点），说她一直牵挂着她母亲的客人在这里住得是否安逸，并说自己要给最晚来的客人，也就是他本人，做一下自我介绍。

"这位先生在这边已经住了有些日子了。"服务员对小姐说道，小姐便回应道，声音甜美动听。

"啊，我可不希望这位先生立刻就走。我母亲上年纪了，对客人的照顾多有不周，好在我现在回来了，一切都会有改观的。"她甜甜地笑道，"你们可得好好招待这位先生，不得怠慢。"

维津极力控制住自己的情绪和欲望，以免失态。听了小姐的一番美言，他微微起身，以表谢意，结结巴巴地道了声谢。那时，小姐的手搭在桌子上，不巧他在道谢的过程中，自己的手无意间碰到了小姐的手，他感觉自己简直像是被电击了一样，一股电流经过她的皮肤流进他的体内。他忐忑不安，极为震惊。他好奇地盯着她看，就这样，两人四目相对。不过，很快他发现自己又坐了下来，哑口无言，那女孩已经离他而去，来到了餐厅中央，而且令人惊讶的是，她居然用吃甜点的小勺和一把小刀来吃沙拉。

他既盼望着她回到自己身边，心里又有一种畏惧感。他狼吞虎咽地把剩饭剩菜吃掉，立刻回到自己的房间独自一个人清静清静。这时，走道里灯火通明，他也就没有任何忐忑、尴尬之感了。不过，那段弯弯曲曲的走道光线很暗，沿着墙壁走，来到拐弯处一直向前，他发现这条路比之前所走的路要长许多。在上面走感觉就像走下山的山路上一样。他就这样蹑手蹑脚地沿着走道走，感觉自己就会这样走出客栈，来到一片大森林的中央。他仿佛在跟大自然合唱，脑海中回荡着各种奇思妙想。不过，他一回到自己的房间，就把门牢牢锁住，连蜡烛也不点，窗子敞开着，他来到窗边坐了下来，脑海中开始思如潮涌。

四

塞埃斯并没有怎么催促，维津主动把这些故事讲了出来，不过，他在讲述的时候还是结结巴巴的，似乎觉得有些不好意思。他说自己压根儿搞不清那女孩为什么给他带来那么大的触动，为什么在即便他没有看到本尊之前，她就已经让他怦然心动了。因为他只不过在漆黑的走道里邂逅了她，他就变得热血沸腾。他不懂什么是坠入爱河，多年来他一直内敛羞涩，深知自己在感情方面甚是欠缺，从来没有跟任何异性产生如此暧昧的关系。不过，这次这位美丽动人的女孩是主动找上门来的，她的一举一动，他看得清清楚楚，只要他在的地方，她肯定也会在场。毫无疑问，她纯洁无瑕，甜美动人，但坦白说，有点风骚。维津第一眼看到她那亮晶晶的双眼，就为之折服，甚至，之前在黑暗的走道里，虽看不见她本人，但也已深深地为之打动。

"在你看来，他总的来说人很好，长得也不错！"塞埃斯问道，"难道你没有任何反应吗？比如说，恐慌？"

听完塞埃斯的问题，维津迟疑了一会儿，然后猛地一抬头，欹然一笑，这笑容是别人怎么学都无法学会的。他只是回想起这次探险的种种往事，就已害羞得满脸通红，他那褐色的双眼盯着地面看了许久，方才回答塞埃斯的问题。

"我觉得我说不太清楚，"他立即解释道，"我承认我有所顾虑，然后一个人就笔直地坐在房间里。我越来越坚信她这个人，该怎么说好呢？她不是很正派，不过，没有谁说她这个人思想龌龊，或者行为不端的意思。我是想说，她让我心里产生一种莫名的忐忑。她一会儿靠近我，一会儿又离开了我，简直，简直——"

他迟疑了一下，脸"刷"地变得通红，说不下去了。

"这种感觉，对我来说简直是空前绝后，"他把那句话给说完了，态度十分坚定，"假如真的如你所说，我坠入了爱河，我有股强烈的愿望，只要每天见上她，听到她的声音，看到她那妩媚的步态，或者触碰一下她的手，哪怕在这个鸟不拉屎的小镇待上多年，我也心甘情愿。"

"你能和我说说，她为何如此吸引人？"约翰·塞埃斯问道，故意没有朝维津看。

"我没想到你居然会问这种问题。"维津答道，极力想让自己冷静下来，"我认为，当一个男人坠入爱河、深陷其中时，他是无法解释清楚那女人的魅力所在的，无法说得让人心服口服。我真的说不清，我只能说，这个女孩小鸟依人，深深地迷住了我，只要她还住在这里，我就感到无比的开心。"

"不过有一点可以告诉您，"他认真地继续说道，两眼炯炯有神，"比如，她俨然是这个小镇以及镇民的缩影，小镇里发生的扑朔迷离的怪事，镇民所有的怪异举动，都可以在她身上找到。她步态轻盈，犹如一只黑豹，优哉游哉地来回走动，而且和镇民一样，做事都拐弯抹角，不直截了当。她和镇民一样，内心都打着算盘，我猜他们是想方设法抓到我，达成他们的目的。她一直密切观察着我的行踪，我既忐忑，又欣慰。不过她的手法太高明了，她一直装作一副若无其事的样子，可以说，一般不敏感的人"——听他的口气，感觉有点瞧不起人的样子——"或者之前没有类似经历的人，是根本察觉不到她其实在一旁监视。她向来很少走动，一直处于悠闲状态，而她又似乎无处不在，我也就难以逃脱她的掌心。无论是在房间的角落，还是在客栈的走道，她总是透过窗子，瞪着大大的眼睛，静静地看着我，眼神中充满着笑意，即便在熙熙攘攘的大街上亦是如此。"

第一次邂逅，打破了他内心的平静，打那以后，他们似乎很快就变得格外亲密。他是那种一本正经、循规蹈矩的人，往往活在自己那狭小的世界里，一旦有什么异常，他们就会六神无主。因此，他们骨子里排斥新鲜事物。不过，维津一会儿就忘了自己的本性。这女孩举止向来端庄朴素，作为她母亲的左右手，她也就顺理成章地掌管起客人在客栈的生活起居。说来不怪，他们俩建立了深厚的"革命友谊"。除此之外，她又年轻漂亮，法国人，而且很明显对他有好感。

同时，他回想起某时某地，发生的种种奇奇怪怪的往事，他不得不时刻保持警惕，有时候还会猛地一下屏住呼吸。他向塞埓斯轻声倾诉的，俨然一场梦境，是自己冲昏了头脑，有喜也有悲；而且他不止一次搞不清自己的一言一行，似乎一切都是冲动使然，几乎迷失了自我。

他脑海中一次次闪过想要离开小镇的念头，不过又一次次打退堂鼓，就这样一天又一天地留了下来，渐渐融入这座梦幻般的中世纪古镇，进入这慵懒的生活状态之中，他也就随之失去了自己本来的面目。他感觉小镇的"布帘"似乎很快就会卷起，很快就会领略这个小镇背后的神秘之处。也只有到那时，他才会彻彻底底地做出最后的决定。

　　与此同时，他发现生活周围的一些点点滴滴是那么的温馨浪漫：卧室里飘荡着鲜花的芳香，角落里的躺椅温暖舒适，餐厅里还为他专门设了一张餐桌，配有特制的料理。他和"伊塞尔小姐"交往得越来越频繁，而且聊得也越来越欢。尽管他们谈论的话题无外乎天气，还有一些小镇的事情，但他注意到，她不紧不慢，总有说不完的话，经常会故意插一些晦涩难懂的句子，他每次听了都摸不着头脑，但似乎这些句子都至关重要。

　　那几句只言片语，意味深长，可他却听不懂。然而，偏偏就是那几句话，道出了她内心的企图，他为此感到彷徨不安。他敢确定，她说的全都是劝他一直待在小镇里的理由。

　　"先生难道还没有想好吗？"午饭前，院子里阳光明媚，她坐在他旁边，轻声细语地贴着他耳朵说道，可见他们两人关系进展迅速，"如果有哪里不方便，我们都会尽力帮您的！"

　　听到这问题，他大吃一惊，陷入了沉思。她是笑着问他的，当她扭过头，略带调皮地盯着他看时，零星的头发散落在眼睛前。可能是他法语不是很懂的缘故吧，她靠近他时，他脑子总是变得一片混沌，一些细小的语言点就是搞不清楚，甚是苦恼。不过，她的一言一行，以及一些弦外之音，都无不令他心惊胆战。他感觉整个小镇都在等他做出什么重要抉择似的。

　　听到她说话的声音，加之她穿着一身柔软的深色裙，紧挨着坐在他身旁，他那激动之情，无以言表。

　　"的确，我不舍得离开这里，"他结结巴巴地说道，看着她深邃的眼神，陶醉其中，无法自拔，"还有，主要是伊塞尔小姐您来了的缘故。"

　　他都没想到自己居然能完整地说完一句话，他在字里行间向小姐暗送秋波，心里美滋滋的。不过他又后悔说这些，恨不得咬掉自己的舌头。

　　"那是不是说，您是喜欢我们这个小镇才欣然留下来的咯。"她说道，对他的赞美之词置若罔闻。

　　"我迷恋小镇，还迷恋你。"他大喊道，感觉自己说话已经开始不经大脑思考，漫无边际地胡言乱语了。突然，她从椅子上一跃而起，从他身边跑开了。

"今天吃法式洋葱汤！"她嚷道，转过身，在阳光中微微一笑，"我必须得去瞧瞧，否则的话，今天的晚餐先生是不会满意的，可能先生就会因此离开我们！"

他看着她穿过院子，姿态优雅，步态轻盈。他感觉她那身黑色的裙子俨然猫身上的软毛。她来到玻璃门廊边，转头对他笑了笑，然后便和她母亲聊了起来，她母亲和往常一样，坐在大厅一角的椅子上织着毛衣。

她的母亲举止邋遢不雅，但为何当他将目光投向她母亲时，她们俩看上去就像变了一个人似的？她们怎么会一下子变得高高在上，给人以权力的象征，太神奇了！这位身材魁梧的女人，到底有什么独特之处？居然可以让她女儿立即彰显尊贵气质。她俨然是一个帝王，在阴森恐怖的夜晚，面对红光闪烁的狂欢会，下面的人们欢呼雀跃，她手里拿着一根权杖，使劲挥舞。为何像她这样一位纤细妩媚的女子，柳树一般的风度翩翩，犹如幼豹一般矫健的她，偏偏突然装作一副阴险肃穆的样子？走起路来，头上冒着烟火，脚下一片漆黑。

维津屏住了呼吸，坐在那边呆若木鸡。之前脑海中那些奇思怪想，转瞬即逝。阳光撒在她们俩身上，伊塞尔小姐笑着和她母亲谈论法式洋葱汤的事，只见她回过头，看了他一眼，露出灿烂的微笑。他不禁联想起一支玫瑰，上面依附着一滴露珠，在夏日的微风中来回摇曳。

那天的法式洋葱汤格外好喝，他发现自己桌上放了两个锅盖。他的心怦怦直跳，不知为何，然后那位服务员向他解释道："伊塞尔小姐今天专门为先生您设宴，她母亲也总是这么招待客人。"

伊塞尔小姐一直陪伴在维津身边，他兴奋不已，而小姐则用简单的法语和他轻声交流，把他照顾得舒舒服服，还亲手为他搅拌沙拉酱。傍晚时分，他在院子里抽烟，希望她手头的事情忙完就能立刻见到她。随后，她又回到了他的身边，他突然站了起来，面朝着小姐看，两人对视了一会儿，小姐脸上露出了点滴羞涩，然后说道：

"我母亲建议您多了解一下我们这座美丽的小镇，我也是这么想的呢！先生，您愿不愿意请我做您的向导呢？我们家族多代住在这边，对这边的一草一木都很熟悉。"

他高兴极了，还没来得及开口，她一把拉住他的手（他压根没有反抗），便带他去逛街了。不过，她的一举一动看起来都是无比的自然，居然看不出一点儿鲁莽、冒失的样子，她脸上洋溢着笑容，乐在其中。她穿着短裙，披着一头乱发，俨然十七岁的孩子，魅力四射、天真无邪、活泼可爱。她为自己的故乡深感自豪，她对小镇古韵的感触，已不是她这样年龄的人所能拥有的。

于是，他们俩便开始一起游历小镇，只要是她认为有名的古迹，她都会带他参观一番，如：她家先祖的故居，如今已经破败不堪；她母方家庭世代居住的房子，看上去颇有一番贵族风味；还有那古老的集市，据说，几百年前，众多女巫在那里被活活集体烧死。他拖着疲惫的身躯，走在她身旁，她则在一边滔滔不绝，说个不停，可他几乎什么也没听懂，不知道自己过去四十五年是怎么过的，重获少年的激情，内心感到愧疚不已。她谈到了英格兰以及瑟比顿的历史，这对他来说是太遥远了，简直就像世界历史的另一篇章。她的声音触动了他内心不可名状的记忆，唤醒了沉睡已久的回忆。听了她的声音，他的表层意识渐渐进入了梦乡，内心深处的意识逐渐苏醒。和小镇一样，看起来一片忙碌活跃，实际上已变得悄无声息，宁静安详，万籁俱寂，而内心却开始蠢蠢欲动。小镇的大帘开始来回摇摆，似乎立刻就要全部掀起似的……

最终，他渐渐开始对小镇有了更加深入的了解，对小镇的氛围有了全新的解读。他外在的自我渐渐沉睡，内在那扑朔迷离、神采奕奕的自我开始蠢蠢欲动了。她俨然是小镇的女祭司，小镇的人们安居乐业，她是头号功臣。他们肩并肩走在蜿蜒曲折的街道上，整个小镇的山墙古色古香，在余晖的映衬下显得安逸温馨，这般景致令人如痴如醉，心驰神往。他脑海中开始浮现出一些新的想法。

不过，有一件事颇为蹊跷，他心神不宁，困惑不已，尽管不是什么大事，却根本说不清道不明。他脸色刷白，对着她尖叫，只见树上的秋叶在熊熊燃烧，冒出滚滚浓烟，在红色屋顶的映衬下，勾勒出一幅图画。他急忙冲向墙边，大声叫她也一起看那熊熊大火，只见大火在一堆垃圾中肆意横行，快速蔓延开来。而她似乎也被吓着了，一看那大火便拔腿就跑，还一边撕心裂肺地对他说了一堆话，他一句都没听懂，不过他敢肯定她惊恐万分，心里想着赶紧逃生，也惦记着他的安危。

不过，五分钟后，她又恢复了平静，脸上露出了笑容，就好像什么事都没发生过一样，一点都看不出什么恐慌或焦虑，他们俩都将刚才发生的事抛至九霄云外了。

他们俩坐在破旧的矮墙上，倾听那乐队演奏的奇妙旋律，这旋律和他第一天来小镇时听到的一模一样，他再一次为之深深触动。不知怎么的，他似乎找到说法语的感觉了。

她靠在石墙上，紧挨在他身旁，周围没有别人。他内心怦怦直跳，终于按捺不住自己的情绪，结结巴巴说了一通（其实他自己都不知道说了些啥），表达他对她莫名的好感。而她听到他说了第一个词的时候，便立即从墙上跳下，姿态轻盈，微笑着走到他跟前，碰了碰他的膝盖。她像往常一样，没有戴帽子，夕阳的余晖洒在她的头发上，还照到了她的面颊和喉咙。

"啊！太好了！"她大叫道，一边还用自己的小手轻拍他的脸蛋，"太好了，如果你喜欢我，你肯定也喜欢我的工作，也喜欢我的客栈。"

他开始有点后悔自己说那些话了，怪自己没有控制住自己。听完她的那句话，他感到不寒而栗，怕自己踏入一片前途未卜，且又险象环生的"大海"之中。

"我的意思是，你肯定愿意走进我们的真实生活，"她轻声补充道，感觉像是在引诱他，这种感觉无以言表，似乎她也感受到他在颤抖，"你肯定愿意回到我们身边。"

她小鸟依人，俨然在他心中有了举足轻重的地位，而她身上的一股力量却渐渐侵入自己的体内，感觉自己丧失了自己的感知，她单纯优雅，却有一股气势，气宇轩昂，端庄秀美。只见她又在一片混乱的废墟中穿梭，烟火缭绕，甚为骇人，她母亲一直跟在她身旁。只要看到她母亲，他就觉得心烦。看了她那甜美的笑容，清纯动人，不知不觉就觉得她母亲讨厌了。

"我知道你肯定愿意。"她重复道，双眼直盯着他看。

矮墙上只坐着他们两人，周围没有一个人，他感到她渐渐将他征服，内心不禁热血沸腾，一股快感油然而生。她既有放荡不羁的一面，也有矜持含蓄的一面，这一点深深地吸引着他。他开始展现男人的血气方刚。不过同时，又满心欢喜，追忆自己的青葱岁月。他心里一直憋着一些疑问，想一探究竟，渴望审视自己的内心，回归本真。

"告诉我，伊塞尔，"他说道，声音里下意识带有轻柔的呼噜声，不过，他发现自己好像又是故意为之，"这个小镇到底蕴含着什么？您说的'真实生活'到底指什么？为什么人们从早到晚老是盯着我看？告诉我这一切到底是为什么？求你了！"他的声音急促有力，"您到底是谁？是您本人吗？"

她转过头看着他，眼睛半闭半开，脸色黯淡，像是留了一道影子，可见她内心激动之情愈演愈烈。

"对我来说，似乎，"看到她盯着自己，他说话时结结巴巴，"我有权知道这些——"

突然，她睁大了双眼。"你是不是爱上我了？"她轻柔地问道。

"我发誓，"他急忙大喊道，似乎有一股巨浪在推动着他，"我从未爱过别的女孩——我从未接触过其他女孩——"

"那你的确有权知道这些，"见他支支吾吾，思绪混乱，她镇定地打断了他，"因为爱情背后是没有秘密的。"

她停了一会儿，而他感觉一股热浪席卷了全身，兴奋不已。听了她的这番话，他开始变得飘飘然了，满面红光，春风得意。不过，就在那一刹那，他感到极度恐慌，"死亡"二字立即浮现在他的脑中。他发现她又盯着自己双眼看，似乎还有很多话要说。

"我指的'真实生活'，"她喃喃细语道，"是很古老很古老的生活，很久以前的，你曾经就是生活在那个环境之中，如今你依旧属于那里。"

她的声音越来越清，他听着听着，脑海里依稀的记忆触动了内心的灵魂。她所说的话，在他看来句句属实，即便没有抓住她的重点，也都还是本能地相信了。渐渐的，他现在的"本我"悄悄从身边溜走，感觉自己回到了远古时代，正是因为如此，他才想到了"死亡"二字。

"你来这里，"她接着说道，"是来探寻'真实生活'的，这里的人们察觉到了你，想看看你如何抉择，如果找不到就一走了之，还是——"

她一直盯着他的双眼，不过，脸形和脸色都已开始发生变化，脸形越来越大，而脸色则越来越暗，像是经历了无穷岁月的沧桑。

"你一直纠结这里的人们在想什么，难怪会觉得他们在监视你。他们并不是用双眼来监视的，他们内心的真实目的是在召唤你，想法子得到你。其实你很久很久以前就属于这里，如今他们只是希望你回到他们的身边。"

听着听着，本身就懦弱胆小的维津一下子陷入了惶恐之中。不过，她眼神充满了喜悦之情，一直盯着他看，他也就没有任何逃命的念头，似乎已经被她深深吸引，忘乎所以。

"不过，光靠他们一己之力是绝对不可能得到你的，"她接着说道，"他们的动力不是很足，这几年一直在渐渐消退。不过我"——她停顿了一会儿，自信满满地盯着他，眼神散发着光芒——"我可以用魔法来征服你，得到你，也就是我们昔日爱情的魔法。我可以把你拉回来，和我一起过往日的生活，如果我施魔法的话，我们过去感情至深，你肯定无法拒绝。而我的确打算施魔法，因为我依旧需要你！亲爱的你，是我依稀犹存的记忆"——她靠得更近，呼出的气在他双眸前徘徊，她的声音一直在他耳畔回荡——"我真的想得到你，因为你爱我，可以任凭我摆布。"

她说的话，维津听到了，但似乎又没听到；听懂了，但似乎又没听懂。他已陶醉其中，欣喜若狂。似乎整个世界都在他的脚下，乐声悠扬，鲜花遍地。他感觉自己沐浴在阳光中，在高空中飞翔。听了她那句话，他惊讶不已，目瞪口呆，同时又喜出望外，忘乎所以，陶醉其中。然而，他内心还是萌生了对死亡的恐惧，她的声音中仿佛燃起了一堆熊熊烈火，黑烟滚滚，冲击着他的心灵。

他法语不好，很多话不能自如表达，他们俩就这样通过心灵感应，你来我往。不过，他说的话，她都能透彻地理解。而她对他说的话，就像是在背诵古老的诗歌，悲喜交织。听着听着，自信心不足的他，开始百感交集。

"不过，我纯粹是碰巧到了这里——"他自言自语道。

"不，"她激动地说道，"你来到这儿，是因为我在呼唤你。多年来，我一直在呼唤着你，你背后有一段往事。你必须得来这里，因为你是我的人，我要得到你！"

她又站了起来，向他靠得更近了，用一种蛮横的眼神看他，眼神中充满了力量。

夕阳在旧教堂塔楼背后消失，天色渐渐暗了起来，最后他们笼罩在黑暗之中。乐队也停止了演奏，悬铃木的叶子在枝头一动不动，秋日的夜晚传来阵阵凉意，维津不禁瑟瑟发抖。周围一片寂静，唯有他们的说话声，还有她裙子在风中飘动的沙沙声。他可以听见自己的血液在翻腾，至于他过去生活的地方以及过去是干什么的，他冥冥之中有了感触。一阵可怕的魔法向他袭来，他开始浮想联翩，感觉自己已深深地陷入了自己的坟墓之中，隐隐约约听到一个声音在对他说，她所说的话其实句句属实。不知怎么的，她这样一位普普通通的法国小侍女，坐在他旁边说话有模有样，像是换了一个人似的。他直盯着她看，脑海中曾经浮现的画面开始变得栩栩如生，最后他不得不承认这一切可以说都是真的了。只见她高高在上，端庄威严，在破旧不堪的野树林间和山洞里穿梭，而她脑袋后方有一堆闪亮的火焰，烟云在脚边缭绕，他以前见过这一幕场景。她头顶上方有一圈灰色的树叶，在风中漫天飞舞，她的双臂和双腿妖媚动人，和人们身上那破旧的衣服形成了鲜明的对比。周围其他人也注视着她，他们兴高采烈，纷纷将目光从四面八方投向了她，而她的双眼一直盯着一个人看，而且一直握着他的手。她是领舞的，带领着一群人，跟着那如痴如醉的音乐节拍一起狂欢，他们围着一个人在跳舞，这人甚是高大魁梧，坐在宝座上，在漫天纷飞的蒸汽中若有所思。而她周围一起跳舞的人则个个欣喜若狂，激动万分，整个场面人头攒动，甚是壮观。不过，他发现，他就是那个被她牵着手的人，而那坐在宝座上的庞然大物，原来就是她母亲。

眼前的这一切，萦绕在他心头，唤起了他对往昔岁月的记忆……不过，一会儿这一幻象便在他眼前慢慢消逝，她的双眸出现在他的眼前，只见她目不转睛地盯着他看，她又一次变回了客栈老板娘的女儿，他也再一次找到了说话的感觉。

"你，"他颤颤巍巍，低声说道，"刚才的你妖媚动人，你为何令我如此痴迷，为什么我当时都没见到你就爱上你了呢？"

她来到他身旁，一副端庄严肃的样子，真是难得一见。

"这是往昔的呼唤，"她说道，"而且，"她沾沾自喜地补充道，"实际上，我是公主——"

"公主！"他惊呼道。

"我母亲是女王！"

此时此刻，维津完全忘乎所以，欣喜若狂，如痴如醉。听着她那悦耳的嗓音，看着她那娇小的嘴唇，人见人爱，他情不自禁，无法控制自己的情绪。他一把将她搂到怀里，一个劲地亲吻着她的脸颊，而她则没有任何反抗。

不过，即便如此，即便他热血沸腾，她却总是软弱无力，毫无激情，他感觉她给他的亲吻玷污了他那纯洁的心灵……突然，她挣脱了他的束缚，消失在了黑暗之中。而他则呆呆地站在原地，身子倚靠着墙壁，几近崩溃。由于触碰到了她那柔软的身躯，一股恐惧席卷全身。他内心愤恨不平，隐约意识到可能是因为她太柔弱了，没有反抗能力，所以才没享受到亲吻的快感。

她消失在古建筑群中，在月光的映衬下，建筑的影子投向大地，而从阴暗处传出一阵奇异的叫声，连绵不绝，打破了深夜的寂静。一开始，他还以为是嬉笑声，不过后来发现原来是有人在号啕大哭，犹如一只猫在哭泣。

五

维津就这样独自一人倚靠在墙头许久，思绪万千，百感交集。最终，他明白原来自己的这一举动，唤起了昔日的记忆。他和伊塞尔小姐的热吻，唤醒了他对往昔青葱岁月的记忆，仿佛回到了年轻时代。而当他回想起之前和小姐在黑暗的客栈走廊里邂逅，然后发生的那段缠绵悱恻、不可名状的身体接触，他不禁瑟瑟发抖。伊塞尔小姐一开始就掌控了他的内心，他的那次热吻也正合她意。几百年之后，他被伊塞尔小姐给逮住、俘虏，直至征服。

他隐隐约约意识到了这点，也想着手逃离这块地方。不过，不知怎么的，他就是心有余而力不足，无法控制自己的情绪。他感觉就像着了魔似的，脑海里一直回荡着那段美妙、疯狂的探险之旅，在这片之前从未涉足的土地上，他感到无比的陶醉，从未感觉世界如此之大，如此精彩，真是喜出望外，无法自拔。

硕大的月亮开始渐渐升起，苍白暗淡的月光笼罩了如海一般的平原。突然，他决定动身离开这里。月光倾洒在各个屋子上，呈现出别样的景致：屋顶上闪烁着晶莹的露珠，在月光的映衬下，屋顶仿佛绵延至天空，显得格外高大，而那些山墙和古塔，则与那远方紫色的天空相得益彰。

教堂在银色薄雾的映衬下宛如梦幻一般。他悄悄地走着，紧跟着建筑物的影子，不过大街小巷空无一人，安静无比，店铺的门窗紧闭，无人问津。整个小镇在夜色的笼罩下万籁俱寂，教堂那边矗立着一座座巍峨迥异的墓碑，宛如一座死城。

他脑子里一边想着为何白天嘈杂忙碌，而到夜里一下子变得如此安静，一边穿过马厩，来到客栈的后门，盘算着如何溜进自己的房间，不被别人发现。他轻手轻脚地来到院子，紧紧沿着墙壁的影子走，鬼鬼祟祟，迈着小碎步，蹑手蹑脚，宛如客栈那些老者走进餐厅时的样子。他惊奇地发现，这样走起路来居然都是下意识的。突然不知怎么的，他脑海中闪过一个念头，就是匍匐着悄悄快跑。他抬起头扫视了一下，便有了灵感。他想着直接跳到窗台上，这样就不用走楼梯了。这一念头就这么自然而然地闪过他的大脑。他感觉自己开始渐渐变成另一种可怕的生物，不禁一阵毛骨悚然。

此时，月亮已高挂空中，街旁的月影漆黑一片，而他则紧紧跟着影子走，来到了客栈的玻璃门廊旁。

不过，客栈的灯还亮着，而且不巧房客也都还在。他悄悄打开门，想趁人不注意偷偷穿过大厅，溜到楼梯处。发现左手边有一个庞大的灰色物体倚靠在墙上，起初他还以为是什么家具的摆设，没料到这物体居然动了起来，他就想这估计是一只猫，只是由于光影的关系，显得看起来比较大罢了。刹那间，那物体居然向他直面扑来，他一看发现是客栈的女房东（伊塞尔母亲）。

他简直都不敢想象她躲在这里到底想干啥，不过当她站起身，面朝着他看时，他才意识到她身上笼罩着骇人的庄重之感。他立即回想起伊塞尔之前说她母亲是女王的那句话，在煤油灯的映衬下，她显得格外高大，给人以一种不祥之兆。整个大厅除了他俩，就没有其他人了。他内心不禁产生一种敬畏之情，一种骨子里的畏惧之情，似乎由来已久。他感觉自己有必要向她卑躬屈膝，以示敬意。这种感觉十分强烈，充斥着他的内心，似乎是习以为常的感觉。他快速扫视一下四周，见周围没人，便颇有架势地向她低头哈腰。

"Enfin! M'sieur s'est donc décidé. C'est bien alors. J'en suis contente." （"终于！先生终于做出抉择了！太棒了！我很高兴！"）

她的声音雄厚，宛如是从一片空旷的地方发出来似的。

接着，她那体型庞大的母亲突然穿过铺满石板的大厅，来到他跟前，一把抓住他那颤颤巍巍的双手。她身上那股强有力的气势一下子压住了他。

"On pourrait faire un p'tit tour ensemble, n'est-ce pas ? Nous y allons cette nuit et il faut s'exercer un peu d'avance pour cela. Ilsé, Ilsé, viens donc ici. Viens vite!" （"我们不妨一起去兜一圈吧？今晚就走，先操练一下吧！伊塞尔！伊塞尔！快点来这边！赶紧！赶紧！"）

她开始迈着步子带着他翩翩起舞，这舞姿非常眼熟。这真是一对儿奇葩"夫妇"，在石板地上来回走动的他们居然没有发出一点声响。他们风度翩翩，而又鬼鬼祟祟。突然间，空气开始变得凝重，犹如烟雾一般，一道红光穿过天空，他意识到有其他人进来，而且发现取而代之的是，她的女儿紧紧握住了他的双手。伊塞尔听到母亲的呼唤便赶了过来，只见她乌黑的头发上系着马鞭草叶，身穿奇装异服，破旧不堪，看起来如夜色一般美丽、动人，闭月羞花，沉鱼落雁。

"安息日万岁！安息日万岁！"她们大声呼喊道，"女巫安息日万岁！"

他们三人在狭窄的大厅，来回迈着舞步，他一人站在她们俩中间，这舞姿十分狂野，令他叹为观止。突然墙上的煤油灯闪了闪就灭了，她们俩消失在了一片黑暗之中，之前那些依稀犹存的记忆彻底没了。此时，他内心产生了无数不祥之兆，开始忐忑不安起来。

她们突然放开了手，只听见伊塞尔母亲大叫是时候撤了。不过，还没等他来得及停下舞步，她们已经消失得无影无踪了。他只是意识到自己解脱了，便在黑暗之中四处瞎转，最终找到楼梯，随即飞奔至自己的房间，好像就要下地狱似的。

他一头倒在沙发上，用手捂着脸，唉声叹气。脑海中迅速闪现种种逃生的法子，可都是天方夜谭。最终，他决定默不吭声，坐以待毙，看看究竟发生了什么情况。至少，待在自己的房间，没有外人会相对安全一些。他把门反锁上，来到阳台前，轻轻打开窗子，可以看到外面的院子，透过玻璃门还可以隐约看到大厅里发生的情况。

此时，他耳边传来一阵阵喧闹声，像是在搞什么隆重的活动。只是由于距离太远，人们的脚步声和说话声都听不太清楚。于是，他小心翼翼地把身子伸向窗外，仔细倾听。此时的月光清澈明亮，而月亮的银盘仍在客栈后方，因此他那边的窗户处于阴暗之中，照不到月光。突然，他脑海里闪过一个强烈的念头，就是这里的镇民在回家紧闭房门、销声匿迹之前会出来忙活一阵，搞一些神秘的活动。他聚精会神地听着窗外的动静。

起初，他周围一切是如此的安静，月光倾泻在院子里。不过，不一会儿，他发现客栈里有动静，耳边传来沙沙声、唧唧声，打破了院子的宁静。一大群家伙给宁静的夜色带来一阵嘈杂的声音。它们无处不在，空气中开始弥漫起一阵刺鼻难闻的气味，不知道是从哪里飘来的。温柔的月光洒在对面墙上的窗子上，闪闪发亮，于是他将目光投向那几扇窗子。他背后头顶上方的屋顶，在玻璃窗上反射的光照下一览无余。只见一群黑乎乎的物体迈着大步，在屋檐上方的墙顶穿梭，看上去就像一只只巨大的猫，阵势浩大，数也数不清。不一会儿，它们又跳到下一层楼，他也就看不到了，只是耳边传来扑通扑通的声音。有时候，它们的影子投到对面的白墙上，他无法区分这到底是人影还是猫影，似乎影子变幻莫测，一会儿是人，一会儿是猫。透过玻璃窗看到这一切的他，瞠目结舌，简直就像真的一般，栩栩如生。前一秒还是人的样子，后一秒就一下子变成了动物。

下面的院子开始变得生机勃勃起来，黑乎乎的一群家伙偷偷摸摸地向玻璃门廊行进。它们紧贴着墙壁行动，他无法判定它们的实际大小。不过，当它们在大厅里汇合后，才发现原来它们就是之前透过对面玻璃窗看到的一群家伙。它们来自小镇的四面八方，穿过客栈的屋顶和瓦砾，一层一层向下跳跃，直到最后抵达院子，实现大汇合。

接着，他耳边又传来一个新的声音，原来他发现周围的窗子都悄悄地打开了，一张张面孔露了出来。不一会儿，它们纷纷匆匆忙忙地往院子里跳。乍一看，它们像是人样，但它们却是用四肢稳稳着地的，瞬间变成了一只只巨大无比的猫，然后成群结队地涌进远处的大厅。

由此可以看出，原来客栈里的房间本身就不是空的，明明有动静。

除此之外，他不再感到诧异，因为这些场景都在他的脑海中历历在目，是那么的熟悉，以前早已发生过上百次了，而且他之前就是它们其中的一分子，也知道它们的放荡不羁。整栋旧楼的格局发生了变化，院子变得比之前更大了。他从上面俯瞰，感觉就像隔了一层迷雾蒸汽，院子离窗子的距离也变得更大了。当他盯着院子看时，他脑海中依稀回忆起年少时痛苦的往事，可谓悲喜交加，萦绕在他的心头。当他耳边又响起舞蹈的呼唤时，内心一阵荡漾，开始回味伊塞尔在他身边翩翩起舞的魅力。

刹那间，当他准备转过身去，一只硕大的猫，身手矫捷，猛地一下从楼下阴暗处跳到窗台上。只见那只猫离他的脸近在咫尺，就像一个人一样，目不转睛地盯着他看。"来吧，"它好像在说话，"来和我们一起跳舞吧！回归过去吧！赶紧变身，加入我们吧！"这猫悄无声息的召唤，对他来说再熟悉不过了。

转瞬之间，那只猫嗖地一下就消失了，步履轻盈，其他几只猫也纷纷从屋子旁跳下，它们在空中变幻莫测，一会儿像猫，一会儿又像人，跳至地面后，直奔汇合点。鬼使神差的是，他发现自己居然也想这么干了，内心也想着哼念咒语，四肢着地，或者直冲天空。啊！他内心波涛汹涌，心潮澎湃，对参加女巫安息日的舞会心驰神往！他感觉满天繁星，再一次感受到明月是多么的神奇。猛烈的大风，从陡峭的悬崖、茂密的森林中呼啸而来，穿过层层峡谷，向他袭来，俨然要将他刮走……他耳边传来它们的欢声笑语，仿佛自己怀里搂着伊塞尔，在尊贵的女王宝座前绽放出活力四射的舞姿。

突然间，一切都变得安静下来，没有任何动静，他内心的幻想也渐渐消失，温和的月光洒满了整个空荡荡的院子。它们早已开始蠢蠢欲动了，一个个直奔天空，而他则独自一人，孤苦伶仃地站在那里观看。

维津蹑手蹑脚地来到门口，把门打开，走着走着，耳朵边突然响起一阵街上的喧闹声。他小心翼翼、战战兢兢地沿着过道走，生怕出什么意外。走到楼梯口时，他驻足停下，听听下面有什么动静。他发现楼下的大厅漆黑一片，毫无动静。不过，远处门窗外传来一阵阵脚步声，渐行渐远，消失在远方。

他沿着木梯下楼，发出嘎吱嘎吱的声响，内心忐忑不安，却又心生向往，渴望碰到落在队伍后面的，好为他指路，可惜无济于事。它们刚刚还簇拥在大厅里，而不一会儿工夫，便穿过正门，迈向大街了。他简直不敢相信自己居然真的落伍了，他们居然把他给忘了，他在想这是不是老天有意为之，让他好以此脱身。他百思不得其解。

他惶恐不安地向四周环视一番，在大街上不停地来回左顾右盼，发现什么动静都没有，便缓慢地沿着人行道前进。

走着走着，他发现整个小镇空无一人，冷冷清清，就好像一阵强烈的风吹过，不留下半点儿生机与活力。只见房屋的窗门就这样在半夜里敞开着，毫无动静；月光洒满了小镇，万籁俱寂。整个小镇像是被夜色所笼罩，轻柔凉爽的微风，仿佛一只毛茸茸的小爪抚摸着他的脸颊。他不再那么害怕，而是鼓起勇气，加快了步伐，但却始终不敢走出阴影。他四处寻找，就是找不到那支庞大骇人的队伍，连个影子都没看见。明月高空挂，天空万里无云，一片寂静。

他几乎没留意自己何去何从，见集市的门没关，就穿了过去，来到了城墙边。他发现那里有一条小路，通往交通要道，沿着那条道一直走，就可以逃到另外一座北方的小镇，也就可以到火车站了。

不过，一开始他停下了脚步，眺望远方，只见那片广袤的平原，犹如一张银色的地图，描绘着一个梦幻般的国度。此般景致宁静优雅，深深烙印在他的心里，他仿佛进入了幻境。周围风平浪静，悬铃木的叶子一动不动，与白天那喧闹的景象形成了鲜明的反差，而远方的田野、树林则渐渐消失在一片迷雾之中，迷雾在月光的映衬下泛着微微的白光。

突然，当他将目光转向近处脚下深邃的峡谷时，他屏住了呼吸，整个人呆若木鸡，一动不动。整个山丘的下坡段虽然背对月光，却闪闪发光。放眼望去，他发现有无数个影子在树林间反复来回地穿梭，而抬起头，发现天空中盘旋着许多影子，前一秒还飞来飞去，就像树叶在风中飘荡，后一秒就飘落了下来，发出各种奇怪的叫声，穿过层层树枝，落到峡谷中，燃起了熊熊大火。

面对此情此景，他深深地震撼了，站在那儿驻足良久，目不转睛。接着，一念之下，他迅速地爬上宽敞的屋顶，此时恰巧脚下的山谷开裂了，便竭力掌握平衡，不让自己摔下去。不过，就在他还颤颤巍巍时，他发现一个物体在房屋间迅速地穿梭，转头发现原来是一个体形很大的动物，正以迅雷不及掩耳之势，在他背后的空地上穿梭，然后飞一般地跃至另一个较矮的墙顶。然后，宛如一阵风一般飞驰到他面前，来到了他的身边。此时，月光中似乎散发着丝丝凉意，他瑟瑟发抖了一阵，内心怦怦直跳，忐忑不安。原来是伊塞尔，她目不转睛地盯着他看。

他发现伊塞尔脸上和皮肤上有一层黑乎乎的东西。当她向维津伸出双手时，那黑色的东西在月光下闪闪发光。她衣衫褴褛，和她的风格大相径庭。她的鬓角上留有杂草；双眼散发着强烈的光。他内心冲动不已，差点就要伸手抱住她，带着她从摇摇欲坠的屋顶，跳进那深邃的峡谷，不过最后还是克制住了自己。

"瞧！"她大喊道，用手指向远方闪闪发光的树林，当时风呼呼地吹，她的袖子在风中不停飘动，"瞧它们在那边等着我们呢！树林开始绽放活力了！大家都已到齐了，舞会马上就要开幕了！这是颠茄制剂软膏！赶紧涂上后就去吧！"

之前的天空还清澈无比，万里无云，不过等她这么一说话，月亮就开始渐渐变得黯淡，悬铃木的树梢在狂风的肆虐下来回摆动。山丘下坡段那些零星的粗犷之声也传了过来，之前院子里那刺鼻的怪味也开始在空中弥漫开来。

"变身！变身！"她又大喊道，抬高了嗓音，就像在唱歌一般，"把软膏涂在你的皮肤上，然后你就会飞了。来！和我一起去参加神灵的安息日，一起尽情放纵狂欢，心安理得地摒弃礼拜吧！瞧！大家都到了，圣礼已经准备好了，女王也已登上宝座。赶紧涂上后去吧！赶紧涂上后去吧！"

她变得像他身旁的树一样高，双眼冒着火花，蓬头散发，一跃跳上墙顶。他也开始快速变身，身上所有善的一面渐渐消失，她用双手触碰他的脸颊和颈部，涂上滚烫的软膏，将古老的魔法传入他的血脉之中。

突然间，远方树林中央传来一阵怒吼，伊塞尔一听到这声音，诡异地笑了笑，便兴高采烈地跃上墙头。

"撒旦在那儿！"她尖叫道，奋力冲到他跟前，把他推到墙边，"撒且来了，圣礼在向我们召唤！来吧，带着你那叛教之心，让我们一起朝拜撒旦，一起尽情共舞至天明吧！"

伊塞尔紧紧缠住维津不放，想拉他一起跳进山谷，而他执意反对，才勉强摆脱她的魔爪。不过，他似乎又无法自拔，情绪失控，放声尖叫一下，但又不知道自己说了些什么，便继续尖叫。这是他骨子里本能的冲动，尽管对他来说自己在胡吵瞎闹，不过其实他所说的那些话都有实实在在的意思，并不难理解。这是原始的呼唤，山谷下似乎有东西听到了这个呼唤，并予以了回应。

大风呼呼地吹着他外衣的下摆，周围的天空变得暗淡无光，一大群黑影从山谷里蜂拥而上。他耳边充斥着粗犷的叫声，而且离他越来越近。大风凛冽，肆意横行，在摇摇欲坠的石墙上，他东倒西歪，任凭狂风摆布。伊塞尔用她那闪闪发亮、光滑无毛的长臂紧紧地勒住他的脖子。勒住他的，不光伊塞尔一人，那群黑影也乘虚而入。它们身上都涂了软膏，刺鼻的味道让他喘不过气来，他不禁精神振奋，也想参与安息日活动，和男巫女巫们一起共舞，纪念撒旦。

"涂上软膏就去吧！涂上软膏就去吧！"它们在他周围放声呐喊，"尽情地跳舞吧！享受邪恶带来的欢乐与畏惧吧！"

随后，他心一软，心潮澎湃，便萌发了去与它们共舞的冲动（可见哪怕是一件很小的事，都会改变整个探险的轨迹）。突然他被墙边一块石子绊倒，猛地一下摔了下去。不过他是朝客栈的方向坠落的，摔倒在一片布满灰尘和鹅卵石的空地上，好在没有坠落到远处开裂的山谷之中，那样就事与愿违了。

接着，它们也准备一窝蜂地跳到他周围，宛如一群苍蝇争先恐后地叮咬一块食物。不过，在它们正准备向他袭来时，他注意到一个细节，让他死里逃生。倒在地上的他，还没来得及站起来，只见它们跟跟跄跄地狂抓墙壁向上爬，就像蝙蝠一样，一定要从高处坠落才能飞起来，不能独立飞行。它们在屋顶上排成一排，就像猫一样，黑压压的一片，看不清长什么样，它们的眼睛就像一盏盏灯笼一样通明。突然，他回想起此前伊塞尔看到大火惊慌失措的模样。

于是他飞速找到自己身上的火柴，将墙下的枯树叶点燃。

由于这些树叶都干枯了，一下子就点着了。风一吹，整座墙的树叶都着了，火苗直往上蹿。屋顶上方传来一片尖叫和啼哭声，它们纷纷冲向另一侧的天空，纵身跳进那神出鬼没的山谷之中。维津一个人待在原地，上气不接下气，心有余悸。

"伊塞尔！"他低声呼唤道，"伊塞尔！"他发现她离他而去，一个人去参加舞会了，再也没有机会体验那种惊险与刺激了，他心如刀割。不过，与此同时，他如释重负。他恍恍惚惚，思绪混乱，语无伦次，自己都不知道自己说了些什么，只是百感交集，放声呐喊了一下……

等墙下的火烧尽后，月亮又出来了，柔和、明亮，前面只是短暂的月蚀罢了。他最后看了一眼那破烂不堪的城墙，心里忐忑不已，又充满了好奇，还是想瞧瞧那神秘的山谷里到底有什么。随后，他把头转了过来，往镇里的客栈方向缓缓走去。

他一边走，耳边不断传来激烈的啼哭声和吼叫声，一看是从山谷下那闪闪发光的树林里传出来的。大风呼呼地吹，声音渐渐模糊，他也逐渐消失在镇里大大小小的房子之中。

六

"故事就到此为止，毫无亮点，可能对你来说有点唐突，"亚瑟·维津说道，脸刷地一下变红了，羞涩地看了一眼塞埃斯，只见他坐在那边，手里拿着笔记本，"但事实上，呃，之后发生什么，我真的记不清楚了。我记不太清我是怎么回家的，也不清楚我到底干了些什么。

"好像之后我就压根儿没回过客栈，我只隐约记得，在月光下，漫长的马路上撒满了银白色的月光，我在马路上奋力奔跑。穿过寂静、凄凉的树林和村庄后，天刚蒙蒙亮，我看到了大城镇的塔楼，随后就到了火车站。

"哦，在到火车站很长一段时间内，我记得我走到半路停了下来，在月光下，回头张望了一下那座山丘上的小镇，那座给我带来与众不同经历的小镇，清晰地回想起一只巨大的猫躺在平原上，两只大前爪占据了两条大街，两只溃烂的耳朵，就像两座破旧不堪的教堂塔楼，在天空的映衬下显得格外醒目。这幅画面至今萦绕在我的心头，依旧历历在目。

"我逃走之后，还有一件事情萦绕在我心里，那就是我发现我居然没有付房租。不过，站在满是尘土的公路上，我发现自己的那一小包行李落在客栈里了，这包行李也够交那笔房租了。

"其余的么，我只记得我在小镇周边的一家咖啡店里，点了杯咖啡，吃了点面包，然后就立即来到火车站，赶上了傍晚的火车，当天晚上就到了伦敦。"

"你算一下，"约翰·塞埃斯轻声说道，"你在那个小镇待了多长时间？"

维津难为情地抬起头。

"我正想说呢，"他有点不太好意思，扭了扭身子，继续说道，"到伦敦之后，我算了一下，差不多在那里待了一周时间，我记得应该是九月十五号回伦敦的，哦不对，应该是九月十号！"

"那也就是说你在客栈只待了两夜？"塞埃斯问道。

维津迟疑了一会儿，双脚在地毯上来回挪动，然后才开口回答。

"那肯定是在其他地方待了几晚，"他最终开口道，"不管怎样，反正我确定在那里待了一周时间，说不清，但事实就是如此。"

"这是去年发生的事了，打那以后，你是不是一次都没回去过？"

"是的，去年秋天发生的事，"维津低声说道，"我再也不敢回去了，我想我不会再去那里了。"

"那，你告诉我，"塞埃斯见维津显然把要说的话都说完了，没什么好说的了，便接着说道，"你以前有没有读过关于中世纪巫术方面的书？还是说，只是对这方面感兴趣？"

"从来没有！"维津铿锵有力地说道，"我压根儿就没想过这些东西——"

"或者，有没有想过投胎转世方面的问题？"

"从来没有，不过打这次探险回来之后，我开始考虑这个问题了。"他意味深长地回答道。

不过，他内心总有一件事耿耿于怀，总想吐露心声，聊以自慰，不过却总难以启齿。好在塞埃斯良苦用心，循循善诱，问了许多问题，他最后才吐露一二，并结结巴巴地说想要给塞埃斯看他脖子上的印记，他说这是伊塞尔当时手上涂了软膏，然后和他肢体接触时弄上去的印记。

他胡乱折腾摸索了好久，才解开衣领，把衬衣拉了点下来，给塞埃斯看。只见皮肤表面有一条浅浅略带红色的线，一直贯穿到脊柱。可以确定的是，这是伊塞尔拥抱他时留下的印记。在他头颈另一侧偏高一点的位置，有类似的印记，不过有点模糊，不是很清晰。

"她那天晚上，就是在城墙上抱住我头颈的。"他低声细语道，眼神里闪现出一道异样的光。

关于维津那段与众不同的经历，我又注意到一个细节。数周之后，我又有机会和塞埃斯讨教。

听了我的一番描述之后，塞埃斯亲自展开了调查。他的一位助理发现维津的先祖实际上世世代代就居住在那个小镇。

其中两位先祖都是女的，曾经因为搞巫术而被受审，判罪，在火刑柱上被活活烧死。此外，不难发现，维津曾经住过的客栈建于一七〇〇年，原先那边就是火刑场，堆满了火葬用的柴堆。那个小镇里聚集了男男女女，都是搞巫术的。他们被判罪后，几乎无一例外都被烧死。

"似乎有点奇怪，"塞埃斯接着说道，"维津居然压根儿就一直没留意到这些。不过，换一个角度看，祖祖辈辈并不会传承这段历史，或者说给下一代重述这段历史。因此，我认为他对这一段历史依旧一无所知。

"纵观整个探险经历，在小镇里，他遇到了那群一样的生物，至今仍在那里神出鬼没；而且巧的是，他遇到了他生命中两位举足轻重的人，伊塞尔和她的母亲，她们俩另类诡异，是整个小镇的主心骨，她们搞的巫术活动，使得整个小镇充满魔幻色彩。这些经历似乎唤起了他对往昔的回忆。

"如果不读那个时期的历史，是不可能知道那里的巫师拥有魔法，变成千奇百怪的生物，是不可能知道他们这么做是为了掩饰自己，抑或是为了尽情地狂欢。在那里到处可见，人们都信奉变狼术。同样，人们也相信只要在身上涂了撒旦的神奇软膏，就可以变成猫的样子。在那里，人人都信奉巫术，搞巫术成了司空见惯的一件事。"

塞埃斯找了许多作家关于巫术方面的章节，发现很多细节都与维津探险的地方高度吻合。

"不过，维津的描述带有很强的主观色彩，这一点毋庸置疑，"塞埏斯接着回答我的问题，"我的助理实地去小镇考察过了，发现客栈里的记录本上有维津的签名，而且可以证明他是九月八号到的客栈，然后没过几天，房租都没付就走了。他是两天以后走的，他那肮脏不堪的黄色旅行袋，和那些随身的衣物都落在了客栈。我付了一些法郎，把他欠的房租还清，并把他的行李带了回去，交到他手里。伊塞尔不在家，是她的母亲，用他的话说是一位身材魁梧的女人，也就是客栈的店主招待的我们。她母亲告诉我的助理说，他看上去不太正常，神情恍惚。他离开客栈后，她母亲就开始担心，他会不会在隔壁常去独自漫步的树林里遭遇什么不测。

"早知道我就去采访伊塞尔的，这样就可以确认一下他说的那些是不是带有主观性，是不是真的如他所说发生了这一切。在维津看来，伊塞尔害怕熊熊大火，当然与她之前在火刑柱上经历过生死息息相关，她一见到火就本能地回想起过去的痛苦记忆。也进而说明了为何他不止一次幻想着透过烟雾缭绕的熊熊大火，仿佛看到了伊塞尔。"

"那他身上那块印记又如何解释呢？"我问道。

"只不过是苦思冥想后长出来的罢了，"他答道，"就像修女身上的圣痕一样，她们被催眠，醒来之后身上就会有这些圣痕。这没什么奇怪的，很容易解释。唯一蹊跷的是，维津脖子上的这些印记居然迟迟不退，按常理应该很快就会消退的。"

"显然，可见他现在还在纠结这一切，冥思苦想，脑海里一直萦绕着那段经历。"我猜想道。

"很有可能！我担心他是不是还在痛苦地挣扎呢。我们应该再听听他的想法，这不是一件小事啊！我应该尽我所能，来缓解他的痛苦。"

塞埏斯说话时表情严肃，声音里带着一丝悲天悯人的哀伤。

"火车上的那位法国人，你怎么看？"我继续问道，"就是那位劝他不要去小镇的法国人，他说了句'à cause du sommeil et à cause des chats'是不是觉得很奇怪？"

"没错，是很奇怪，"他慢条斯理地说道，"只能说这是万分之一的概率，纯属巧合——"

"具体说说？"

"我猜那人之前在那个小镇里待过，而且也有类似的遭遇。我应该找到那人，当面问问他是否真的如此。不过，水晶球也派不上用场，因为我没有任何的线索。我只能说这是心有灵犀，是他过去的经历促使他为了维津的本我，给他敲了警钟，让他小心谨慎。"

"没错，"塞埃斯立马接着说道，一边又好像是在自言自语，"我怀疑维津是卷入了情绪的漩涡，一直纠结过去的往事。当几百年前刻骨铭心的往事再次出现在自己面前时，他无法自拔。往事的印记如果太深，不会立刻消退，可以说永不消退。而对于维津来说，这次经历并不是彻彻底底的天马行空，犹如梦幻，所以他纠结不已，痛苦万分，挣扎在过去和现在之间。不过，他可以察觉到这一切都是真的。为了让自己摆脱那场纠葛，摆脱过去状态的阴影，他内心竭力反抗。"

"啊，没错！"他接着说道，只见天空渐渐变暗，便走出屋子，凝视着天空，似乎完全没有注意到我的存在，"像这样，过往的回忆下意识地浮现在自己的脑海中，将会是相当痛苦的，有时也会是相当危险的。我只是希望，这无辜善良的生命能够摆脱过往那痛苦的纠结。但不一定啊，不一定！"

他说着说着，内心充满了痛苦，便哽咽了。回到屋子里，他脸上流露出一股强烈的渴望之情，强烈渴望自己能尽一份绵薄之力来帮助维津。可惜，他心有余而力不足。

（钱家骏　译　穆从军　校）

看破天机的人

一

　　马克·艾博尔教授是一位具有双重人格的科学家，这件事只有他的助理莱德洛博士和书商知道。其实，双重人格不见得都不好。在莱德洛博士和获利的书商看来，艾博尔教授的两面人格都一样好，若长此以往，最终结束生命、灵魂升天时，定会发现，天堂也聚集着一群和他一样具有双重人格的奇人。

　　一个人同时奉行科学主义和神秘主义，这在现实生活中是很少见的，而马克·艾博尔就是这样的人。

　　作为前者，他的鼎鼎大名已是家喻户晓，而作为后者，还是一个谜！他用"朝圣者"作笔名出版了一系列才华横溢的书籍，广受读者欢迎，但是他的真实身份就像天气预报匿名作者那样深藏不露。成千上万的人读着那些每年以"朝圣者"为笔名发行的乐天派、带给人希望和启发的小书，读完这些书，每天的烦忧都抛诸脑后，心情变得格外舒畅。出版社一般对外宣传作者是不折不扣的乐天派，而且还是女作家。没有人看出那个"朝圣者"和生物学家其实是一个人。

　　莱德洛博士观察到，马克·艾博尔在实验室是一个人，但一下班，他却变成了另一个人，双眼放光、神色痴迷地讨论起"神人合一"的可能性和人类的未来。

　　"你知道，一直以来，我的看法是，"一天晚上，他坐在实验室外的小书房对既是助理又是朋友的莱德洛说道，"幻想应该在觉醒的人的生活中发挥重要作用，当然，它并不是百分之百可靠，但我们可以对它进行研究，将其视为路标，探索未知的可能。"

"先生，我知道您想说什么。"年轻的博士恭敬但有些不耐烦地插话道。

"幻想源自无法观察和试验的意识领域，"他并不在意自己的话被打断，继续热情地讲道，"诚然，幻想会受到理性的遏制，但我们不应该对其嗤之以鼻或视而不见。我认为一切灵感都是内心本能的幻想，例如，我敢确信，我们所有最为宝贵的知识都是意外发现，只是我们的大脑已经做好了接受它的准备——"

"首先要认真准备，集中精力，对普通现象进行尽可能细致的研究。"莱德洛博士附和道。

"也许吧，"马克·艾博尔叹了一声，"尽管如此，也还要有精神启示过程。如果蜡烛芯没有准备好，世界上再好的火柴也点不亮蜡烛。"轮到莱德洛叹息了，他清楚自己根本不可能和作为神秘主义者的老板进行争辩。因为真心钦佩老板的卓越成就，他总是谦恭而认真地听他说话，看他到底讲些什么，那种让人好奇的逻辑与"神启"的结合究竟会把他带到哪里。

"就在昨天晚上，"马克继续说道，仿佛一束光照进了他那粗犷的脸颊，"我又产生了幻想，这种幻想在我年轻的时候就不时地光顾，无人可以否认。"

莱德洛坐在椅子上，有些烦躁起来。

"您是说神碑吧，它埋在沙漠里？"他忍不住紧接着耐心问道，脸上突然闪出好奇的表情，等着教授的回答。

"是的，我会找到它们，然后破解，让伟大的知识得以面世——"

"大家都会相信你的。"莱德洛微微一笑，虽然有些不太相信，但他觉得挺有意思。

"如果我没有说错的话，即使最聪明的头脑，也注定不科学。"教授温和地回道，想到他的幻想，脸上容光焕发。"不过，可惜的是，"稍作停顿，他又讲道，双眼全神贯注地望着空中，似乎看到了妙不可言的绝佳之物，"世界起源时上帝真应该给人类确定目标和要解决的问题，可现在已为时已晚。"他大声讲道，闪亮的眼睛盯着一脸困惑的助理，"在远古的时候，上帝的信使真应该向子民传达世界的和人类心灵的秘密、生死的意义、为什么我们来到这个世界、我们最终的结局是什么。"

莱德洛博士一言不发地坐在那里，这些热情洋溢的神秘主义言论他以前也听到过，要是别人讲，他是不会听一个字的，但是对于知识渊博的艾博尔教授，出于尊重，他听得非常仔细，而且，这只不过是暂时的不正常情况，可能是教授长时间思维高度集中紧张所致。

看到教授痴迷的眼神，他带着同情和无奈微笑以应。

"可先生您在别的地方说过，您认为世界末日之谜很可能被掩盖了。"

"是的，世界末日之谜，"教授泰然自若地说道，"那里面一定记载着只有纯真无邪的早期人类才知道的生命密码。通过时常光顾于我的幻觉，我一定会得到那个伟大神圣的密码，然后向疲于奔波的世人昭告这一惊人的好消息。"

他滔滔不绝地讲着，用生动的语言把少年时期就不断光顾他的梦幻描述得活灵活现，详细说明他是如何发现那些神碑的，他幻想到人类孜孜不倦，却又饱受磨难，但无法把握其中的来龙去脉。

"有考据的人说'朝圣者'是希望使徒，"等教授讲完，年轻的博士评论道，"要是那个做考证的人能听到您这番言论，就会明白那些奇奇怪怪的事实际上源自多么朴素的信仰。"

教授挥挥手表示赞成，脸上绽放出孩童般的笑容，就像清晨的阳光。"人们对我的书可能毁誉参半，"他略带伤感地说，"他们会说那些只是泛泛空谈，不过，要不了多久，"他强调道，"等我找到那些神碑！等我找到解决老大难世界级难题的良方！等到神启之光照亮迷茫的人类，他们就会看到书中最大胆的设想得到证实！哈哈，到那时，我亲爱的莱德洛——"

他突然停了下来，聪明的博士知道他心里在想什么，马上接着他的话说道：

"也许这个夏天就有结果了，"他尽量表现出自己是真心这样想的，"您不是要去亚述¹探险吗？您会从那个曾叫卡尔迪亚王国²的远古文明找

---

1 古代西亚奴隶制国家，位于底格里斯河中游。
2 历史上的新巴比伦王国（公元前 626—前 538 年）。

到您梦寐以求的东西——"

教授挥手赞成，脸上露出狡黠的笑容。

"也许吧。"他轻声喃喃道，"但愿啊！"

年轻的博士庆幸自己老板的偏执无伤大雅，他回去时仍然坚信自己的观察，为自己能给教授的幻想给予支持鼓励而感到欣慰，他不确定以教授的年龄他是否能承受苦痛的折磨。

晚上躺在床上，他又想到了教授粗犷的面庞、别致的头型，以及多年辛劳和自律留下的岁月印痕，辗转反侧多时，他半是好奇半是懊恼地叹息一声，进入了梦乡。

二

九个月后，大约是次年二月份，教授旅行探险归来，莱德洛博士来到查令十字街接他，有关所谓神碑的幻想差不多已完全淡出了他的记忆。

火车上的人不多，人流和他的方向相反，所以他很容易就找到了要接的人。当他看到教授低顶毡帽下的白发时，着实吓了一大跳。

"终于回来了！"教授感叹道，显得有些疲惫，边听他的嘘寒问暖，边握住了他的手，"你看我又老了一些，而且比你上次见我的时候邋遢了不少！"他笑呵呵地低头扫视了一下自己风尘仆仆的衣服说道。

"可你更有智慧了。"莱德洛笑着说，在站台上跑前跑后地找列车行李员，同时向老板汇报前沿的科学新闻。

终于他们谈到了实际问题。

"您的行李呢？在哪里？我以为很多呢。"莱德洛问道。

"我没什么东西。"艾博尔教授回道，"就眼前这些。"

"就这个拎包？什么也没有？"莱德洛笑了，以为他在开玩笑。

"车厢里有个小旅行箱，"教授平静地回道，"我没有其他行李。"

"没别的行李？"莱德洛又重复了一遍，转头盯着他，想看明白他是不是开玩笑。

"为什么我得有更多的行李呢？"教授问道。

突然，莱德洛博士发现教授的脸色，或者说声音，抑或是讲话的方式，有些怪异。总之，他变了，这种变化藏得很深，表面看不出，所以一开始博士没有发觉。有一阵儿，他感到站在熙熙攘攘的人流中的这位教授好像完全是个陌生人。尽管查令十字街人头攒动，洋溢着温馨与和睦，但还是有一阵奇怪的寒意袭上他的心头，就好像有人月冰冷的手指触摸他的身体，他觉得自己在颤抖，感到有些害怕。

他抬头扫了一眼教授，百思不得其解，开始有点不耐烦。

"就这？"他指了指手提包，重复道，"但是，您走的时候带的东西呢？您就没带什么宝贝回来？"

"都在这了。"教授没多说什么。他说话时淡淡的微笑再次让博士感到不可名状的不安。一定有些地方不对劲，好诡异！他纳闷之前怎么没有注意到这蹊跷之处。

"噢，剩下的行李一定是由慢车运过来的，随后才到。"他狡黠地补了一句，语气尽可能显得自然，"那么，先生，长途旅行，您一定累了，肚子也许饿了。我来叫个出租，其他行李以后再来取吧。"

教授感觉有点迷糊，不知道博士到底讲了些什么，而对于博士来说，教授的变化太突然了，他的心情也变得越来越沉重，不过他自己也说不清那变化到底是什么，博士的脑海中闪现一个大大的问号，苦恼不已。

"多谢了！我不太累，也不饿，"教授平静地说，"我的东西都在这里了，没什么其他行李了，除了你看到的这些，其他就啥也没带了，真的。"

他说得斩钉截铁。搬运工一直在旁边惊讶地看着这位令人尊敬的科学家，两人付了他小费，坐进出租车。车子从嘈杂的街上缓慢地开往教授在伦敦北部的住所，那里有他们的实验室，是他们多年奋战的地方。

整个路上艾博尔教授一言不发，莱德洛博士也不敢问任何问题。天已很晚了，莱德洛向教授告别，他们站在书房（他们曾在那里讨论过很多重要有趣的问题）的炉火前，博士终于鼓足勇气单刀直入地发问。当时，教授一直漫不经心地讲些他的旅游琐事，诸如乘骆驼旅行、在群山之间宿营、在掩埋的寺庙和远古沙漠废墟当中探险等等。突然间，他找到合适的机会，抛出问题，当时的他忐忑不安，惊慌失措，就像个孩子一样。

"您找到——"他有些结巴，眼睛死盯着教授变得十分可怕的脸，那脸上没有一丝希望和欢乐的痕迹，就像什么事都没发生过一样，"您真的找到了？"

"是的，我找到了。"教授庄重地回答道，那是神秘主义者而非科学家的声音——"我找到了要找的东西。我的幻觉从来不曾让我失望，它就像天上的星星一样直接把我带到了那个地方，我找到了神碑。"

莱德洛博士屏住呼吸，扶住椅背定了定身子。那两个字就像冰粒一样敲打在他的心上，他发现这是第一次教授提到那两个烂熟于心的字而没有露出兴奋的表情。

"您把它们带回来了吗？"莱德洛支支吾吾地问道。

"带回来了，"教授冷冷地说，声音像是金属碰撞发出来的，"我已经破解了它们的意义。"

在教授讲出的短短两句话间隙，似乎充斥着深深的绝望，屋外的夜色愈发深沉，无助灵魂的死亡之声在寒冷的空间凝结。接下来是一阵沉寂，莱德洛博士只看到自己面前苍白的脸色忽隐忽现，那是一张往生之人的脸。

"哎，那些石碑坚不可摧。"教授继续铿锵有力地说道。

"坚不可摧。"莱德洛机械地重复着，自己也不清楚说了什么。

又是几分钟沉默。莱德洛的心里爬满了寒意，他站在那里望着自己长期了解深爱的人的眼睛，是的，也可以说是崇拜。是教授在自己迷茫的时候第一个打开了他的双眼，把他领入知识之门，带他走出漫长而又艰难的困境。此外，教授通过自己的书把信仰的力量注入成千上万读者的心田。

"我可以看看石碑吗？"他还是问了，声音轻得连自己都听不清楚，"能让我了解那些信息吗？"

艾博尔教授紧紧盯着自己助理的脸，嘴角咧出一丝微笑，那很难说是活人的笑，完全就是往生之人的笑。

"我死后，"他小声道，"等我过世之后，你可以读我的翻译。同时，记住要用你手上最新的科学资源帮助你，想方设法将它们彻底毁灭。"停顿了下，他的脸变得苍白，像是一具尸体的脸。"在我死之前，"过了会儿，他头也不抬地补充道，"不要再在我面前提这个话题了，只有这样才会让我找到一些自信。"

三

这一年过得很慢，到了年末，莱德洛博士认为有必要和自己的朋友、曾经的老板脱离工作关系，艾博尔教授已经不再是原来的教授了，他已失去生活的乐趣，实验室关闭了，他不再动笔写作，或者思考任何问题。就几个月的时间，他已从一个精力充沛、精神饱满的壮年汉子变成了一个即将崩溃、朝不保夕的老人。显然，死亡正在随时恭候他，他自己也很清楚。

莱德洛博士发现要刻画教授在性格脾气上的变化，实属不易。但是，莱德洛博士总结了四个字：希望破灭。虽然他超强的思维能力还没有消退，但运用思维力寻求别人帮助的动力已经不存在了。虽然他多年保持的精确无误的习惯依然存在，但促使他律己的远大目标却已经消失。对知识纯粹的渴求一去不复返了，曾经的满腔热情、孜孜不倦、才华横溢，如今已彻底消失殆尽。内心的火种熄灭了，做什么都没有意义，想什么都是空中楼阁，努力也毫无价值。一切都无需付出了！

教授首先尽可能多地召回自己的著作，然后关闭实验室，停止一切研究。对自己的行为，他不做任何解释，拒绝回答任何问题。他的整个精神完全瓦解，换句话说，他每天的生活就是机械地穿衣吃饭，保持健康避免身体不舒服，总之，不做任何影响睡眠的事。他尽可能延长睡眠时间，这样可以忘掉一切。事情变得非常明朗，莱德洛博士知道，虚弱的人会寻求各种各样的感官休眠，比如服安眠药或酗酒，这些自残的方式是要有点儿胆量的。再就是故意作恶，用所学知识毒害自己。艾博尔不属于上面任何一类，他始终让自己保持健康状态，没有任何怨言，安静坦然地面对自己不幸发现的可怕事实。即使在自己亲密的朋友和助理莱德洛面前，他也没有做过任何解释或悲叹过什么。他知道自己时日不多，坦然面对。

死神终于静悄悄地降临了，当时他正坐在书房的躺椅上，正对着那扇实验室的门，自从实验室关了之后，那扇门就再也没开过。当时欣慰的是，莱德洛博士碰巧也在，看到他突然呼吸急促，就跑来救助，正好看到他苍白的嘴唇嚅动，喃喃自语，那声音好像是从坟墓发出的一般。

"如果你确实想看，就看。你也可以毁掉它，但是，"他的声音太低，莱德洛只听到了最后几个音节，"但是，千万不要公诸于世。"

就像旧衣服上一撮蓬松的灰尘，教授轰然倒在椅子上，咽气了。

但这只不过是他肉体的死亡，他的灵魂其实两年前就早已逝去了。

四

教授的财产不多，也不复杂。作为遗嘱执行人和剩余遗产继承人，莱德洛博士很快就处理完了后事。葬礼后一个月，他都是独自一人坐在楼上的图书室，表达最后的哀思，他的脑海徘徊着辛酸的回忆，还有痛失挚友恩师的遗憾，深感亏欠教授太多。过去的两年对他而言实在太恐怖了，眼见一位无论是内心，还是学识上都堪称完美之人就这样迅速衰亡，而他自己却无法加以援手，那种深深的痛苦可能会伴他余生。

同时，一种难以遏止的好奇占据了他的身心。当然，老年痴呆症研究并不是他的专长，但他对这方面了解甚多，哪怕是很小的一桩事，都可能诱发巨大的幻想，他从一开始就非常迫切地想知道教授在卡尔迪亚沙漠究竟发现了什么，特别是那些珍贵的神碑上到底写了什么，教授声称自己已经破译了碑上的文字，他想一探究竟，因为正是它们夺去了教授的理智和对生活的希望。

最让他想不通的是，尽管教授曾经梦想找到美好希望和慰藉的主旨所在，但就当时他所找到的东西（并非教授因患老年痴呆症而捏造出来的）而言，他似乎发现那些有关世界秘密和生死意义的东西，都相当骇人，俘获了教授的勇敢之心和希望之魂。那么，教授临终时意味深长地馈赠给他的棕色小包裹里究竟有什么东西呢？

他转身来到写字台，小心翼翼地打开老式书桌的抽屉，开锁的手一直抖个不停。书桌上刻着两个镀金的小字母"M.E."，那是教授名字的首字母缩写，算是教授的遗物，看到它们，莱德洛不禁悲从中来。他把钥匙插进锁孔，转了一半，突然停了下来，环顾四周，屋内似乎发出了一阵声音？好像是有人在笑，然后故意咳嗽一声掩饰笑声。莱德洛站起来仔细听，浑身一阵寒颤。

"这太荒谬了，"他大声说，"我怎么紧张成这样了！大概是长时间过度好奇的结果。"他笑了笑，有些丧气。他注意到夏日天空是那样的蓝，窗外下方的梧桐树随风摇曳。"这可能是正常反应，"他继续道，"两年的好奇心瞬间就要浇灭了！神经紧张自然小不了。"

他转回棕色书桌，毫不迟疑地打开了抽屉。现在，他的手不再抖了，稳稳地取出抽屉里的纸包，东西还挺沉。不一会儿，他的眼前呈现出一对历经风雨侵蚀的灰色石碑。那石碑看起来像石头，但摸起来像金属。上面刻着稀奇古怪的文字，也许那只是经年累月，大自然留下的印迹，或者是几百年前乡野村夫手刻的文字。上面的字已经半数被磨掉了，难以辨认。

他把两块石碑翻来覆去地看，仔细检查，似乎有微弱的热光映照到他的皮肤上，他觉得极不自在，急忙把石碑放下。

"从如此支离破碎的句子中参透生死秘诀的人，真是聪明绝顶，想象力非常丰富啊！"他自言自语道。

然后，他从抽屉取出放在旁边的黄色信封，封面上就写着两个字："翻译"，那是教授的笔迹。

"现在，"他心里想着，手里突然紧紧抓住信封以掩盖内心的紧张，"是谜底揭开的时刻了。从此我就能知晓世界的意义、人类何以诞生、自制力的价值、牺牲和痛苦才是人类进步的金科玉律。"他的声音里有嘲弄的味道，但同时内心有某种东西在颤抖。他抓着信封，好像在掂量，思想做着激烈斗争。终于，好奇心占了上风，他突然像舞台上的演员那样装作里面什么也没有写，撕开了信封。呈现在他面前的是一页仙逝的科学家用工整的笔迹写下的书信。他屏住呼吸从头到尾一字不落地读了一遍，甚至每个音节的发音都不放过。

读到信的末尾，他的脸色苍白，变得非常可怕，就像发疟疾一样浑身筛糠，喘气如牛。他仍然抓着那张纸，强作镇定地又从头到尾看了一遍。这次，当他的嘴发出最后一个音节时，他的整张脸因为突然可怕的愤怒而涨得通红，皮肤也红里透紫，牙关紧咬，用了吃奶的劲儿才勉强控制住自己。

他一动不动地在桌旁站了大约五分钟，好像石雕一样，双目紧闭，只有胸部的起伏说明他还活着。然后是一阵特别的宁静，他划燃一根火柴，点着了手中的信纸。灰烬在他身边一点一点慢慢飘落，他从窗槛把它们吹向空中，看着它们随着夏日的热风飘向远方。

他慢慢转过身子，每一个动作和行为绝对沉稳自制，但看得出来，他已经处在暴力行动的边缘，暴风雨会随时降临，他的每一寸肌肉都那样紧张而且僵硬。很快，他一下子脸色苍白，整个人崩溃了，像一捆废物，轰然向后瘫坐在椅子上，晕了过去。

不到半小时，他苏醒过来，然后坐了起来。和以前一样，他一声不吭，一言不发，平静地站起来，扫视着房间。

然后，他做了一件古怪的事。

他从墙角搁物架上取了根很沉的木棍，向壁炉台走去，狠狠地砸向墙上的挂钟，钟被打得粉碎，玻璃散落一地。

"看你还敢不敢撒谎报时了，"他用出奇平静的声音说道，"根本就不应该有报时器这样的东西。"

他从兜里掏出怀表，抓着金链抡了几圈，一下扔到墙上摔得粉碎。然后，他走进隔壁伊利斯实验室，把摔坏的怀表挂在墙角的死人骨架上。

"让你们两个该死的可笑东西相互挂着，"他怪异地笑着说，"都是骗子，你们俩，虚伪、残忍！"

他慢步走回前厅，停在书架前，看着一排精心装帧、印刷精美的《世界经典》，那是教授生前最珍贵的宝贝，旁边放着几本署名"朝圣者"的书籍。

他把那些书一本一本取下来，从窗口扔了出去。

"真是恶魔的梦想！恶魔的黄粱美梦！"他大喊大叫，发出恶毒的大笑。过了会儿，他精疲力竭，不得不停下来。

他的眼睛慢慢转向对面的墙上，那上面挂着一些奇奇怪怪的东方刀剑、匕首梭镖，都是教授各地旅行收集回来的。他走过去，用自己的手指在刀刃上划过，思想似乎有些犹豫。

"不，"他脱口咕哝道，"还有比这更简便更好的方法。"

他拿起帽子，冲下楼，向街上跑去。

五

那时是下午五点，六月骄阳把马路晒得火热，他用手掌摸了摸金属门把手，怪烫手的。

"嘿，莱德洛，这么巧在这里碰见你，"一个声音从他的肘部传来，"我正打算来看你，我有个病例，你可能有兴趣。我记得你喜欢喝橘叶茶！我承认——"

那是阿雷西斯·斯蒂芬，很好的催眠医生。

"我今天不喝茶。"莱德洛看了对方好一会儿，就好像对方在他脸上打了一拳，然后才失魂落魄地回道。这时他的脑中闪过一个新的念头。

"你怎么了？"斯蒂芬医生赶快问道，"是不是出了什么事？是天太热的原因？还是过度劳累？嗨，朋友，我们进屋吧。"

突然，一道亮光在莱德洛的眼前闪过，那是天堂之光，让他豁然开朗。他盯着朋友的脸，直接讲了句谎言。

"哎，奇怪，"他说，"我就是来看你的，我有件重要的东西想要测试一下你的信心。不过，我们还是到你家吧。"尽管斯蒂芬力劝他进他自己的屋，"还是去你家，又不远，我……我要先告诉你那件事，才能回自己的家。"

"现在，我就是你的病人，"他们一进到催眠师的诊室坐下，他就结结巴巴补充道，"我想……呃……"

"亲爱的莱德洛，"斯蒂芬打断道，声音极其镇定，他曾经就这样安抚许多患者，告诉他们愈合心灵伤口的良方，莫过于自我意志的觉醒。"你知道，我愿意为你效劳，你只需告诉我做什么，我会马上做的。"他表现出全心全意为莱德洛服务的意愿，言谈举止落落大方，开门见山，无以言表。

莱德洛博士抬头望着他。

"我愿意听你指挥，"他说道，在镇定的斯蒂芬面前，他逐渐平静下来。"我想要让你对我进行催眠，马上。我希望你向我暗示——"他的声音开始变得紧张起来，"我将忘掉——忘掉过去两小时发生在我身上的事，一直到死。记住一定要说一直到死。"他又用强调的语气严肃地补充了"一直到死"几个字。

他像受惊的小孩，一脸茫然，说话结结巴巴。阿雷西斯·斯蒂芬一言不发地盯着他。

"而且，"莱德洛继续道，"你不要问我任何问题，我希望永远忘掉最近发现的一切，那太可怕了。那么明显的事，我不理解为什么全世界的人都看不明白。我因为瞬间看到了残酷的未来，产生短暂高度清晰的幻觉，而看透了一切。但是，我不希望别人知道那些东西，任何人，包括我的老朋友你自己。"

他杂乱无章地讲着，自己都不知道说了些什么。但是，他脸上的痛苦、声音里的苦恼立即传递到斯蒂芬的心中。

"这没什么难的，"说话时，斯蒂芬医生脸上露出一丝不为人察觉的迟疑，"我们到另一间屋去，避免别人打扰。相信我会治愈你，你过去两小时的记忆会被抹掉，就像从没有发生过一样，你要绝对相信我。"

"我当然相信你。"莱德洛简单回道，跟着他走入另一个房间。

六

一小时后，他们重新回到前厅。阳光已转移到了对面房屋的后面，影子也开始逐渐积聚。

"我是不是一会儿就睡着了？"莱德洛问道。

"你一开始有点儿抵触。不过，哪怕你一开始像头凶猛的狮子，很快，你就成了温顺的羔羊，然后我就让你睡了一小会儿。"

斯蒂芬医生平静地看着眼前的朋友。

"你来之前在火旁干了什么吗？"他顿了顿，一边漫不经心地问道，一边点燃一支香烟，然后把烟盒递给对方。

"我吗？让我想想。噢，我记起来了，我一直担心怎么处理可怜的老艾博尔的论文和事务，你知道我是他的遗嘱执行人。我搞得很疲惫，所以就出来透透空气。"他轻松地讲着，没有丝毫顾虑，显然他说的是真话，"我宁愿收集样本，也不愿整理论文。"他高兴地笑了起来。

"明白了，明白了。"斯蒂芬说道，划了根火柴为他点烟，脸上露出满意的表情，试验获得了圆满成功，两个小时前的记忆完全抹掉了，莱德洛已经高兴自如地聊着很多其他有趣的事儿了。他们一起走向街道，在门口斯蒂芬医生讲了一个笑话，并做了个鬼脸，逗得莱德洛尽情地笑了起来。

"记得不要边吃饭边看教授的论文手稿噢。"看到他的朋友沿着大街渐行渐远，他还朝他大声嚷道。莱德洛博士径直走向顶楼的书房，中途碰到管家费雯思太太，她看起来紧张不安，满脸涨得通红，大汗淋漓。

"家里遭窃了，"她激动地嚷道，"要么是出了怪事！先生，您的东西扔得到处都是！乱七八糟！"她觉得不可思议，这里向来收拾得井井有条，干净整洁，现在大乱是很不正常的。

"哎呀，我的样本，"博士大叫，以百米冲刺的速度冲上顶楼，"但愿没人动它们，或者——"

他飞奔到实验室门口，费雯思太太气喘如牛地跟在后面。

"实验室没动，"她上气不接下气地解释说，"但是，先生，有人打碎了实验室的挂钟，把您的金表挂在骷髅的手上，可能书没什么价值，被人像扔垃圾一样从窗口扔了出去。那些人一定是喝多了，是吗？莱德洛先生。"

年轻的科学家快速检查了一遍各个房间，有价值的东西都在。于是他就开始思考那些人究竟是什么样的窃贼。他抬头犀利地盯着站在过道的费雯思太太，脑海里似乎想起了什么。

"奇怪，"他最后说，"我不过离开了一个小时，那时一切都正常的呀！"

"是吗？先生？那就是了，先生。"她瞄了他一眼，她自己的房间就正对着那个院子，她一定看见书是从这屋里扔出去的，当然也一定听到了主人几分钟后离开了房子。

（穆从军　译　钱家骏　校）

温迪戈[1]

一

那一年，大批出猎的人都是空手而归，连麋鹿的影子也没见着。麋鹿藏得实在太深，猎手们纷纷寻着各种想象得出的借口打道回府。凯斯卡特博士和其他人一样，空着两手回家了。不过，他认为这段宝贵的经历足以媲美任何射杀的公鹿。这位来自阿伯丁郡的博士，除了喜欢猎鹿，兴趣十分广泛，尤其对人类大脑的幻觉感兴趣。然而，他并没有在自己的著作《集体幻觉》里提到这段特殊的经历。原因很简单，他担心自己参与事件太深而无法做出客观的判断，他曾向自己的同事透露过这一想法。

当时参加狩猎的人，除了他本人和向导汉克·戴维斯以外，还有他的侄子辛普森及其向导德法戈。辛普森当时是神学院学生，未来是要到"教堂"从事牧师工作的，那是他人生第一次踏入加拿大森林。约瑟夫·德法戈是法裔加拿大人，多年前离开故乡魁北克省，来到了当时正在建设加拿大太平洋铁路[2]的拉特·波蒂奇市。他除了精通森林生活技巧和木活外，特别擅长讲故事。他深受野外寂寥生活的影响，带着浪漫

1　北美阿尔贡金印第安人神话中拥有强大精神力量的食人物种。这种食人肉或者同类相食的邪恶生物往往是由人转变成的，或者可以附身于人类。
2　加拿大的一级铁路之一，于 1881 年至 1885 年间兴建，由加拿大太平洋铁路公司营运。其网络横跨西部温哥华至东部蒙特利尔，并设有跨境路线，通往美国的明尼阿波利斯、芝加哥、纽约市等大型城市。公司总部设于艾伯塔省卡尔加里。

情怀甚至是痴迷享受荒野的孤独。森林生活让他如此着迷，自然而然，他处理起神秘的森林事务就不同凡响了。

这次出猎汉克特地选择他作为向导，因为他很了解他，而且对他推崇备至。他们像"老伙计"那样开着玩笑，互相骂骂咧咧。两个高大健壮的森林人用词生动，谈话热烈，嘴上发着毫无意义的誓言。汉克满嘴脏话，出于对"狩猎老板"凯斯卡特的尊重，他答应控制一点点，按时下流行的方式称呼凯斯卡特为"凯博"，称辛普森为牧师。他唯一不满德法戈的地方是，那个法裔加拿大人有时显得"神经兮兮的"。这似乎也并不冤枉，德法戈有时沉默寡言，一脸阴郁，三棍子也打不出一个屁来。可以说，德法戈是一个想象力丰富、神情忧郁的人。总之，一个人要是对"文明"的烦扰不堪忍受，野外生活几天一定可以立即治愈。

这支由四人组成的狩猎小分队就在"不觅麋鹿踪影之年"的十月最后一个星期，在荒无人烟的拉特·波蒂奇北部旷野安营扎寨下来。这支队伍里还有一个叫庞克的印第安人，他在前几年的狩猎行动中曾跟随凯斯卡特博士和汉克一起出猎，主要负责做饭。他的主要职责就是待在宿营地抓鱼，几分钟之内迅速做好肉排和咖啡。他穿着以前主雇留下的破衣服，加上那头杂乱的黑发和黑皮肤，完全就像一个地道的非洲人，而不是红皮肤的印第安人。可他仍然保留着那个即将衰亡的种族的天性，沉默寡言，坚韧不拔，还有就是迷信神话。

那天晚上，大家围坐在熊熊燃烧的篝火旁，都有些垂头丧气。一个星期过去了，连麋鹿的影子都没见着。刚开始德法戈还哼着歌，准备讲故事。可汉克心情糟透了，多次打断他，说他"混淆视听"，"粉饰太平"。最后，那个法国佬就坐在一边生闷气了，一声不吭。凯斯卡特博士和侄子累了一天，彻底精疲力竭了。庞克刷完碗盘，就到树枝搭建的小棚子里躺下，不一会儿就呼呼大睡了。篝火慢慢熄灭了，人们都懒得去拨一拨。头顶的繁星在清冷的天空闪烁，周围没有什么风，营地后的湖岸渐渐结起了冰凌。寂静的广袤森林仿佛在缓缓前行，慢慢裹挟了所有的人。

突然，汉克打破沉寂，带着鼻音说道：

"凯博，我建议明天咱们扩大搜索的范围。"他鼓足勇气，望着自己的老板，"我们不要在一棵树上吊死，可以到别处看看。"

"同意，"凯斯卡特回了两个字，永远一副惜字如金的样子，"是个好主意！"

"是的，老板，只能那样干，"汉克重新找回了信心，"建议你和我向西直达花园湖，我们还没有到过那个地方呢——"

"支持你！"

"而德法戈就带着辛普森先生乘小木筏划过湖泊，经陆地进入五十岛水域[1]，沿南岸斜插向下。那个地方去年就曾经是麋鹿的炼狱，当然，我们都清楚，除非它们想和我们开玩笑，今年是不大可能会重蹈覆辙的。"

德法戈双眼盯着篝火，一言不发，可能还在为刚才故事被打断生着闷气。

"今年肯定不会有人去那里了，我敢打赌！"汉克加重了语气，仿佛他有充足的把握，他一脸严肃的样子看着对方，"最好带上小帐篷，在那里住几晚。"他不由分说，似乎搞定了一切。因为大家都公认汉克是这次狩猎的总负责人，掌管整个小分队。

大家都看出来德法戈并没有立即接受这个计划，他的沉默似乎不是一般的反对。这时，他那敏感而黝黑的面容掠过一丝古怪的神情，就像一道火光划过，停留的时间并不短，但是，另外三个人都没有注意到。"我想德法戈可能是吓到了。"辛普森后来在和他叔叔共用的帐篷里说。凯斯卡特博士没有立即作答，德法戈的表情让他觉得很有意思，一直在脑海萦绕。那个神情让他有种说不清的不舒服。

汉克最早发现德法戈的表情变化，他并没有因为对方不情愿而暴跳如雷，打趣地说道：

"不过，今年为什么没有人去那里，也没什么特别的缘由，"他说话的语调很平静，"总之，不是你想的那些理由！去年是大火把大家挡在了外面，今年嘛，我猜是碰巧吧，仅此而已！"他说话的口气显然是在给德法戈打气。

德法戈抬了抬头，又垂了下去。这时，树林里刮过一阵风，吹得篝火余烬火星四溅。凯斯卡特博士再次注意到德法戈脸上的那副表情，心里又是一阵反感。不过，这次德法戈的面部表情太明显了，他感受到那

---

1 地名。

双眼睛流露出来的是来自灵魂深处的恐惧，自己也浑身不安起来。

"那里有印第安恶魔吗？"他笑着问道，想让气氛和缓一下。辛普森睡意正浓，没有注意到这一细节，呵欠连天地走向自己的床铺。"要么——要么是那个地方有问题？"等到他侄儿听不见了，他又补了句。

汉克看着他，少了些许往日的客气。

"他只是受到了惊吓，"他没好气地答道，"被一些古老的传说吓傻了！就那样，不是吗？老朋友？"他友善地踢了踢德法戈穿着软皮平底鞋靠火边的脚。

德法戈一下子抬起了头，就好像一个人想入非非突然被人打断了一样。不过，这种想入非非并不妨碍他看到周围发生的一切。

"惊吓——没有的事！"他回答道，脸红脖子粗地表示抗议，"森林里没有什么可以吓到约瑟夫·德法戈，你们要记住！"他使足了劲讲话，让人难以判断他说的究竟是实话，还是打了一半埋伏。

汉克转向博士，想要再说什么，突然，他停了下来，看看四周。这时，从他们身后的暗处传来一阵响动，三个人都吓了一跳。仔细一看，原来是老庞克刚从小棚子里起身，正站在那儿听他们讲话。

"下次吧，凯博！"汉克使了个眼色，小声说道，"隔墙有耳啊！"他站起身，走过去拍了拍印第安人的后背，大声嚷嚷道："快到火边来暖暖你的臭身子吧。"他把庞克拽到篝火旁，又在火上添了些木柴。"你做的食物真是太好吃了！"他诚心诚意说道，让人听了顿觉舒服，"没有道理说我们在这里享受美味温暖，而你冻得个要死！"庞克坐下，烤着自己的双脚，脸上似笑非笑，听着汉克说些他似懂非懂的东西，一言不发。凯斯卡特博士一下子明白谈话是进行不下去了，他也像自己的侄子一样进了帐篷，留下另外三个人在熊熊燃烧的火旁抽烟。

帐篷实在太小，脱个衣服都能把身边的人搞醒。凯斯卡特尽管已经五十多岁了，但依然一腔热血，坚毅刚强，正如汉克所说的"老当益壮"。就在这时，他注意到庞克依然回到了小棚子里，汉克和德法戈还在争执不休，显然，那个小法裔占了下风。那完全是一幅西方情节剧的传统舞台画面：火光映着两人的面孔，一会儿一块红，一会儿一块黑。德法戈头上奋拉着一顶帽子，脚穿鹿皮鞋，俨然一副"北美荒原"的恶棍样。汉克不着帽子，虎背熊腰，光明磊落，像是诚实守信的受骗英雄。而老庞克则待在背景里窃听，给舞台增添一种神秘气氛。注意到这些细节，博士会心地笑了。但与此同时，他感到内心深处被一种莫名的东西揪了一下，仿佛某种体察不到的警告掠过灵魂表面，来不及捕捉就消失得无踪无影了。那种感觉似曾相识，可能就是德法戈眼中流露出来的"惊恐神情"。"或许"相反，这种莫名的情绪暗示是他小题大做了。他隐隐约约感到德法戈会引来不小的麻烦……比方说，作为一名向导，他就没有汉克那样让人有安全感……其他就不一而足了……

他又观察了一会儿那几个人，才躺了下来。辛普森这时早已进入了梦乡。他看到汉克就像一个疯疯癫癫的非洲佬在纽约黑人聚会上赌咒发誓，不过，那些誓言都是"善意的"。如果不是因为瞌睡，那些可笑的誓言还不会有个完。汉克手臂轻轻地搭在德法戈的肩头上，一起走向暗影中忽隐忽现的帐篷。不一会儿，庞克也钻进了对面散发着气味的毛毯里。

凯斯卡特博士翻了个身，倦意袭来，但脑子里还在想着究竟是什么在五十岛水域惊吓了德法戈？为什么庞克一出现汉克就把话题打住呢？很快，他就沉沉睡去，那些问题就留待明天解决吧，汉克会在他们追踪狡猾的麋鹿的路上告诉他一切的。

于是，这个大胆扎在危机四伏的旷野的小小营地陷入了沉沉的静夜之中。星光之下湖面犹如一面黑色的镜子泛着亮光，冷气袭人。晚风带着寂寥从森林深处、悬崖峭壁和刚刚开始冻结的湖泊扑面而来，那是冬天即将来临的似有似无的苍凉气息。嗅觉迟钝的白人是永远不会体察到这种气息的，更何况浓烈的炭火烟味还掩去了数百英里传来的青苔树皮和渐渐冻硬的沼泽那让人兴奋的气息。即使常年与森林之魂为伍的汉克和德法戈，此时张开他们敏锐的嗅觉，也徒劳无益……

一小时后，所有人睡得跟死人一样。老庞克爬出毛毯，影子似的飘向湖岸，悄无声息，这是此时唯一能动的印第安血肉之躯。他举头环顾四周，漆黑一片，伸手不见五指，但他拥有猫头鹰一般的感官，黑暗于他犹如白昼。他先听，然后嗅了嗅空气，像扎根的铁杉一样杵在那里，一动不动。五分钟后，他又抬起头嗅了嗅，如此反复又做了一遍。他呼吸着清新的空气，尽管外表看不出来，但敏锐的神经刺痛传遍了他的全身。然后，他的身影融入周围的黑暗，只有野人和动物才能理解他的方式。他转身像影子一样移动，悄悄回到小树棚自己的床上。

他睡下不久，刚刚感应到的风便轻轻拨动着映着星光的湖面，那风起自遥远的五十岛水域以外的乡间悬崖，来自他凝望的方向，穿越宿营地的上空，在森林树梢间浅声哼吟，声音小得几乎听不见。紧随夜风而来的是一种淡淡的奇怪的味道，哪怕是印第安人头发丝般的神经，也只能隐约感觉到。但这味道却让人产生一种奇特的不安，似乎是一种不太熟悉的味道，完全不为人知。

这时，睡梦中的法裔加拿大人和有着印第安血统的人都感到了不安的情绪，但他们没有人醒来。很快，那一点令人难以忘怀的奇特气味飘走了，消失在远处的原始森林里。

二

清晨，太阳还没升起，营地已经开始活跃了。夜晚降了点小雪，空气清冽。庞克一大早就做好了早点，到处飘溢着咖啡和煎肉的香味。大家的心情都不错。

"注意风向变了！"看着辛普森和向导把东西运上了小木筏，汉克用力大声喊道，"那风正越过湖面，径直向你们吹来，雪正好让麋鹿留下踪迹！按此时的风向，如果有麋鹿出现，它们是不会嗅到你们的气味的。一路好运，德法戈先生！"然后，他又滑稽地用法语说了一遍："好运！"

德法戈也回致祝愿，看起来心情好极了，沉默无语的情绪消失殆尽。不到八点钟，营地就剩下了老庞克一人。凯斯卡特和汉克向西走得很远了，小木筏载着德法戈和辛普森，还有帐篷及可供两日之用的食物，向东在湖心中摆动，慢慢变成了黑点。

太阳升起来了，高高悬挂在树木繁茂的山脊上空，照得湖泊森林暖洋洋的，初冬清冽的空气也温和了许多。水鸟划过清风吹皱的涟漪，扎个猛子，浮出水面，向着太阳晃晃脑袋，匆忙而不失潇洒地飞离人们的视野。一眼望出去，是无边无际、密密麻麻的灌木林，就像绒毯一样，连绵不绝一直延伸至冰冻的哈得孙湾[1]海岸，在这人迹罕至的地方，显得那样壮观却又荒凉寂寥。

辛普森第一次看到这样的景象，他一边用力划着颠簸起伏的木筏，一边陶醉在纯粹的美景之中。就像呼吸到芬芳清凉的清风，他的心感到了充分的自由和广阔的天地。德法戈坐在船尾掌舵，嘴里哼着家乡的小曲儿，桦木皮做的小船儿在他的手里好像有了生命。他的兴致很高，同伴问什么，他就回答什么。两个人都兴高采烈，轻松愉快。这个时候，人们一般都会抛却表面世俗的不同，为了共同的目的并肩作战。在原始的力量面前，雇主辛普森和雇员德法戈就是简简单单的两个人，是"引导者"与"被引导者"的关系。谁的野外知识越多就听谁的，年轻的辛普森毫不犹豫地自甘从属地位。迎着风划了十二英里[2]，他们终于来到了对岸。一路上德法戈对辛普森并不用尊称"先生"，而是直呼其名，而辛普森也从没想到抗议，他大声笑着回应，心里很高兴，丝毫不以为意。

这个"神学院学生"是一个性格开朗的年轻人，旅行经验不多，这是他第一次跨出弹丸之地的瑞士来到加拿大，一切庞然大物都让他感到惊奇不已。他发现听人讲和亲眼目睹原始森林完全是两回事。住在森林并接触野外生灵恰是人生的启蒙，聪明人会因此改变有关永恒和神圣的个人价值观念。

辛普森第一次有这种模模糊糊的情感认识，是当他手握崭新的0.303英寸罗斯步枪[3]，看着完美无瑕的枪管的时候，他们经水陆跋涉走了三天到达老营地，让他的认识过程更近了一步。现在他就要从宿营地荒野边缘进入无人居住的中心处女地，那地方几乎跟欧洲一样大，此情此景让他又惊又喜，难以想象。他和德法戈面临着太多的可能，至少得和森林中的野兽搏斗！

顿时，他感觉自己非常渺小，完全为这些广阔而孤独的森林的辉煌壮丽所折服。藤蔓缠绕的森林其特点只能用冷酷和可怕来形容，一望无

1　加拿大中部偏东的内海，由哈得孙海峡将其与大西洋相连，位于巴芬岛南部与魁北克省北部之间。
2　1英里约等于1.6公里。
3　一种由苏格兰人查尔斯·罗斯研制的口径为0.303英寸的军用狙击步枪。

际的蓝色仿佛游荡在地平线上，向世人展示着自己。他明白那不动声色的警告，清楚自己的彻底无助，只有以人为中心的远方文明的代表德法戈站在他和死神之间。

看到德法戈把小木筏翻过来放在岸边，又小心地把桨藏在船下，然后在道路两侧云杉树根刻上别人难以发现的标记，辛普森兴奋不已。德法戈漫不经心地说道："嘿，辛普森，如果我出了事，你一定要顺着这些标记找到木筏，然后向西回到老营地，明白吗？"

德法戈这样说是再自然不过的了，他的语气平静正常，让年轻人清楚当时的情况，他也有无助的时候。这个原始森林里就他们两人，别无他人。象征人类文明进化的木筏现在也已留在了身后，只有通过斧头在树上砍下的小黄疤才能找到它的藏身之处。

他们扛着行李和步枪，沿着窄窄的小路翻越岩石和倒下的树干，跨越几乎冻结的沼泽，绕过无数点缀在森林间的湖泊，那些湖边都罩着层层薄雾。大约下午五点钟，突然，他们面前出现了一大片水域，水中大大小小各种形状的小岛星罗棋布，岛上长满了松树。

"这就是五十岛水域，"德法戈说道，声音有些疲惫，"夕阳无限好啊！"他下意识补了一句带有诗意的话。两人立即着手搭建营地，准备过夜。

不一会儿，两双干练利落的手就搭起了牢固而又舒适的帐篷，香膏树枝做的床也已铺好，烧饭的火苗蹿得老高。乘年轻的苏格兰人清洗他们路上抓来的鱼的时候，德法戈就去灌木丛侦查，"推测"麋鹿的踪迹。"但愿碰到麋鹿蹭角的树干，他们会在那儿扔掉换下的旧鹿角，"他边走边说，"或许能看到它们刚刚吃过的枫叶。"很快，他就不见了。

德法戈矮小的身子像影子一样融化在黄昏里，森林如此轻易就把他纳入怀抱，辛普森不由得啧啧称奇。似乎就几步，德法戈就已不见踪影。

可是，附近并没有多少灌木丛，树木间隙也不小，空地长着笔直挺拔的白桦树和枫树，旁边是成片的云杉和铁杉。地上怪石林立，有时像卧倒的野兽，有时悬空，力压千钧，简直就是一个古老的乡间公园。当然，这里也有人类干预的场景。靠右一点连绵几英里有大片燃烧过的区域，那就是前年火烧过后的森林，当时大火持续了好几个星期。现在只剩下黑黢黢的树桩，没有任何树枝，就像一根根头朝下的巨大火柴，一派苍凉荒芜，丑不堪言，四周还能闻到木炭和灰烬的烟味。

暮色越来越深，光线越来越暗，周围一片寂静，只听见篝火发出的劈啪声和浪花冲击湖岸岩石的哗哗声。风也随着日落消停了下来，整个森林的树枝纹丝不动，似乎此时此刻，森林之神正在一片寂静之中接受膜拜，在树木之间显示它伟大可怕的力量。穿过犹如门柱的高大树干，一眼望过去，五十岛水域呈月牙状，两头长约十五英里，距离现在的营地约五英里。辛普森从来没有见过如此清澈的天空，玫瑰色和金黄色的天光依然将它暗淡的光影投向湖中的浪花，上百个（肯定不止五十个）小岛犹如神话中的云帆点点。周围的松树树冠直冲霄汉，似乎亮光越暗，他们越是要向上冲，忘记了自己的故乡位于苍茫的湖泊，想要到达天庭寻觅安身之所。

五彩云锦搔首弄姿作别星空……

美景常常让人陶醉，辛普森一边倾情享受无边秀色，一边熏着鱼，时不时地翻翻煎锅，拨一拨柴火。这个时候他想到了荒野的另一面：对人类生命的无视，蔑视人类的冷漠荒凉，油然而生一种彻头彻尾的孤独感。德法戈已经离开好一会儿了，他环顾四周，努力探听着同伴归来的脚步声。

虽然美景让人陶醉，但是伴随而来的是清晰可见的危机感，他本能地想道："要是出了事，他回不来，我该怎么办？我能干什么？"

德法戈终于回来了。他们一起享用着美味的晚餐，吃了很多鱼，喝了浓得不能再浓的茶，如果不是因为三十英里的"苦行军"，路上什么也没吃，他们是喝不下那样浓烈的茶水的。吃完饭，他们舒展疲倦的四肢，围着旺火抽烟讲故事，谈笑风生，讨论明天的计划。尽管因为没有发现麋鹿的踪迹而有些失望，德法戈的心情依然很好。毕竟天太黑，他并没有走多远。火烧后的森林糟糕透了，他的衣服和手到处沾满了炭屑。辛普森看着德法戈，心里想在这野外他们又能在一起了。

"德法戈，你看，这片森林未免太大了点，很难让人有宾至如归的感觉，我的意思是说有些心慌！是不是？"他脱口而出。其实，他想极力掩饰自己，装得轻松些，但是他此时的表情出卖了他，向导听懂了他的意思。

"你说得太对了，辛普森老板，"他回道，棕色双眼紧盯着对方的脸，"你说得绝对是实话。看不到边，森林大得根本看不到边。"接着，他又补了一句，声音低得像是自言自语："很多树林，一片一片的！"

但是，德法戈的严肃态度并没有让辛普森满意，对于此情此景，暗示性太强，他很抱歉提起了这个话题。突然，他想起叔父曾经告诉过他，有种奇怪的叫做"野外热"的病，得病的人会痴迷无人居住的荒地，出现幻觉，直至死亡。他敏锐地察觉到德法戈似乎有那种倾向，于是他转向别的话题，谈论汉克和凯斯卡特博士，两组竞争对手究竟谁能最先找到麋鹿。

"如果他们向西走的话，"德法戈漫不经心地说道，"现在离我们已经有六十英里了，离出发地大概三十英里，此时留守的老庞克已经吃饱了美味儿，喝足了咖啡。"想到这个画面，两人相视而笑。德法戈不经意地提到六十英里，又让辛普森意识到他们狩猎的这块土地是如此广袤，六十英里只是一小段距离，那两百英里又能多多少呢？他的脑海又浮现出走失猎人的故事，他们被大森林的壮美诱惑，游荡在林间深处，无家可归，那种情感和神秘在辛普森的心灵是那样鲜活，他的心情一下子低落起来，他不太清楚是不是同伴的情绪一直在传递着这样的暗示。

"德法戈，如果不是太累，唱支歌吧，"他请求道，"就是你前天晚上唱的那些流浪者老歌。"他把烟草袋递给向导，然后自己也装上一袋烟。那个加拿大人毫不推辞，轻声唱起忧伤甚至有些凄凉的歌曲，声音飘向远远的湖面。那是伐木工人和猎人为舒缓劳动压力唱的歌，歌声里有一种哀怨浪漫的味道，让人想起拓荒年代的气息、印第安人与荒野之间的合作结盟、频繁战斗以及遥远的故乡。令人愉悦的歌声在水面荡漾，而身后的森林似乎一口就把它吞了下去，没有一丝回响和共鸣。

当德法戈唱到第三节的中间，辛普森发现了特别的东西，他的思绪一下子从遥远的场景回到了现实。歌者的声音突然发生了奇特的变化，他不知道什么原因，但是本能地感到有些不安。一抬头，他发现德法戈虽然嘴里仍然唱着，眼睛却瞄向了灌木丛，好像听见或者看到了什么东西。他的声音慢慢小下来，越来越弱，然后就完全停止了。与此同时，他一个鲤鱼打挺站直身子，像猎狗一样快速翕动鼻翼嗅着空气，不停地变换方向，最后朝东"指向"湖岸。他的行为给人一种不祥的预示，同时又格外引人注目。看到这里，辛普森的心也跟着"扑通、扑通"跳个不停。

"天哪，伙计！你吓了我一大跳！"他站在德法戈的身边惊叫道，越过肩头窥视着茫茫夜海，"怎么啦？你受惊了吗？"

话一出口，他就知道问题太傻，任何长眼睛的人都能看到那个加拿大人面色苍白如纸，那白色即使日晒火熏都掩饰不了。

辛普森感到自己身子有些发抖，腿只打软。"怎么啦？"他赶快又问了一遍，"你闻到麋鹿的气味儿了吗？或者什么特别的东西？什么——事儿？"他本能地压低了声音。

树林像围墙一样压向二人，旁边的树根在火光照耀下闪烁着铜器般的光芒。除此以外，就是黑色，还有死一般的沉寂。正在这时，他们的身后吹过一阵风，掀起了一片树叶，然后轻轻落下，而其他树叶则纹丝未动。似乎造成这一现象的原因各种各样，但一定有生命体在他们附近飘过，然后消失了。

德法戈突然转身，脸色由铁青转为死灰。

"我想我一定听见了什么，或者嗅到了某种味道，"他缓慢而坚决地说，声音变得非常奇怪，似乎在抗议着什么，"我要先看看，现在回答你的问题还太早。"接着，他尽力装出一副轻松的样子问道："辛普森老板，你带有火柴吗？"然后把唱歌前装了一半的烟袋点燃。

两人一句话不说，又坐在了火边。德法戈换了个方向，面对着风吹来的方向。连新手也知道，德法戈变换位置，是想听得更清楚些，嗅得更直接些。现在，他面朝湖泊，背对树林，任何奇怪突然的警报都逃不过他训练有素的神经。

"想知道我不唱歌的原因吧？"他主动解释道，"那首歌让我想起了以前的麻烦事，我压根儿就不应该唱，当时的一幕还历历在目，懂吗？"

显然，他的内心正在苦苦挣扎，他希望对方能原谅自己。但是，那个解释并不是事情的全部，他撒了谎，他很清楚辛普森是不会轻易上当的，因为他站在那里嗅空气时，脸上露出的惶恐神色却没法解释。什么也无法让这个营地的气氛恢复，哪怕火烧得再旺，鸡毛蒜皮的小事说得再多。向导脸上和行为瞬间流露的赤裸裸的莫名惊恐也传递给了同伴，一开始隐隐约约，后来越来越强烈。他的故作镇静却适得其反，可以说是欲盖弥彰。而且，年轻人感受到的不安很难也不可能不让他产生疑惑，他自然就要一探究竟了……他知道，印第安人、野物、森林大火，这一切都不是问题所在，那么究竟是什么呢？他怎么也想不明白……

过了很长时间，两人抽着烟，谈着话，烤着火，那个突然闯入宁静的营地的影子逐渐浮出水面。这也许得归功于德法戈的努力，他回归常态的安静，也可能是辛普森本人过分夸大了事实，还有可能是野外鲜活的空气具有愈合万物的能力。不管什么原因，因为什么都没有发生，所以他们刚才的恐惧感已经神秘地消失了，正如它神秘地出现一样。辛普森开始意识到，自己就像不懂事的小孩儿一样，才产生了那样的惶恐。他一方面认为是大自然激发了他身上的潜意识兴奋，一方面是长期孤独生活的结果，还有一个原因就是过度疲劳。然而，向导苍白的脸色却不那么好解释，或许是火光照在脸上产生的效果，也可能只是他的想象……因为他是苏格兰人，怀疑是他的本性。

不同寻常的情绪就这样消失了，辛普森当然会找各种各样的理由进行解释……他点上最后一锅烟，故意笑了笑。到时候回苏格兰，这就是一个上好的故事了。他没有想到，他的笑恰恰表明潜伏在内心的恐慌。一般来说，一个人受到真正的惊吓，他会极力说服自己不要害怕。

辛普森的笑声虽小，德法戈还是听到了，他一脸惊讶地抬起头看着对方。两个男人肩并肩站着，临睡觉前把火踩灭，当时已经是晚上十点了，这对猎人来说已经是很晚了。

"你笑什么？"德法戈问道，语调很平静，只是有些严肃。

"我……我当时想到家乡的小树林，"辛普森结结巴巴，想到自己心里真实的想法，他被那个问题吓了一跳，"就和这里的森林比……比较。"他手臂一伸，朝那一大片灌木丛指了指。

好一会儿，两个人谁也没说什么。

"都一样，有什么好笑的，"德法戈补了一句，眼睛望着辛普森背后的那片暗处，"那地方没人去过，谁也不知道里面有什么。"

"太广阔？太遥远？"辛普森听出来，向导的意思是那森林大得可怕。

德法戈点了点头，脸色铁青，他也感到惶恐不安。年轻的辛普森明白，如此大的内陆，不为人知或人迹罕至的森林必然深不可测，想到这些他的心里直发毛，于是他故作轻松地大声提议休息。可向导迟迟不动，加一把火，摆弄摆弄旁边的石头，做些并不真正需要做的事情。显然，他有话想说，但又觉得很难"启齿"。

"嘿，辛普森老板，"突然，他说道，最后一大串火星蹿得老高，"你有没有闻到什么？我的意思是说，那种特别的味道？"辛普森明白，这个问题听起来很普通，但它却要揭露自己内心非常真实的想法，他不由得打了个寒战。

"没有啊，只闻到木头燃烧的味道。"他非常肯定地回道，用脚踢了踢灰烬，发出的声音把自己都吓了一跳。

"你整个晚上什么也没有闻到吗？"向导还要坚持，表情忧郁地盯着他，"没有一点儿特别的？和以前闻到的不一样？"

"没有啊，没有，绝对没有！"他激烈地回应道，几乎有些生气了。

德法戈欣然释然，长舒一口气大声说道："太好了！很高兴听到你这样说。"

"那么你呢？"辛普森突然问道，但同时就后悔了。

黑暗中，那个加拿大人上前靠近一步，摇了摇头。"应该没有，"他说道，但似乎并不十分有把握，"一定是我的歌声引来的，在伐木营地和那种荒凉的地方，看到温迪戈，人们受到惊吓，就一边唱那支歌，一边快速跑开。"

"请问温迪戈是什么？"辛普森不耐烦地急忙问道，突然心里一抖。他知道自己正在接近了解对方恐惧的真相，瞬间强烈的好奇心战胜了他的恐惧和正确判断。

德法戈一下子转过来看着他，仿佛要突然尖叫出来，两只眼睛放光，嘴张得老大，可声音却压得很低，小声说道：

"没什么，没什么，都是些可怜的家伙很久以前遭到攻击后以为他们看到的一种大型动物，就生活在那边。"他朝北摆了摆头，"它疾如闪电，是灌木丛里最大的动物，看起来很丑，就这些！"

"一个森林神话——"辛普森说着，甩掉向导紧紧抓住自己胳膊的手，快步走向帐篷，"走吧，走吧，快点去把灯点上！该睡觉了，否则明天出太阳前休想起来……"

向导紧随其后，在黑暗中回应道："来了，来了，我就来了。"片刻，他拿来灯笼，把它挂在帐篷前的杆子上。这时，树影婆娑，他跌跌撞撞冲进帐篷，差点被绳索绊了一跤，整个帐篷仿佛被一阵风吹得七倒八歪。

两个人和衣躺在精心铺置的松软香脂树枝床上，帐篷内温暖舒适，外边拥挤不堪的森林世界，影影绰绰，压得小帐篷喘不过气来。在如海洋一般的庞大森林面前，那帐篷就像一枚小小的白色贝壳。

然而，在帐篷内两个孤独的人之间，却插有另一个似影非影的东西，那是奇特的恐惧投下的阴影，消弭不尽，它是在德法戈唱歌的中间突然跳出来的。辛普森躺在那儿，透过帐篷门帘望着黑暗之处，准备做一场春梦。他第一次知道没有风的夜晚，原始森林是那样的安静，那样的特别。夜晚越来越沉，牢牢地摄住了他的灵魂……一阵睡意袭来……

三

至少，似乎他能感觉到帐篷外的湖水轻轻拍打着岸边，脉搏跳动越来越慢，这时他才意识到自己一直睁着眼睛躺在那里，在小小浪花窃窃私语的温软声里再次传来那个声音。

他仍然不明白那到底是什么声音，心中产生的只有同情和警惕。他用心地听，因为自己心跳声音太大，起初什么也听不见，那声音是来自湖滨？还是森林？……

突然，随着急促的心跳，他感到那个声音就在身边。他翻了个身，精确断定它就在两步之内。那是抽泣的声音：黑暗中德法戈正在树枝床上用毛毯捂着嘴轻轻哭泣，好像很伤心的样子。

辛普森不由得一阵心酸，顿生关切之情。茫茫荒野，听到这人的哭泣，更勾起了他的怜悯。太不和谐了！太让人同情！可有什么办法呢？在这广袤无垠、冷酷残忍的荒野，眼泪又有什么用呢？他想到了身处大西洋哭泣的小孩……当然，考虑到更加全面的现实和过去的经历，他不再感到那样恐惧了，心情也平复了许多。

"德法戈，"他急忙小声问道，"出了啥事儿？"他尽量让自己的声音温和些，"你哪里疼吗？不开心？"没有听到回应，但是抽泣声突然停止了。辛普森伸手摸了摸德法戈，不见动静。

"你醒着吗？"他很可能是在梦中哭泣，"你冷吗？"他看到德法戈的双脚什么也没有盖，伸在帐篷外。他把自己的毯子扯了扯，盖住德法戈的脚。实际上，德法戈早已滑到了床下，树枝散落在地上。他想把他扶回去，但又怕吵醒他。

他试探着轻声问了一两个问题，等了几分钟，还是没有回应，一点儿动静也没有。很快，他听到德法戈发出规律而匀称的呼吸声，搭在胸口的手上下平稳地起伏着。

"有事就告诉我，"他低声说道，"或许我能做点什么，要是发现有什么不对，就叫醒我。"

他不知道说什么好，再次躺下，脑子里始终想着究竟是怎么回事。德法戈还是在睡梦中哭喊，似乎是什么梦让他痛苦不堪。辛普森一辈子也不会忘记那楚楚可怜的哭泣，尤其是在整个荒凉的森林听到哭泣的感觉……

他的脑海像放电影一样过着最近发生的事，尤其是在这样一个神秘的地方发生的事。虽然理智告诉他其实没什么，但他还是有一种挥之不去的不安感，非同一般地深深扎在内心深处。

四

不过，从长远的眼光来看，睡眠可以战胜包括恐惧在内的一切情感。辛普森躺在那里，思绪又游走了一会儿。随着身体渐渐暖和，他已疲惫至极，夜晚是那样的舒适宁静，记忆和意识渐渐变得模糊。半个小时后，外部世界的一切与他已无半分瓜葛。

然而，这个时候，睡眠也是最大的敌人，他的警觉神经完全被抑制住了，浑然不觉危险的来临。

很多时候，噩梦中接踵而至的事件往往是可怕现实的反映，其中不连贯的细节也确实反映了整个事件的不完整性和模糊性，因此，后续事件尽管有确实发生，但是混乱之中有些能够解释的细节却被忽略了，有些可能是真的，其他的则多是幻觉。沉睡的人思想深处并没有完全封闭，偶尔也会作出判断："这一切不都是真的，醒来你就会明白。"

辛普森就处于这样的状态。他所见所闻的一系列让人不寒而栗的可怕事件并不都是莫名其妙或者不可信服，或许能够解开疑团的细节深藏不露或被忽略了。

他记得有一股巨大的力量猛地冲到帐篷口，他一下子惊醒了，看到德法戈腰杆笔挺地坐在旁边，索索发抖。大概过了好几个小时，天空泛白，晨曦将德法戈的身影投在帆布上。这次他没有哭，而是像树叶一样抖个不停，整个盖在身上的毯子也感觉在颤动。德法戈害怕地缩作一团，靠在辛普森身上，像是在躲避藏在帐篷门帘外的什么东西。

睡眼惺忪中，辛普森立即大声发问，他也记不得问了什么，反正对方没有回应。真正噩梦般的感觉，周围气氛恐怖，他感觉动弹不得，连说话都变得困难了。刚开始，他都不确定自己是在阿伯丁郡的家中，还是在以前的某一个宿营地，那种困顿的感觉让人心烦意乱。

就在他醒来的同时，帐篷外一种不同一般的声音打破了清晨的宁静，那声音不期而至，清晰可闻，难以言表地可怕。辛普森判断可能是人的声音，沙哑而又哀怨，柔和而且强烈，距离帐篷非常近。那个声音来自头顶而非地面，音量很大，穿透力很强，又迷人又甜美，清晰地喊出"德-法-戈"三个字，每次都没什么变化，很远就清晰可闻，那正是向导的名字。

辛普森承认自己的学识不足以描述那个声音，他出生以来还从没有听到过那种声音。"那种大风吹过发出的'呜呜'的声音，"他说道，"有种不羁和孤独、野蛮而让人难受的力量。"

这时，辛普森身旁的德法戈跳起来，向着那个声音含糊不清地嘟囔了几句，于是那声音停了，一切又归于沉寂。他踉踉跄跄狠狠地撞了下帐篷杆，整个帐篷都摇了起来。他疯狂地张开双臂，伸直身子，猛地踢掉缠在腿上的毯子。他在门口站了一两秒钟，苍白的晨曦里他的身形显得有些黑。然后，他一个箭步冲出帆布门帘跑了，辛普森没有来得及伸手挡他。他快得惊人，不一会儿，声音就消失在远方，德法戈大叫的音调痛苦而又可怕，但同时又有种奇特的狂喜——

"噢！噢！我踏上了风火轮！我踏上了燃烧的风火轮！噢！噢！这火一样的速度！"

很快，他的声音湮没在远方，寂静又像从前一样笼罩了清晨的森林。

一切发生得如此神速，要不是自己身边空着的铺位，辛普森几乎认为这只是噩梦留下的记忆，他还能感到那个消失的身体靠在自己身上留下的温热，毯子卷作一团，因为德法戈是冲出去的，撞得帐篷还在晃个不停。那些奇怪的话还在耳边回响，似乎很远还能听到，是突然患病的人说的胡话。而且，他不仅看到听到这不同寻常的一幕，就在德法戈大喊大叫跑去时，他闻到一股奇怪的香味，淡淡的，却很刺鼻，弥漫在帐篷内。似乎就在他的鼻腔吸入那难闻的气味那一刻，他才缓过神来，顿时来了勇气，一跳而起，跑了出去。

灰白的晨光洒向树林，寒冷而朦胧，周围还算正常。露水浸湿了身后的帐篷，灰烬依然温热，薄薄的白雾罩着湖水，湖中的岛屿就像置于羊毛上的东西。灌木丛空地是一片一片的白雪，寒冷的一切都在等待阳君的降临。消失的向导不见踪影，毋庸置疑，他一定还在冻结的森林迅驰疾飞，甚至连脚步声都没有，更不要说任何的回音，他完全消失了。

什么都没有了，只有他存在过的感觉还强烈地留在营地，还有就是那沁人心脾、无处不在的气味儿。

那味道正在迅速消失，辛普森尽管心烦意乱，但他仍然努力研究，确定它的性质，考察它的成分，想搞清楚那到底是什么东西。但是他没有做到，他还没来得及给它取个名字，那气味就消失得无踪无影了。看来即使大概描述也已是不可能的了，那根本就不是他闻过的任何气味。有些刺鼻，好像狮子身上的味道，但要柔和些，也不是那么让人很不舒服，他想起腐叶、泥土和各种莫名的香味掺合起来甜丝丝的感觉，那就用"狮子的味道"来指称它好了。

一切都消失了。他站在灰烬旁，目瞪口呆，心中充满恐惧，感觉自己随时都会成为无助的猎物。这时，哪怕一只麝鼠从岩石边探出它的尖嘴，松鼠从树上溜下来，他都极有可能崩溃晕厥过去，一种巨大的外在恐惧在他的四周蔓延，他紧张得无法控制自己的情绪。

然而，什么也没发生。一阵清风轻轻吹过苏醒的森林，几片枫叶窸窣落地，森林似乎一下子明朗了许多。辛普森觉得双颊和头凉凉的，方才意识到自己冷得发抖，费了老大劲儿才明白原来灌木丛只剩下了他一个人，他得采取行动去营救失踪的同伴儿。

他拼力去找，却徒劳无功。周围是树林荒野，身后是成片水域，内心是惶恐狂野的嘶鸣，他像没有经验的人一样东突西奔，像发疯的小孩儿一样不辨南北，不停地大声呼喊着向导的名字：

"德法戈！德法戈！德法戈！"他大喊大叫，每喊一声，森林就轻声回应道，"德法戈！德法戈！德法戈！"

他跟着雪地留下的脚印追踪了一段路，但很快就没了方向，因为树林越来越密，地上没有落雪。他喊得嗓子都哑了，在这个无人回应的世界里，他自己都觉得自己的声音毛骨悚然。他越是慌乱，用力就越是猛烈。他的忧虑变得可怕地强烈，终于力有不逮，精疲力竭地向营地返回。可找返回的道路也不是一件容易事，尝试了无数次错误的路标之后，他终于看到树林间的白色帐篷了，总算回来了。

因为疲劳，他也渐渐平静下来，开始生火做早饭。热咖啡和熏肉让他恢复了一点儿理智和判断，他意识到刚才的行为太幼稚。冷静地考虑眼下的形势，他做了一个自然而然的勇敢决定，首先要尽最大努力搜寻，实在不行就得回老营地找人帮忙。

说干就干，他带上食物、火柴、步枪和一把劈树做标记的小斧头，就出发了。那是八点钟光景，阳光洒满树梢，万里无云。为防万一德法戈在他不在的时候回来，他在火边的树桩上留了一张小纸条。

一番精心策划之后，他选了一个新的方向，意图扩大搜索范围，迟早要找到德法戈的踪迹。走了大概不到四百米，他看到雪地里有大型动物的脚印，旁边是浅一点的小脚印，毫无疑问那是人的脚印，是德法戈的脚印。他长吁了口气，顿觉宽心，但很快他就失望了。这些脚印一看就说明了整个情况：大脚印肯定是公鹿留下的，它逆风误打误撞地撞上了帐篷，发现错误后长啸一声惊叫。德法戈凭多年养成的高超狩猎本能，已经嗅到了随风而来的味道。这样就可以解释为什么德法戈那么兴奋，而后却骤然消失了。

然而，常识无情地告诉他，这种想当然的解释是不成立的。任何一个向导，即使再不济，也不至于如此不理性，枪都不带就跑了……事情远远不会这样简单，他想起了所有的细节：惊恐的哭喊，神奇的语言，第一次嗅到那种气味时德法戈恐怖的铁青脸色，黑暗中压抑的抽泣，这一切让他隐隐约约记起德法戈对这个地方的憎恶……

他再靠近看看那些脚印，发现根本不是麋鹿留下的踪迹！汉克曾经给他讲过公鹿脚的形状，还有母牛和公牛的脚，他还在树皮上画过，这些脚印显然不同。它们又大又圆，很是饱满，没有尖角留下的尖尖形状，会不会是灰熊的脚印？他想不出还有别的什么动物，这个季节驯鹿不会跑到这么南面的地方，即使来了，也会留下蹄印。

究竟是什么生物能够把人从安全的地方引诱开去？雪地上留下的神秘踪迹，真是一种不祥之兆！想到狩猎的声音、寂静的凌晨，他的头一阵眩晕，有种说不出的沮丧消沉。他感到危机四伏，俯身更仔细地检查那些印迹，这时他闻到一股甜丝丝但很辛辣的味道，身子猛地一下子站直，差点呕吐出来。

他的眼前又浮现出噩梦般的一幕：德法戈伸在帐篷外没有任何遮盖的那双脚，整个身体似乎被拽往空地，醒来时缩在门边，似乎在躲避着什么。这些细节一起涌上心头，似乎汇聚在沉寂的森林深处，周遭的树木好像步步紧逼，等着看他怎么办。

然而，辛普森没有气馁，他强忍住低落的情绪，鼓起勇气尽量沿着那些足迹前行，因为害怕找不到回去的路，他在路边树上砍下了无数标记，隔几秒钟就呼喊一声德法戈的名字。斧头砍在大树桩上发出单调的碰碰声，他自己不自然的声音，那么可怕，不忍卒闻。这些声音实际上在不停地暴露他的行踪，螳螂捕蝉，黄雀在后，说不定自己会引来别的野兽。

他拼命压制住自己的这一想法，然而，这只不过是刚刚开始，很快他就被凶残的迷惘击溃了。

虽然地上的雪断断续续，只有开阔地上有浅浅的雪层，最初几里地还是可以找到脚印的。只要没有树，那脚印总是呈直线延伸出去，从后面的脚印看，步伐开始加大，直到最后那比例绝不可能是普通动物留下的，像是巨大的飞行动物。他量了下其中的一对脚印，也许说十八英尺并不准确，但他还是难以理解为什么两步之间的雪是干干净净的。让他更为疑惑的是，德法戈的步伐迈得也很大，基本上与那个怪物的步伐是一致的，简直不可思议！似乎是那个怪物提着德法戈，所以才有这么大的步伐间隔。辛普森的腿算是长的了，他跳一步还不到那个距离的一半。

看到这些巨大的足迹，可以想见搜寻是极其可怕的，恐怖与疯狂，简直不堪设想，他的内心深处受到极大的震撼，这是他见过的最可怕的事，心情顿时沉重很多。他心不在焉地偷偷看有没有庞然大物尾随自己……很快他似乎明白过来，那无名的野物在雪地留下的足迹总是伴随有德法戈的脚印，那个几小时前还和自己共处一个帐篷、闲聊、嬉笑、吟唱的伙伴……

五

以辛普森的年龄和经历，面对这样的危机，一切只能靠常识和逻辑进行判断了。否则，他破着胆子朝前冲时看到的足迹，一定会让他立即折回比较安全的帐篷里，而不是紧紧握住枪托，心里默默向天祷告。他看到足迹有所改变，大惊失色。

先是大一点儿的足迹，有好长一段时间，他简直不敢相信自己的眼睛，那是落叶产生的光与影的特异效果吗？还是像田间水稻飘散的雪花投下的光影？抑或那些印记的颜色变得模糊了？在那个动物踩下的深坑周围出现了一抹神秘的红色，不是血染的颜色，而是亮光产生的效果，每个坑都有这样的颜色，而且越来越深，这种无法解释的火一样的色调更让人觉得毛骨悚然。

既然无法解释，他就转向其他的足印，看看是不是都一样。他发现其他的足迹也变了，变得更加可怕。他朝回走大约一百码左右，那些足迹渐渐生出了拷贝，这种变化是在不知不觉中发生的，然而却清清楚楚，看不出变化最早是从哪儿开始的，但结果毋庸置疑，那些更小更匀称的足迹，是完完全全从大脚印精心复制出来的，当然，踩下那些印迹的脚也变了，看到这些，他头皮发麻，害怕到了极点。

一刹那，辛普森陷入犹豫之中，很快为自己的慌乱踌躇感到羞赧。他紧走几步，然后戛然而止。突然，他面前所有的足迹没有了。周围一百码左右，他四处搜寻，没有任何影子，什么也没有。

四周浓密的云杉、铁杉、西洋杉直入云端，没有任何灌木丛。他站在那儿四顾茫然，心急如焚，失去了判断能力。接着，他又开始找，一而再、再而三地找，但结果都一样：一无所有。显然，雪地表面的脚印已经离开了地面！

他顿时手足无措，忧心如焚，恐惧一鞭一鞭抽打在他的心上，有一种痛不欲生的感觉，惶惶不可终日，他暗自担心可能发生的一切。

这时，可怕的事说来就来了。就在头顶，他听到了向导德法戈的哭喊声，因为太高太远，那奇怪地哀嚎声实际上很微弱。

那声音来自寂静清冷的天空，让人不寒而栗，惶恐不安。辛普森手中的枪直接掉在了地上，他一动不动，全神贯注地倾听，然后跟跟跄跄跌靠在旁边的树上，心烦意乱。那一刻，他似乎体验了有生以来最最肝肠寸断、身首异处的感觉，突然之间，内心一片空白。

"噢！噢！火焰万丈！噢，我踏上了风火轮！我踏上了燃烧的风火轮……"远处天空传来难以言表的痛苦哀求声，每叫完一次，接下来就是荒野的一片寂静。

辛普森不知道做什么好，来来回回疯狂地跑着、找着、叫着，在树根岩石间跌跌绊绊，狂乱地左冲右突，茫无头绪。此情此景让他失去了理智，他心烦意乱，半疯半癫，眼里、心里和灵魂里充满了恐怖，就像大海上的航船找不到灯塔一样，六神无主。正是那个远处的声音，那远处不羁的力量让他对荒野产生了恐惧，而荒原的诱惑则荡然无存。此刻他明白了孤独无助的痛苦，还有一去不可复返的悲凉，想到德法戈在广袤的原始森林就这样捕猎、追赶下去，他的脑海闪过一团火焰……

似乎过了很长时间，他才平复自己烦乱的心绪，镇定下来思考。

哭喊声听不到了，他自己嗓子喊哑了，也没有任何回应。荒野深不可测的力量吞噬了自己的猎物，已经无法挽回。

但是他还不甘心，又搜寻呼喊了好几个小时，大约傍晚时分，他终于决定放弃徒劳无益的营救，返回五十岛水域岸边的营地。直到他不情愿地离开时，哭喊声还在他的耳畔回荡。他费了好大劲儿才找到自己的枪和回家方向的标记，因为要集中精力寻找错乱的标记，加之饥肠辘辘，他的情绪反而平静了许多，否则的话，他这短暂的失常极可能造成真正的灾难。他逐渐地稳定下来，重新找回了理智。

但是，黄昏中往回走的路还是相当的艰难，好像身后有无数的脚步声，笑声夹杂着私语声，树木岩石后蹲着数不清的人，他们相互交换眼色，准备一起进攻。晚风的轻声呢喃都让他惊恐万分，他小心翼翼，蹑手蹑脚，尽量躲着闪着，不发出一点儿声音。本来起保护作用的树木森林，此时也面目狰狞，树影婆娑，危机四伏。他的脑海翻腾起伏，所有的朦胧昏暗似乎都潜藏着不祥预感，所有细节都预示着莫名的悲剧。

难能可贵的是他终于胜利了。苦难的磨练会让人变得更加成熟，阅历更加丰富。总体来看，他并没有失控，行动计划也证明了这点。睡觉已经绝无可能，摸黑赶路同样不现实，于是，他手握步枪，熬坐守夜，没有合眼。这一夜让他终身难忘，不过，毕竟还是熬过去了。东方露出鱼肚白，他就上路回老营地求援去了。和以前一样，走前他留了一张纸条说明自己何以不在，虽然他清楚没人会来，但他还是写明什么地方藏着食物和火柴！

辛普森如何独自穿越森林湖泊返回老营地，足够讲述另外一个故事，其中的酸辛苦辣、孤独寂寞、任由无边荒野宰割之感，非亲历则难以体味。他的不屈不挠、勇敢顽强，真是令人感佩！

据他自己说，独自返回老营地也没什么难的，他只是不假思索，机械地沿着模糊不清的路标朝回摸。的确是这样，他靠着下意识本能指路，也许还有点动物和原始人都有的方向感，最终穿过纵横交错的森林回到了差不多三天前德法戈藏木筏的地方，留言条依然还在："迎着太阳向西划过湖泊就可以找到老营地。"

太阳快落山了，他只好借助指南针，用那个随时都会破裂的木筏子划了最后十二英里。令他大感宽慰的是，终于把森林抛在了身后。幸运的是，湖水没有什么波浪，所以他沿着湖心直线前进，省掉了绕湖岸划行的二十英里距离。还有一件幸运事就是其他猎人都回来了，营地的火光给他指引了方向，这样他就不用整夜搜寻营地的确切位置了。

大约子夜时分，他的木筏子终于在小湖湾靠岸，他大喊大叫，惊醒了汉克、庞克和他叔叔的好梦，他们冲下来，七手八脚把这个精疲力竭、只剩下一副皮囊的苏格兰人扶到快要熄灭的火堆旁。

六

突然真真切切地看到叔父，终于从两天两夜地狱般的恐怖世界回到了人间，只听叔父大声问道："嗨，我的孩子！出了什么事儿？"他的手干燥有力，说明一切都是真的。剧变突然袭来，他意识到自己已经"神游"得太远了，隐隐约约觉得有些惭愧，家族遗传的冷静头脑唤醒了他。

因此，他觉得不能把自己看到的所有都告诉围坐在火炉边的人。不过，他提供的信息已足以让大家伙儿立即决定成立营救小组，尽快出发，而辛普森要想做好向导，首先要吃饱睡好。凯斯卡特博士不动声色地观察着侄子的状况，然后给他注射了小剂量吗啡，他像死人一样睡了六个小时。

从后来这个神学院学生写下的详细描述来看，似乎他向营地大惊失色的人们少讲述了很多重要细节。他说，望着叔父健康平静的面孔，他不忍心讲太多。因而，营救小组获得的信息似乎就是德法戈夜间得了一种敏感的难以言明的狂躁症，他想象自己受到什么人或事物的"召唤"，于是饭也不吃、枪也不带地冲向了灌木丛，如果不及时营救，他一定会因饥寒交迫而亡，此时，"及时"就是"立即"的意思。

但是，他们还是等到了第二天七点出发，留下庞克负责随时准备食物和火。路上，辛普森逮住机会给叔父讲了大量真实细节，确切地说，他是在内心再三权衡后讲出来的。到他们到达放置木筏的地点时，辛普森已经讲过了德法戈如何含含糊糊提到"他唤作'温迪戈'的东西"，他如何在睡梦中哭喊，如何想象营地周围怪异的味道，以及思想兴奋的其他特征。他还承认那种"像狮子味道一样辛辣刺鼻"的"特殊味道"让他不知所措。不到一个小时，他们到达了五十岛水域。他甚至讲明了自己当时的歇斯底里状况，让事实更近了一步。他后来说自己听到失踪的向导在喊"救命"，略掉了德法戈用到的几个短语，因为他不想重复那些荒谬的语言。同样，在描述雪地德法戈的脚印慢慢变得和动物足迹一样大小时，他剔除了那些脚印大得出奇的信息。在个人自尊与诚实面前，似乎该说什么和不该说什么成了问题，比如说，他提到了雪地里的火红色，但却没有讲德法戈部分被拖出帐篷的身体和床……

因此，自许为老练的心理学家凯斯卡特博士确信侄子因为孤独、迷乱和恐惧而导致精神过度紧张，进而产生了幻觉，一方面他对辛普森的行为予以鼓励，同时也指出他的精神什么地方出了问题，通过适当的赞扬，让侄子相信自己状况有所改善，同时又通过贬低他提供的证据价值，让他觉得自己太过感性。和其他唯物论者一样，他是有几分证据说几分话，而他说的话似乎与他获知的信息保持了一致。

"在这可怕的荒无人烟的地方，"他说道，"谁都难以避免出现这样的精神问题，就是说，只要你有高度的想象力。我在你这个年龄，也出现过同样的问题，闯入你们营地的动物无疑是一只麋鹿，它的'叫声'有时是非常特别的，那些彩色的大脚印一定是你过度激动而出现的视觉误判，足迹距离拉大，我们到了看看再说。幻听是因精神激动而产生的最常见幻觉，孩子，你说的情况可以理解，我得说你在那种情况下自我控制得非常好。我还要说，你表现得非常勇敢，在这茫茫荒野迷失的感觉是再糟糕不过的事了，换位思考，可能我表现出来的智商和作出的决定还不及你的四分之一。我觉得唯一不好解释的就是那该死的气味。"

"我敢说那气味真是令我恶心，"他侄儿强调道，"简直让人头晕目眩！"他叔叔仅仅因为多懂些心理学原理，就做出一副全知全能的架势，让他有点儿不以为然，事非亲历不知其难。"那种气味儿，我只能用令人痛苦和让人可怕来形容，"看了一眼身旁安静面无表情的人们，辛普森最后说道，"真是不可思议！"叔叔回应道："似乎在那样的情况下，你的状况却没有更糟。"辛普森清楚，那些干巴巴的话反映了真相和他叔叔口中"真相"之间的差距。

终于他们来到了小营地，帐篷依然还在，火烬未灭，钉在旁边树桩上的小纸条一动未动。但是，因为是新手，东西藏得很不隐秘，麝鼠、水貂和松鼠早已打开储藏食物的地方，火柴散落一地，食物只剩下了一些碎屑。

"喂，伙计们，他不在这儿，"汉克以惯有的方式嚷嚷道，"地上的木炭说明了一切！但这时他到了什么地方，不知道，肯定在别的什么地方。"此时，当着神学院学生的面，他也顾不上自己的语言了，不过，为了读者，这些话还得好好整理整理。"我建议，"他又说道，"我们得立即出发，天涯海角也得找到他们！"

看到这熟悉的一幕，在场的每个人心情都很沉重，他们都为德法戈未来不妙的命运焦虑万分，尤其是帐篷似乎让他们仿佛又看到了德法戈本人，那香膏木树枝做的床被他的身体压得平平的。大约觉得自己的话有些危言耸听，辛普森赶忙对细节做了些解释。他虽然因为一直赶路过度疲劳有些紧张，但情绪平静了许多，他叔父的"倾诉"方法对平定情绪也起了作用，他把脑子里记忆的东西一股脑儿地道了出来。

"那就是他跑去的方向，"他指着晨曦中向导消失的方向对两个同伴说，"就在桦树和铁杉之间，他就像小鹿一样一溜烟儿地跑了。"

汉克和凯斯卡特博士交换了一下眼神儿。

"这儿到下面直线距离大约两英里，"辛普森继续说道，声音里带着先前的恐惧，"我跟着他的脚印追踪，直到完全消失为止！"

"你就是在那里听到他的呼喊，闻到那特殊的气味的，以及接下来的所有恶作剧？"汉克嚷嚷不休，显现出极度烦躁状。

"就在那时，你的兴奋到了极点，于是产生了幻觉。"凯斯卡特博士喘着粗气补充道，他的侄儿也听了出来。

因为走得快，虽然已是下午，但天光还要足足两小时才会暗下来。凯斯卡特博士和汉克立即顺着树上的标记展开搜索，并且尽可能沿着德法戈的脚印找。辛普森体力消耗殆尽，无法随行，唯一能做的就是休息，保持篝火一直燃着。

过了大约三个小时，天色完全黑了下来，凯斯卡特博士和汉克一无所获地回到营地。新下的雪覆盖了地上的一切印迹，他们虽然顺着树上的标记找到了辛普森折回的地方，但没有发现丝毫人或动物的迹象，地上的雪纹丝未动，没有任何新的足迹。

接下去该怎么办？事实上，他们无能为力，即使再找上几个星期，成功的希望也很渺茫。新下的雪摧毁了他们唯一的希望，大家围坐在火边吃晚餐，情绪低落到了极点。现实的确让人感伤，德法戈的妻子还在拉特·波蒂奇市，他的收入是家庭的唯一经济来源。

残酷的真相既已显露，似乎也没必要再遮遮掩掩了，他们公开讨论着现实和各种可能性。凯斯卡特博士不是第一次看到有人无法忍受孤独，从而精神崩溃。而且，德法戈属于易感人群，他是忧郁型血质，过度饮酒更是削弱了他的体质。这次出了事，究竟什么是压死骆驼的最后一根稻草，谁也说不清楚。他走了，走向广袤无垠的森林湖泊，饥饿力竭而亡，找回营地的可能性很小，即很有可能出现神志不清，然后自残，加速悲惨的命运。说着说着，他们认为最终得拿出一个方案。德法戈的老朋友汉克提议再等一等，第二天从早到晚进行最全方位的搜索，他们对搜索区域做了划分，详细讨论了计划，大家都各展其能。

同时，他们还讨论了荒野恐惧袭击德法戈的特殊形式，汉克虽然很熟悉那些传说，但显然他并不希望转向那个话题，他并没有多说什么，但就他说的那点儿就已让大家陷入了沉思。他承认这片儿有个传言，大意是说有几个印第安人去年秋天在五十岛水域岸边"见到了温迪戈"，这也是德法戈为什么不愿意去那里捕猎的真正原因。无疑，由于他的极力劝说，从某种意义上把自己的老伙计送上了不归路。"印第安人疯了的时候，"他解释道，又像是自言自语，"总说是见到了温迪戈，可怜的老德法戈是个彻头彻尾的迷信鬼。"

辛普森觉得气氛比较合适了，就把自己经历的骇人故事从头到尾又讲了一遍，不遗漏任何细节，他还讲到了自己当时的感受和强烈恐惧，唯一略掉的是德法戈所用的语言。

"小伙子，德法戈一定告诉过你关于温迪戈传说的细节，"博士坚持问道，"我的意思是，他和你讲过那个传说，所以你的兴奋才在后来发展出来了那些想法？"

于是，辛普森又把自己的所见所闻重述了一遍。他表明德法戈从未跟他提到过那个怪兽，他对那个传说一无所知，甚至压根儿没有听说过，根本就不清楚"温迪戈"那个词。

当然，他讲的都是真话。凯斯卡特博士并不全信，但又无法佐证，嘴上虽然没说什么，但态度显然不屑。博士靠在一棵粗壮的树上，拨了拨快要熄灭的火。他是几个人当中听觉最敏锐的，湖中的鱼跃，灌木丛嫩枝的断裂，他们头顶树枝上积雪受热偶有掉落，都逃不过他的耳朵。他的声音也有些变化，不再那么自信，轻了很多。说白了，这个小营地被恐惧笼罩着，三个人都想谈点别的什么，但似乎唯一可讨论的就是恐惧的源头，根本不可能聊别的话题，也没什么可聊。汉克是他们里面最诚实的，干脆什么话都不讲了，转身面对森林，望着黑处，似乎一旦有什么状况，他就可以挺身而出。

七

周围一片寂静，雪虽然不厚，但足以消掉任何声音。旁边的森林给人以紧凑的压迫感，只听得见他们自己的声音和火焰轻轻的呼呼声，偶尔有松毛虫飞过时羽翼的颤动声。大家似乎都没有睡意，时间一晃到了子夜。

"这个传说确实惟妙惟肖，"博士见大家都不说话就插了一句，想要打破沉默，"温迪戈的声音不过是拟人化的野性呼唤，是自然的自我毁灭之声。"

"对的，"汉克立即说道，"它会叫你的名字，肯定不会有错。"

又是一阵沉默，然后，凯斯卡特博士突然又回到那个忌讳的话题，引起一阵骚动。

"传说很厉害，"他一边评论，眼睛瞪着黑处，"他们说那个声音很像灌木丛树木的晃动声、风声、流水声、动物的吼叫声，不一而足。一旦受害人听到那声音，就永远回不来了！据说人最脆弱的两个点是脚和眼睛，脚受诱惑就跟着走了，眼睛则会为色所迷。那家伙速度快极，眼会流血，脚会燃烧。"

说着，凯斯卡特博士不安地瞄向昏暗的四周，声音小了许多。

"据说由于速度太快，温迪戈的脚因为摩擦会着火，他的脚烧掉后，一模一样的新脚会长出来。"

辛普森直听得心惊肉跳，但他最关注的还是汉克那苍白的脸色。要是他敢的话，此时他宁愿捂上耳朵闭上眼睛。

"它很少在地上行走，"汉克慢吞吞说道，"飞得很高，看起来就像星星在它身上点了把火。它有时跳得很远，背着受害人在树梢上奔走，然后重重地把受害人摔在地上，杀而食之，就像鱼鹰对待梭子鱼一样。它在整个灌木丛中最常用的食物是苔藓！"说着他还嘿嘿笑了两声，"温迪戈主要吃青苔。"他补充道，兴奋地望着同伴的脸，"吃青苔。"他又重复了一遍，还发了一串只有他才懂的脏话。

现在，辛普森明白他们交谈的真实目的了，这两个人都很强大，"经验丰富"，他们不怕别的，就怕沉寂，于是他们通过谈话来消磨时间，对抗黑暗，抵御恐惧的侵袭，消除身在敌乡的顾虑，总之，谈话可以抗击一切，掌控自己的内心想法。在这方面，辛普森早已提高了警惕，不在他二人之下，他其实已到达了免疫阶段。但是那两个人，一位是玩世不恭注重分析的博士，一位是诚实而又固执的森林人，他们坐在那儿，内心深处却震颤不止。

又过去了几个小时，这几个人还坐在荒原里，压抑不住内心的紧张，低声愚蠢地谈着可怕吓人的传说。这是一个不平等的竞赛，从方方面面考虑，荒原处于绝对优势，进可攻，退可守。同伴的命运萦绕在他们心头，压力持续上升，最终成为不可承受之重。

谈话又停了好一会儿，似乎无人能够打破沉默。这个时候，汉克首先用没人想得到的方式释放了压抑的情绪，他突然跳起来震耳欲聋地大吼一声，似乎再也无法控制住自己了。为了制造特殊效果，他在嘴前挥动手掌，发出断断续续的喊声。

"德法戈听得懂我的声音，"他说着，看着另外两人，嘴角挂着奇特挑衅的笑，"我相信此时此刻我的老伙计就在附近。"他的话中去掉了三明治式的脏话。

汉克的热烈和率直让辛普森大吃一惊，博士也惊诧不已，连嘴上的烟斗都滑落到了地上。汉克脸色苍白，凯斯卡特则突然一下子虚弱不堪，所有机能松弛了下来。瞬间，他的眼里充满怒火，尽管他一贯审慎，自控习惯良好，但他此时"嗖"地站起，看着激动的汉克，这是非常愚蠢危险的行为，是不容许的，必须将它扼杀在摇篮中。

可以推想接下来会发生什么，但事情往往并不一定如人所愿。就在汉克长啸一声之后，是一片短暂的沉寂，仿佛是回应那一声吼叫，有个庞然大物以极快的速度越过头顶漆黑的天空，那家伙大得把天都遮住了，而在树林间随风传来微弱的人哭声，那声音里带有难以言表的痛苦和请求：

"噢，噢！火焰万丈高。噢，噢！我踏上了风火轮！我燃烧的双脚！"

汉克脸色白得像纸，像孩子似的傻傻地东张西望。凯斯卡特博士嘴里不知发出些什么声音，吓得本能转身想往帐篷里躲，可突然一下子冻僵了似的停住不动了。只有辛普森还有点儿镇定，他以前听过那个哭声，内心深处的恐惧还来不及反应。

他转向呆若木鸡的同伴，还算平静地说：

"那正是我听到过的喊声，说的话都一样！"

然后，他举头大声喊道："德法戈，德法戈！快下来，回到我们中来！快下来——"

还没等在场的人采取任何行动，只听有东西重重地摔在树上，一路向下撞击着树枝，"砰"的一声砸在冻结的地面，雷鸣般的撞击声实在太可怕了！

"是他，上帝保佑！"汉克几乎哽咽着小声叫道，手不由自主地伸向挂在腰间的猎刀，"他来了！他来了！"他连说了几遍，失控地露出恐怖的笑容。"嘎吱嘎吱"踏雪的脚步声清晰可闻，穿过黑暗朝亮光而来。

凌乱的步伐越来越近，三个人站在火边，一动不动，一句话也说不出来。凯斯卡特博士的脸好像一下子蔫儿了，眼睛都转不动了。汉克大惊失色，好像又要控制不住了，然而却什么也没有做。辛普森也是呆若木鸡，他们就像三个受到打击的孩童，画面极其恐怖！与此同时，打击他们的人还没有现身，"嘎吱嘎吱"踏雪而来的脚步愈来愈近。这样的时间好像特别漫长，是在一寸一寸地丈量无情的脚步，太可恶了！

八

那个身影费了九牛二虎之力终于从黑暗中走了出来，他跨前一步来到光影摇曳的区域，距离三人不足十英尺，然后停下来，目光紧紧地盯着他们。接着，它又痉挛般地扭曲向前，越来越靠近，借着火光，他们感觉那是一个人。显然，那人就是德法戈。

此刻三个人满脸惶恐，三双眼睛穿透对方仿佛要超越目力揭穿真相。

德法戈摇摇晃晃，蹒跚向前，开始径直走向三人，然后突然侧身盯着辛普森的脸，他的唇边发出一组声音：

"辛普森老板，我来了，我听到有人叫我。"那声音又弱又干，呼哧呼哧直喘粗气，"我正在经历炼狱之旅，我……"他笑着，把头伸向对方的脸。

但是，那笑声把三个脸色苍白、木偶般的人吓坏了。汉克一个箭步向前，口中念着一串咒语，辛普森根本辨认不出那是英语，估计是印第安语或其他语言，他只觉得汉克跳到他们之间太及时了，不是一般的及时。凯斯卡特博士虽然镇定了些，但站在他的身后两腿直发抖。

接下来几秒钟，辛普森似乎不知道说什么好，也不清楚该做什么。那张面目狰狞的脸上双目死死盯着他的眼睛，让他一下子意识模糊起来。他只是静静地站着，一言不发。辛普森毕竟没有另外两位猎手阅历丰富，即使突发状况下，也仍然能掌控自己的意志。他看着他们行动，但仿佛是通过镜子看的，不是太真实，有些扭曲，好像做梦一样。不过，汉克的一通胡言乱语让他想起叔父讲话时那威严的语调，即使说些柴米油盐，他也总是那样冷冷的酷酷的。随即传来阵阵刺鼻恶心但又迷人的怪味。

这时，尽管他比另外两个人稚嫩缺少经验，但是他的本能在这种可怕的情况下让他要代表大家表示质疑。

"是你吗？德法戈？"他喘着粗气问道，害怕得结结巴巴。

这时，还没等那人开口，凯斯卡特立即大声回答道："当然是的！当然是的！难道你看不出来吗？他已精疲力竭，饥寒交迫，惶惶不可终日了。所有那一切还不足以让一个人面目全非吗？"他这样说既是要让大家相信，同时也是在说服自己，连用两个反问句就是明证。他一边说个不停，一边用手帕捂住鼻子，那个怪味儿弥漫了整个营地。

现在这个蜷缩在火堆旁，裹着毯子，喝着热酒，脏手捏着食物的"德法戈"，已经不是昔日那个生龙活虎的向导了，他根本就是一个六十几岁的小老头，只不过是青年时期的翻版，穿了一身老了好几代人的服装而已。那恐怖的形象，愚蠢的模仿，乔装打扮，无论如何让人难以相信他是德法戈。辛普森至今还残留着阴暗可怕的记忆，那是一张与其说是人还不如说是野兽的脸，不成比例。皮肤松弛耷拉着，好像遭受了非比寻常的压力和紧张。由此他隐隐想到路德门山地区销售的那些被吹得鼓鼓的皮囊，吹起来他们会变化表情，但一放气，他们会发出微弱的啸叫，其声其面都有惊人的相似之处。很久以后，凯斯卡特总想找到解释的办法，他说当人飞到空气稀薄的高空，空气重量已不存在，人脸和身体可能面临分解的危险，因此，其比例就不对了……

此时的汉克虽然心烦意乱，莫名的情绪波涛汹涌，难以自控，但他还是立即单刀直入，离开篝火远一点儿，避免火光晃眼睛。他双手遮着眼睛，大声愤怒地说道：

"你不是德法戈！你根本不是德法戈！我没有给……他妈的，你不是我相交了二十年的好朋友！"他怒视着那个缩作一团的身影，仿佛要用双眼把他消灭掉。"如果你是德法戈，我宁愿用一捆牙签棉擦拭地狱的地板。上帝啊，保佑我吧！"他又补了一句，狂泄心中的恐怖和厌恶。

没有人能拦得住他，他站在那里发疯般地大喊大叫，看了让人害怕，听了顿生恐怖，但他说的都是事实。他用五十多种方式重复着同样的内容，每一种都比前一种更加荒诞不经，森林里回荡着他的吵声。好几次他的手都抓向腰间长长的猎刀，似乎想"主动出击"。

然而，最终他什么也没干，劈头盖脑的暴风雨般的指责差不多都随着他自己泪如雨下而结束。突然，汉克停了下来，瘫软在地上。凯斯卡特好说歹说才把他劝进帐篷安静地躺了下来。此后，他就通过帐篷门帘的破洞从帆布后面见证了事件整个过程。

然后，凯斯卡特博士身后紧跟着自己勇气可嘉的侄子，一副决然的态度，正对着在火边缩作一团的德法戈。他直直盯着他的脸讲话，刚开始他的声音还算平稳。

"德法戈，告诉我们发生了什么情况？一点点也行，这样我们就知道怎样更好地帮助你了。"他用权威几乎是命令的语气问道，可以说，那就是命令。但是，紧接着事情的性质发生了转变，那个身影抬起头，一脸哀怜，骇人可怖，不成人形，博士不由得退后一步，像躲瘟神一样。辛普森在后面密切观察着，他的印象是那是一张即将脱落的面具，面具下隐藏的一定是黑魔鬼。"快走，你个家伙，快走！"凯斯卡特惊恐哀求道，"我们再也无法忍受了……"他的嘶喊完全出于本能，理智已跑得无影无踪。

这时"德法戈"苍白的脸上露出了微笑，他用又细又弱似乎是另一个人的声音回应着。

"我见到了温迪戈，"他小声说道，完全像动物一样嗅着四周的空气，"我已追随了它——"

不知道那个可怜的魔鬼还说了什么，也不清楚凯斯卡特博士是否继续做着不可能的盘查，当时只听到帆布后传来汉克的尖叫声，他的眼中充满了恐怖，大家从未听到过这样的叫声。

"他的脚！噢，上帝，他的脚！快看他那双硕大的脚！"

德法戈是拖着脚走到他坐的地方的，现在在火光下，他的腿和脚暴露无遗。但辛普森并没有来得及看见汉克所看见的，汉克认为那不适合讲述。说时迟那时快，凯斯卡特一个虎跃站直身子，急忙用毯子把自己的双腿裹起来，速度之快，连辛普森都没看清楚，直觉暗影翻飞，动作结束了。

凯斯卡特博士没来得及有更多的行动，辛普森甚至来不及思考，更不要说提问了，只见德法戈笔直地站在他们面前，忍住疼痛，面部扭曲得都变形了，表情阴郁邪恶，简直是丑陋怪异。

"现在你们也看到了，"他气喘吁吁地说，"看到了我火一般燃烧的双脚！现在，就是说，如果你们不能救我并阻止……是时候——"

这时，从湖对面刮过来一阵咆哮的风声打断了他可怜的哀求声，头顶缠绕的树枝被吹得东倒西歪，熊熊燃烧的火焰忽闪忽闪的，发出噼噼啪啪的声音。不知什么东西带着可怕的啸声席卷而过，似乎瞬间包围了整个小营地。德法戈扯掉裹在身上的毯子，转向身后的树林，依旧像来时那样跌跌撞撞地走了，虽然跟跟跄跄，却快得惊人，没有一个人来得及反应去阻止他。黑暗完全吞噬了他，十来秒后，三个人紧张地观望聆听，于树木的咆哮声和疾风的呼啸声之上，传来一声仿佛是从很高很远的天空跌落下来的哭喊——

"噢，噢！火焰高万丈！噢，噢！我踏上了风火轮！火一般燃烧的双脚……"喊声很快消失了，消失得无踪无影。

凯斯卡特博士突然恢复了自制力，辛普森也一样，所以，当汉克猛地冲向灌木丛时，他们拼命地抓住了他的胳膊。

"可是我想知道——你们！"汉克尖叫道，"我想看看！那根本不是他，一定是魔鬼潜入了他的身体……"

凯斯卡特博士自己也没弄明白怎么把汉克留在帐篷内的，不管怎样，他做到了，逐渐让对方平静了下来。显然，博士已经达到正常反应的阶段，他可以用自己天生的力量对抗魔力，这自然让汉克佩服得五体投地。目前为止，他的侄儿控制得非常好，但却让他有一种深深的忧虑，因为长期压抑他出现了好流泪而且控制不住的现象，治疗办法就是尽可能把他和汉克隔开，让他睡树枝和毯子做的床。

辛普森躺在床上，小心地关注着鬼魂出没在孤寂的小营地夜空，哭喊着吓人的话，断断续续钻入他的毯子。大量关于速度、高度、火的胡言乱语与课堂学习的《圣经》记忆奇特地混在了一起。"全身着火的破相的人以极快极快的步伐冲向营地!"他一会儿呻吟,一会儿坐起来呆呆地望着树林,聚精会神地听着,然后喃喃自语,"那些脚,在这荒郊野外是多么的可怕!"这时,他的叔父就会走过来转移他的注意力,安慰他。

幸运的是,他的歇斯底里症状只是暂时的,睡眠治愈了他,也同样治愈了汉克。

凯斯卡特博士一直保持着警醒,直到东方泛出了鱼肚白,差不多是早上五点钟的样子。他的脸色苍白,眼睛下方有些奇怪的红色,在那沉寂的几个小时里,他的意志一直在和灵魂惊人的恐惧做着斗争,那些红色就是外显出来的标志。

拂晓,他点火做早饭,叫醒了另外两人。到七点时,这三个困惑受伤的男人走在了返回老营地的路上,他们内心的起伏都得到了不同程度的缓解。

九

一路上他们没有交谈,脑子里充满了痛苦的想法,有太多的疑惑无法解释,但没有人敢再提那些事。汉克最接近原始生活,简单质朴,所以他是第一个找到自我的人。凯斯卡特博士是受过教育的"文明人",不太相信那些奇谈怪事,可他到现在也不确定那些事,因此"找到自我"的时间就长些。

作为神学院学生的辛普森获得的认知可能是最好的,尽管不是最科学,也没有表面的那样逻辑。在每个人内心深处从未触动的地方,他们肯定都见证了最原始本源的东西,尽管有人类文明的进步,那种东西仍然存了下来,并且顽强地表现出来,暴露出生活的丑陋和粗糙。他把这个经历看作对史前时代的观察,那时的人类内心充满了各种粗鄙的迷信,自然的力量桀骜不驯,魔力逡巡于原始的宇宙。直到今天,他还想到数年后自己布道时所讲的:"人类灵魂深处都潜藏着凶恶可怕的力量,它们本身并不邪恶,但对人类文明有一种本能的敌意。"

他从来没有和叔父就这件事做过深入讨论，他们的思想类型不同，交流十分困难。只是多年后的一次，他们谈到这个话题，聊了一点儿细节——

"难道你连他们长什么样都不能告诉我吗？"他问道。对方的回答很圆滑，打消了他的念头："你最好不要了解，更不要企图有什么发现。"

"好吧，那气味儿？"侄子仍然坚持道，"怎么解释？"

凯斯卡特博士抬起睫毛看着他，答道：

"味觉可没有听觉和视觉那样容易进行心灵感应交流，我做没做，也许和你一样多。"

他没有像以前那样信口开河地解释了，不过，也确实没有更多的可解释。

三个人跋山涉水，又冷又饿，精疲力竭，拖着沉重的身子终于回到了营地。乍一看，营地似乎空无一人，没有火，庞克也没出来迎接。三个人的情感已消磨太多，没有人感到吃惊、气恼，但是，冲在前面的汉克的一声尖叫警告他们怪事也许还没有完全结束。后来，凯斯卡特和侄子都承认，当他们看到汉克激动地跪下抱着轻轻蠕动斜靠在灰烬旁的一样东西时，他们从骨子里觉得那个"东西"就是德法戈——真的德法戈回来了。

的确，那就是德法戈，是真实的德法戈。

只见德法戈骨瘦如柴，摸摸索索想去生火，他的身子蹲伏着，虚弱的手指凭本能无力地拿着树枝和火柴，但大脑已无意识指挥简单的动作了，基本处于失忆状态，脑子对于所有以前的生活和最近的事件都是一片空白。

这次倒是德法戈真身，不过却是一具令人可怕的枯槁之躯。他的脸上没有任何表情，既无恐惧，也无热忱，更不会认人了，他不知道是谁抱着他，谁在喂他吃饭，说着安慰的话。这个小小的人逆来顺受，现在却孤苦伶仃，没有人能帮得上他，他作为一个"独立"的人身上所具有的"东西"永远消失了。

他们不能搬动他，只能傻笑看着他从浮肿的双颊扯出一把粗糙的苔藓，他说自己是"该死的吃苔藓的人"。他不能进食，哪怕最简单的食物，他都要吐个不停。最糟的是，他用可怜的稚气声音抱怨双脚"像火灼一样"疼痛，凯斯卡特博士看了看，发现他的双脚完全僵硬了，看得出他的眼睛下方刚刚出过血。

有关细节不得而知，比如，挨了那么长时间的冻，他是如何活下来的？他去过什么地方？他又是如何从那个营地回到这个老营地的？毕竟两个营地之间的距离不短，而且他没有小木筏，那要绕多远的路才能越过湖泊啊。他的记忆完全消失了。冬天还没有过去，就发生了这样奇异的事情，德法戈的思想、记忆和灵魂都被剥夺了，随着冬天一起消失了。他只活了几个星期。

故事中的庞克对于整个事件也没有多余的解释，在凯斯卡特等人回来之前约一个小时，大约下午五点钟，当时庞克正在湖岸洗鱼，他看到德法戈的身影摇摇晃晃地走进营地。他说，在看到德法戈之前，他闻到了一股淡淡的怪味儿，于是，老庞克吓得赶快朝家返回，他凭着印第安血液整整走了三天，老是觉得后面有个可怕的东西在追他，他知道那一切意味着什么，德法戈"遇到了温迪戈"。

（穆从军　译）

雪之魅影

一

本来在希伯特的内心有两个世界，但是来到这个小山村后，他的心中又新加了一个世界。小村庄坐落在阿尔卑斯山腰，他在村子里的小邮局租了个房间，专心著书。有时，他也会找个同伴一起去滑雪。

他心中的三个世界相处融洽，和他的想象气质一脉相承，不过，理性的人是否认同，还值得怀疑。三个世界中，一个是他成长的世界，即文明、接受良好教育的英国旅游者世界；一个是他非常同情的农民世界，他热爱他们，推崇他们的勤劳简朴生活；还有一个就是他称作自然的世界。因为强烈的诗意想象和血液中流淌的浓烈的异教徒本能，他觉得自己更多地应该属于自然世界。可以说，另两个世界基本源自这第三个世界，因为他的生活核心蕴含着自然的灵魂。

这三个世界之间也存在着冲突——潜在的冲突。一到礼拜天，滑雪场的游客就非常反感当地村民随意闯入，而在教堂里村民则直截了当地问游客："你们来这儿干什么？我们都在朝拜，而你们却在冷眼旁观、窃窃私语！"这两个世界互不接纳，自然也不接受游客，它会利用游客的错误。的确，即使是农民世界，自然世界也只"接受"强壮大胆、技艺精湛的人侵入其未开化的领域，这样他们才能保护好自己而不至于死亡。

现在，希伯特敏锐地察觉到这种潜在的冲突与和谐的缺失，他觉得自己仿佛被来自三个方面的力量撕裂，三个世界都有他的存在，但他却不仅仅属于任何其中一个。他一直在努力，至少是希望把三者结合起来，然后明确决定他到底属于哪个世界，当然，这种努力在很大程度上都是下意识的。想象力丰富的自然本能就是追求平衡，这样，思想才能感到平和，自由地做好工作。

游客当中没有人有他那样的特殊爱好，无论男女都很友好而普通，他们中间有体育教师、度假的医生、小伙子等等，女性当中有聪明的、性急的、无聊的、善解人意的，还有欢乐的舞蹈女郎和"轻佻女郎"。希伯特已经四十多岁，阅历丰富，正值不惑之年，所以，他能理解所有的游客，他们同属于一个固定的类型分明的世界，那是他早已走过的世界。

他不属于那些世界，他的个性太"多样"，无法归入其中的任何一派，所有人都喜欢他，觉得他似乎是个旁观者，与他们有所不同，所以都邀请他的加入。

在某种意义上说，三个世界都为他而战：当地村民、游客和自然。

于是开始了希伯特灵魂的奇特冲突，不过，只发生在他自己的内心。农民和游客都没有意识到他们为什么而战，他们说，自然是盲目的、自发的。

农民对他的攻击可以忽略不计，显然他们的胜算很小，但游客世界为了征服他，做了大胆尝试。夜晚来临，旅馆到处是英国人，舞会还没有开始，乡村的魅力开始呈现，因为陈规陋习，到处香烟缭绕，人们顶礼膜拜。放在以前，希伯特总是早早回到邮局房间工作。

但是今天，他跳了好几支舞，大约子夜时分，嘎吱嘎吱踩着雪地回家，心里想着："也许我感觉到的这种冲突是错误的。""最好还是不要想这些，回头继续我的工作，"一边想着，一边回头看着一直延伸到教堂塔的乡村街道，"这样更安全些。"

他还没有意识到"安全"那个词，它就自己蹦了出来。他继续朝前走，还不时地回头看看，他非常清楚"安全"意味着什么，这个想法从本能区域探出头来他就知道了，但是，这个词还没有完全表达自己的想法，它的意义超出了其本身的含义。如果他忽略这种冲突的存在，那他同时就被排挤出了这个竞技场，但他现在事实上已经进来了，因此，这场灵魂之战已是箭在弦上。他知道，对他而言，自然的魅力远远超过世界上任何其他魅力，它比爱情、狂欢、享乐更具吸引力，甚至超过研究。他总是担心自己胡思乱想，即使在做礼拜的时候，他的异教徒灵魂也担心那可怕的巫术般的力量。

小山村早已进入梦乡，整个世界白雪皑皑。月光下的农舍屋顶晶莹剔透，而教堂四周则漆黑一片。他的视线在霜打的方塔停留了一小会儿，然后扫过直冲云霄的塔尖，继而跃至数公里外与闪亮的星星摩肩接踵的绵绵群山。像是峰尖巨大的森林，测度着夜晚和天穹，它们在向他召唤。似乎有一种东西，来自白雪覆盖的荒原，午夜沉寂的壮美，夜晚的空谷传响，在恐怖和绮丽之间，从无垠的冬空跌入他的心田，向他发出召唤。那声音是那样的轻柔，他想不出用什么词汇或想法才能表达，他深深迷醉其间。他的心好像被雪的手指抚过一遍，冬夜的力量和静静的庄严让他骇然……

他摸摸索索掏出一大串钥匙，打开房门，准备睡觉。这时，他突发奇想：

"在这样一个美好的夜晚，那些农民却睡过去了，这是多么的愚蠢啊！"同时，另一个想法讲道：

"跳舞太累了，我再也不会参加舞会了。只好明早起来再干活了。"至此，农民和游客似乎一下子失去了他们的魅力。

他渐渐进入梦乡，什么世界之战都抛诸脑后了。自然送来了美丽的夜晚，赢得了第一波进攻，而农民和游客则落荒而逃。

二

"别回那个死气沉沉的破邮局了，我们打算在我房间吃晚饭，有好菜，一起来吧，快！"

刚刚举行过一场雪地联欢，一伙人从雪坡跟到旅馆，邀请他参加晚餐。中国灯笼冒着青烟，火苗忽闪忽闪的，箍灯笼的圈子早已不见了，天气寒冷，月亮在又高又厚的云层里偶尔才露一露脸。他从大家换靴子的简易房里喊了一声，大意是"随后就到"，但是没人回应，只见那些喊他的人早已消失在村庄的黑暗之中，说话声渐行渐远。简易房门

"砰"的一声关上了，滑雪场只留下希伯特孤零零的一个人。

就在这时，希伯特突然产生一股冲动，决定独自一人留下滑雪。一想到密不透风的旅馆房间，那些吵吵嚷嚷的人，还有他们了无新意的笑话以及不明所以的狂笑，他就憋闷得慌。这样美好的夜晚，滑雪凑兴，在熠熠闪耀的星光下独自品尝夜的奇迹，这他期待已久的。这时天还没有完全黑，他还可以滑上半个钟头。吃完饭的人如果发现他不在，肯定会认为他改变主意不来，回房间睡觉去了。

是的，他的临时起意只是一时冲动，是自然而然产生的，但是，他似乎又觉得冲动的后面还隐藏着什么，说不上是承人之请，也不是什么人的命令，似乎隐隐约约有种奇怪的感觉，他必须要留下来，仿佛他落下了什么东西，抑或忽略了什么，总之，是事情没做完的感觉。喜好想象的人往往都是这样，冲动是他们的弱点，缺乏深思熟虑，鲁莽之举只要开个口子，就如泄洪之堤，其势不可阻挡，也许，那时等的就是这个机会。

他立刻就对这短暂的警醒嗤之以鼻，迅疾地在月光下飞旋着，在光滑的冰面上画着愉快的曲线和光环了。这个时候溜冰最大的好处是不会撞到人，他可以随心所欲，想快就快，想慢就慢，场子足够大。高耸入云的山峦在溜冰场洒下它们的身影，雪厚十英尺的森林吹过一阵刺骨的寒风，旅馆摇曳的灯光渐渐熄灭，整个村庄都入睡了。溜冰场的钢丝网挡不住冬夜的壮美，他不停地溜着，心里满是喜悦，将疲劳忘得一干二净。

就在他高兴地横冲直撞的时候，他看到一个身影在钢丝网的外面滑着，同时在观察着他。他吓了一跳，差点儿失足摔倒，这个新来的滑雪人出现得太突然了。他停下来，望着那人。虽然光线很暗，但还是能分辨出那是一个女人的身影，她沿着钢丝网摸索前行，试着想爬进来。在白色的雪地里，他看到她轻手轻脚，生怕惊动他人。即使在黑暗中，他也能看得出那人高挑苗条，举止优雅。他一下子明白了，她和自己一样，也是偷偷从旅馆或农舍溜出来冒险滑雪的人，她正在找入口。希伯特立即用手指了指，转身飞快滑向对面的那个小门，然而，还没等他滑到门口，只听身后冰面"砰"的一声，他不禁大吃一惊，只见那女的突然腾起越过溜冰场已来到了他的身旁，她用了某种特殊的方式进来了。

希伯特平常做事总是小心谨慎，在这荒郊野外，他更是如此了。出于对自己的保护，如果没有某种引介铺垫，他是不会主动上前的。但是，既然他们俩就要共同在晦暗的月光下滑雪，擦擦碰碰在所难免，就没必要那样客套了。于是，他举起帽子向对方讲话，具体说了什么，女孩答了什么，似乎他已不记得，只记得女孩带有口音地说了些溜冰场半夜锻炼的话，这都没什么，一切正常。她穿着灰白色的衣服，运动衫和手套都有些短，整个手背几乎露在外面，看到那双又干又冷的手，他都有些好奇。

和她一起滑雪非常开心，她的动作轻盈灵活，准确无误，滑得像男人一样快，但同时又像儿童一样自由灵活，而且很稳。他对她的灵活啧啧称奇，于是问她在什么地方学的滑雪，她小声嘟哝了一句，他屏息静听，理解的大意是她也说不清楚，可能从记事时起，她就和冰打交道了。

然而，他始终也没看清她的脸，因为白色的皮毛围巾包住了她的整个脖子和耳朵，而帽子则一直盖到眼睛上，他只发现她很年轻。搞不清她住的旅馆或农舍，因为她只是在他问到时，大致指了指坡上的某个地方。"就那儿——"她说道，很快挥了挥手。他也没再追问，显然，她并不想让人知道自己是偷偷溜出来的。希伯特印象最深刻的是触碰她的手，即使隔着厚厚的手套，他也能感到那柔软的精致和寒冷，心里不禁一惊。

山上的云层越来越厚，天也越来越黑。两人交谈不多，而且多数情况是各滑各的，分开绕着溜冰场的角滑，滑到中央时，两人就碰面了，而那女孩一离开他，他就马上意识到——是的，是想她了。在她的身边滑雪，他感到一种特别的满足，几乎可以说是陶醉。在这样的冰雪夜晚，两个陌生人一起滑雪，真是一件奇遇！

古老的教堂塔楼钟声再次响起，两人道别时，已是深夜了。她做了个手势，希伯特迅速滑向小屋，准备给她找个座位，帮助她脱掉靴子。可是，等他一转身那女孩已经走了，只见那苗条的身影早已滑雪而去……希伯特绕着滑雪场最后匆匆溜了一圈，想找找看那女孩儿两次以离奇的方式进出的口子，然而他什么也没找着。

"太奇怪了！"他望着钢丝网，不得其解，"她一定是掀起钢丝网，爬进来的……"

他一边想着女孩儿究竟是怎么做到来无踪去无影的，究竟为什么和她在一起可以那样轻松惬意，她到底是什么人，一边翻过陡坡，回到邮局休息。想着她答应明晚再来，他的心里乐开了花。但是，他的脑海里始终萦绕着好奇的想法和感觉，也许，在他模糊的记忆里，最可能的是他以前就认识这个女孩儿，遇见过她，也可能是她认识他。她的声音那样轻柔，那样温和平静，让人感到镇定安宁。他想起了另两个离他远去的亲人：一个是他曾经爱过的女人的声音，还有一个就是他母亲的声音。

但是，这次睡梦中他并没有梦见那两个亲人，他觉得意识中有种寒冷的黏黏的东西让他想到飞舞的雪花，慢慢地凝结缠绕在他的脚边，那雪悄然无声，每片雪花又轻又小，落在地上了无痕迹，但是，它越积越多，最后掩埋整个村庄。无数雪花像羽毛般拂过，与寒冷、疑惑、抚慰一起在他脑海错落交织。

三

清晨，看到洒满山谷的灿烂阳光，希伯特意识到他可能做了件愚蠢的事，办公桌上的打字机、书籍、文稿等等更让他得到确认，半夜三更单独和女孩一起滑雪，即使什么事情都没有发生，也是不明智的，特别是对女孩不公平。这个弹丸越冬胜地的流言蜚语很快就会传开，他真期望没有人看到，所幸昨晚的夜很黑，不会有人察觉滑雪的动静。

他决定以后要更加小心，于是就投入工作，试图忘掉昨晚的事。

但是，一闲下来，那段记忆又浮上心头，挥之不去，"滑雪"的时候，"踢球"的时候，或者晚上跳舞的时候，特别是在那个小滑雪场滑雪时，他知道他的心灵之眼一直在搜寻那夜那个奇怪的滑雪伙伴。多少次他想象看见了她，但却是一个黄粱梦，他也许认不出她的脸，但绝对一眼就能认出她的身段。然而，他到处都没有看到那夜星光下单独和他一起滑雪的年轻苗条女郎，四处搜寻，劳而无功。他甚至去私家农舍住户打听，但依然杳无音信，他失去了她。但是，奇怪的是，他觉得那女孩儿仿佛就在附近，并没有真正走远。日月穿梭，时光流逝，他丝毫没有觉得她已离去，相反，他相信他们一定会再次重逢。

当然，他也不是有十足的把握，也许只是一个念想罢了。即便他们相遇，他又如何开口打招呼呢？她也不见得能认出自己，那样会很尴尬。慢慢地他有些恐惧人群聚会了，当然，说"恐惧"有些过分了，那是一种一半喜悦一半疑惑期待的感觉。

那是一个躁动的季节，希伯特感觉身体状况良好，工作很卖力，滑雪、溜冰、踢球，晚上经常去跳舞，尽管他曾发誓不去舞会了。不过，他反悔去参加舞会并不是有意识的，其真正目的是希望在飞旋的舞伴中找到那个女孩儿。他在搜寻着，但又不愿意公开承认，旅馆中的人们以为他放弃了原则，对他冷嘲热讽，惹他生气。他找着各种理由和借口，不停地观望查看，然后就是等待。

连续好几天晴空万里，阳光明媚，地上只结着一层薄霜，有些寒冷，一切都是那么清新灿烂。好像没有任何下雪的迹象，滑雪的人开始埋怨起来。山上结了一层冰，"滑动"会非常危险，他们希望那是一层干冻的粉状雪，这样滑起来就可以加速，容易控制，摔倒跌伤也不会太严重。然而，猛烈的东风十天以来没有任何要改变的迹象。突然，来了一阵柔和的空气，于是，善于预测天气的人就开始预告了。

也许，希伯特是第一个感觉到变化的人，他对天地细微的变化都特别敏感。他并不是在预测，他身体的每一根神经都在告知他，空气中的湿度正在攀升累积，一场大雪马上就要来临。他对自然情绪的反应堪比精良的气压计。

这次天气的变化让他产生了一种奇怪的说不清道不明的情感，混杂着烦躁不安和惊喜欢情。那后面交织着隐隐的愉悦，似乎与遥远的某个地方的美妙担忧有关，就是一直困扰着他的那可怕的小小期待，期待与那晚滑雪伙伴的重逢。天气和女孩儿之间的奇特关系是语言无法表述的，说不清楚，但是，这两者还是同时跑进了他的脑海。

也许想象力丰富的作家比其他行业的人更容易感受细微的情绪变化，他精神情感价值的细小改变反映到了作品之中，不仅写作受到影响，而且还隐隐约约发生了变化，就像天空、大海、山川从下午进入夜晚，那样的变化是不知不觉的。一阵无意识的兴奋呼之欲出，想要表达的欲望……他知道这种情绪会在作品中产生质量不稳定的效果，于是放下手中的笔，开始阅读自己要看的东西。

就在阳光失去光彩的那刻，天空渐渐为阴云覆盖，到了黄昏，山尖看起来格外近而清晰，可笑的是，远处的山谷却几乎成了远景。湿度在迅速上升，正在接近饱和点，那时必定下雪无疑，希伯特观望着，等待着。

第二天早晨，整个世界像铺了一层白色的毯子，大雪一直不停地下到中午，差不多厚厚的一英尺深。雪一停，天空变得清朗了，太阳君也神采奕奕，又刮起了东风，所有山上又罩上了一层寒霜。气温大幅下降，但滑雪的人却欢呼雀跃，明天一定能滑得又快又爽了。人们早已安歇下来，冻结的地面像覆了一层苔藓，雪晶可以让滑雪发出像鸟的翅膀划过气流时那样的"嗖嗖"声。

四

那一夜，小旅馆的人们群情振奋，首要原因是晚上有一场化装舞会，但最主要的还是因为刚刚下了一场雪。希伯特参加了舞会——他感觉是被拉去的，他没有化装，只是想同别人聊聊山坡和滑雪，同时……

哦，那才是真实的动力，内心深处真正的召唤。那个神秘女郎和雪之间的奇特联系又一次应验了，虽然和以前一样完全无法解释，但它却持续着，而且意义非凡。他的异教徒灵魂深处的本能（天知道他怎么称呼）悄声告诉他，下了雪，那个女孩儿一定就在附近，会从藏身之处走出来，甚至回来找他。

这个想法绝对毫无理由！想到这里，他笑了笑，对着小镜子摸了摸胡须，把黑领结拉拉直，扯了扯外套，抹平肩上的皱褶，棕色的眼睛一下子精神了很多。"我看起来比平时年轻了不少。"他想道。男人都很在意外表，总想让自己看起来年轻些，这很正常，也很重要。他的内心似火，热情燃烧，"工作"和外在的职责难以调动他精神和思想的力量，它们都归属自然，他热爱的是荒芜的野外，夜晚，还有美丽的星星和白雪。就在今夜，它们搅动他的内心，波涛汹涌，起伏翻腾，眼前浮现的荒野，让他血脉贲张，血流加速，沉睡的热情和渴望苏醒。但主要的还是白雪，它就像白色诱人的美梦轻柔地在他脑海盘旋……随着雪花的降临，仿佛那女孩儿也一起进入了他的心灵。

他站在那面变形的镜子前，几十次地拉伸领结和外套，好像那很重要似的。"我究竟怎么了？"他想道，然后笑了笑，离开前转身把一些私密文稿从绿色摩洛哥书桌上的架子取下来，整齐地摆放在台面上。盖子上粘了一张访问卡，上面写着他兄弟的地址，这是"以防万一"用的。在去旅馆的路上，他心里一直在想自己为什么要这样做。虽然他想象力超强，但他并不是那种善于处理不祥预感的人，他的情绪很饱满，但还在控制之下。"有点儿像是一个警告，"他笑了笑，感觉有点冷，他把厚外套拉了拉紧，脖子捂得更严实了些，"人们只有在故事里会读到那些警告……"

他的心里生出一种奇妙的幸福感来，这时，月亮从山边升上来，月光如洒，到处是一片银色的世界，白雪覆盖了一切，包括声音、距离，还有房屋、街道和行人，也包括生命。

五

大厅里灯光摇曳，人声鼎沸，人们早早从其他旅馆农舍赶了过来，大包小包里装着化装用的衣服，身着晚礼服的男人们成群结伙站在那里抽着香烟，聊着"雪"和"滑雪"，乐队的人陆陆续续到了。旅馆的人像往常一样不时地过来和他打着招呼，阳台的大玻璃窗前，刚从小餐馆喝完啤酒准备回家的农民停下脚看上一小会儿。想到过去经常想象的冲突，希伯特笑了起来，他觉得眼前的一切好像突然不真实了。他完全属于自然、山川，特别是那些荒凉的山坡，那里此时落满了厚厚的积雪，那样清新，那么甜美，根本就没有冲突的问题。新落的雪毫不费力地吸引了他的注意力，就在外面，在月光洒及的寂寞山崖，层峦叠嶂的积雪虚位以待，平淡而又柔和，他向往那里，而积雪也在等待他的到来。他想到了月光下滑雪那令人陶醉的愉悦心情……

这就是一闪念间清清楚楚浮现在他眼前的景象，当时他正在和一帮男人抽烟聊着滑雪的长长短短。

随着雪的神秘力量，涌入他内心深处的还有那个女孩儿的力量，他无法不把雪和女孩儿联系在一起，他仍然清楚记得十天前自己内心涌动的滑雪冲动，正是因为冲动，她才走入了自己的视野。任何头脑，哪怕是想象力丰富的头脑，都不可能不受到这样一种疯狂的左右。虽然完全清楚其中的癫狂，但心中自有一种奇妙的快乐。这种不循规蹈矩、背离传统的异教徒信仰的想法占了上风，他完全被感官上的享乐打倒了。

那一晚似乎人人脑子里都装着雪，舞伴之间在谈论雪；旅馆业主相互祝贺，因为滑雪是一项健康的运动，雪可以满足他们的客人的需求；每个人都在规划着旅行，谈论着雪坡、旋转，谈论着滑翔的速度和距离，还有漂移、结冰的地壳和霜。空气中脉动着活力和热情，一切都是那样活泼主动，拥挤的舞厅里散发着生命活力的积极气氛，这一切都是雪引起的，是雪带来的，所有激情四溢的能量的释放都是因为——雪。

然而，在希伯特的脑海里，由于突然发生的异教徒偏好的魔力，这种能量改变了，它变得非常纯净，在白色晶莹的热烈期待中熠熠生辉，通过惊人的想象，他把雪变成了人物化的女孩儿——雪的女孩。她正在某个地方等着他，期盼着他，在月光下的绵绵群山温柔地召唤着他。他依然记得那又凉又干的手的触感，那呼在他面颊柔和而带有寒意的气息，她的来无踪去无影，像清风送上山坡的一阵瑞雪，她和自己一样都属于那儿。他仿佛听到那娇柔的声音从银装素裹的树枝间缕缕传来，呼唤着他的名字……那袅袅轻音犹如多年前另外两个人的声音一样直抵他生命的核心……

可在众多化装的舞者中间却看不到她苗条的身影。希伯特心不在焉地跳着，每个舞伴儿都觉得他笨手笨脚。他总是瞅着门窗，希冀看到那张迷人的面孔，那迟迟不来的幻影，希望接着失望。大约子夜时分，人们陆陆续续地向自己的旅馆和农舍返回，舞厅的人越来越少，乐队伴奏人员也明显累了，大家坐在小桌旁喝着柠檬果汁，男人们一脸不耐烦的样子，大家都困了。

希伯特穿过舞厅去取外套和靴子，看到几个男人在"运动室"旁的过道里已经开始早早地给滑雪板擦油了，连打包的午餐都已预订放在了厨房的旋转门边,他叹了口气,点上朋友递过来的香烟,不置可否地答着是否明早一起去滑雪的问题,就好像他没有听清楚问题一样。他穿过前厅,打开玻璃门,走进了黑夜。

那个问他是否一起去的男人望着他走了,眼神里顷刻现出一丝担忧。

"别指望他听见你说了什么,"另一个人笑着说,"他的脑子装满了工作,你得对着他的耳朵大喊大叫才行。"

"他工作太卖力了,"前面那个人说道,"脑子装的都是一些稀奇古怪的想法和梦幻。"

不过,希伯特沉默不应,并不是出于无礼,他的确没有听见那人的邀请,事实就是那样。旅馆世界的呼唤声已经退去,他再也听不到了。而此时另外一个更加狂野的呼唤声在他的耳边响起。

在街上他看见一个小小的身影在移动,它在向烤面包店滑去——那是一个白色的迷人的苗条身影。

六

他的脑海一下子划过寂静松软的白雪,对荒野的追寻和呼喊达到极致,他以迅雷不及掩耳之势的本能判断她不会待在村庄街道见他,在拥挤的房屋之间,她不会跟他讲话。的确是这样,她已不见踪影,融化在洒满月光的白色街道上。他估计她一定在远处等着他,就在公路变窄突然转向山路看不见农舍的地方。

他毫不犹豫,好像疯了似的,渴慕已久的会面突然降临了,至少要追到高坡,那里会有一片积着厚厚新雪的开阔地带,就得到那里。他已记不得自己还曾回到房间,在晚礼服外面又套了件毛衣,戴上了毛皮手套和羊毛盔帽。当然,他也想不起来自己还换上了滑雪板,一切都是鬼使神差般完成的,可以说,那时他的一些正常运转的官能都罢工了。他的精神早已飞到了庄外,飞到了雪山和月亮那里。

亨利·德法戈看到他路过,掀起百叶窗有些好奇地说道:"这位先生这么早就滑雪去了!还是位英国人,万岁……"他耸了耸肩,仿佛在说每个人都有权选择自己死亡的方式。鞋匠的驼背妻子玛莎·佩罗蒂碰巧从窗户看到他在路上健步如飞，她的想法大为不同，她相信古老的巫术，认为雪人会把人的灵魂偷走，她甚至听人讲过可怕的"犹太人"夜间会在街上咆哮而过，她吓得赶快闭上了眼睛。"它们召唤了他……他必须去。"她口中喃喃自语，在胸口画着十字。

但是，没有人拦住他，不让他去。希伯特一路直追，顺着森林边缘找寻，月光映着白雪，留下斑驳陆离的影子，让人错乱迷失。这个过程当中，他只记得一件事，那就是他曾经过教堂，看着星光下的塔楼，他有那么一丝犹豫，似乎有种隐隐的不安，让他那颗激动的心猛地一震，很是让人讨厌，顿时心里凉了一截。他感到了瞬间的不和谐，然后迅速排解掉，继续前进。毕竟雪的诱惑力太大了，那种不安的警醒很快消失了。

接着，他看见了那个女孩儿，她一袭白衣站在晶莹剔透的雪地里等着，月光下，闪闪发光的背景里，她那苗条的身段清晰可辨。

"我知道你会来，所以等在这儿，"风中美人银铃般的嗓音飘到他的耳畔，"你一定会来。"

"是的，我来了，"他答道，"我们有约在先。"

毋庸多言，自然世界捕获了他的心——那是夜和雪的奇迹与魅力，他的心里好像有一团火在燃烧，异教徒的灵魂热情欢天喜地，欣喜若狂，并且传递给了对方。他没有多想什么，一下子投入了学生时代的狂热初恋。

"伸出你的手，"他喊道，"我来了……"

"我们走得再远点儿，再高点儿吧，"那美妙的声音回应道，"这儿离村子和教堂太近。"

她说的话完全正确，而且非常合理自然，他连想都没想过质疑。他知道，眼前只要有丝毫文明的东西存在，他提议的那种亲密就不可能发生。但是，到了无人的深山，爬上那巨大的山坡和峰巅，在星月的见证下，在一望无际的雪原，他们就可以摒弃束缚俗人头脑的死板规则，尽享纯真的幸福交流。

他快步流星，仍然赶不上女孩儿，她总是比他领先一步。很快，大片树林落在了他们的身后，眼前是巨大的雪海山坡，波涛汹涌，既恐怖又美丽。他陶醉于白色世界的奇迹里，在宁静的月光下，心情久久不能平复。那充满活力的白色的迷人力量让人陶醉，更平添荒野的魅力。看到这纸一样的雪白，再内向的性格，也会变得开放。随着他们前行，雪花一会儿前一会儿后，轻盈地慢慢飘着，闪烁着轻吻他的脖项，把他拥进怀里……

他的灵魂在温柔的诱导下向前向上，向着更高的结冰山坡前进。因为疯狂的陶醉，似乎理智和判断完全不复存在，窈窕迷人的姑娘一直走在前面，他怎么也赶不上她，她那白色的面孔和身影魅力无穷，脖子周围的东西飘动就像风中飞舞的雪环，时不时传来低低的诱人嗓音："再走远点儿，再爬高点儿……那时我们就在一起了！"

有时，他看到女孩的手伸出来要抓他的手，但每次当他走上前去的时候，她还是走在前面，缩回了手臂。他们爬到了高处，似乎并不怎么累，在这清新醇香的空气中所有的累都消失不见了。宁静的夜空只听到滑雪板划过雪粉表面发出的"沙沙"声，还有他自己的喘息声以及女孩裙子的窸窣声。这是一个由冰冷的月光、雪和寂静组成的世界，天空漆黑，插入其间的山峰犹如钢铁楔子一般。沉睡的山庄被抛在了山谷，远远地看不见了。他觉得自己永远也不会疲倦……不时传来微弱的教堂钟声——越来越远。

"伸出你的手，现在该转过身来了吧。"

"再爬一个坡，"她笑道，"就是上面那条山脊，马上就到目的地了。"她的轻声细语和滑雪板的沙沙声交织在一起，悦耳动听，似乎与他自己的嘶哑嗓音形成了鲜明对照。

"不过，我还从来没有爬过这么高，太壮观了！这个寂静的雪与月的世界——还有你，我敢打赌，你一定是雪的孩子，让我离你近点儿——可以一览你的真容，握握你的小手。"

她对他报之一笑。

"赶快走吧！再爬高点儿，我们就可以单独在一起了。"

"太棒了！"他大叫道，"可是你为什么躲了这么长时间呢？那次滑雪后我到处找你——"他想要说"十天前"，但是一下子记不得准确的时间了，无法确定那是十天前还是十年前，或是十分钟前。他的思想变得支离破碎，混乱不堪。

"你找的地方不对，"女孩儿在前面喃喃道，"你找的那些地方我从来不去，旅馆和房舍令我窒息，我是不会去那些地方的。"她笑出声来，那是一种美妙畅亮的笑声。

"我也憎恶那些地方——"

他停了下来，突然，女孩儿靠近他来，他的灵魂倒抽一口冷气，女孩儿碰了碰他。

"你的手怎么这么冷！"他惊叫道，"差点把我冻住了。看，起风了，那是要下冰雹的前兆。来，我们掉头……"

可是，当他上前去牵她的手时，也可以说，只是去看看，那姑娘突然又不见了。只见她站在几步远的地方，一言不发，两眼死死盯着他的眼睛，让他不寒而栗。她站在月光下，虽然离得很近，奇怪的是他怎么也无法定睛看清她的脸孔。他能看见她的眼睛闪着光，但其他的什么也看不清，好像他看的只是她身后白茫茫的一片。

山脚下隐隐传来教堂的钟声，他数了数，敲了五下。突然，那钟声让他感到自己很虚弱，钟声里有一种致命但却迷人的东西，令人难以抗拒，他好想坐下来，躺在雪地上……他们已经不停地爬了五小时……确实是精疲力竭了。

他奋力爬行，努力克服了疲劳。时间匆匆，来得也快，去得也快。

"我们得回去了，"他征询道，"等我们回到村庄，天就亮了。走吧，该回家了。"

他没有一丝喜悦之情，因为担心，浑身起了一层鸡皮疙瘩。但是她的轻声回应让他的担心一下子变成了恐惧，那种恐惧不可抗拒，紧紧摄住了他，让他变得虚弱。

"我们的家——在这儿！"伴随这些话，爆发出一阵狂野的尖声大笑，像是一阵呼啸而过的狂风。风起云涌，月色黯然。"再高点儿，我们就听不到那邪恶的钟声了。"她大声嚷道，突然靠近他的面前，第一次主动地紧紧抓住了他的手。

希伯特想转身逃脱，却第一次发现雪的力量那样强大。那不是给人带来喜悦的力量，而是致命的力量。它让疲劳的人们窒息，在它那温柔的怀抱中睡死，它会消磨人的意志，磨灭人们对生命的期望。这力量让他感到糟糕透顶，他的脚就像灌了铅一样沉重，动弹不得，无法转身，也不能移动半步。

女孩儿站在他的面前，挨得很近，她冰冷的气息呼在他的双颊上，发丝飘到了他的眼睛里，随她而来的是寒彻刺骨的冷风。他的眼前一片白色，似乎又一次他看到的是姑娘身后的苍茫世界，就好像她的脸是透明的一样。她的手臂环绕着希伯特的脖子，轻轻地把他朝下拉，一直到膝盖，他的身子沉下来，完全屈服了。女孩的身体压在他的上面，一种美妙的感觉，雪掩到了他的腰部……她轻轻吻着他的唇、眼睛和整个脸。然后，她用温情神奇的声音呼唤着他的名字，那声音曾属于另两个早已逝去的人的声音——他母亲的声音，还有爱人的声音。

他又做了一次无力的反抗，即便是抗拒的时候，他也意识到这份温柔的力量比生命中任何东西都要让他舒心，他完全放松，湮没在柔软的雪中，她的香吻很快让他进入梦乡。

七

有人说雪中疲倦而睡的人到了阴间不会醒来……不知过了多久，月亮沉到白色世界的边缘，突然，有东西砸在希伯特的胸脯和脖子上，他醒了。

他只觉得晕头转向，沉重的双眼望着这荒山野岭，眼冒金星地扫视着周围，试图站起来。一开始肌肉使不上力，浑身麻木疼痛，他长长地尖声求救，喊声却被风完全吞没。

慢慢地，他有些明白了，自己没有死，身子还是温暖的，主要是他睡着的时候，他的喊声和着风声在他的身边堆起了厚厚的一层雪，形成一圈保护层。雪层的边缘垮了，砸在他的脖子上，把他冻醒了。

东方露出鱼肚白，苍白的金光洒在各个山峰，五彩斑斓。但是，清晨的空气依旧凛冽，山坡吹起面盆般大的又干又冷的雪。他看到自己滑雪板的一头就在身下，然后，他记起来了。好像他现在有力气思考了，要是他能站起来，他会以可怕的速度飞跑向山下的森林和村庄，他可以滑雪。要是他跌倒了……

希伯特也不知道怎么比拟，对死的恐惧唤醒了他所有的力气，他慢慢站起来，稳了稳身子，走着之字路线，像离弦之箭一样冲下可怕的山坡。这时，作为一名滑雪者和运动员，训练出来的健壮肌肉挽救了他，不至于迷失方向，因为他已失去了控制速度或方向的意识了。雪花像钢弹一样打在脸上、眼睛上，他跑了一个又一个山脊。山尖划过天空，山谷跳到了眼前。他脚不沾地地跑，巨大的山坡远远落在了后边，真正体味到了从死到生的闪电般速度。

他沿之字形的路线，跑了四英里。每到拐角处，他都感觉要完蛋了，自己的力气所剩无几，紧张的压力达到了崩溃的边缘。

几个小时的爬坡，滑下来时大概半个小时就可以了，但希伯特记不清有多少时间了。像鸟儿一样从那么高的地方快速降落，他的脑子里想的都是其他问题和体会。他的脚后都是雪尘飞扬发出的声音，还有死神凶恶的笑声，尖厉狂野，和着风声呼啸而来，没有了先前的温柔与和善，变得勃然大怒，紧追不舍。随之而来的还有那个姑娘，他们在身后飞一般地疯狂追赶着他，他感觉到他们狂怒着拍打他的脖子和面颊，抓他的手，试图绊住他的双脚和滑雪板。他们企图蒙蔽他的双眼，让他呼吸不畅。

高坡、雪和冬天的荒凉带来的恐惧让他发疯般地向前奔跑，速度快得吓人。转眼间，山峰已远远抛在了身后，金红色的光芒照在山下的冰面，远处的森林在摇曳着向他招手。

沿着森林边缘慢慢前行，他看到了一盏灯，提着灯的是一个男人，还有一队人影正在雪地里艰难前行。他听到了吟唱的声音，出于本能，他稍作犹豫，立即改变了路线。他直接向山侧滑去，那里虽然很陡，但是他一点不怕。他非常清楚那样会撞倒，但是速度却提高了两倍，最终会到达安全的目的地。虽然他的想法并不明确，但他知道提着小灯的是村庄神医，他是给住在山下农舍生活贫困的农民送圣体的。他想起来那女孩儿害怕教堂和铃声，她害怕神圣的象征。

就在他想的时候，耳边又传来一阵嘶喊。面前的风呼啸而过，一阵雪打在他的睫毛上——他一下子跌倒在雪地上，停了下来，好像飞离了地球表面。

他只记得有人窃窃私语，强壮的胳膊把他举起，滑雪板从扭曲的脚踝脱掉所感觉到的钻心的疼……当他张开双眼，又回到正常生活时，他发现自己躺在邮局家中的床上，医生坐在身旁。于是，在那个山村里，有好几年人们都在讲述着"疯狂的希伯特"夜间滑雪的故事，他滑上去的山坡和高度，似乎以前还从来没有人尝试过。整个那一季，游客们都对那个故事意犹未尽。当天有两个胆大些的人滑到山下，拍了些照片，后来希伯特还看过那些照片，他发现了一件奇怪的事情——不过，他没有对任何人提起：

照片上只有一个人的足迹。

（穆从军　译）

森林别恋

一

他画树，画出了树的特别灵性和特殊气质。譬如，他清楚在一片橡树林里，为什么每一棵树都与其他树有着完全不同的地方，在这个世界上没有两棵完全相同的山毛榉。就像画马的人抓住了马的个性一样，他捕捉住了树的特性，因此，很多人们找他画自己最喜爱的青柠檬或是银桦树。没有人知道他是怎么做到的，因为他从来没有上过绘画课程，他的画也不是那么精确。虽然他对树的性格感知是那么真实生动，但是他对于树的描绘却接近于荒唐可笑的程度。然而，他笔下的树的性格特点栩栩如生——有的光彩照人，有的愁眉苦脸，有的充满幻想。有的友好，有的怀有敌意，有善也有恶。一棵一棵别具一格。

天下万物，他独擅画树。画花儿，画风景，只能画得一团糟，涂鸦了事；画人，让他感觉到无助和绝望，画动物更不要说。有时画画蓝天，倒还凑合，或者画一画随风摇曳的树叶。但大多时候，他的这些画都不能如人意。他只对画树情有独钟，循着爱的引导，追随本心作画。有意思的是，正是采用这种方法，他画的树惟妙惟肖，活灵活现，令人叹为观止。

"的确，桑德森在画树的时候心如明镜！"老大卫·比特西心里想道，"唯有如此，你才会听到树叶的沙沙声，嗅到树的芬芳，听到雨打树叶的滴答声，看到树枝的颤动，树的成长。"通过这种方式他表达了自己的满意态度，一方面是说服自己这二十几尼[1]花得值（他的妻子可不这么认为），另一方面是说明书桌上方旧雪松画框里那不可思议的真实场景。

人们普遍认为，比特西为人比较孤僻严肃。但是，谁也没想到，他在东部森林待的那些年里，竟然对自然产生了强烈的热爱之情。可能由于那里是欧亚人的祖先生长的地方，一个英国人如此喜爱，会让人感觉到有些奇怪。尽管他有些害羞，但是他还是静静地保持着几乎不属于自己风格的审美感，以及那份不同于往常的活力。尤其是那些树，催生了他对于这大自然的喜爱之情。

他也非常了解这些树，也许是因为生长在这儿，隐居在此这么多年，照料它们，保护它们，在与它们交流时，他会产生一种微妙的感觉。当然，因为了解自己生活的世界，所以，他用自己大部分时间陪伴着这些树，在一定程度上，不让他的妻子去照料它们。他知道妻子和树之间存在一些问题，因为妻子害怕树，所以反对他照料这些树木。但是他并不知道，或者至少在某一方面没有意识到，其实他的妻子在一定程度上在掌握着家中的权力，掌握了他的生活。

他认为，妻子害怕这些树木，无非是那些年在印度生活的经历，让她心有余悸。因为在那一段时间，只要是一个召唤，他就要赶去丛林里，离她而去。而她却只能待在家中，胆战心惊，担心他会遇到任何不测。当然，这就可以解释她为什么会本能地反对丈夫对森林的那种热情。在独自等待丈夫安全归来的日子里，她的内心充满了焦虑，热切希望丈夫能够平平安安存活下来。

作为福音派牧师的女儿，比特西夫人是一个有着自我牺牲精神的女人，在大多数事情上会与丈夫同甘共苦，甚至不考虑自己的感受。只是在树这件事情上，她无法苟同，有一种受挫的感觉。

就拿给他们草坪上的雪松绘画来说，比特西清楚，夫人反对的不是定价，而是交易过程中不愉快的方式违背了他们之间的共同利益——这是他们之间唯一维系的东西，但却是根深蒂固的。

桑德森是画家，凭借自身的奇才挣得一份糊口的钱，但那只是杯水

1　英国的旧金币，值一镑一先令。

车薪。毕竟，在意自家奇花异木并想要为之留下情影的人家太少；而且，他出于高兴而作的画（或"研究"），他也不愿意示人，只是用来自娱自乐。即使有人想买，他也不愿意卖。因为不想听到那些不理解他作品的人胡言乱语，甚至他的作品只有三两知己才能看到。他并不在意别人嘲笑他的技艺，当然，他承认那样的声音有些刺耳，但他无法忍受甚或恼怒的是别人对树的品性评头论足。他讨厌蔑视树木的人，就好像侮辱自己无法回应的密友一样，他会起而应战。

"真的不简单，"一个自以为懂行的女人说道，"你让那棵松柏看起来那么独特，事实上，现实中所有松柏都是一样的吧。"

虽然这些接近事实的话有奉承之意，但桑德森听了却勃然大怒，就好像她在自己的眼前轻慢了朋友一样。突然，他走到她面前，把那幅画挂到了墙上。

"简直太怪了！"他不客气地说道，模仿她那怪里怪气的腔调，"太太，现实中，所有男人都差不多，你大概是在想象你丈夫的个性吧！"

事实上，她丈夫与普通人的唯一区别就是有钱，这也是她嫁给他的真正原因。于是，桑德森与那家的关系当场就完蛋了，可能存在的"订单"自然也就没有了。也许，他有点儿太过敏感。不过，想要了解他的内心，需要从他画的树开始。可以说他非常热爱树木，并从中汲取了绝妙的灵感。一个人的灵感可以来自音乐、宗教或者女人，是绝对容不得任何人批评的。

"亲爱的，也许，我还是认为有点儿奢侈，"比特西女士意思是说雪松画的价格，"我们也急需要一台割草机啊。不过，那让你高兴——"

"索菲娅，这让我想起了有一天，"老绅士先是得意地看着她，然后一脸慈祥地盯着那幅画说道，"现在，好多事情已经过去很长时间了。这让我想起了另外一棵树——春天里，在肯特州的草坪上，鸟儿在紫丁香花丛里欢唱，有人穿着平纹细布上衣在某棵雪松下耐心等待——我知道，不是画中的这棵，不过——"

"我没有在等待，"她生气地说道，"我在为教室里的炉火寻找杉球果——"

"亲爱的，杉球果可不是长在雪松上的。那个时候，六月份的教室也不会生炉火。"

"总之，不是同一棵雪松。"

"正是因为这样，我喜欢上了所有的雪松。"他回答道，"它提醒我你还是那个年轻漂亮的姑娘。"

她走到他的身边，一起眺望窗外，看到他们这座汉普郡小屋的草坪上，孤零零地站一个衣衫褴褛的黎巴嫩人。

"你还是像从前一样爱幻想，"她温柔地说道，"我根本不是在懊恼花钱购买雪松画——真的。如果画中的树还是原来那棵的话，会显得更加真实，不是吗？"

"那棵雪松很久以前就被风吹倒了。我去年还到过那里，连树的影子都没有了。"他轻轻地说道。这时，索菲娅松开比特西的肩膀，走到墙边去掸雪松图画框上的灰尘，这幅画中的雪松就是桑德森按他们家草坪上的那棵雪松画的。她用自己的小手绢小心地拂去了镜框四周的尘土，还踮起脚尖拭擦镜框顶部。

"我喜欢这幅画的地方还在于，"索菲娅离开房间后，他还在自言自语，"桑德森把这棵树画活了。不用说，所有的树都有自己的特性。这棵雪松让我第一次明白：当我靠近观察树时，树是知道我在它们身边的。我觉得正是我爱它们，我才感到爱充满了生活的每个角落。"在昏暗的暮色中，他盯着略显憔悴的黎巴嫩人看了一会儿，眼神中流露出一丝好奇。"是的，桑德森看明白了，"他喃喃道，"那是一个严肃的梦，在森林的边缘，隐藏着一个未知的生命，牧师说过，它与肯特郡的其他树有所不同。事实上，我对其一无所知。我喜欢那棵雪松，也很尊重它。虽然还是那么友好——总的来说，相当友好。他在画中充分体现了友谊，他看出来了。我要想进一步了解他，"他接着又说，"我想问他是如何知道这座小屋旁的雪松与森林中的那棵雪松之间的关系的——是怎么把我们的感情注入进去的——他起了一个中介的作用。以前我从没有注意过，现在，我通过他的眼睛看到了，那棵雪松站在那里像极了守卫的哨兵。"

突然，他转过身，向窗外望去，远处的森林形成了黑压压一片包围圈，正慢慢围向他们的草坪边缘。整洁的花园和鲜艳的花朵似乎与这一切并不相称——有些小的有色昆虫喜欢寄居在熟睡的巨兽身上——还有些颜色鲜艳的飞虫在河边肆无忌惮地跳跃着，甚至一点点小的波浪都可以将其淹没。那片森林到现在已有几千年了，在森林的深处，有一只沉睡的巨兽。他们的小屋和花园离它们活动的地点不远。一阵大风掀起了它们黑色和紫色暗淡的面纱。他喜欢森林的这种感觉；他一直都爱着这片森林。

"奇怪，"他想道，"实在太怪了，那些树竟然带给我一种模糊的感觉，但这感觉却如此真实！我记得在印度曾经有过这种特别的感觉，在加拿大森林也曾有过，但我从未在英国的森林里产生这种感觉。桑德森是我唯一知道也有这种感觉的人。他从来没有说过，但是种种迹象表明他有过此种感觉。"他再次转向自己喜爱的那幅画，一阵不同寻常的活力传遍他的全身。"天哪！我不知道，"他心想，"一棵树，呃，就是正常意义的树是否真有生命，我记得很久以前有位作家告诉我树曾经是可以走动的，具有动物的某些机能，可是因为在同一个地方长时间站着进食、睡眠、做梦等等，于是就失去了走动的能力。"

比特西一阵胡思乱想，脑子里一片混乱。他点了一根雪茄，坐在了靠窗边的扶手椅上，任由思绪飞舞。窗外的乌鸦在草坪边的灌木丛中哇哇地叫着，鼻中飘来一股泥土、树木、花朵、刚割下的青草混合的芳香以及遥远的森林深处传来的荒野味道。夏风轻轻拂动树叶，然而，新的大森林依旧不肯褪去那黑色和紫色阴影的神秘面纱。

但是，比特西先生对那片原始森林了如指掌。他知道那里紫色的蜂巢上缀满了黄色的金雀花，还有甜甜的杜松和桃金娘。清澈见底、波光粼粼的水塘对天相望。老鹰在空中不停地盘旋，田凫忧愁地扑棱着翅膀，烦躁不安地哀鸣，显得四周更加寂静。他知道那些孤独矮小的松树，成簇地拥在一起，精力充沛地为每一股迷失的风和旅行者吟诵。这些旅行者，像吉普赛人那样搭起了灌木丛一样的帐篷。他知道，毛发蓬乱的矮种马正和人马怪一样的小马驹待在一起。春天里，叽叽喳喳的蓝鸟和白色的布谷鸟叫个不休。孤寂的沼泽地里水流汩汩。冬青树灌木奇特又神秘，散发出黑幽幽的美，苍白的落叶闪耀着黄色的光。

那里，所有的树木安居乐业，不会被无故损毁，不用担心刀砍斧凿，破坏它们宁静祥和的生活，也不用担心因人类的毁灭性破坏而过早夭折。它们自身就是这里的主人，不用躲躲藏藏，可以尽情地舒伸身躯，抚慰自己。也没有树大招风的危险，可以无拘无束地向着太阳和星星的方向生长。

但是，一旦枝繁叶茂的森林被打开一个缺口，这些树就不再拥有那片宁静。它们有可能会被用来建造房屋，知道自己正处于危险当中。道路两旁不再宁静，而是纷纷扰扰，人类残酷地发起进攻。它们加入文明的进程，受到呵护，但最终目的是致它们于死地。甚至是在村庄，古老威严的栗子树也作出一副安全的样子，银桦树在微风中不安地摇动树叶，发出警告的讯息。灰尘飞扬，阻塞了树叶的呼吸。车水马龙的尖叫嘶鸣淹没了它们自己安静生活的哼吟。它们祈祷渴望搬到更远宁静的森林，却苦于无法走动。而且，它们知道，威严幽深的森林，对它们也只有轻视和同情。它们就是人造花园之类的东西，只能作为绿叶，成为红花的陪衬……

"我想进一步了解那位画家，"这是他的思绪终于回到现实后产生的想法，"不知道索菲娅是否介意他来我们这儿待段时间？"他提高了嗓音，掸去了斑点背心上的灰尘，然后放在一边。他身材纤瘦，跑动灵活。在昏暗的灯光下，如果没有花白胡须，没人会看出他已过了不惑之年。"无论如何，我得跟她提一提。"他边上楼去穿衣服，边做出了决定。他相信桑德森对树的解释会大体上和自己常常感知的一致，因为一个可以以那样的方式描画出雪松灵魂的人一定对树的世界非常了解。

"怎么会介意呢？"她越过桌上的面包黄油布丁，支持说，"除非你觉得没有人陪伴他会感到无聊。"

"亲爱的，他会在森林里画一整天。如果能行，我再听听他的意见。"

"大卫，你能行的。"她回答道，这对无嗣的老夫妇一直谨守古训，相敬如宾。但是，比特西的话让她有些不太高兴，并且感到不安。她没有注意到他志得意满的回答——"亲爱的，除了你和咱们的银行账户。"他对树的情感一直是他们争执的焦点，当然，都只是些温和的争执，但这也让她感到害怕，这是真的。她了解世间事物的手册——《圣经》并没有告诉她怎么处理这类事情。她的丈夫虽然对她很迁就，但却从未改变她内心那种本能的恐惧。他安慰妻子，但是却怎么也无法改变她。她喜欢树林，或许只是因为那地方可以避暑或者烧烤，但是她无法做到像丈夫一样真正爱上它们。

晚饭之后，他在开着的窗户边放上台灯，朗诵晚间送来的《泰晤士报》上他认为妻子有可能感兴趣的小文章，他们一直坚持这个习惯，除了周日，天天如此。在星期天，为了让妻子高兴，他会读丁尼生或法勒的著作。如果两人心情好，会一直读到睡去。他朗诵的时候，妻子边织毛衣，边轻声问些问题，夸他的声音是"最动听的朗诵声"。偶尔他们会有些小的讨论，比特西总是让着妻子，说："好了，索菲娅，我还从来没有从那个角度考虑问题，不过，既然你提到了，我得说我要考虑考虑……"

大卫·比特西很聪明。婚后有段时间，他独自一人在印度的森林里与树相伴了数月，妻子在家中等他。这个时候他的内心深处产生了一种他妻子无法理解的奇怪感情。有一两次，他曾试图让妻子与他一起分享这种感情，但他最终放弃了，只好在她面前暂时隐藏起来，只是偶尔提提。因为她知道他的那种感情一直存在，如果保持沉默反而会增加她的痛苦。所以，时不时地，他们讨论时，他故意虚晃一枪，让她指出他哪里错了，从而有种把控时局的感觉。其实妥协之中仍然存在着争执。他耐心倾听着她的批评、暗示和警告。他知道，自己是不会改变的，只是为了让她高兴而已。他的想法一旦形成，就会根深蒂固，不可改变。但是为了安宁，做出一些妥协是必要的，他找到了妥协的地方。

在他眼中这是她的一个不足，这种宗教狂热离不开她的成长环境，倒也没有多大的害处。有时候，她心里也有过强烈的动摇。她一意坚持只是她的父亲告诉她要这样，并不是她自己悟出来的。和许多女人一样，她从未有过自己的思想，仅仅把自己学到的东西鹦鹉学舌地说出来而已。老大卫·比特西洞察人情世故，深知强颜欢笑的痛苦，因此，不得不对眼前这个他深爱的女人关上心灵的窗户。他把妻子的那些《圣经》用语仅仅看作小小的瑕疵，无妨她善良美好的情操，这就像一些动物在进化过程中，犄角和其他一些无用的东西并没有都遗弃，而是发展出了它们自己的功用。

"亲爱的，怎么了？你吓我一跳！"她突然问道，猛地坐直身子，帽子差点儿滑到了耳边，因为她听到了窸窸窣窣的报纸后面比特西的惊叫声。他把报纸放低点儿，眼睛从金色镜框上方望着她。

"听听，快听听，"他用急切的声音说道，"亲爱的索菲娅，这是弗朗西斯·达尔文[1]在英国皇家学会的演讲，你知道他是伟大的达尔文之子，现任皇家学会主席。请仔细听，这非常重要。"

"我听着呢，大卫。"她讶异地抬起头，停下了手中的针线活，很快扫了一眼身后。房间似乎突然有了一些变化，她一下子从之前的昏昏欲睡中清醒过来，丈夫急促的声音和行为告诉她有新情况，她本能地警觉起来："亲爱的，读来听听。"他深呼吸了一口，眼睛再次越过镜框上方确定妻子的确在关注自己。显而易见，他读到了真正有趣的东西，不过，他妻子常常发现那些所谓的演讲对自己来说并不是太好理解。

他用深沉和浑厚的语调大声朗诵道：

"'想要知道植物是否有意识，几乎是不可能的。但连续论认为所有有生命的事物都有灵性，如果我们接受这个观点——'"

"如果——"她打断了大卫的话，因为她感觉到了危险。

但是他没有理睬，就像惯常那样忽略微不足道的东西。

"'如果我们接受这个观点，'"他继续读道，"'那我们得相信，植物也有类似于人类的意识，只是这种意识比较微弱而已。'"

他放下报纸，眼睛直直地盯着妻子，他们的眼神碰到了一起。他特别强调了话中的斜体部分。

妻子没有立即作答或者评论，只是默默地相互看着。他等待妻子消化那些话的意思，然后继续朗诵余下的部分。看着丈夫兴奋的目光，她再次本能地环顾四周，似乎觉得有人偷偷溜进了房间。

"我们得相信，植物也有类似于人类的意识，只是这种意识比较微弱而已。"

"如果——"她心不在焉地答道。在丈夫问询的目光下，她感觉得说点什么，但一时不知从何说起。

"意识。"他应道，接着又严肃地补充道，"亲爱的，这是二十世纪

1　弗朗西斯·达尔文（1848—1925），著名植物学家，是查尔斯·达尔文的第三个儿子。弗朗西斯在皇家学会做过好几个演讲，但无一涉及此处提到的内容。不过，在他和父亲合著的《植物的活动力量》中，他认为植物的根系在功能上相当于低等动物的大脑。——原注

科学家的声明。"

她向前坐直身子，丝绸的荷叶边裙子发出的窸窸窣窣声比报纸的还要响。轻轻吸了吸鼻子，双脚并拢，手放在膝盖上。

"大卫，"她平静地说，"我觉得科学家的脑子进水了。我从没在《圣经》里读到过这一类的东西。"

"索菲娅，我也没有读到过。"他耐心地回答道。过了一会儿，他补一句，更多的是自说自话："现在我想起来了，好像桑德森曾经给我说过类似的话。"

"桑德森是一个聪明有头脑的人，比较可靠。"她快速迎合道，"如果是他说的。"

她还以为丈夫指的是自己有关《圣经》的言辞，而不是对于科学家的那个论断。比特西假装糊涂，也就没有纠正她的误会。

"你瞧，亲爱的，植物和树不一样，"她充分利用自己在家里的优势，"我是说，不完全一样。"

"我同意，"大卫静静地说，"但它们都属于植物王国。"

她稍稍顿了一下，然后回答道：

"呸！植物王国，算吗？"她摇了摇自己年迈的脑袋，语带鄙视。要是植物王国听到了她说的这番话，会感到非常遗憾，毕竟地球的三分之一都为盘根错节的根茎、婀娜多姿的枝叶以及数以万计遮风挡雨的树冠所覆盖。她的这番话似乎让植物王国的存在都成问题了。

二

就这样桑德森来到了比特西的家里，总体来说，他的这次短暂做客还是蛮顺利的。听说了这件事的人都表示无法理解，因为他从不到别人家做客，更不会主动接近客户。比特西身上一定有他比较欣赏的地方。

比特西太太非常高兴桑德森没住多久就走了。他来时并没有穿西服，甚至晚礼服也没有带，他像法国人那样穿着低领衣服，胸前系个鼓囊囊的领带。他的头发很长，看起来很不舒服。这些都是微不足道的细节，但比特西太太认为它们表明桑德森是一个邋遢的人。特别是那条摇来晃去的领带，显得多余。

除了着装古怪，他还算得上是一个有趣的人，可以称得上是一位绅士。"也许，"她心存仁厚地想道，"这二十几尼他可能有别的用处，比如，家中有个残疾姐姐和年老的母亲需要供养！"她没有想到买画笔、画架、颜料和画板也是需要成本的。因为他那双迷人的眼睛和殷情的举止，她原谅了他。其实，那都是年过三十的男人玩厌了的把戏。

尽管如此，客人走后，她还是有如释重负的感觉。她没有再提及那个客人，并且欣慰地发现丈夫也没有对此再说什么。说实在的，那个年轻男人让老头子在森林里一待就是好几个小时，不管艳阳高照还是夜幕降临，总是在草坪上对着他喋喋不休，全然不考虑他的年龄和平时的生活习惯，这种独霸作风让她心里很不是滋味儿。当然，桑德森先生并不知道他们夫妇在印度结下的痼疾会死灰复燃，不过，大卫肯定对他讲过那件事儿。

他们俩从早到晚谈论树木。这拨动了她深藏内心的担忧心弦，那条直通大森林黑暗深处的弦。正如早前在福音派教会培训学习的那样，这种感觉不可遏制。她明白以任何别的方式看待这种感觉都是在玩火。

她望着他们，脑子里充斥着自己无法理解的可怕古怪想法，但心中的恐惧已经无法用语言来描述。她认为他们对雪松的研究有点儿多此一举，也是不明智的。因为上帝为了人类安全，已经安排好了一切，他们这是在企图打破平衡。

甚至晚饭后，他们也要一起坐在垂在草坪的树枝上抽烟，要不是她来叫，他们还不肯进屋休息。不知在什么地方听说过，日落后的雪松是不安全的；挨得太近不利健康。在雪松下睡觉甚至会发生危险，至于具体什么危险，她已不记得了。她真正在意的是树的危害性。

不管怎样，她还是把大卫叫进来了，桑德森紧随其后。

比特西太太在决定叫他们进来之前，已经从画室窗口暗中观察丈夫和客人好一会儿了，昏暗如潮湿的薄纱一般把他俩裹了起来，只见烟头在暗处一闪一闪，说话的声音浑浊不清。蝙蝠在他们的头顶飞来飞去，悄无声息的大飞蛾也扑闪着翅膀从杜鹃花上飞过。看着看着，她突然发现丈夫最近几天变了——应该说自桑德森来他们家他就变了。究竟变化在哪里，她也说不清楚。她也吃不准有没有调查的必要，那是她内心一种本能的担忧。如果一切平安，她宁愿什么都不知道。当然，她注意到的都是一些琐事，一些外部迹象。其一是他不再看《泰晤士报》了，还有就是不穿那件带有斑点的背心了。有时心不在焉，做决定时，说话含含糊糊，丢三落四。晚上又开始说梦话了。

上面这些小事加上其他十几件古怪事突然一齐向她袭来，让她有些招架不住。她心情低落，浑身发抖。看到暗处影影绰绰的身影，几乎为雪松覆盖，还有他们身后广阔的森林，她顿时一阵眩晕，整个人都糊涂了。她还没来得及思考，或是像平时那样扪心自问，一阵含混而又急促的低语飘到她的耳畔："就是桑德森先生！赶快叫大卫进来！"

于是，她就做出了刚才的行动，把比特西叫了进来。她尖利的叫声穿过草坪，消失在森林的深处，很快烟消云散，没有任何回音。森林成千上万棵树木组成的防线把那声音灭掉了。

"即使是在夏天，这里的湿气也相当重。"他们温顺地走进来时，她口里喃喃道。她既惊叹自己的勇气，同时又感到有些冒犯，毕竟他们顺从了自己的召唤。"我丈夫对寒热很敏感。别，请不要掐灭香烟。你们可以一边抽烟，一边坐在敞开的窗旁享受这美好的夜晚。"

可能由于下意识的兴奋，她那一刻话特别的多。

"好安静——真是太安静了，"看看没有人说话，她又继续说道，"一派祥和，空气是如此芬芳……上帝总是在你需要帮助的时刻向你伸出双手。"她还没有意识到自己说了什么，话已脱口而出。不过，幸好当时压低了声音，没人听到。也许那些话是出自本能自我安慰吧，她也为自己刚才说过的话忐忑不安起来。

桑德森为她拿来披肩，摆好椅子；她用旧式礼节向他表示了谢意，婉拒了他点灯的建议："灯会招来蛾子和小虫子。"

三个人坐在暮色中，凳子的两头，比特西先生的白胡子和妻子黄色的小披肩显得很亮。一头乱蓬蓬乌发的桑德森明亮的双眸游弋在两位主人之间，他轻声说着，显然是在继续他们雪松下的谈话。比特西太太警觉地听着——心里惴惴不安。

"你瞧，树木在白天会把自己藏起来，只有日落后才会全面展现自己。我以前对树一点儿也不了解。"说到这儿，他向贝特西太太轻轻地鞠了一躬，似乎是向她表示歉意，他觉得她可能不太理解或不喜欢他所说的东西。"直到那天晚上我才明白，就拿你家的雪松来说，"比特西太太看了看丈夫，发现他的眼里闪烁光芒，"起初，我完全失败了，因为我是在早晨观察的。明天你们会看到我所说的，第一幅草图就在楼上我的画册里，它和你买的那幅画完全不同。那个视角，"他向前靠了靠，压低声音说，"是我在凌晨两点微弱的星光月夜下观察到的，我看到它一丝不挂——"

"桑德森先生，你是说，你在那个时间出去了？"老太太感到非常的惊讶，言语中带着一丝轻微的指责。她倒不是特别在意他用词不当。

"作为客人可能做得不太恰当，"他礼貌地回答道，"但是，因为碰巧醒来，我从窗口看到了那棵树，所以就下楼了。"

"奇怪，拳师犬没有要你，它就睡在厅里，我们没有给它拴绳。"她说道。

"没有，它和我一起出来了。希望，"他接着说，"响动声没有惊扰到你们。尽管说这话已经晚了，但是我还是要向你们表示歉意。"他笑的时候，暮色中露出了洁白的牙齿。这时，屋里飘来一阵泥土和鲜花的芬芳。

比特西太太当时什么也没说。"我们俩睡得都很沉，"她丈夫笑着说，"不过，桑德森，你真有胆量。啊，你的画是最好的证明。很少有画家找那样的麻烦，我曾看过有的书上说，有些画家如霍尔曼·亨特和罗塞蒂为了获得想要的月光效果，整夜在苹果园里画画。"

他喋喋不休，妻子在旁边高兴地听着，紧张的神经放松了许多。但很快，桑德森结果了话题，她的心情一下子变得消沉起来，心里直发毛。她本能地担心丈夫受到影响。森林里，在树木聚集的每个角落，充满了各种未知与神秘。他说的这一切似乎都那么真实，仿佛一切都历历在目。

"夜晚在一定意义上改变一切，"他说道，"但绝对都没有树的变化大，它们从白天阳光挂在前面的面纱后面现出原身。甚至建筑物也在一定程度上露了出来，但树尤为明显。它们白天睡觉，夜晚醒来，张扬自我，充满生机和活力。你还记得，"他再次礼貌地转向女主人说道，"亨利[1]理解得有多深刻吗？"

---

[1] 威廉·欧内斯特·亨利（William Ernest Henley, 1849—1903），英国作家、编辑和文学评论家。

"你是说那个社会主义者吗?"老太太问道。她的语气听起来很不确定,说话发出嘶嘶声。

"是的,他是诗人,"画家圆滑地回道,"是史蒂文森[1]的朋友,你记得,就是那个写了很多漂亮儿歌的史蒂文森。"

他选了一首亨利的诗低声朗诵,那诗与当时的时间、地点和环境非常相配。诗词越过草坪,飘向远处黑暗深处,在那里大森林像海岸线一样悠长无边,横扫了小花园。远方传来一阵一阵的波涛声,与他的声音相合相随,仿佛风也陶醉其中:

> 不是针对凝望的白昼,
> 为了他苦苦追寻的疑问,
> 用宏大而强烈的声音,
> 那成片成片柔和的东西,
> 树木——上帝的哨兵,
> 会要放弃他们庞大无言自我。
>
> 但是,
> 在那个久远而神秘的夜晚,
> 隐藏了许多秘密——
> 是美好的,圣洁的,可怕的——
> 它们自己也会明白,
> 它们在发抖,也在改变:
> 每一个粗野的灵魂,
> 都向外散发着阴暗的气息,
> 它们真实的存在,
> 宛如精神失常一般,
> 身着黑暗外衣就像一个神秘的侍从,
> 时而沉思——时而恐吓别人——时而让人胆战心惊。

---

1 罗伯特·路易斯·史蒂文森(Robert Louis Stevenson, 1850—1894),英国小说家,著有《金银岛》《化身博士》等。

接着是一阵寂静，比特西太太首先打破了宁静。

"我喜欢关于上帝的哨兵那部分。"她低声说道，语调柔和，周围一片寂静。事实是，那音乐般的朗诵声尽管没有减轻她的担忧，但已让她不是那么强烈地反对了。她丈夫对她的反应没有做任何评价，她注意到他的雪茄已经灭掉了。

"尤其是古老的树木，"画家继续说道，像是在自言自语，"有自己非常鲜明的个性。你可以冒犯它们，甚至伤害它们，也可以取悦它们。你站在树荫下，会感觉它们向你走来，或者离你而去。"他突然转向主人问道，"你知道普兰特斯·马福德[1]唯一的杂文吗？就是那篇'树木之神'——可能有些夸大其词，但写得真叫美。难道你没有读过那篇文章吗？"

不过，比特西一声没吭，保持缄默，而他太太则回应道：

"从没有读过！"这时，一滴冰冷的水从她裹在黄色围巾里的脸上滑落，三岁小孩儿也知道她答复的寓意了。

"啊，"桑德森轻声说道，"不过，树林中的确有'神'，有时只是神的一个微妙侧面，我知道树也会表现非神的一面，即黑暗可怕的一面。你有没有注意到，树是如何清楚地表达它们的需求的——至少在选择同伴方面？例如，为什么山毛榉不允许生命太靠近它们呢？——既不让鸟儿或松鼠停靠树枝，也不容忍树下长任何生物。山毛榉林常常静得让人恐怖！为什么松树就喜欢旁边的越橘灌木丛和小橡树？——难道不是所有的树木都做出了慎重选择，并且一以贯之吗？显然，有些树木——非常奇特——似乎更喜欢人类。"

老太太忍无可忍，一下子坐起来，丝绸裙子发出噼里啪啦的声音。

"我们都知道，"她说道，"据说上帝曾于清凉的夜晚在花园里散步，"——她不停地吞咽口水，掩饰她内心的激动——"但从来没人说，上帝藏在树林里。我们必须记住，树木毕竟只是大型植物而已。"

"一点没错，"桑德森温和地回应道，"但是，每一个成长的东西都有生命，就是说，都有神秘的过去。我敢说，深藏在我们自己心灵深处

---

1 普兰特斯·马福德（Prentice Mulford，1834—1891），十九世纪美国作家，"新思想运动"的领袖。

的奇迹也同样藏在笨拙而沉寂的土豆之中。"

桑德森的观点是严肃的，他不是在逗乐，在座的人都没有笑。相反，他的发言让整个谈话弥漫着一种不安的气氛。每个人以自己的方式——或欣赏，或惊奇，或担忧——认识到谈话把植物王国和人类王国拉得更近，二者之间建立了某种联系。事实上，大森林就在他们门口听着，说得这么直白是不明智的。就在他们谈话的时候，大森林正在一步一步靠近。

比特西太太急于想要结束这恐怖的气氛，于是突然插话提出一个比较实际的建议。她对丈夫长时间的沉默和不动声色非常不满。他似乎太消极——变化太大。

"大卫，"她提高声音说道，"你可能感觉到湿气了，似乎越来越冷，感冒说来就来，你最好喝点药预防。亲爱的，我这就去给你拿吧。你会觉得舒服点的。"不等丈夫反对，她已离开了房间，去取她觉得万能的药剂。为了让她开心，他以前每周都要服下一杯大小的药量。

等到门一关上，桑德森又开始讲起来，不过声调和刚才完全不一样了。比特西先生坐直了身子，他俩显然是在继续雪松下被打断的谈话，把刚才用作障眼法的谈话内容丢在了一边。

"事实是树都很爱你，"他诚恳地说，"这些年你在海外所做的一切，让它们认识了你。"

"认识我？"

"是的，因为你所做的工作，"他停了停，补充道，"让它们意识到了你的存在；意识到它们自身以外的力量在主动为它们谋利益，明白吗？"

"啊，桑德森——"他直白的语言表达了自己的切身感受，而比特西以前从来都不敢讲出来。"可以说他们联系我吗？"他试探地问道，自己都觉得自己的话好笑，嘴角微微一动。

"当然，"桑德森快速强调说，"它们追求吸收本能感觉对它们有利的事物，对它们基本生存有帮助的事物，对它们最好的表达——生命给予鼓励的事物。"

"天啊，先生！"比特西听到自己的声音说，"你说了我想说的话。你知道，多年来我一直有这样的感觉。好像——"他四处望望，确定妻子不在，然后接着说——"好像树就在我的身后！"

"也许用'融合'最合适，"桑德森慢慢说道，"它们想把你吸收过去。你知道，正义的力量总在寻求融合，邪恶的力量则希望分化，这就是为什么正义必将战胜邪恶，这是普遍真理。从长远来看，集少必成多，集腋必成裘。邪恶趋于分离、消融、灭亡。树木本能地团结在一起，同心协力是重要的象征。连树成林则利，一般来说，树木单打独斗就很危险。你瞧着南美杉，或者冬青树。仔细观察它们，用心去体会。你是否感觉到心中正在孕育一个邪恶的想法？那些树很邪恶，但同样很美丽，哦，是的！奇怪的是，邪恶中常常有误会的美——"

"那么那棵雪松呢？"

"它不邪恶，不，但是有些怪。雪松总是一起长在森林里的，那棵可怜的雪松独自飘了出来，就那样。"

他们越聊越深。桑德森为了节约时间，说话很快，内容也很精简。比特西有些跟不上他最后说的话，思想有点矛盾，甚至有点混乱，直到画家的另一句话把他惊醒，引起了他的注意。

"不过，雪松是来这儿保护你们的，因为你们用自己的思想让它具有了人性，可以说别人无法绕过它。"

"保护我！"他惊叫道，"不让我爱别的树？"

桑德森笑了。"我们已经有点混乱了，"他说道，"其实我们所谈论的这件事已经与另外一件事混在了一起。我的意思是——你知道——他们对你的爱，对你性格和身体的'认识'都是想赢得你——跨越边界——加入他们——加入他们生活的世界。就是在某种程度上把你拉过去。"

画家灌输给他的想法在他脑海中上下翻腾，激烈碰撞。他感觉自己好像突然进了迷宫，复杂的线路飞速变动，让他不知所措。那些线路变化快得无法解释它们移动的意义，他刚刚跟上一条，另外一条又来了，但新的路线总是拦住他要去的地方。

"但是印度，"他立即小声说道，"要想从英国的这片森林到达印度，那可是非常遥远的一段距离。而且，树木也完全不同。"

这时，裙裾的窸窣声提醒比特西太太快来了。他故意用这句话岔开，等她来时，可以向她解释。

"天下的树都有它们自己的生存法则，"桑德森的回答显得有些奇怪，"它们都知道。"

"他们都知道？那么你认为——？"

"你瞧，风是最好最快的运输工具！它们自古以来就有这样的能力。例如，东风就像是鸟儿一样，将陆地上的东西从一地带到另外一地，把丢失的信息和意义连接在一起——东风——"

比特西太太拿着杯子一阵风似的进来了。

"给你，大卫，"她说，"这药会预防任何病毒的侵袭。亲爱的，就一勺！哦，不！不是全*吃*！"因为他就像往常一样大口地吞咽，一下子吃了一大半，"一部分睡觉前吃，再留一部分早晨醒来的时候吃。"

她转向桑德森，他把杯子放在肘边的桌子上。她进来时听到他们讲到东风，于是就重申了一下她的提醒。那两男人的私密对话也就戛然而止。

"他最讨厌的就是东风，"她说，"桑德森先生，我很高兴听到你也这么认为。"

三

夜深人静中，森林里隐约传来猫头鹰的咕咕叫声。一只大蛾子飞旋着轻轻撞在窗户上。比特西太太有些害怕，在座的人没有人讲话。树尖儿上的星星依稀可见，远处传来狗的吠声。

比特西重新点燃雪茄，开口讲话打破笼罩在三人上空的短时沉寂。

"这真是一个让人感到欣慰的想法，"说着他把灭掉的火柴扔出了窗外，"生命无处不在，我们所说的无机和有机之间其实是没有分界线的。"

"是的，"桑德森说，"万物真是一样的。我们总是被我们看不到的鸿沟所迷惑，事实上，我认为根本就没有鸿沟。"

比特西太太不安地搓了搓手，表面上不动声色。她特别怵自己不懂的长词汇，对她来说里面隐藏了太多的魔鬼，永远记不住。

"特别是树木植物都梦想过优雅美好的生活，还没有人证明这样的想法是无意识的。"

"也没人证明是有意识的，桑德森先生，"她巧妙地插入道，"只有人类是根据上帝的影像生产出来的，而灌木林或者其他植物则不是……"

她丈夫立刻插话打断。

"没必要，"他耐心地解释道，"用我们的活法来解释它们的活法。同时，"他看了妻子一眼，"亲爱的，说上帝创造的一切事物都包含有他的生命，我觉得这个说法没有坏处。说上帝创造的一切都是活的，那不是很美吗？在这方面我们不必做泛神论¹者！"他镇静地补充道。

"噢，不！我希望不是那样！"泛神论这个词让她感到惊恐，比听到教皇还要糟糕。她迷乱的大脑好像悄悄闯入一件危险的东西……像是一只猎豹。

"我认为即使腐土，也有生命，"画家小声嘀咕道，"朽木裂开也会产生知觉。的确，枯叶飘落，每一个物体的破裂都会产生力量和运动。就拿一块惰性石来说，也有热量、重量以及各种能量，是什么把它的各个部分联系在一起的呢？为什么指南针总是指向北方呢？除了重力，我们知道得很少，也许它们都是一种生命形式吧……"

"桑德森先生，你认为指南针有灵魂？"老太太大声问道。丝绸裙裾发出呼啦啦的声音，传达出比她语气还要直接的愤怒。黑暗中画家只是笑了笑，比特西急忙回道：

"桑德森的意思只是说这些神秘现象的出现，"他平静地说，"可能是由于我们无法理解的某种生命引起的。为什么水往低处流？为什么树总是以正确的角度破土而出向着太阳生长呢？为什么地球会自转呢？为什么火会改变事物的形式而不会真正消灭它们呢？说这些事物遵循它们存在的规律，其实等于白说。桑德森先生的意思只是说——亲爱的，当然啦，是从诗意角度——它们可能正是生命的展示，只是对我们来说，这些生命处在一个不同的阶段。"

"我们都知道'生命的呼吸'，'上帝让他们拥有了呼吸'。可那些东

---

1 泛神论是东方最古老的思维，认为神就是万物的本体，自然法则就是神的化身，就是道，遵循自然是人类的目标。认为宇宙非上帝所创造，上帝即寓于宇宙之内。

西并无呼吸。"她以胜利者的姿态说道。

接着，桑德森插话，不过，与其说是他在认真地回击盛怒的比特西太太，还不如说他在自言自语或对主人说话。

"但是，你知道，植物也有呼吸，"他说，"他们呼吸、进食、消化、四处走动，像人和动物一样适应周围环境。它们也有神经系统……至少是有一个复杂的包含神经细胞的胞核系统。他们可能也有记忆。当然，他们在受到外力作用的情况下也会有所反应。这是生理上的反应，但是没有人可以证明这只是生理上的，而不是心理上的。"

显然，他没有注意到黄色披肩后清晰可闻的喘息。比特西清了清嗓子，将熄掉的雪茄扔到了草坪上，二郎腿来回地换着。

"在树林里，"桑德森继续说道，"譬如，在大森林深处，"他指着树林，"也许就有一个出色的群体，代表着成千上万的树木，那是一个庞大的集体生命，它的组织之精细完备不亚于我们自己的生命。在某种情况下，它会和我们的生命融合在一起，这样换位思考我们就更能理解它，至少在某一特定的时间可以做到。这样甚至可能将人类活力注入他硕大无比的梦想生活池之中。所以，大森林对一个人的吸引力是非常巨大的，完全不可阻挡。"

比特西太太啪地合拢嘴。她的围巾，还有劈啪作响的裙裾，都发出心中熊熊燃烧的抗议。她气愤填膺，但同时对桑德森的话一知半解，竟不知该用什么词来表达自己的想法。无论他说的话实际含义是什么，无论有什么样的危险，现在泛着微光的黑暗将窗边的三个人卷在了一起。这时，一阵混合着结满露珠的草坪、鲜花、树木和泥土的芬芳从开着的窗户扑鼻而来。

桑德森继续说道："情绪之所以能唤醒我们，是因为其中隐藏着能够影响我们的生命，深层次地相互影响。譬如，一个人来到你们相处的空房间，你们俩会很快发生变化。新来的人虽然不说话，但会带来情绪上的变化。难道自然情绪不会以同样的方式感动我们，使我们发生同样的变化吗？大海、高山和沙漠在一定情况下会激发我们的热情，让我们高兴，也会让我们恐惧。也许，对少数人，"他重重地看了主人一眼，当他转过头来，眼睛再次与比特西太太的眼神相遇，"那些充满了好奇，就像莫名的火焰在胸中燃烧一样的情感，呃……是来自哪里呢？肯定不是来自死的东西！森林的影响，它对我们思想的奇特影响支配不正说明生命的力量吗？当然，有些是天性使然。森林的力量——"他说这些话的时候，声音一下子变得严肃起来，"是不可否认的。我相信，我们在这儿尤其能感到这份力量。"

当他说完这些后，空气中弥漫着紧张的气氛。比特西先生没想到谈话发展到这个局面，其实已经跑题了。他不希望妻子难过或担心，知道她的感情已经到达临界点，用他的话说，心中的火山"正在翻腾"，随时可能爆发。

他总结此次对话，试图想要通过这个方法来抑制妻子消极情绪的蔓延。

"大海是上帝创造的，"他含含糊糊说道，希望桑德森能够领会他的意思，"树也一样……"

"是的，整个庞大的植物王国，"画家明白了他的意思，"都在为人类服务，满足了人类的吃、住以及其他日常生活所需。它们覆盖了地球的大片土地……布局井井有条，坚定不移在我们需要的时候，随时听命，从不逃跑。难道这还不让我们刮目相看吗？但要人类接纳它们却并不容易。有人会采摘花朵，有人会砍伐树木。很奇怪的是，许多关于森林的故事和传奇充斥着黑暗、神秘，还有一些恶兆。树林里的生命少有欢乐但却有更多的伤害，森林生活简直太可怕了。今天仍然有树图腾，你瞧，接纳树木生命的伐木工人……就像鬼魅一族……"

他突然停下来了，声音像被什么卡住了一样。比特西在桑德森话未说完就已感觉到了有些不对劲。他知道，妻子的感觉会更加激烈。在听到最后这一番话后，经过很长一段时间沉默，贝特西太太突然从椅子上坐了起来，让其他人看有样东西越过草坪，正在向他们靠近。这东西体型巨大，实乃庞然大物，而且非常高。灌木林的上空仍然挂着一抹夕阳余晖，它经过时整个天空黯然失色。后来，比特西太太说那东西呈"环状"移动，不过，也许她想说的是"螺旋状"。

她轻微尖叫了一声："它终于来了！是你们把它引来的！"

她激动地转向桑德森，一半担心，一半生气。她也顾不上礼貌了，上气不接下气地说道："如果你们继续，我知道它……哦！哦！我认识它，"她又叫了起来，"你们的谈话把它招来了！"恐惧让她的声音颤抖得可怕。

但是她激烈的言语并没有引起他们的注意。过了一会儿，什么事都没有发生。

"亲爱的，你觉得你看到的是什么东西？"她丈夫很惊奇地问道。桑德森在旁边一言不发。三个人都伸长了脖子，两个男人仍然坐着，比特西太太已经冲到了窗前，好像是故意挡在比特西先生和草坪之间一样。她的小手在天空中比划了一下，黄色的披肩挂在肩膀上看起来就像是天空中的云朵。

"在雪松那边——在雪松和紫丁花之间。"她的声音已经没有那么尖厉了，变得轻柔平静，"就在那儿……你看它又在原地打转了……转回去了，感谢上帝！……它回森林去了。"她的声音越来越小，还在颤抖着。长长地叹了一口气，她重复道："感谢上帝！我还以为……起初……它奔向这里……奔向我们！……大卫……我以为是冲着你来的！"

她从窗户边退回来，步履有些凌乱，在黑暗中摸索着想找椅子扶一把，伸手抓住了丈夫递过来的一只手。"抓紧我，亲爱的，紧紧地抓住我……不要离开我。"她回到了丈夫所说的"正常状态"，他稳稳地把妻子扶坐在椅子上。

"那是烟，索菲娅，我亲爱的，"他说得很快，尽量让自己的声音听起来平静自然，"是的，我看到了。那是从园丁小屋里冒出来的烟……"

"但是，大卫，"——她的低声细语里又透出新的恐慌——"它刚才还弄出很大的声音来呢，现在安静了。我听到了嗖嗖的声音。"所有她能想到的词，譬如嗖嗖的，哗哗的，她都用上了，"大卫，真的太可怕了！我太怕了。那人在向我们大喊大叫……"

"嘘，嘘。"丈夫小声说着，并轻轻抚摸着她颤抖的手。

"在风中。"桑德森终于开口说话了，声音很平静。黑暗中看不见他脸上的表情，不过能感觉到他的声音很柔和，没有一丝害怕的感觉。但是，比特西太太听到他的声音，心里的恐惧感再次泛起。比特西将椅子朝前挪了挪，挡在他们之间。他自己也很困惑，不知道该说些什么，做些什么比较好。这一切来得太突然了，不可思议。

不过，比特西太太显然是吓坏了。在她看来，似乎自己看到的一切就来自小花园边的森林，神龙见首不见尾，悄悄地、艰难地怀着不可告人的目的向他们走来。很快，有东西阻止了它，使得它越不过雪松。是雪松阻止了它，让它寸步不前，这一印象后来在她脑海中保留了很久。像涨潮的大海一样，森林在无边的黑暗中朝着他们的方向冲击，这只是第一波。因此，在她的脑海中，那似乎……就是童年在沙滩上一度让自己感到恐惧和困惑的神秘潮水。她感受到向外冲击的巨大力量……使她本能地产生抗拒，因为它威胁到自己和丈夫的生命安全。那一刻，她意识到了森林的特性……充满威胁。

在她跌跌撞撞从窗户边冲向呼救铃的时候，没有听清是桑德森还是自己丈夫小声说道："它来了，因为我们谈到了它。我们的思想让它意识到了我们，从而把它引来了。但是，雪松阻止了它，它无法越过草坪，你瞧……"

这时，三个人都站了起来。比特西太太按下呼救铃的时候，她丈夫用威严的语气说道：

"亲爱的，我该对汤普森说什么呢？"他的声音透露出焦虑，但是表面上却显得很镇定。"让园丁去……"

这时，桑德森打断了他的话。"让我来试试，"他迅速地说道，"我去看看到底是怎么回事。"老夫妻还没来得及回答是与否，他已跳出窗外，不见了。他们看着桑德森跑过草坪，消失在黑暗当中。

过了一会儿，女仆听到铃声来了，厅里随之传来猎犬的狂吠。

"快把灯点上！"只听主人喊道。女仆把门轻轻关上，他们听到风里传来一阵忧伤的歌声，环绕在屋墙外，远处树叶的沙沙声紧随其后。

"瞧，起风了，这是风的声音！"他把比特西太太搂在自己坚实的臂膀里，感觉她还在颤抖。不过，他知道自己也在发抖，只是他不是因为害怕而发抖，而是因为太兴奋。"你看到的烟来自斯特赖德的小屋，或者是来自他在菜园烧的垃圾堆。我们听到的是树枝在风中发出的沙沙声。为什么你会如此紧张？"

这时，只听见一个微弱的声音回答道：

"亲爱的，我是为你担心。有东西为了你而来对我进行恐吓。桑德森的出现带给你许多变化，这些都让我感到很不安，很不舒服。我知道，这或许看起来很傻。我想……我真的很累；我感觉自己紧张过度，情绪无法稳定下来。"她说得快而杂乱，边说边一直盯着窗口。

"招待客人，"他安慰道，"让你紧张受累了。我们非常不习惯家里有人，他明天就走了。"他把妻子冰冷的手放在自己的手里，轻轻地搓着，试图让她暖和起来。为了自己的生活，他不能再说什么，也不便在做什么。但此刻他的心中，有种莫名的欣喜，内心那难以抑制的兴奋让他心跳加速。他虽然不知道那是什么，但是也许他知道它来自哪里。

她在昏暗中凝望着丈夫的脸，说了一些奇怪的话："大卫，那一刻，我还以为……你看起来……不一样了。我今晚已经紧张到了极点。"她没有再提到丈夫的客人。

草坪上的脚步声越来越近，是桑德森要回来了。他语气低沉地快速说道："亲爱的，不要担心我。我向你保证，我没有任何问题。我对自己的生活感到非常的满意，非常幸福。"

汤普森拿来了灯，屋子一下子亮堂起来。她再次离开后，桑德森从窗户爬了进来。

"什么也没有。"桑德森轻松地说着，关上身后的窗户，"有人在焚烧树叶，烟雾飘过了树林。是风在作怪，"他补充道，小心翼翼地给比特西先生使了个眼色，比特西太太没有看到，"此刻，风开始在远处的森林里咆哮。"

但是，比特西太太注意到了他身上的两件事，这让她内心更加不安起来。她发现他双眼放光，这种光和她丈夫眼睛里突然散发的光芒一模一样。而且，她注意到，那句"风开始在远处的森林里咆哮"显然藏有深意。她的脑海中始终留有一个印象，就是他说的远远多于他所指，话里有话。其实，他口中所说的"风"不是风，也不是"在远处"，相反，那个东西正在奔这里。她还有另外一个感觉——更让她难以接受——她丈夫理解桑德森话里隐藏的意义。

四

"亲爱的，大卫，"他们一上楼，她就轻轻说道，"我对桑德森总有一种可怕的不安，而且始终摆脱不掉这种想法。"她颤抖的声音触动着他敏感的神经。

他转身看着她。"什么不安，亲爱的？你是不是想得太多了？"

"我想，"她有些犹豫，说话结结巴巴的，一脸迷惑的样子，仍然心有余悸，"我的意思是——他是不是一个催眠者？或者一个通晓神智学的人？或是诸如此类？你懂我的意思——"

他早已习惯妻子的这种小题大做了，所以平常都懒得一字一句地向她解释清楚，或者指出她表达上的错误。但是今晚他感到妻子非常需要关心与温暖。所以，他尽自己最大的努力去安慰她。

"即便他是这类人，对我们没有什么害处。"他平静地答道，"亲爱的，你知道，那都只是些旧观念，换了新名称而已。"他的声音里听不出任何不耐烦的痕迹。

"那正是我想说的，"她回应道，好像丈夫所说的话中隐藏着一些可怕的东西，"他就是别人警告过我们命中注定要碰到的人——现在就来了。"她的脑子里始终充斥着可怕的反基督者的身影和一些不祥的预感，可以说，她只有非常渺茫的机会才可以逃过一劫。教皇经常遭到她的批评，因为她比较了解他。目标很明确，她一击就中。但是，这次与森林树木之间的游戏则太过模糊，太可怕，让她感到恐惧。"他让我有一种，"她继续说道，"如履薄冰的感觉，好像在黑暗中行走。他说过树在夜间就活了等诸如此类的话，让我很不高兴。这让我想到披着羊皮的狼。当我看到草坪上空出现那么可怕的东西之时——"

他立即打断了妻子的话，因为他认为最好不要提那件事，也不要进行讨论。

"索菲，我认为，他的意思只是说，"他一脸严肃，略带一丝微笑地说道，"树在一定程度上可能会有生命意识——总体是一个相当不错的想法——就像有天我们在《泰晤士报》里所读到的一样，你一定记得——或许大森林拥有一种集体个性。要知道，他是一名画家，比较浪漫。"

"那非常危险，"她强调说，"我感觉是在玩火，是很不明智的，非常不安全——"

"但都是为了上帝的荣耀嘛，"他小声劝道，"我们不要对任何其他知识采取闭目塞听的态度，是不是？"

"大卫，你总是想得很理想。"她又答道。就像儿童认为"遭受庞修斯·彼拉多[1]的迫害"等同于"在一簇紫罗兰花下受迫害"，她只是把自己听过的箴言名句重述一遍而已，并希望引用它们起到警告的作用。"我们必须检验它们到底有没有上帝赋予的精神。"她试探性地说道。

"当然，亲爱的，我们当然应该检验。"他赞同道，然后躺在了床上。

过了一会儿，比特西太太吹灭了灯，大卫·比特西带着莫名的兴奋躺在那里，意识到自己刚才的话也许不足以安慰妻子。比特西太太依然感到害怕，躺在他的身边无法入睡。于是，比特西先生在黑暗中抬起了头。

"索菲娅，"他轻声说道，"你得记住，在我们肉身还存在的时候，我们和所有那类东西（指上帝）之间都存在着一道不可逾越的鸿沟。"

没有听到回应，他确信妻子已经睡着了，情绪估计好了很多。其实，比特西太太并没有睡着。她听到了丈夫说的话，不过她什么也没说，她认为自己最好保持沉默。她害怕在黑暗中听到这些话，因为屋外的森林正在听他们说话，或许会听得一清二楚——就是"在远处咆哮的"森林。

她的想法是：鸿沟当然存在，不过，桑德森已经在鸿沟之上搭起了桥梁。

大约后半夜，她从麻烦不断、不安的睡梦中醒来，听到一个诡异的声音。但是，随着她完全清醒过来，那声音立即消失了，除了夜晚含混的呢喃，什么也听不见。那声音是在梦中听到的，它随着睡梦的结束而消失了。不过，那个声音还是能够分辨得出，正是前不久穿越草坪而来的呼啸声，只是这次更近些。睡梦中她听到自己脸庞上方传来一阵树枝沙沙的低语声。她脑子里只记得"走桑树梢"这句话。梦见自己躺在一棵青翠的树下，成千上万的绿色嘴唇在窃窃私语，那个梦甚至在她醒来后还持续了一段时间。

她坐起来，看了看四周。头顶的窗户开着，窗外繁星闪烁。她记得房门和往常一样是锁着的，房间也是空的。夏天的夜晚幽深安静，此

1　钉死耶稣的古代罗马的犹太总督。

时，只听见床边的阴影处传来一个人的声音，不同于往常，正是这个声音把她惊醒了，她感到越来越害怕。起初她不知道是什么声音，但很快发现这声音很熟悉。几秒钟后，对她来讲是不短的时间，她才反应过来，是丈夫在说梦话。

声音的方向让她感到很困惑，并不是她一开始认为的声音是在自己身边，而是有一段距离。接着，借着暗淡的烛光，她看到丈夫的白色身影站在屋子的正中央，正朝窗边移动。烛光渐渐变亮，她看到他离窗户越来越近，两只胳膊向前伸着。他讲话的声音很低，咕咕哝哝，句子串在一起，分辨不清。

她浑身发抖。在她眼里，梦游诡异到恐怖，像是死人在说话，只是模仿活人的声音，是很不自然的。

"大卫！"她小声喊道，听到自己的声音都觉得怕，又不敢打断他，直视他的脸庞，但又不得不看丈夫睁大的双眼，"大卫，你在梦游！亲爱的，请快回到床上！"

在静静的黑夜中，她的低声细语似乎响得可怕。话音刚落，比特西先生突然停了下来，慢慢地转过身来面对着她。他睁得大大的眼睛凝视着她，好像不认识一样，目光穿过她落在了别处，似乎知道声音的方向，却对她视而不见。她注意到他的双眼闪闪发光，就像几个小时之前桑德森的眼睛一样；他面红耳赤，心神不宁，脸上写满了焦虑。她马上意识到丈夫发烧了，出于实际考虑，她暂时忘却了内心的恐怖。他回到床上，仍然没有醒来。她合上丈夫的眼睛，很快他安静地睡去，或者说进入深度睡眠。她成功地让丈夫吞下了床边杯子里的东西。

然后，她悄悄起身去关窗户，感到一阵夜晚的清新空气吹进屋来。她把蜡烛放在光照不到他的地方。看到旁边放着的大开本巴克斯特公司出版的《圣经》，她的心里稍感安慰，但是整个人还是心有余悸。就在她一手锁挂钩，另一只手拉百叶窗上的绳子时，她丈夫再次从床上坐了起来，嘴里说的话这次可以听得很清晰，他的眼睛再次睁得大大的，用手指着她。她僵直地站在原地听着，投在百叶窗上的影子扭曲着。不过，这次他没有像前面那样朝她走来。

他的低声细语非常清晰，也非常恐怖，是她闻所未闻的恐怖。

"它们在远处的森林里嘶吼……我……必须去看看。"说话的同时，他的眼睛望着树林，"它们需要我，它们在召唤我……"然后，他又环顾了一下房间，躺了下去，突然改变了主意。这个变化也很可怕，也许更可怕，因为这表明他已进入了另外一个离她更远的复杂世界。

丈夫的那句话让她心底透凉，瞬间她彻底吓倒了。对她来说，梦游者的语气与正常说话小有不同，但却令人痛苦不堪，所以是恶劣的。那后面隐藏着邪恶与危险。她靠在窗台边，浑身筛糠。刹那间，她有种可怕的感觉有东西正在前来要把丈夫带走。

"还没有，那么，"她听到床上传来丈夫更小的声音，"但是以后，那么最好……我以后再去……"

这句话仿佛在向她发出警告，她一直担心的事就要发生了。桑德森的到来似乎让她的担忧到达连想也不敢想的顶点。原来的担忧有了具体形式，越来越近，让她发疯般地向上天祈祷，寻求帮助。这里就有一个直接下意识背叛了内心世界的人，他就是自己的丈夫，而且，他把所有的秘密都藏在自己心里。

她走到比特西先生身边，表示安慰地摸了摸，他的眼睛再一次闭上，这次是自己合上的。头静静地靠在枕头上。她轻轻地把床单捋直。一只手小心翼翼地拿着蜡烛，盯着丈夫看了几分钟，脸上露出奇特而祥和的微笑。

然后，她吹灭了蜡烛，上床前，跪在地上做了祈祷。但是，她还是没有睡意，彻夜无眠，胡思乱想，祈祷着，直到黎明来临，百鸟齐鸣，晨曦洒在绿色的百叶窗上，最终她筋疲力尽，很快进入了梦乡。

但是，就在她入睡后，风依旧在远处的森林里咆哮。声音越来越近——有时候真的很近。

五

随着桑德森的离开，那些稀奇古怪的事情对他们的影响也在慢慢淡去，因为制造那些事情的情绪消失了。比特西太太后来不久把那些事看作自己思想失衡造成的，她觉得这种变化不是偶然的，是自然积累的结果。一方面，她的丈夫再也没有提及那件事。另一方面，她觉得生活中很多事是说不清道不明的，当时觉得不可思议的事后来不过是一件司空见惯的事罢了。

当然，她把多数原因归咎于画家的出现以及他那疯狂的、充满暗示性的谈话。随着他的离开，世界又变得很普通并且很安全。一般来说，伤风持续时间都不太长，但他丈夫还是没能够下床送别桑德森，只好由比特西太太转达了歉意。翌日清晨，桑德森看起来还和往常一样，没什么变化。比特西太太目送着桑德森离开，他戴着帽子和手套，看起来很平静。

"毕竟，"看着马车载着桑德森远去，她心想，"他只是一个画家而已！"他或许还有不为人知的一面，但比特西太太不是一个很有想象力的人，至于到底如何就不得而知了。她的感情变化是全方位的，也很彻底。她甚至对自己的行为感到有些不好意思。所以，当桑德森俯身在她手背亲吻的时候，她冲他微微一笑，这是真诚的微笑，因为她如释重负的感觉也是真诚的。不过，她并没有表示欢迎他下次再来的意思，令她感到宽慰满意的是，她丈夫也没说什么。

这个小家庭恢复了往日的平静，作息规律也恢复正常。他们后来很少再提到亚瑟·桑德森。她也再没有向丈夫提起他在夜里梦游、说胡话的事情。但是，要忘掉也同样不可能。这一切都深埋在她心中，就像是一个未知的疾病，症状奇怪而神秘，总是在寻找合适的机会向外扩散。她每天早晨和晚上都要祈祷，保佑她忘掉那件事儿——祈祷上帝保佑她丈夫平安无事。

尽管许多人认为看起来傻傻的是一个人的软肋，但是比特西太太懂得平衡，通情达理，有高尚坚贞的信仰。她比自己想象的要强大得多。她对丈夫的爱和对上帝的信仰在一定程度上是一致的，那是只有心性纯一、灵魂高贵的人才能做得到的。

时间一晃来到了夏天，夏天是美好的，可夏风很强劲。说美好，是因为夏夜的雨水让空气变得格外清新，树叶始终翠绿和芬芳，犹如春天一般，这样的日子一直要延续到七月。说强劲，是因为在英格兰南部肆虐的夏风蔓延到整个国家，都在舞动着脚步。它们气势恢宏地横扫森林，使得森林咆哮不休，声音响彻天空。它们唱着，喊着，撕扯着树叶在空中盘旋。经过数日嘶吼跳跃，许多树精疲力竭瘫倒在地上。在黄昏前，连续两天，草坪上的雪松被风吹掉了两根枝干。黄昏前的风总是那么猛烈。黑暗中，一片狼藉，被吹掉的两根枝干占据了大半个草坪。大风穿过草坪，吹向房屋。雪松被吹了一个大窟窿，黎巴嫩式的防护墙一下子变得残缺不全，失去了往日的辉煌。森林可以比以前看得更清楚了，它也从破损的雪松进行偷窥。房屋主人现在从窗边——特别是从画室和卧室的窗口就可以直接眺望到森林的深处和空地。

当时，比特西太太的侄儿侄女来家做客，他们饶有兴致地帮着园丁清扫残枝败叶。因为比特西先生坚持将毁坏的树枝全部搬走，所以花了两天时间才干完。他不让把那些树枝劈断，也不让用来烧火。在他的监督下，那些树枝都被拖到了花园侧边，在森林和草坪之间搭起了一道边界线。孩子们都很喜欢这个设计，干得不亦乐乎。要不惜一切代价建造这个屏障抵御森林入侵，必须安全可靠。他们明白了姑父的诚心，甚至能感觉到他背后的动机。原来他们到姑父家里玩，还有些提心吊胆，现在却感到乐趣无穷。不过，这次索菲娅姑姑看起来却有些消极迟滞。

"她老了，看起来有些古怪。"斯蒂芬说道。

但是，爱丽丝却从姑姑不高兴的沉默中发现了让她有些讶异的秘密。

"我觉得她很害怕树林，你瞧，她从不和我们一块儿去树林子。"

"做这道防护墙就是要做得厚厚的，坚固无比，"他总结道，说话结结巴巴连不成一个句子，"那样任何东西——简单来说，没有什么——可以穿过这道墙。是吧，大卫姑父？"

比特西先生脱掉身上的外套，只穿着那件带有斑点的背心工作。他帮助两兄妹一起将雪松的大树枝拼在一起做成树篱状。

"快干，"他说道，"无论如何，我们都必须在天黑之前完成。风已在远处的森林吼起来了。"爱丽丝明白姑父的意思，随即附和道："史蒂维（斯蒂芬的昵称），"她一边喘气一边喊道，"快一点！你动作太慢了。难道你没有听到大卫叔叔说的话吗？风就要吹过来了，我们必须要在那之前干完！"

他们像特洛伊人那样干得很起劲，累了就坐在爬满了小屋南墙的紫藤树下休息。比特西太太一边织毛衣，一边看着他们，不时地提一些无关紧要的建议。当然，没有人去理她说的话。因为大家干得都很投入，她说的大部分话都没听见。她提醒丈夫不要太热，爱丽丝不要把裙子划破了，斯蒂芬不要拧了腰。她一方面想着楼上的万能药箱，一方面不无焦虑地看着他们干活。

这次雪松吹折让她平静的心情再次警觉起来。她再次回忆起早已淡忘的桑德森来访，他古怪的性格，令人讨厌的说话方式。许多她希望忘掉的东西，又下意识地回到了脑海中，想要忘掉这些东西看来是不可能了。它们望着她，点点头，充满活力，它们压根儿就没想靠边站，永远被封存。"瞧啊！"他们悄声说道，"难道我们没有告诉过你吗？"它们只是想找合适的时机来证明自己的存在。以前逐渐模糊的苦恼再次爬上她的心头，焦虑和不安又回来了，尘封心底的恐惧又出现了。

雪松的树枝被风吹断了，这本是看起来很平常的一件事，然而，比特西先生却郑重其事。他所说的话和所做的事情没有什么特别之处，也并不让她感到害怕。可是，他这认真的态度看起来有些离谱。她感觉比特西先生把这件事看得如此重要，对此十分的担心。突如其来的关心和兴趣，让她无法知晓夏天森林里发生的一切。她意识到，丈夫是在故意隐瞒一些事情。在比特西先生的心里，还深深地隐藏着许多她不知道的想法、欲望和希望。丈夫心里想的到底是什么呢？这些会将丈夫引向何方呢？在丈夫看来，树枝的意外折断始料未及，无疑不是他想看到的。

她观察到比特西和孩子们一起清理花园里的杂物时表情很严肃，这让她感到很害怕。更让她生气的是，孩子们也很热心地帮着丈夫一起清理，他们也在不自觉地帮助比特西先生。她也不知道自己心里在害怕什么，但是，那个东西似乎正在来临。

现在的她，头脑一片混乱，心中的恐惧感不知从何而来。一定程度上，雪松的倒塌让她越来越害怕。事实上，所有发生的事情，看起来都无法解释，但是却一直存在于她的意识当中，不断地出现，让她感到困惑、害怕和不解。出现在脑海中的事情是如此的真实，力量是如此之大，让她难以抗拒。可是隐藏起来的部分，却让她感到如此的厌恶。困惑中，她的脑海中突然蹦出一个想法，但是很难用言语去表达，意思或许是这样的：有雪松的日子里，他们的生活一直过得很和睦；可是雪松的倒塌就像是一场灾难一样；这也意味着，小屋失去了一把保护伞。尤其是她的丈夫，变得是那么不堪一击。

"为什么你如此害怕这场暴风？"在那场狂风过后，比特西曾经这样问过她；当她回答丈夫后，她也被自己所说的话震惊了。其中一句话，竟然不自觉地道明了真相。

"大卫，因为我感觉它们——把在森林的习性带了过来，"她支支吾吾地说道，"它们把树木的东西吹进了我心里，吹到了屋内。"

他目不转睛地注视了她一会儿。

"那一定是我为什么爱它们的原因，"他回答说，"它们把树的灵魂吹到了天空，就像云朵一样。"

谈话进行不下去了，她以前从来没有听到过比特西用那样的方式说话。

有一次，他怂恿妻子和他一起去附近的林中空地，她好奇地问他为什么带着一把小斧头，做什么用。

"砍掉缠在树上的常青藤，让它们获得自由。"他说道。

"但是，那难道不是守林人做的事吗？"她问道，"他们不是干这个拿报酬吗？"

比特西说常青藤依附在树上，树不知道该怎样办。而守林人往往粗心大意，并不能彻底将常青藤清除。他们到处乱砍一通，剩下的都由树自行解决了。

"还有，我喜欢为它们做事，帮助它们，保护它们。"他接着说道。树叶听到了他们的对话发出沙沙的声音。

他平常没有说过这些话，再加上他对倒塌雪松的态度，一整个夏天下来，他的性格不断地发生变化，越来越奇怪。

比特西先生的变化越来越明显——这个想法让她震惊——就像树不断长高一样。每天的外部变化小到看不出来，但内在变化非常深刻，无法抗拒。从思想到行动，比特西先生都有了很大的变化，有时候这种变化几乎在他的脸上表露无遗。有时候，丈夫外在的改变，着实让她担惊受怕。他的生活与树紧密地联系在了一起，兴趣也越来越像了，他的思想、感觉、目的、希望、欲望甚至是命运，与它们水乳交融——

他的命运！当她思考丈夫的命运会归向何处时，一些模糊的、恐怖黑暗的阴影蒙上她的心头。她本能的惧怕更多的不是死亡——因为死亡意味着是对他灵魂的洗礼——他的思维和树的思维，尤其是那片大森林里树木的思维，逐渐联系在了一起。有时，在她有勇气面对这个变化，当面与丈夫争论，或者静静祈祷的时候，她发现比特西先生就如同森林里的树木一样，他的思想在她的脑海中迅速闪现。他们的思想紧密地联系在了一起，互为补充。

她无法面对这个想法。一旦看到掩藏在背后真相时，她就更不可能有这种想法了。这让她捉摸不透。就算这种想法在心中突然闪现，也会迅速地消失。她无法用言语来形容这个想法，这超越了她心中所接受的范围。

她的脑子一片混乱。但是，当这种感觉消失时，她又开始颤抖起来，恐惧依然占据了她的心灵。

就她的性格来说，这也许是她的本能所驱使，可能是：她的丈夫爱她，也爱森林里的树木；但是丈夫最初爱的是森林里的树，期间发生了许多她不知道的事情。她爱上帝也爱她的丈夫。比特西先生在深爱树的同时也爱着她。

对于这个冲突，她混乱的大脑逐渐清晰，只能痛苦地做出妥协。一场斗争正在悄然肆虐，只是到现在，离她还很远。雪松被毁，一个遥远、神秘的东西离他们越来越近。大风不再在森林深处咆哮，现在越来越近，在森林边缘徘徊。

夏天慢慢地失去了它的威力。秋天的风穿过森林，树叶变成了金红色。此时的白昼逐渐变短。在一切不幸的事情来临之前，夜幕降临了。发生斗争的条件已经成熟，这一切都在情理之中。我们可以想象，有些事情是不可避免的。圣拉斐尔的塞朗小村庄，两个星期内也发生了变化——这过去的十年间，每年这个时候都会发生变化。他们都已经习惯了，不会在意这些——大卫·比特西竟然不愿意再去那里。

汤普森把茶桌放好，在茶水壶的下边迅速地放了一个酒精灯，悄悄放下百叶窗，然后离开了房间。酒精灯还没有点着。火光映在印花布罩着的扶手椅上，博克斯躺在黑马毛地毯上睡着了。墙上的金色相框泛着微光，框中的画却分辨不清。比特西太太将茶壶热了热，往丈夫的茶杯里倒了热水。比特西从炉边的椅子上坐起身来，抬头看了看她，突然说道：

"亲爱的。"他说道。好像说了很多，但比特西太太只听到了最后一句话:"我真的不可能去。"

他的话太突兀,没有前后句,她一开始误解了,以为比特西先生想去花园或森林。他就没当回事,不过,他的声音听起来让人有种不祥的预感。

"当然不可能,"她回答道,"现在去很不明智。为什么你要——"她意思是秋季夜晚总是笼罩着草坪上空的薄雾,还没说完,她意识到其实丈夫另有所指。恐怖之感再次涌上心头。

"大卫!你的意思是要出国?"她喘着粗气说。

"是的,亲爱的,我的意思是出国。"

她突然想起多年前丈夫离别的语气,那时他正准备去令她感到害怕的丛林探险。当时他的声音非常严肃坚定,现在也是如此。那一刻,她突然不知道用什么言语来表达自己的想法。她去了茶壶边,看了看茶壶的水有没有烧开。当水烧开后,她往一个杯子里倒满热水,直到热水从水杯里溢了出来,她才停下来。她把多余的水倒进水池,尽力不让丈夫看到她的手在颤抖。房间的晦暗和火光也助了她一臂之力。其实,他无论如何也不会注意到妻子的变化,他的思绪早已飞到了遥远的地方……

六

比特西太太一直都对现在住的房子不满意。她更喜欢住在乡下的平房里,因为那里视野开阔。她喜欢站在阳台上看着窗外所发生的一切。这个小屋位于征服者威廉[1]老狩猎场的边缘,让她感觉这是一个充满危险,不适合居住的地方。她最理想的居住地是在海边,后面没有树木遮挡,前面广袤的地平线清晰可见,比如伊斯特本就是这样一个地方。

奇怪的是她对树在内心有种本能的抵触情绪,难以打开心门,差不多是一种幽闭恐惧症;正如前面所说,大概是因为在印度的那些日子里,树带走了她的丈夫,并置他于危险境地。那些日子里,她被孤独所

---

[1] 英格兰诺曼王朝第一任国王(1066—1087年在位),绰号"征服者威廉"。

包围，曾试图与之斗争，可是却从来都没有从孤独的枷锁中挣脱出来。显然，还可以有其他方式摆脱孤独。在这种特殊的情况下，她只能屈服于丈夫的强烈愿望，她本以为自己已经克服了心里的恐惧，但一个月之后，一提到树，她的脸上又现出了恐怖的神情。树见到比特西太太的这副模样，大笑起来。

她心里一直都明白，小屋背后的这片森林就像是一道墙，看着、听着这里所有的一切，限制了他们的自由，让他们无法从这里逃离出去。她尽力克制自己心中的恐惧，试图让自己平和下来。这几个星期，她已经失去了原有简单、自然的品性。突然，阴冷与荒凉的感觉重新漫上她的心头；孤独让她感到害怕；这种感觉在她的心里反反复复，来来回回。当她内心不再恐惧时——她仿佛是另外一个人。恐惧其实就隐藏在她心底的某一个角落。

在森林里，她迷失了方向，随时都可能遇到危险。有时候她心想，所有的树枝都伸向一个方向——伸向他们的小屋和花园，极力想把他们拉过去，让他们成为树的一员。树的灵魂在入口埋怨着花园的嘲弄、傲慢和烦躁。如果可能，它会吸取花园的元气，让它窒息而死。大风狂吼，成千上万棵树木在摇动。这仿佛在传达着一个信息，这个灵魂有目的而来。花园入口已经惹怒了树的灵魂，于是它的内心深处发出了不停的嘶吼。

面对眼前的这一切，她无法用言语来表达她此时的心情。但是，她却本能地觉察到了些什么，这让她陷入深深的不安当中。这其中，更多的是对她丈夫的担心。只是对她而言，噩梦可能会让她战战兢兢。而大卫对树的邀约表现出了特有的兴趣。

因为树参与她生活的方式让任何一个理性的妻子都无可挑剔，所以微妙的嫉妒心理更增强了她对树的反感和厌恶。她心想，其实丈夫心中的那份激情是天生的、自然的。这对他后来的职业选择、理想都产生了决定性的作用。他的梦想、愿望以及希望也因此不断丰满。比特西先生生命里最好的时光都用来了照料树木，他了解它们的习性和生活习惯，"驯服"它们就如同是人类驯服狗和马一样。他的生活中不能没有那些树木，离开了它们一步，他总会感觉很不适应，脑海中会不断地想起它们，整个人也显得无精打采。森林让他快乐、安宁，在心情不好的时候平和下来。这些都深深地影响着他的生活，仿佛他的生命已经和树融为一体。如果切断他和树的一切联系，就如同让一个向往大海的人生活在内陆，让一个爱好登山的人生活在平原一样痛苦。

所有的这些她都能够明白，至少她多多少少能够体谅。对于他们英国的家安在何处，她平和地接受了比特西先生的选择。在这个小岛上，这儿是最接近森林的地方。森林里充满了清新的空气，行走在森林里，周围神秘、深邃的气氛让人倍感孤独。古森林充满了强烈的、让人难以抵挡的力量。然而，比特西早已经知道，这里面存在着一股强大的、不可驯服的力量。

他只在一件事上满足了比特西太太的愿望。他没有将他们的小屋安置在森林的中心地带，而是安置在了森林的边缘。十几年来，他们已经在这个充满沼泽、荒野和葱郁古树的森林边度过了许多安静祥和的日子。

最近两年，随着比特西的年龄增大，身体也如日薄西山，但他对森林的热情却有增无减。看着丈夫热情日益高涨，她起初只是淡然一笑，然后尽量真诚地表示同情，再后来有些小争执，最后发现丈夫的变化已经超出了她的想象，于是她整个心跟着害怕起来。

他们每年都会离开英国六个星期，当然，两人感受各自不同。对她丈夫来说，这就如一次痛苦的流放，对于他的健康毫无益处；他会想念那些树——想要看见它们，听到它们的声音，闻到它们的味道。而对比特西太太来说，意味着从萦绕心头的恐惧中解脱出来。这六个星期，在海边，尽情地享受法国海岸边的阳光，是一件多么幸福的事情。如果让她拒绝，哪怕她再是一个多么无私的人，也是她难以面对的。

听到比特西的宣告，她的第一反应是吃惊。她尽可能琢磨，祈祷，私下哭泣——痛下决心。她心里很清楚，家庭的责任感驱使拒绝。这个要求当然是认真的——她难以想象该多么认真！——但是，作为一个虔诚的基督徒，她看得很明白。如果她接受丈夫离开英国的提议，她满足了自己的心愿，称心如意，但是她希望表现出牺牲的勇气，她丈夫永远不会知道她付出的代价。除了对树的热情，他和她一样是个无私的人。这些年她对丈夫的爱，就像是她对心中的上帝那份虔诚的爱一样，是真实深刻的。她甘愿为二者忍受痛苦。除此之外，比特西先生爱她的方式，在她看来有些奇怪。他的爱体现在对她的包容。当她和丈夫两人意见发生冲突时，他会从一开始就妥协下来。

"索菲娅，我真的感觉自己把握不了平衡。"他慢慢地说道，目光越过摆放在火炉的下面的一双泥泞的加长型靴子，停留在炉火上，"我的责任和我的快乐所在，就是照顾好森林里的树木和你。我的生命已经深深地扎根在了这片土地上。有些时候，我感觉我的心与这些树木的心紧紧地联系在了一起，与它们的分离会让我生病——甚至会让痛不欲生。我对生活的信念会削弱，这里是我的生命之源。这就是我的真实状态。"他抬起头来，目光坚定地注视着比特西太太的脸。这样，她可以看到他严肃的表情和坚定的目光。

"大卫，你的感觉太强烈了！"她说着，完全忘记了泡茶的事。

"是的，"他回答道，"不光是我的身体，我的灵魂也在这里了。"

这时，房间里有一个暗影在不断地移动，他暗示房间里存在一个真实的物体，而且就在他们身旁。它不是从窗或门进来的，但是它充斥了整个房间。它把炉火的热气带到她面前。突然间，她感到一阵凉意，有些恍惚，大惊失色。她几乎能够感觉到风中树叶的沙沙声，就在她和丈夫之间。

"这儿有东西，"她颤抖地说道，"我想，我们并不打算知道它是什么。"这句话并不仅仅针对这一特殊事件，而是反映了她对生活的态度。

停了一会儿之后，比特西没有理睬妻子的指责，就好像没有听到一样——"你瞧，我已经解释得很清楚了，"他认真地说道，"我与这片大森林有着紧密的联系——这里散发着一股神秘的力量，让我每天都健康幸福，让我充满生的希望。如果你不能理解的话，我觉得至少你可以体谅我才对。"他的语气变得温和起来，"我知道，我的自私不可原谅。但我就是忍不住。这片古老的大森林，这些树木已融进了我的生命，如果我离开的话——"

比特西的声音哽咽了，他突然停下来靠在椅背上。她的喉咙里也好像卡进了什么硬物，一阵语塞。她走到丈夫身边，搂住他的肩头。

"亲爱的，"她喃喃地说，"上帝会指给我们方向，我们将接受他的引导，他以前总是为我们指明方向的。"

"我的自私也让我很痛苦——"他开口想说话，妻子止住了他。

"大卫，上帝会指引我们方向的。没有任何东西可以伤害到你。你从来都没有自私过，我不想听到你说这样的话。上帝指引的道路对于我们来说，是最好的选择。"她亲了他一下，不想让他继续说下去。她的心跳到嗓子眼了，她对丈夫的关心远远胜过关心自己。

接着，比特西建议让她独自短暂离开一阵子，去他哥哥的别墅里陪陪孩子爱丽丝和斯蒂芬，她哥哥家的大门一直都为她敞开着。

"你需要改变。"他说道。仆人进来把灯点亮，然后又出去了。"你需要改变的程度和我害怕改变的程度是一致的。在你回来之前，我可以管好自己。你离开了，我会更开心。我无法离开这片我深爱的森林。我甚至觉得，亲爱的索菲娅——"他坐直，面对着她小声地说道，"——我不会再离开这里了，我的生命和幸福就在这儿。"

虽然她对比特西的想法不屑一顾，但是她还是会让丈夫一个人独自待在森林里做自己想做的事情。她觉得自己的嫉妒心让自己变得容易敏感和自我封闭。他热爱森林甚至胜过自己，把森林放在了第一位。丈夫的言语背后所要表达的意思，让她内心深深地不安。桑德森带来的恐怖气氛又重新萦绕在她心头。他们之间对话，虽然她只听到了一小部分，但是那却表达了很深的含义。他离不开树的同时，树也离不开他。虽然他设法隐藏自己的内心，但是到最后终究还是表露了出来。这让他的妻子感到深深的不安。

他清楚地感觉到树会想念他——那些他曾经照料过的、守护过的、爱过的树木。

"大卫，我想我应该在这儿陪你。你现在真的需要我，难道不是吗？"她着急地一股脑儿把自己内心的想法全说了出来。

"亲爱的，我现在越来越有一种想法，上天会保佑你的，你是那么的宽宏大量。你的牺牲，"他补充道，"更加伟大，尽管你无法理解是什么让我坚持留在这儿。"

"也许春天——"她颤抖地说道。

"春天——也许，"他几乎是屏住气，轻声说道，"那时它们不再需要我。在春天，整个世界都爱护着它们。只有在冬天，它们是寂寞的，被世界遗忘。这个时候我特别希望能在这儿陪着他们。我想我应该这样——也必须要这样做。"

就这样，他们没有再继续讨论下去，决定已经做出。至少，比特西太太没有再问什么问题。虽然对丈夫的鼓励是有必要的，但是，她不能对丈夫表现出更多的同情。她感觉，如果她继续下去，这会让他更加肆无忌惮地说下去，甚至会告诉一些她不希望听下去的事情。她不敢再继续冒险了。

七

夏天渐渐接近尾声，秋天的脚步也越来越近了。他们的对话发生在这两个季节交替之际，比特西的态度也由消极转为积极。她几乎认为自己放弃对比特西的劝导是错误的，他现在的胆子越来越大了，不作任何遮掩，公然地前往大森林，忘记了自己在家里的所有责任，所有以前该干的活儿。他甚至怂恿她一同前往森林。以前躲躲藏藏的事现在也不再遮遮掩掩。虽然她很害怕丈夫现在的这种状态，但同时她又很钦佩丈夫身上所表现出来的活力热情。她的嫉妒心早已被恐惧所取代。她现在唯一的愿望就是保护这个家庭。此时的比特西太太，身份不再是妻子，而是一个母亲了。

现在的他，寡言少语，而且——不喜欢回家。他从早到晚在森林里游荡，晚饭后也常常出去；脑子里全部都是树——它们的叶子，成长、发育过程；它们的奇迹、美丽和力量，孤独时的无助，以及它们聚集在一起产生的强大凝聚力。他知道每一次刮风带给树的影响，狂暴的北风带来的危险，西风带来的壮丽，东风的干燥，南风从它们稀疏的树枝上吹过带来的柔软、潮湿的感觉。他整天滔滔不绝地说着这些树的感觉：它们如何吸收逐渐褪去的阳光，在月光下幻想，激动地想去亲吻天上的星星。露珠让它们在夜晚充满激情，而冻霜则让它们不得不将柔软的根部插回地下。它们也悉心照顾依附在它们身上的生命——昆虫、幼虫和蝶蛹——当天空布满乌云，他说它们会"在雨中忘却所有，一动不动"或是在一个充满阳光的中午"泰然自若地一展奇技"。

一天半夜，她被丈夫的声音吵醒了，听到他——完全清醒，没有说梦话——正对着窗户雪松中午投下的影子说话：

噢，你在为黎巴嫩叹息吗？
在长时间微风吹向你可爱的东方
为黎巴嫩叹息，
黑暗中的雪松。

比特西太太一半惊喜，一半害怕，她转身喊他的名字，但他只说道："亲爱的，我感受到了孤单——突然意识到——那棵树流落异乡来到了我们这个英国的小草坪，而她的东方兄弟总在梦中呼喊它。"他的回答似乎太奇怪，太不符合"福音派教义"。她没有吭声，想看看丈夫还会说什么，可比特西什么也没再说就再一次睡着了。她很快忘掉了那首诗，似乎没有必要，太不协调。怀疑、恐惧和嫉妒让她陷入痛苦之中。

然而，随着丈夫状态的逐渐好转，她内心的恐惧也不知不觉地逐渐消失。不管怎样，她心中的焦虑，已经从宗教转向了医疗。她认为丈夫的心态可能会发生小小的波动。她一天两次祈祷，究竟说了多少次感谢上帝对她的指引，让她留在丈夫身边帮助他，已经不得而知。

甚至更极端的是，她从外面请来一位叫莫蒂默的牧师，跟随在牧师身边的是一个小有名气的医生——她悄悄告诉了医生比特西先生的一些症状。不过医生的回答竟然是"我无能为力"，没有解答她心中的疑惑。毫无疑问，詹姆斯爵士以前从来没有处理过这种病。他感觉比特西先生得的病已经超过了他的认知水平。这种情况就像是，如果他掌握了技巧，就有可能在比赛中发挥得更好。

"没有发烧，你确定？"她急忙又问了问医生，坚持想要从他那里听到关于丈夫病情的情况。

"女士，我告诉过你了，我帮不上什么忙。"被冒犯了的爵士对比特西太太的质问感到不满。

显然，他并不在意应邀偷偷摸摸给病人看病，特别是诊断费用还存在问题。他喜欢看病人的舌头和感受病人的脉搏；甚至想知道病人的家谱和银行账户。医生所表现出来的这一切都让比特西太太感觉到很不正常，感到厌恶。可是，比特西太太想尽自己最大努力，来抓住这最后的一棵救命稻草。

她丈夫的脾气越来越暴躁，她发现很难与他进行沟通。不过在屋里，他的脾气倒很好，尽可能地让妻子为了他少牺牲一些。

"大卫，你现在不适合出去。晚上外面寒冷潮湿，地面上到处是露水，你会冻死的。"

丈夫的脸庞闪闪发光。"你跟我一起去，好吗？亲爱的——就一次？我只想去冬青树的那个角落，去看看山毛榉，它太孤单，我想去陪陪它。"

下午的天灰蒙蒙的，她陪比特西先生来到了那片冬青树旁边，吉普赛人曾在那里安营扎寨。那里一片荒芜，唯有冬青树在坚硬的土地上长得十分茂盛。

"大卫，山毛榉很好，很安全。"她很了解丈夫的说话风格，灵机一动，把这一切都归咎到季节上，"或许是今夜无风的原因吧。"

"但是现在起风了，"他答道，"风从东边吹来。我听到声音是从荒芜的落叶松上传来的。它们需要阳光和露水的滋润，当风从东边吹来之后，总能听到落叶松的呼啸。"

听到丈夫这么说，她在心里暗暗地向上帝祈祷。每当比特西先生说类似的话时，她都会感到皮肤上就像覆盖了一层冰一样，冷得直发颤。他怎么会如此清楚这些呢？

然而，在日常生活中，他是一个正常、理智、温和、善良的人。只有在与树相关的话题上，他就像是精神错乱一样，很是奇怪。自从他们所喜爱的雪松倒了以后，比特西先生的思想和行为就偏离了正常的轨道。为什么他看那些树的眼神就像是人观察一个生病的孩子一样呢？为什么他渴望在黄昏的时候，观察到那些树"夜晚的情绪"（他是这样说的）呢？为什么每当下霜起风、对树木造成威胁时，他都如此关心它们呢？

她经常问自己——他是怎么感受那些树的？

丈夫走了。她把前门关上，只听到远处的森林传来风的咆哮声。

一瞬间，有个想法出现在她的脑海里：她怎么也能感知那些呢？

突然，她感觉身体、心灵和思想上都受到了重重的一击，这一切就如潮水一般涌上了她的心头。摆在眼前的事实，让所有的争论都显得苍白无力。起初，她就像失去知觉一样，不过后来她迅速地恢复了过来，举手投足间都显得盛气凌人。她心中充满勇气，孤注一掷，没有人敢与她接近。她明白，其实此时的自己是如此的虚弱，不堪一击，但后面似乎有种力量在推着生活前进。现在，她心中的信念就是她手中的利器，就是她想要争取的权利。但是她无私的牺牲精神还是左右了她是否使用这个武器。不过，直觉告诉她要出手，因为她心中有她所信仰的《圣经》上帝。

她为自己心中会有这样的感觉而惊讶，虽然一切思绪都显得是那么模糊，可能这些都是她本能想到的。现在一瞬间，她看清了一些事情——在那个静谧的夜晚，她默默地为丈夫祈祷。她一个人在家时，一边织着衣服，一边想着——一个想法窜入她的脑海，指引着她该如何去做，但是现在已经记不清楚这个想法是怎么来的了。

她看见那些东西向自己走来，没有形状，一言不发。她无法用任何言语来描述，但是，尽管不说话，它们却保持着最原始的活力。

耐心等候几个小时后，第一个出现了，在接下来的日子里，一个一个接踵而至，大小不等。她丈夫很早就带着午饭出门了。她坐在茶几旁边，茶几上的杯子和茶壶里装满了热水，暖炉里的松饼依旧是热乎乎的。她将一切都准备好了，就等待丈夫的归来。不过，当她注意到丈夫去森林的时间越来越长的时候，心里就越来越害怕——就像海水一样汹涌。那里不仅仅是一棵棵孤独的树木，而且还有集聚在一起形成的树林和连绵起伏的大山。比特西太太的心中好似升起一道墙，这道墙遮挡住了天空，墙的面积如此之大，力量非常的惊人。迄今，她所听说过的那些绿色的树木，身材纤弱，在空中随风飘扬，发出沙沙的声音。泡沫状的雾气飘得越来越远，最后消失在视线之外。事实上，这些树木就像是哨兵一样，将整个露营遮挡起来。远处传来可怕的嗡嗡声，阵阵的火光和水壶发出的嘶嘶声，将整个房间的宁静打破。在更遥远的森林那边——那个曾在森林中心咆哮的东西可怕地增多起来。

她感到自己和正在掳去她丈夫灵魂的森林必有一场战争。此时，她的预感变得越来越清晰，好像汤普森进过房间，小声地告诉她这个房子已经被包围了一样。"夫人，一些树在慢慢地靠近这个房子。"突然间，她得知了眼前的这种情况。此时的她或许会这样回答："没关系，汤普森，它们的主要力量离这还远着呢。"

紧接着，另外一个事实让她感到震惊。她发现并不是只有人类和动物才有嫉妒心，所有的生命都有，植物王国也是如此。所谓的非动物界也有情感，树木感觉到了这一切。窗外的这片树林——穿过小屋前的草坪，站在静谧的秋夜里，同样懂得嫉妒。它们对自己所喜爱和需要的东西用情专一，坚持不懈，并通过树叶、根茎把这种愿望传播开去。当然，人类是有明确指向的；而动物主要是靠直觉；而树的嫉妒有如客观无意识的盲流，一路横扫，就像大风吹过冰面的雪末。它们的数量无穷无尽，一旦感受到热情，会以更大的力量回报……她的丈夫热爱这些树木……它们意识到了这种爱……它们最终会从自己的手中把他夺走。

当她听到厅里传来的丈夫的脚步声和关门声时，她明白了另外一件事——认识到自己和比特西之间的隔阂越来越大。这是比特西对树的爱造成了这个局面。在夏天的这些日子里，每当她感觉离丈夫很近时，尤其是当自己为了帮助丈夫做出了很大牺牲的时候，他却慢慢地离她而去。丈夫在各方面都渐渐疏远她——这看来已成定局。随着时间的推移，这些变化越来越明显。他们之间的裂痕也越来越深。在那无底的深渊她看到了无情的变化，丈夫的音容笑貌，对她深深的爱，曾经的天真崇拜，都历历在目。那个背影渐行渐远，越来越小，她看着从自己的面前消失。

他们俩默默无语地坐在那儿喝茶。她没有问任何问题，丈夫也没有主动透露自己一天干了什么。她的心跳加速，可上了年龄带来的可怕孤独，就像是升起的冰雾一样笼罩在她的心头。她看着他，揣测着他的想法。他的头发凌乱，靴子上沾满了黑色的泥土。他坐立不安，前后摇动，吓得她脸色煞白，背上一阵痛苦的痉挛。这让她想起了树，他的眼睛明亮放光。

他身上满是泥土树木的味道，几乎让她窒息，难以呼吸；她注意到眼前的这一切，几乎到了难以控制的地步——灯光发出微弱的光芒，照在比特西的脸上。这微光让她感觉到，像是月光穿过了斑驳的阴影，落在了树上。那个亮光是他重新找到的幸福，但不是她带来的，与她没有任何关系。

他从大衣里掏出一个带有暗黄色山毛榉叶子的小树枝。"这是我从森林带给你的。"他说道，脸上献媚的神情已经很久没有看到过了。她接过小树枝，勉强地笑了笑，小声地说道："亲爱的，谢谢你。"就好像他无意识地交给自己一把自我毁灭的武器，本不应该接受，但她还是接受了。

他喝完茶后，离开了房间，没有去书房，也没有更衣。比特西太太听到前门轻轻地关上，他又去了森林。

不一会儿，她上楼回到自己的房间，跪在床边（她丈夫睡觉的那侧），泪如雨下，拼命地祈祷上帝把丈夫留在自己身边。就在比特西太太祈祷的时候，窗外的风不停地拍打着窗棂。

八

十一月一个阳光明媚的早晨，她的压力达到了极限，冲动之下她做了一个决定，并决心遵照执行。那天，丈夫又带上午餐出门了，她想亲自冒险跟着去。她想一探究竟的心理如此强烈，达到了让人难以理解的程度。突然，她感到无法安静地待在家中等待丈夫的回来。她想要知道丈夫所知道的事情，感受丈夫之所感，站在他的角度看待事物。她想和丈夫一同分享森林的魅力。这需要极大的勇气，但因为能让她知道该怎样留住自己的丈夫，她一下子勇气大增。出发之前，她先上楼做了祷告。

她穿上一件厚厚的暖和裙装，套上一双重重的靴子——她曾穿着这双靴子随丈夫爬遍了赛朗的山头——她从小屋的后路出发，朝森林走去。实际上，她不可能真正跟上丈夫，因为他一个小时之前就出发了，她并不太清楚丈夫的具体方位。她现在急切地想在森林里找到丈夫，就像他一样走在光秃秃的树枝下面：即使不在一起，只要同在森林里，她也愿意。这样，她就可以与丈夫一同感受他所钟爱的森林那令人恐怖的强大生命和呼吸。他曾说过，在冬天里，树特别需要他。现在，冬天就要来了。她对丈夫的爱会让她自己与丈夫感同身受——那些树木对他来说，有着巨大的吸引力。因此，她会以不同的方式与他分享。虽然他自己并不知情，正是树把他从妻子的身边带走。因此，她会减轻树对丈夫的攻击。

她心中涌起一阵冲动，驱使她毫不犹豫地跟随着丈夫。随着她对丈夫越来越了解，内心也越来越被恐惧所填满。随后所发生的一切，并不是她所想象的和期望看到的。

此时的森林里没有风吹过，淡蓝色的天空万里无云。整个大森林寂静无声。仿佛所有的注意力都集中在了她这儿。那个神秘的东西知道她的到来。它一直偷偷地观察着她，跟在她后面；突然，她身后有东西掉了，没有发出声响。她停了下来。在长满青苔的沼泽地上，她的脚在慢慢地下陷，橡树和山毛榉在她身后排成了一排。此时的树在她的后面显得如此密集，这种气氛让人感觉很不舒服。她意识到，它们就像一个不断壮大的军队一样，聚集在一起，在她和房子之间形成一道屏障，挡住了她逃跑的道路。它们很容易放她进来，但是再想出去却并不简单。她看到它们完全不同的一面——它们聚集在一起，身上的树枝已经被拔去。此时的它们充满敌意。树木的数量越来越多，让她感觉到眼花缭乱。在前面时，它们看起来数量很少，而且比较分散。太阳渐渐落下的时候，还有很大的空间；但是，当她再一转身看它们时，它们却如此紧密地靠在一起，就像是一个庞大的军队一样，将落日的光辉都遮住了。它们遮天蔽日，仿佛将所有的黑暗都收集在了一起。树木光秃秃地站成一排，像一道屏障一样挡住了光线。此时的天空，宛如黑夜一般。她来之后，这些树木迅速占领了这片沼泽地。当她回首望去，她被眼前的景象惊呆了——很少会有这样的情况发生——她来时的道路已经变得模糊不清，她已经迷失在了这片森林当中。

清晨的天空，万里无云，阳光明媚，这样的天气，看一眼，整天都会有好心情。她常常把这种天气称作"孩子般的天气"，清澈无害，没有任何危险迹象，没有任何威胁或惊恐的不祥之兆。索菲娅·比特西太太目标坚定，尽力不云看后面的路，鼓起勇气，有意慢慢地向幽静的森林深处前行，越走越远……

突然，她在一片洒满阳光的空地前停了下来，这是森林的一个通风口。枯萎的欧洲蕨已经死去，静静地躺在灰暗的土地上。这儿有许多石楠。周围的树木在旁力放哨——橡树、山毛榉、冬青树、白蜡木、松树、落叶松，还有随处可见的杜松。她在这个森林通风口停下来休息，第一次没按照本心做事，她的其他本能希望继续前行，她其实真的并不想休息。

这只是巨大的发射器（指森林）带给她无线信息的小小举动。

"我被迫停下来了。"她内心掠过一丝不安的情绪。

她看了看自己所处的位置，一个安静古老的地方。此时此地，风平浪静。这儿没有生命或是任何生命的迹象；没有鸟儿歌唱；没有兔子因为她的到来而抱头鼠窜。森林的静谧让人感到心绪纷乱，不知所措。重力下垂如同沉重的幕布，她的心如止水，渐渐平静下来。这些能成为她丈夫感受的一部分吗？——就是根茎、树干、树根和树叶紧紧地纠缠在一起的感觉呢？

"情况往往会像现在这样。"她想道，其实并不知道为什么要这么想，但是她还是会这么认为。"自森林不断成长壮大，这儿就是安静秘密的，从未改变。"说着，沉默的幕布拉得更近，在她周围越来越厚，"一千年——我待的这个地方有一千年了。在它后面有一个森林世界！"

这些想法与她的性情格格不入，与她所学习的自然大相径庭，与她的追求更是背道而驰。她努力抗拒这些想法，但它们还是步步紧逼，阴魂不散。幕布更加浓密厚重，纹理都仿佛变厚了一般，气流开始不畅起来。

接着，她发现幕布动了动，某个地方在移动。躲在大树后面那个模糊不清的东西向她慢慢靠近。她屏住呼吸四顾左右，专心地听着。也许是因为看得更真切，在她看来，树似乎变了。起初，它们的改变并不明显，她并不觉得有什么变化。但是到了后来，它们的变化越来越大，虽然那些变化看起来很模糊，但是从外表已经可以观察出来。"它们在摇晃，在不断地变化。"此时此刻，她的脑海中闪现出桑德森曾经说过的话，不禁倒吸一口气。然而相对于它们如此大规模的运动，这些变化却显得微不足道。它们看见了她，转而向她的方向奔来。

她惊惶不安的脑子里反映着变化。到了现在这个地步，她只能从自己的视角去打量它们；而这些树也用它们的眼光去打量她。它们看着她的脸和眼睛；甚至把她从头到脚打量了个遍。它们的眼光是那么的不友好，有点充满怨恨和敌意。比特西太太从它们的外表上看到了它们不同的表现，她揣度着它们会是什么样的性格。现在，她不用从别人口中的描述来想象它们，她可以亲身感受到它们的性格。

此时此刻，森林里的生命似乎都很安静。然而，这个生命在她身上施了一种可怕的法力。这个法力渗透到她全身，侵入她的大脑。整个大森林勾起了她无限的好奇心。几个世纪以来，从来没有人踏入这个幽静的地方。但是，比特西太太不知不觉已经踏入树林的中心地带。它们注意到了她，把目光投到了这个不速之客的身上。此时此刻，幽静的气氛被它们的叫喊声打破。她环顾这些树，面对眼前这一大群树木，她的目光在它们身上不断徘徊。匆忙间，她并没有找到她想找的那棵树。它们却可以轻易地看到她，她身后的那排树也紧紧地盯着她看。但是她却不能把身子转过来看到它们。她意识到她的丈夫却可以做到这样。它们一直盯着她看，这吓到了她，她好像明白了自己在某种意义上是暴露在外的。它们很轻易就可以看到她，但是她却只能看到很少的树木。

她努力想让它们转移注意力，可却是那样的无助。持续不断的目光向她投来，让她心里异常地紧张起来。她感觉周围满是庞大和可怕的目光，自己只能看着地上，然后就紧闭双眼，等着它们离开。

但是，在她紧闭的双眼中，于黑暗里仍然能看到树的身影，逃无所逃。即使不睁开双眼，她仍然知道冬青树的叶子闪闪发光，橡树的枯叶垂落在空中，摇摇欲坠，杜松的松针始终指着一个方向。此时，森林里所有的焦点都在她身上，没有树会将目光从她的身上移开——这个包罗万象的大森林。

森林里虽然没有风，但是到处可见的是，干枯的树枝上有一片孤叶在快速地颤动，发出沙沙的声音。那是注意到她出现的岗哨。接着，就像几个星期以前那样，她感到自己四周的树木像潮水一样涌来。忽然，潮水转向了。她又想起童年在沙滩玩耍的记忆，当时妈妈说："潮水转向了，我们必须跟进。"她看见一大片潮水，绿油油的，在地平线上卷起，缓缓地袭来。场面甚是宏大，她感觉湍急的潮水正气势汹汹地朝自己袭来。蓝色的天空下，翻滚的海浪呼啸地来到了她曾经玩耍过的那片黄色沙滩上。那场面总是让她胆战心惊——好像弱小的自己是整个海浪袭击的对象。"潮水转向了，我们最好跟进。"

过去的经历又在身边发生了——现在是在树林里发生着同样的事情——缓慢、准确、平稳，和大海没有区别。潮水汹涌，而且，它的对象就是在绿色深山探险的渺小人类。

她坐在那里，紧闭双眼等待的同时，脑子里像过电影一样想得一清二楚。但是，不一会儿，当她睁开双眼，好像突然发现了更多的东西。其实树所找的并不是她，而是其他人。她明白了。好像她的眼睛滴答一声打开了，其实，那声音是从她身旁传来的。阳光依旧是那么温暖平静，她看见丈夫的身影在树林间穿梭——一个像树一样的男人在林间行走着。

他昂着头，手背在后面，慢慢地走着，好像沉浸在思考之中。他们之间大概相隔了只有五十步，但是他并没有察觉她就在自己附近。他完全沉浸在自己的世界里，从她身边走过，仿佛就像是一个梦游人一样。她目送丈夫从身边走过。此时的她就像是一朵充满爱和渴望的玫瑰，但是在暴风雨的洗礼中却终究充满了遗憾。就好像是在噩梦中，口不能言，步不能移。她坐在那儿，看着丈夫从眼前离开，往葱郁的大森林深处走去。她想要叫住丈夫，让他停止前行的脚步，转身回来。她浑身上下充满了热情，但却什么都不能做，只能眼睁睁地看着丈夫从自己身边离去，看着他按照自己的心愿与她渐行渐远。她看见树枝掉落在丈夫的身后，遮蔽了他的脚印。他的身影在斑驳陆离的树荫和阳光下渐渐地淡去。森林淹没了他，潮水把他带走，没有任何抗拒，他心悦诚服。在一片绿色的海洋里，丈夫消失在她的视线之外。她的眼睛再也看不到丈夫了，他消失了。

她第一次意识到，即使她和丈夫相隔甚远，只要能看到他——专注、欢乐和充满活力的脸庞，那就是最安宁和最开心的事情。可是她几乎从来就没有看到过丈夫现在脸上显露出的表情。但是，她曾经认识那个表情。多年前，在他们刚刚结婚的那一段时间，她曾经在丈夫的脸上见过那些表情。但是现在，她的丈夫已经慢慢对她的存在和爱视而不见。只有森林才会唤起他的那副表情，他对树木百依百顺；森林已经完全把丈夫从她身边夺走，包括他的心脏和灵魂。

此时的她，脑海中又浮现起以前的点点滴滴。她感觉自己所付出的爱付诸东流，失望透顶。她觉得自己面对一个可怕的未知世界的入侵，恐怖蔓延到她心底的每一个安静的角落。可是现在，就算以最快的速度，她也抵达不了她所信奉的《圣经》和上帝。此时的她心里充满荒凉和不安的情绪，眼睛干涩灼热。然而，她的身上却如冰一样寒冷。她凝视着眼前的景象，完全不理会自己的这番状态。阳光洒在静谧的树林里，恐怖的气氛在正午的宁静中悄然接近她的身旁。她注意到了前方和后方的危险。神秘幽静的森林边缘，仿佛存在着另外一个世界。但是她对这些不得而知。丈夫了解这些树木，知道它们的优点和缺点。但是，对于她来说，这些树却是显得那么遥不可及，她很少从丈夫口中了解到它们的一切。寒冷的正午，阳光洒在森林的中央，孕育了另外一种生机勃勃，充满激情的世界。此时的她竟然无法用言语来表达。静谧让一切都显得那么的神秘，所有的秘密都被隐藏了起来；但是他能够理解它们，过来和它们待在一起，用自己对树木的爱说明了一切。

她站起身来，踉踉跄跄走了几步，再一次在沼泽地边跌倒。但是此刻，她却没有感到恐惧；她所有的痛苦与期盼都来源于她深爱的丈夫，她自己本身的害怕却旦已被她忽略了。此时，她已经完全忘记自我，当她意识到这种斗争无济于事时，她甚至感觉自己心中的上帝也离自己远去。一瞬间，她又依稀地感觉到，在这个充满敌意的森林中心，上帝离自己很近。起初她并不知道他在那儿，因为她没有认出他的伪装。他站得如此近，如此亲密，很甜蜜又很舒服的感觉，但却又让人捉摸不透——只有听天由命了。

她挣扎着试图站立起来，这次她成功了，她缓缓地朝着来时经过的满是青苔的沼泽地走去。起初，她感到非常的诧异，在她找到路的一瞬间，她突然感觉整个气氛缓和了许多。那一瞬间，她看到了真相。对于她的离开，森林里的树都表示很开心。它们甚至在她回去的路上，帮她一把。森林不欢迎她。

那股树潮的确又来了，不过这次并不是为她而来。

因此，她清晰地看到，它们甚至已经达到了另外一个水平。她看着眼前的一切，似乎已经完全明白了这个可怕事情的整个过程。

到了现在，虽然她并没有把自己的想法表达出来，但是她还是很担心总有一天，丈夫深爱的那些树木会将丈夫从她身边夺走——把他融入它们的生活——甚至用一些神秘的手段谋害他。不过，通过这一次森林之行，她发现自己彻头彻尾地认识错了，这反而让自己更加地恐惧。它们需要她的丈夫，因为它们深爱着他，它们不会想要害他的性命。它们想要和她的丈夫在一起，灿烂的生命和热情感染着它们——它们希望他活着。

而她因为妨碍了它们，所以它们想要将她驱逐出去。

此时她感觉自己，就如同一个人站在沙滩上，面对滚滚海水慢慢向她袭来却无能为力。如同人的皮肤上沾了一层沙子，会感觉很不舒服，他就会下意识地将沙子弹去。桑德森曾经说过森林里的树木也有集体意识，所以它们才会奋力想要驱逐阻碍它们实现愿望的人。她因为爱着自己的丈夫，现在就像沙子一样从树的皮肤上爬过，所以，它们想要驱逐她，让她离开。它们想要消灭的是她，而不是她丈夫。它们爱他，需要他，不会让他死。它们想要与他一起生活。

尽管她已经完全记不得她是怎么找到路的，但是她却安全地返回家中。她感觉所有的事情都变得简单了许多，树木把她带出了窘境。

但是，当她离开那片阴森的地方，她感觉，就好像是身后一些高大的森林守护神关上了一扇大门。门里一片绿色，无数的树叶像是柄柄利剑，寒气袭人，不可逾越。她再也进不去森林了。

她的生活又恢复到了往日的平静，静得让她自己都感到诧异，似乎是生活在另一个世界。天黑后丈夫进屋喝茶，她与他交谈。听天由命给她带来了莫名的勇气——因为没有什么可患得患失的了。精神可以承担任何风险，勇往直前，难道这真是通往另一个高度的捷径吗？

"大卫，我今天早上也去了森林。我跟着你去的。我在那儿看见你了。"

"这难道不是很好吗？"他往前走了一小步，简短地答道。他的神情中并没有表现出惊讶或生气，反而倒很温和，也没有问一些实质性的问题。她想到花园中的树木突然遭受了狂风的袭击，树枝被大风刮弯了，这是不可抗拒的——能看得出来，树非常不情愿屈服。她现在经常从树的角度来看丈夫。

"亲爱的，是的，是很好，"她低声回应道，声音虽然有些模糊，但并没有支支吾吾，"但是对我来说，太奇怪，太庞大了。"

平静的声音里其实含着委屈的泪水，但她还是忍住了。

停了一会儿，他接着说道：

"我每天看，习以为常了。"他的声音穿过闪着灯光的房间，像是树枝间的风在喃喃细语。她在森林里看到的丈夫脸上的活力与开心完全消失了，取而代之是一副疲倦的神情，就如同处在一个让自己都感到不自在的环境里一样。他讨厌这栋房子——讨厌回到房间里，看到这里的墙壁和家具。他感觉自己被天花板和紧闭的窗户困住了。不过，似乎没有什么迹象表明他讨厌妻子，但是，她的存在似乎都不那么重要了；事实上，他几乎没有注意到妻子，他已经失去她很长一段时间了，根本不知道妻子的存在。他不需要她了，他独自一人生活，两人形同陌路人。

各种迹象让比特西太太感到这场可怕的战斗对她不利，她所能接受的放弃条件也让她内心无比悲凉。她把药箱放在架子上；丈夫还没提出要求，她就将午餐准备好；独自一人早早地上床睡觉，不关门。在客厅的灯旁，放好为丈夫准备的牛奶、面包和黄油——心中对丈夫的妥协驱使她不得不这么做。可越来越频繁的是，除非天气不好，他每天晚饭后，都要花好几个小时待在森林里。但是，她每天都要听到前门关上后才会睡觉。她知道不一会儿，丈夫会小心翼翼地爬上楼梯，轻轻地进入房间。直到听到丈夫有规律的呼吸声，她才会安然入睡。所有抵抗的力量和欲望都已经消失了。这件事对她的冲击力太大了。她已经完全对丈夫妥协了，接受了事实。自从她跟着丈夫去过森林之后，就注定是这种局面了。

而且，是时候该逃离这里了——她自己的逃离——离开的时间似乎越来越近。就像是她曾经害怕的潮水，缓慢悄然地向她靠近。潮水已经到达高水位了，她依旧镇定地站在那里——等待着被潮水带走。初冬那些糟糕的日子里，在草坪上，她眼睁睁地看着潮水静悄悄地泛起，包围整个森林，朝她脚下奔来。但她却从未丢弃《圣经》或放弃祈祷。完全地逃离这儿，更多的使她深刻地明白了一个道理，如果她不能接受丈夫离开她这个恐怖的事实，她所能做的就是找到可能会促使丈夫离开的原因。是的，但是最多也就是可能——某些特殊的原因，并不是不好的那些方面。

到目前为止，她可以将自己未来的生活状态分为两类——精神饱满或是精神欠佳。但是现在，她突然有种想法。只是简单的假设，就像是上帝的脚步，轻如羊毛，除了这些明确的分类，也可能是其他的因素，非常清楚的是，它们不属于这两类。她不再去想这些了。但是，在她宽广的心胸中还有另外一个宏大的想法无法拒绝，这让她有所安慰。

正如她所说，不管是她心中的上帝无力帮助她还是不情愿帮助她，她都在某种程度上能够理解。现在，她发现自己越来越可能去胡思乱想，可能在工作时不会那么积极，但是只有一些东西通常会远离人类，那就是一些外来的、并没有普遍被认可的东西。她丈夫和树之间本来有一个鸿沟存在，桑德森先生的言辞、解释和态度连接了这个鸿沟。通过这些，她的丈夫找到了解决的方法。他的性格和对于树自然流露出来的强烈感情已经决定了他心灵的归属。一瞬间，他看到了自己要选择的道路——选择最简单的道路。当然，每一个人都要生活，她的丈夫有权选择他想要的生活。他已经做出了选择——从她身边离开，远离其他人，但是未必远离上帝。这是比特西太太做出的一个很大的让步，但是她却从未真正去面对；想要去面对确实需要下很大的决心。但是，她混乱的思想中出现了这种可能性。这也许会阻碍他前进的步伐，或是推动他向前行进。谁知道呢？上帝把所有的事情都安排得很妥当，上到太阳的运行轨道，下到麻雀飞到地面的路线。可是为什么上帝却反对他做出自己的选择，或是去干涉他，让他停止呢？

她从另一方面理解了听天由命，因为它即使不能让她感到平和，至少也会让她感觉舒服许多。她不允许别人贬低她心中的上帝。也许，上帝会知道她心中所想。

"亲爱的，在远处的森林，你不孤单吗？"有天晚上，大约子夜时分，当他蹑手蹑脚地走进房间，她试探地问道，"上帝和你在一起吗？"

"一点也不啊，"他立即答道，"因为上帝无处不在。我只希望你——"

但是，她用衣服堵住了自己的耳朵。她不想听到他口中说出那样的话，就好像让她上绞刑架一样。她将脸埋进了床单和毯子里，身子像被风吹过的树叶一样颤抖起来。

九

她心里的这个想法一直存在，并且在不断强化。或许，因为她有离去的奇怪举止，风的力度也有减弱的迹象。树感觉到了真正的障碍是她思想上的挣扎。一旦克服消灭了思想上的障碍，她的肉体存在就无关紧要了，不会产生什么危害。

她承认自己失败了，因为她逐渐发现比特西的痴迷并不那么无恶不赦，她同时默默地接受了残忍的孤独。现在，她离丈夫的距离甚至比到月球的距离还要远。他们没有客人，拜访者几乎没有，他们也不欢迎别人拜访。寒冷的冬天里，眼前的一切都是空荡荡的，漆黑一片。她无法跟周围的邻居吐诉衷肠，因为他们信任她的丈夫。莫蒂默先生倒是合适的人选可以帮助她孤寂的心灵得到慰藉，但遗憾的是他不是单身，他的妻子就在身边，趿拉着拖鞋，认定坚果是人类最完美的食物。她还有其他各种癖好，自然而然地属于"另类"，是比特西太太自小被教导危险的一类。她完全孤立了，成了孤家寡人。

因此，比特西太太思想甚至出现了幻觉，孤独也许是她精神逐渐分裂崩溃的原因吧。

随着天气越来越冷，晚饭后比特西先生不再到森林漫步了；整个晚上，他们都坐在炉火边；他读着《泰晤士报》；他们甚至聊起了推迟到来年春天的国外旅行。他不再坐立不安；此时的他，想法简单，似乎很满足；很少再谈起树木和森林；如果换个场景，他会好好享受生活与健康带来的幸福。他对比特西太太也开始变得温柔，还对她的日常生活关心起来，好像回到了当初他们蜜月时的那些日子，看起来是那么美好。

但是，他这种异常的镇定欺骗不了她，她完全明白那意味着他对自己的充分自信，对她和祤都有了充分的把握。所有想法都埋藏在他的心底，如此之深，万无一失。它们和他已经融为一体，不会有任何不和谐的波动表现出来。他的生命藏在树林里。即使害怕冬天湿气的寒热也离开了他，现在她终于明白了：他发烧的原因是那些树太需要他了，而他则努力去满足它们的要求，是他们双方的努力激烈缠斗的结果，比特西原来不明白，直到桑德森给出了他邪恶的解释，他才恍然大悟。现在情况恰恰相反，他已大彻大悟，所以他毅然选择了离开。

勇敢、忠贞的她，拥有一颗始终如一的心灵，可是到头来却发现自己是孤家寡人，甚至轻易地放任丈夫离开自己的身边。比特西太太的心情糟糕透了，此时的她，就好像是站在谷底一般。这里没有岩石，有的是一排排参天大树，就像是一堵墙一样，直通天际。站在树面前的她，显得是那么的渺小。只有上帝知道她在那儿，看着她，允许她在那儿独自一人静静地待着，甚至可能默默地应允了她。不管怎样——他知道其中的原因何在。

在那些安静的夜晚里，他们坐在炉火旁，听着冷风在屋外呼啸而过，这样，她丈夫还可以继续和那个爱他的世界保持着联系，一刻也不会切断。她望着比特西面前摊开的报纸，看到他的方头雪茄烟雾在周围萦绕，注意到他的睡袜上烂了一个小洞，像往常一样聆听着他大声朗读新闻。但是，这只是他故意将自己的一面展现在妻子面前看罢了。在这后面，他选择了逃避。这只不过是骗人的把戏，遮人耳目而已，那些细枝末节掩盖了本质的东西，他表演得太好了。她痛苦地爱着丈夫，而他却对她的沮丧心情视而不见；她始终清楚，此时眼前这个懒洋洋地靠在扶手椅上的男人，并不是他的全部，只不过是一具僵尸，宛如一个空壳。他的精华灵魂早已飞去了远处的森林——此时已到了咆哮森林的核心。

乘着夜色，森林大胆地来到他们家，不断地挤压墙壁和窗户，从窗口窥视着他们，与石板瓦和烟囱握手致意。大风一直在草坪和砾石小径上盘旋着，来来回回；它们有的在树林间交谈，有的也在建筑里。黄昏后，它们在楼梯上与比特西太太擦肩而过，或轻轻地跑到过道阳台，好像失去了白天的能量，在一片黑暗当中，她待在那里，试图想要逃离。它们还在静静地碰撞着房子。它们一直等待着她离开之后，才跑进屋。比特西对此一直很清楚。她看见比特西先生不止一次故意躲开它们——因为她在旁边。曾经不止一次，她看见比特西先生站在那儿听着，他以为她不在附近。然后她就听到它们大踏步地穿过静谧的花园。其实，他很远就听到了它们的声音。她很清楚，它们是沿着长满青苔的沼泽地朝这边奔来的，她上次就是走的那条道。它们踩的那块沼泽地就是她曾经踩过的地方。

她感觉在这个屋子里，树木总是跟着丈夫，进了他们的卧室。比特西先生非常欢迎它们到家里来，可是他却没有意识到她也认识它们，并且害怕得发抖。

一天晚上，在卧室里，一棵树冷不防地抓住了她。她从沉睡中醒来，还没定神，它就已经来到了自己面前。

这一天显得是那样的疯狂与喧闹，但是现在风停了，只有树的残枝还在夜色中飘荡。一轮满月高高悬挂在空中，月光洒在树枝间。云朵从头顶快速地飘过，形状像是匆匆飞过的怪物；但是在地面上却是如此的安静。树的主人仍然站在那儿。月光照在树干上，闪闪发光。空气中弥漫着霉菌和落叶腐朽的味道，还有些发臭。

她从睡梦中惊醒，立刻明白了眼前所发生的事情。对于她来说，似乎她已经到了别的地方——跟着她的丈夫——好像她已经出去了。这已经不再是梦，而是现实生活，可是却常常出现在她的脑海当中。那个记忆已经离她渐渐远去，深深地掩藏在那个漆黑的夜晚里。她坐在自己的床上，缓过神来。

月光透过窗户倒影在房间里，显得那样苍白无力。打开百叶窗，她看到自己旁边比特西的躯壳。他睡得很沉，一动不动。但不知不觉地，眼前突然出现的可怕景象，让她立刻清醒了过来。床边多了许多奇奇怪怪的东西聚集在丈夫身边，她被此刻房间里的景象惊呆了。它们的胆子真大——比特西太太已经无法用言语来描述当时的情景——此时此刻，她已无法抵挡心中的恐惧，惊声尖叫起来。后来她意识到自己刚才都做了些什么——尖叫声弥漫着整个房间，久久不能停息，甚至盖过了整个房间里真实的声音。一群幽灵围绕在床边，身上微微发亮充满潮气。她看了看天花板下面它们的轮廓，只见眼前一片绿色，它们模糊的身影逐渐蔓延到整个墙面和家具上。它们来来回回，聚集在一起，但似乎又让人难以发现它们真实的身影。幽灵缓慢地移动，转向时发出轻微的瑟瑟声。它们的声音听起来悦耳动听，但比特西太太感觉这声音就像是可怕的魔咒。它们是如此的温和，每一个都是形单影只，但是它们聚集起来，让她感到非常可怕。此时，比特西太太感到浑身冰冷，身上的床单都变成了冰。

她再一次尖叫起来，声音几乎不是从喉咙里发出的。魔咒似乎已进入到她的身体里，越来越深，直达她的心脏；此时此刻，她的血管好像也被软化了一般，身上的精气被一一吸走。那一刻，想要反抗几乎是不可能的了。

她丈夫在梦中动了一下，醒了过来。突然间，那些神秘的幽灵也停了下来，站在房间里，以一种奇特的方式聚集在一起。它们所占的空间减少了许多——受到光线的影响，它们的影子在空气中散去，恐怖的气氛让人有种窒息的感觉。这一大片影子，却又那么细腻入微，暗绿的光影占满了整个房间。她隐约地感觉到有什么东西在缓缓地移动，就好像幽灵在空气中从她身边飘过一样——随后，它们消失不见了。

但是，比特西太太看得最清楚的还是它们前进的方式；因为在它们从打开的窗户逃跑的那一阵骚动中，她看到了几周以前桑德森说话时那相同宽度的"循环圆"——就好像是一只陀螺。房间再次空了。

接下来发生的事情让她感到崩溃。她感觉比特西先生的声音就好像是从很远的地方传来的一样，可是自己的声音却很容易听到。两个人说话的方式都很奇怪，不像他们平常说话的风格，极不自然。

"怎么了，亲爱的？为什么现在叫醒我？"他长叹了一声，小声地对妻子说道，就像从松枝间传来的声音。

"在这个房间里，刚才有东西从我身边飘过，现在又飞了出去。"她的声音也和比特西的差不多，就好像许多树叶卷在一起发出的沙沙声。

"亲爱的，只是风而已。"

"但是，它在呼唤，大卫。它在呼唤你——你的名字！"

"你听到的是树枝晃动发出的声音，亲爱的。现在，去睡吧。求你了，赶快睡吧。"

"这里有数不清的眼睛在盯着我们——前前后后——"她的声音逐渐变大。但是，比特西先生的回应声却越来越小，越来越远，房间里静得有点奇怪。

"月光，亲爱的，那是无数树枝上方的月光。"

"但是，我感到害怕。我失去上帝——还有你——我冷得要死。"

"亲爱的，清晨总是很冷。大家都在睡觉。现在，睡觉吧，不要想太多。"

他凑到妻子耳边低语，她感受到了丈夫的抚摸。此刻的他声音是那么柔和、舒缓。但是，她只感到了丈夫身体的一部分，他只有半个人在说话，而另一半的身体就像是被掏空了一般躺在她的身边，说着奇怪的话，甚至干涉比特西太太的言语。但是，在这间屋子里，可怕的、昏暗的树木逐渐向他们靠近——冬天粗糙古老而孤独的树木正在围绕着它们的爱人低语。

"让我再睡一会儿吧，"她听见丈夫和衣躺下时轻声说道，"我还是回到你叫我的那个时候吧，美美地睡上一觉，享受着那只属于我的宁静时光……"

比特西轻柔而又开心的语气，即使在朦胧月光下也能看清的那张年轻和快乐的脸，让她想起了那些闪闪发光、小巧的绿色幽灵所施的魔咒。那些咒语深入她的身体，她感觉自己昏昏欲睡。刚开始入睡时，比特西太太的耳边总是回荡着那些奇怪的声音。慢慢地她失去了意识，任由那些声音在脑中回响——

"森林里除了那个罪孽深重的人，到处充满快乐——"

这时，比特西太太进入了梦乡。然而，她并没有意识到，自己在拙劣地模仿她最珍贵的一本书上的文字，这真是非常不敬的行为……

虽然她很快又睡着了，但是这次却和往常不一样，她没有梦到森林和树木，有的只是短暂而又有点奇怪的梦。这个梦一次次地闪现在她的脑海；她站在海面一个很小的暗礁上，海水不断地上涨，漫过了她的脚边，来到她的膝盖，后来还漫到了她的腰部。每次只要她一做这个梦，潮水似乎涨得一次比一次高。有一次，海水漫到了她的脖子，甚至到了她的嘴边，覆盖了她的嘴唇，让她一度无法呼吸。她并没有从自己的梦中醒来；有一段时间，她却没有做梦，显得单调而又平静。但是最终，海水漫到了她的脸和眼睛上，进而完全淹没了她整个脑袋。

梦带来了解释，让她明白了是怎么一回事。在海底，她看到了满眼的海藻，就像是一片森林，有着绿色葱郁粗大的树枝、密集弯曲根茎的树木，就像是在黑暗的深海中传递植物的力量一般。在大海里甚至存在一个植物王国，树木无处不在，土壤、空气和水让它们得以生长，但却无处可逃。

甚至在海里，她还听到那可怕的咆哮声——那是海浪声、风声还是其他声音呢？——渐渐地，这个声音离她越来越近。

英国的冬天，孤独单调。比特西太太不断地折磨自己，内心恐惧万分，迷失了自我。这一段时间，她的情绪一直很低落，心中有一丝凄凉。阴暗的天空中黏黏的湿气，让严寒变得更加刺骨。在她自己看来，比特西先生和心中的上帝离她越来越远。日子眼看也要到春天了，她摸索着前方的道路，跌跌撞撞沿着长长的黑暗隧道走去。透过远处的拱门，她看见了法国海岸一片紫罗兰色的美丽景象，这里非常安全，如果她坚持，他们可以逃到这里。在她的身后，树将其他入口都堵住了，她再也没有回头。

比特西太太低下头，还有些体力，不停地大口喘气，她身上的力量总是这样被源源不断地消耗着。所有的水龙头都已经打开，她的性格就如这流出的水一样，永不停息，似乎从来都不感觉到疲惫。幽灵得到了她的躯体就如同满月赢得了上涨的潮水一般。她渐渐停下来，变得顺从起来。

起初，比特西太太看到这个过程，明白了眼前发生的一切到底是怎么回事。她的物质生活、心理平衡都依赖于自己的身体健康状况，然而这一切都变得越来越糟糕，她非常明白这一点。只有她自己的心灵像独立于它们之外的一颗星星，在一个安全的地方——和她遥不可及的上帝在一起。她知道了这一切，显得很平静。她和丈夫的精神之爱不会为任何攻击所动。以后，一旦他状态恢复，他们又会恩爱如初。但与此同时，她在世上的亲情正在慢慢离她而去，她不得不逐渐接受这个残酷的事实。她身上每个树能够触碰的地方都在枯竭，她正在——离开。

然而，过了一段时间后，她的这种感知能力也消失了，她不再能"看到整个过程"或者准确了解事情的细节。她唯一满意的是——这种感觉虽然很好，但是因为比特西先生的缘故而遭受了打击——它也不在了。她孤零零地一个人站在那里，独自面对来自树的恐吓……此刻的她，大脑处于一片混乱之中。

这次，她睡得一点不好；早晨起来，比特西太太睡眼惺忪，眼里充满了倦意；头痛剧烈；思维混乱，日常生活不能自理。同时，她也看不清隧道口美丽的图画；视线消失在苍白色的半圆形光圈当中，紫色的花海和温暖的阳光就像是一颗星星，散发出微弱的白光，是那么的难以接近。她知道现在的自己好像再也看不到这些了。眼前的黑暗让她寸步难行，森林里的树木在慢慢地向她靠近。树枝一步步地缠住了她的脚和手臂，甚至爬上了她的嘴唇。比特西太太晚上醒来，呼吸有点困难。她感觉有湿叶压在嘴上，绿色的叶子软软的，贴在了她的脖子上。此时的她，脚很重，就如生根了一样扎在很深而又厚重的泥土里。黑色的隧道里满是大型的爬行动物，她感觉自己好像被它们紧紧地捆住，就如常青藤或是巨大的寄生虫在树上停留，慢慢地吸取这些树木的元气，直到最后让它们死去。

慢慢地，她的生活变得越来越糟糕。她害怕冬日的森林里刮起的大风。大风和森林是一伙的，它们狼狈为奸。

"为什么你还不睡觉，亲爱的？"比特西现充当着护士的角色，实实在在地照顾妻子，满足她的任何要求。这一切至少都在假装爱她。不过，比特西好像丝毫没有意识到，这场狂暴的战争由他引起的。"是什么让你如此清醒和焦躁不安？"

"风。"她在黑暗中小声说道，她通过窗口观察了好几个小时的树木摇动，"今晚，它们在黑暗中来来回回，吵吵嚷嚷，我一直都睡不着。他们一直在大声地呼唤你。"

比特西在她耳边轻声地说了几句，这让她一时间感觉有些奇怪和震惊。等到她明白了他的意思时，她的思想陷入一片黑暗和混沌当中。后来，她的思想几乎一直这样。

"一到晚上，这些树就开始兴奋起来了。风是最大的助兴者。加入它们吧，亲爱的——不要再反对了。你会发现如果你那么做的话，你会睡得很好。"

"一场暴风雨即将袭来。"她突然这样说道，让人有点捉摸不透。

"之后还会更大——与它们在一起吧。不要抵抗。它们会把你带到树身边的。"

抵抗！这个词让她想起，曾经有些话语帮助她克服了许多困难。

"将恶魔拒之门外，他会从你身边离开的。"她听到自己内心在小声地回答。她再一次将脸埋进衣服里，歇斯底里地哭了起来。

但是，她丈夫似乎并没有受到影响。可能他并没有听到，因为呼啸的风在窗外咆哮，不停地拍打着窗户。这风的背后，是来自森林更远处的咆哮声，传进了屋里。也许，他又睡着了。她逐渐地镇静下来，眼神显得有些呆滞。随着她的床单和毯子乱作一团，她的表情开始发生变化。她仔细地听着外面的声音——恐惧开始漫上心头。窗外下着暴雨。一切都来的是那么突然，这让她不可能再睡得安稳。

她躺在床上，耳朵听着窗外的声音，就好像是她独自一个人在这个摇晃的世界里一样。这场暴风雨就好像是思想的波澜一般，此时此刻正处于顶点。森林里的树木在大声呼喊，它们抵抗住了大风的威胁；大风也不甘示弱，反反复复肆虐了整个晚上。她的胜利和失败，人类微小的痛苦感，所有的这些，它们都知道。她听到了树胜利的咆哮和呐喊。

她知道，森林里的树在黑暗中呐喊。这些声音听起来就像是风帆拍动的声音一样。每一次，都有很多船同时扬起风帆。有时，这些声音又好像是远方有人在打鼓，发出隆隆的声响。这些树站了起来——围成了一圈——它们繁多的树枝不断骚动，在这个夜晚里传递着异乎寻常的讯息。现在，它们好像已经分散开来了。树木穿过田地、树篱和屋顶，上面满是茂密的大树枝，兴高采烈地在白云下慢慢移动着。在行进的过程中，它们不时地发生骚乱，有时候情况显得很惊险，发出令人可怕的声音。它们的叫声就像是海水的咆哮声一样，不受控制地穿过大门，翻涌而来。

尽管外面正在发生巨大的变化，但是比特西依然睡得很香，就好像什么也没有发生过一样。然而，比特西太太却明白，丈夫现在只剩下半条命了。他已经对喧闹的事物失去了兴趣。她丢失的比特西的那一部分就在外面。比特西在她身旁安静地睡着了，可这只是一个躯壳，已经被掏空了一半。

冬天的早晨，一片衰败的景象。暴风雨过后，天空放晴，温暖的阳光照耀着大地，空气格外清新。她悄悄地走到窗口往外眺望，第一眼看到的是草坪上倒塌的雪松，只剩下枯瘦残破的树干。一根巨大的树枝横在阴暗的草地上，末端被旋风吸往森林的方向。它躺在那里就像是一堆失事的船只所形成的漂流木，在一阵强沙尘暴过后，只剩下一些质量好的船只在保护着船上的人。

比特西太太听到森林的深处传来悠长的咆哮声，这其中有比特西先生的声音。

（王海明　译　穆从军　校）

沙

一

一月，夜晚的雾几乎让人喘不过气来。菲利克斯·亨里厄特穿街过巷踏进顶层自己小小的公寓房间，这时，传来一阵风声，顿时引起周围一片骚动。刚开始，风声很轻，吹打着窗户，亨里厄特根本没有觉察到。不一会儿，风声起起伏伏，像是要特别吸引人眼球的哀鸣，亨里厄特的确注意到了。他望着窗外漆黑的一片，仿佛在聆听着什么。

无处安放的凄风，其悲鸣无与伦比。亨里厄特的心头掠过一丝若隐若现的激动，难以言表。不一会儿，雾帘散开，亨里厄特想象一颗星星正在高空凝视着自己。

"会有所改变的，"他舒了口气，坐回椅子里，"会带来变动！"

事实上，他的内心已经发生了变化。犹如四处游走的风，他变得心神不宁起来——期望离开，期望远走他乡。当然，其他的刺激，譬如飞流直下的瀑布、鸟儿美妙的歌声、柴火的香味，看到一段蜿蜒的公路，无不会激发这种狂野的想法。但是，风的哀鸣，那种不懈求索，坚持质疑，行万里路的精神，却是最最令人心动的。他的内心充满了渴望，霎时，他感到自己只是伦敦街头芸芸众生中的一个，孤独之感涌上他的心头。

"吾欲当即起身，湖畔波涛日夜不息，涛声入耳声声低沉，城镇交通车水马龙，盼望之深内心涌动。"

亨里厄特喃喃自语，反复念叨着这首诗词。一股强烈的情感传遍他全身，那是在因尼斯弗里[1]才会产生的感觉。他觉得自己仿佛也飞越了千山万岭，浪迹天涯。他厌恶一成不变的生活，渴望改变、冒险，期待远离繁华的商铺、嘈杂的人群，还有车水马龙的生活。一周以来，大雾笼罩着伦敦。这股风给伦敦注入了生机与活力。

他该去哪儿呢？欲望虽丰满，钱包很骨感[2]。

他瞥了眼那一摞摞的书籍、信件和报纸，提不起一点儿兴致，此时，他更愿意倾听。过去种种的旅行画面犹如一幅幅彩画，一幅接着一幅在眼前浮现。相对于旅行本身来说，亨里厄特更享受旅行所带来的美好回忆。风还在身边嘶鸣，奏出多声部和弦，引人入胜。

他听到，浪花轻轻拍打着黑海海岸，远处巍峨的高加索山直插云霄。马赛那状如华盖的青松和仙人掌在风中沙沙作响，港口大大小小的轮船，放飞梦想，扬帆起航，周游世界，开启一段魔幻之旅。听见伊达山坡的泉水叮当，马拉松镇的红柳窃私语。奥尼亚海上又迎来了清晨的第一缕曙光，他嗅到了基克拉迪群岛的芬芳，岛上像是罩了一层薄薄的蓝色面纱，沐浴在阳光下。瀑布的水花，打湿了坦佩草坪，穿过湿漉漉的草坪，他惊讶地发现——天啦！——那白色的浪花像是在翩翩起舞，或者是阳光在珀利翁山画下的薄雾？……"天边泛出鱼肚白，我们一起徜徉在绿色的草坪，和煦的清风吹拂着朵朵白云……"[3]

这时，从远处废塔飘来一阵紫罗兰花香，让闷热的房间顿时感觉清爽了很多，耳边传来"黄蜂飞舞在常春藤的花丛中"[4]的诗句。清风扫过空旷的山丘——正是它不遗余力地吹散了伦敦的雾霾。

亨里厄特感受到了变化，整个伦敦融化在黑暗里，雾霾飘向蔚蓝的天空，轰鸣的车流声如大海的呼啸。汽笛声在缆绳间穿梭，甲板来回摇晃，他看见一个水手摸了摸自己的帽檐，把两法郎装进了口袋。汽笛声声，多少次的冒险之旅起自这不安的噪声，伦敦的喧闹已然无关紧要，

1　加拿大地名。

2　文中的 Desire was long, his purse was short. 是根据 Art is long, life is short. 改写的。Art is long, life is short. 意思是：吾生也有涯，而知也无涯。或：艺术春秋，人生朝露 / 人生苦短，艺海无涯。

3　这段英文原文选自《解放了的普罗米修斯》中的一段。在该段中，阿西亚回忆起和普罗米修斯一起生活的场景。

4　诗句出自《解放了的普罗米修斯》。

只不过犹如孩童玩具马车发出的嘚嘚声。

亨里厄特钟爱汽笛声，因为它深沉、威严。这声音吸引了城市各个角落的流浪汉，它告诉人们："抛开你熟悉的世界吧，不管好坏，请跟我走！锚已升起，再晚就来不及了。请注意，你会体验到非比寻常的惊喜，只有你会体验到。"

坐在椅中的亨里厄特一阵心悸，猛地转身来到书架前，上面摆满了一本本旅行指南书，还有各种地图册和时刻表，这些是他在这个房间里的唯一挚爱。他是一个骨子里无忧无虑、热爱探险的人。他无视常规，总是渴望着新奇事物的出现。

"住廉价公寓和身无牵挂的最大好处就是，"他笑道，"门一锁，就可以走了。除了窃贼惦记，没有人知道，也不会有人在乎。即使是窃贼，他也早已知道这里没什么值得偷的了。"

他总是随时等待出行，毫不犹豫，行囊瞬间即可收拾停当，每次回城休整，也只是为下次出门筹钱而已。他的旅行包像一个麻布袋，又脏又破，需要时就会从壁橱底部迅速滑落出来。袋子挺大，背在身上能听到里面发出钥匙和挂锁碰撞的叮当声。屋里到处是烟灰，他随手捡起几件破旧衣服塞进行囊。他轻轻吟着"黄蜂飞舞在常春藤的花丛中"，和着窗外越来越强的风声，心中的烦躁魔术般地消失了。

不过，这次他不是去神出鬼没的珀利翁山，也不是去绿树成荫的坦佩峡谷。生在一个物欲横流、金钱至上的时代，旅游是有钱人的专利，流浪汉只能过着猪一样的生活。他想起一位埃及朋友曾邀请他游览撒哈拉大沙漠。那位志趣相投的朋友知道他讨厌陈规陋俗，所以发出这个"务实"的邀请。此时，"赫勒万"几个字闪现在他的脑海之中，这正是他想去的地方。埃及一直以来牵动着他的心弦，他总想去触摸她深藏的伟大灵魂，但都以无果告终。那些发掘者、埃及古物学者，特别是考古学家在她那张古朴的面孔贴上了如同游客旅行箱上酒店广告一样的标签。他们讲述着她的历史，却从不谈她的梦想、思想和挚爱的东西。埃及的内心，埋藏在沙漠的深处，而那些人则在埃及的坟墓、寺庙中大肆掠夺"宝藏"，他们得到的只是埃及文明的冰山一角，根本无法彰显她那博大的心灵世界。亨里厄特年轻时，曾找遍了所有关于埃及的资料，并仔细琢磨。他发现，古埃及的礼仪传统是一种精神力量，非常人所能感知——他当时曾一度认可这种力量——确切地说是将信将疑。而如今，人们只是看到了这些礼仪传统的表层，没有深入挖掘，而是对其嗤之以鼻，还振振有词。殊不知，这些礼仪传统曾是我们领略埃及文明的必由之路。他曾经到访埃及数次，却未曾遇到一位志同道合之士。他遇到的人，曾对他说："莫名其妙。"然后转身继续在沙地里挖掘宝藏。如今，她的世界被沙掩埋。发掘者只得到了一具具骷髅，各地的博物馆争相收藏，那些咧着嘴笑的空洞文物没有任何内涵。

不过，此时此刻，他正在一边整理行囊，一边哼着小曲。年轻时的满腔热情仿佛又苏醒了，那时的情感真是朴实无华。清晨，古老的金字塔穿越尼罗河上的迷雾，越过伦敦屋顶向他深深鞠躬，说道："来吧！"那声音十分低沉，"我要给你看样东西，还有话想和你说。"他看到一群金字塔在沙漠上"乘风破浪"，宛如一艘艘奇妙的灰色舰艇，漫无目的地驶向远方。在他眼中，这些庞大的家伙仿佛就像一艘大船一样，阴森诡异。可惜，种种幻象，早已从这个尘世中消失得无影无踪。

"不能再做梦了，"他笑道，"要是再这样心不在焉，就会把火钳打进行李，而忘了靴子，这里搞得简直像'跳蚤'市场了。"他站在那堆行李上，把它们紧紧地压实。

然而，他脑中的画面还是停不下来，只见一只只风筝在蓝天盘旋，一对白鹰闲适地翱翔而过，一路互诉衷肠。船帆像巨大的翅膀从地平面升起，从尼罗河逶迤向他驶来。棕榈树在孟菲斯投下长长的阴影。他似乎感受到了埃及的烈日炎炎，虽大汗淋漓，却神清气爽。一股非洲热风从努比亚袭来，阵阵吹拂在他的双颊。而在那些小花园里，杏花开得正旺，香气四溢……他感受到了沙漠的气息……埃及那无人问津且阴晦的地下墓穴里怪异的氛围……黄沙漫漫，悄无声息地向前推进，逐渐把伦敦老城围了起来……

像变戏法一样的黄沙悄无声息地狂卷而来，偷袭了他的四周。

他使劲地塞着又大又怪的行李袋，一堆堆衣物挤成了贝都因人[1]脸

---

[1] 贝都因人（Bedouins，亦作 Beduin），也称贝督因人，是以氏族部落为基本单位在沙漠旷野过游牧生活的阿拉伯人。主要分布在西亚和北非广阔的沙漠和荒原地带。

的形状，闪着亮光。随着骆驼悲凉的蹄声，夹着风声和地下的水流声，伦敦的服装店也安静了下来。那声音是旧时代带入现代生活的声音，让我们沉思，也让我们流泪。

他感觉飘飘欲仙，双眼像着了魔一样透着兴奋。一想到埃及，他就像跌入了万丈深渊，连呼吸都变得困难起来。奇怪的是，那地方看起来是那么的遥远，但却莫名其妙地让人觉得那么熟悉。他感到困惑不解，一阵恐惧感随之而来。

"这个行李袋简直就是个世界奇观。"他又笑起来，一脚把那个香肠般的笨重怪物踢到了墙角，兴奋地坐下来写行李标签："菲利克斯·亨里厄特，经马赛至亚历山大。"可因为笔芯进了沙子，墨渍涂污了字母。他把那句话又重写了一遍。接着，他想起还有十几样东西忘了装，于是，心急火燎但又有一点迷惘地把它们塞进去。那些东西卷成一团，塞在里边不见了，可一会儿突然又出来了，就像是打理又干又热的流沙。沙子从一件外套的各个口袋里散落出来，而这件衣服正是去年他去多塞特时穿过的，现在他满心满脑想的都是沙子。

那一夜，他的梦里全是风沙，来自埃及的风，凄凄哀哀，经久不息，流动的沙也停不下来。阿拉伯人在遥不可及的沙丘上与恶魔狂舞，他简直无法跟上他们的脚步。有种比所有这些还要古老的力量扯住了他的双脚，让他停了下来。他感觉有无数只手指对着他戳戳点点，他的面前飞来一块面纱，遮住了他的脸、双手和脖子。"和我们在一起吧。"他听见很多低沉的喊声，这些声音来自地面，但很快就湮没无声，众多的喉咙窒息无声。经过一番艰辛的努力，他终于抓住了它。但很快它就从他的指间滑下，轻巧地溜走了。它的外表呈灰黄色，全身都在动。尽管它是固体的，但是它却如流水般灵动。它的历史源远流长。

亨里厄特朝它大吼道："你是谁？叫什么名字？我肯定认识你……但是我记不起来了。"

它停了下来，远远地转过它那硕大的脸庞，没有一丝遮盖，面无表情。

他听到风一样的声音滚滚而来，时而轰隆轰隆，时而窃窃私语。接着，他的心头一颤，醒了，身上全是冷汗。

那声音好像还在房间里——就在他的身边。

"我是沙。"他听到那声音说，然后就慢慢消失了。

然后，他发现巴黎的繁华已离他而去，一艘蒸汽船正载着他穿过波涛汹涌的大海，绕路驶向亚历山大港口。他高兴地看到里维埃拉[1]连同耀眼的阳光、莫测的风以及保守的英国有钱人的诽谤消失在地平线以下。现在，他身上所有的不安已不复存在。尽管已经四十岁了，但他骨子里是一个喜欢四处流浪的人。身陷按部就班的生活与清规戒律，他没有一丝放松的机会，生活留给他的只剩下不安和紧张。他最终再次选择离开，尽管囊中羞涩，但是浪迹天涯的快乐可以让他的感情得到宣泄，不必斤斤计较。他想起一位住在美国长岛的女性，某个夏日的一天，她走出家门观望过往的帆船，然后随舟而行，当她再次走进家门已是八年之后。八年时间四处旅行！这让他对那位女性钦佩有加。

亨里厄特的体内流着异族的血，兼具流浪汉和哲学家的气质，既富有诗人的浪漫情怀，又笃信教条戒律，是一个性格非常复杂的人。他历经岁月的洗礼，博览群书。年轻时满腔热情，希望能解决世界上的种种重大谜题，现今这一想法却变为满足自己的好奇心。万事皆有可能，任何事对他来说都不足为奇。据他所知，哪怕是那些说得最鞭辟入里的信条多少都有一些美化真理的成分。有些人探索宇宙的奥秘，试图给出简单明了的答案，却心有余而力不足，便一蹶不振，变得玩世不恭，失落虚无。之前他也和这些人一样惹人讨厌，而如今，他已不再期待那些最终答案了。

对他而言，哪怕是再小的旅行多少都有几分探险刺激的感觉，激动人心的事情时时刻刻都有，而且它们看起来都是那么惊艳。当他把自己的经历告诉朋友们时，他们都说："是编故事吧。"其实也就是故事。

然而，这次他要探险的地方与之前去过的任何地方都不同，他即将踏上毗邻撒哈拉大沙漠的赫勒万小镇。回顾从前，他经常问自己："我怎么能去赫勒万呢？"

或许，他从未想过去那里，正是沙给他带来了启迪，因为大沙漠孕育了赫勒万，他也就去了。

1　南欧沿地中海一地区。

二

　　他静悄悄地穿过开罗。和离开里维埃拉时一样，他的心情很宽慰，沙漠世界很落伍，这简直比得上沙漠上那些未开化的皇家贵族了，对此他很深恶痛绝。他在赫勒万这个小城安顿下来，这里既宁静、平和，又安逸。这家旅馆曾是埃及总督宫，他的房间就在这家旅馆的顶层，这里仍然有着皇家宫殿的辉煌气派。那些天花板奢华亮丽，走廊凉爽通风，大厅宽敞气派，他感觉自己就像住在乡间宅第一样。轻手轻脚的阿拉伯人等候着他的差遣，光线和空气透过白色的墙，进入屋内，没有一丝热意，这种感觉就像在这沙漠上搭起了一个巨大的帐篷。园子里绿荫婆娑，一棵棵夹竹桃树在风中不断摇曳身姿，风儿悄悄潜入房间，就连角落里那张他最爱的椅子旁，那棵棕榈树的树叶也随风沙沙作响。这里曾经是埃及总督举行高级法庭的地方，屋内的环境堪比大沙漠，美丽绝伦，阳光透过巨大的窗户照进来，熠熠生辉。

　　透过他卧室的那些窗户，只见金灿灿的夕阳泛着红晕，渐渐消失在利比亚那片无垠的沙漠中。在一座座金字塔的那一面，他看见尼罗河蜿蜒穿过棕榈树丛和翻耕过的田野。透过阳台的栏杆，他看见埃及上空的星星成群结队地恰好滑过自己的床边，组成许多古老的星座图形，等待他进入梦乡。然而，向南望去，他看见那片庞大的沙漠广袤无垠，它覆盖了数千英里，一直延伸到上埃及、努比亚以及令人心生敬畏的撒哈拉沙漠。他再次陷入沉思中，为什么人们非要跑那么远去了解沙漠呢？这片沙漠离开罗只有不到半小时的路程，他可以感受到沙漠在他房门口深沉的喘息。

　　赫勒万小城处于利比亚和阿拉伯沙漠的要塞位置，它完全被包裹在沙漠之中。沙漠犹如海水一般，把赫勒万层层包围起来。小岛的岸边布满了沙子，当他在小岛上转悠的时候，亨里厄特觉得自己永远都逃不出沙子的手掌心。那里的大街小巷宽敞、明亮，沿着街道，总可以发现街道两侧房屋之间形成了一道风景线，虽然庄严肃穆，却又显得浩瀚无垠——可以领略到蓝色的光芒在闪烁，紫色的火焰在燃烧。远处还有大片大片的海蓝色土地，不过这些地方离赫勒万的中心很远。这些街道四通八达，放眼望去，一望无际，仿佛像透过望远镜镜筒，遥望远方的太空。沙漠的"触角"纤细修长，从街道的四面八方涌入村庄，沙漠的整个躯体将赫勒万团团围住，甚至欲将整个小城淹没。沙子有不计其数的脚，它的脚步非常轻盈。沙子如海水般轻轻悄悄地穿过一道道墙壁、一间间房屋、一座座教堂和旅馆。不管是裂缝里还是缝隙里都有沙子，总之它的踪迹随处可见，这一切都昭示着这里是沙的地盘。一阵风吹过，扬起街角阵阵尘土，这正是默默无闻却力量无穷的沙向人们证实自己的威力，正因如此赫勒万小城才得以沐浴在阳光下，恬静地做着梦。这片绿洲并不是纯天然的，也不会一直存在，只是暂时的，不过也要等差不多九十九个世纪之后才消失吧。

他愈发感觉这沙漠犹如一片"大海"，尤其是短暂的傍晚时分，隐隐约约可见沙漠扬起，朝小白屋涌去，让人眼花缭乱。一阵阵沙浪可以不停歇地一口气蔓延至五十英里的地方。沙漠太深，根本没有沙花，也没有地表颤动，然而沙漠也有波涛汹涌的时候。沙漠下方是湍急的河流，从沙漠中央一直绵延至远方，这样一来许多沙漠就连成了一片。一阵风暴来袭，转瞬即逝，把赫勒万吹到了岸边，不过还没来得及喘口气消停一会儿，每天早晨他醒来都会发现赫勒万再一次被带到了沙漠的深渊之中。无论如何，至少，历经沙浪的冲刷，赫勒万变得支离破碎，一些残骸已消失殆尽。姆卡塔默山，阴森恐怖，犹如一道道巨浪，蠢蠢欲动，企图推翻并吞没被誉为沙城酒吧的赫勒万小城。

沙漠无声无息，也没有香味，他只有通过视觉和触觉来感受沙漠的气息，当然主要是通过眼睛来看。沙粒一股脑地向他双眼袭来，眼前一片模糊，眼神恍惚，肆意游走。沙漠捉弄着他，沙粒悄悄潜入他的躯体中，进入他的双眼之中。

如此近距离地领略沙漠的风采，亨里厄特都着迷了，但是有时他会好奇，人们怎么敢在沙漠的眼皮底下进行社交活动呢？他们怎么就安心在沙漠的脸庞上面打高尔夫、打网球呢？还胆敢在沙漠边缘野炊，还无比的欢乐。人们在屋内载歌载舞，而沙漠则板着脸，令人匪夷所思地在外面喘息。将沙漠拒之门外的那堵墙，在其看来简直是中看不中用。人们仰慕沙漠，可这情感是多么的肤浅。人们擅自来到这里，未免太冒昧，甚至带有挑衅的意味。他们一味追求享乐，这正表明了他们不知天高地厚，不把沙漠放在眼里。他感到这些人的内心很粗俗，他们做事鲁莽，不顾后果，毫无"敬畏"之心。有时亨里厄特看见这群素质低劣的游客在沙漠虚掩的眼皮底下经过，嘻嘻哈哈，谈笑风生，压根不把这片古老的沙漠当回事，他会心头一震，感觉这些人就是在亵渎神灵。

因为，在他看来，人性与壮丽的沙漠比起来，简直太渺小了。如果这些人够聪明的话，就会另谋他处去炫耀自己的低俗趣味。这一大片死气沉沉的沙漠随时都会醒来，会注意到这些游客，并惩罚他们……

在他的旅馆中有一小撮自以为很聪明的"社交"家，他们不欣赏亨里厄特的为人，对他几近蔑视。这些人衣着过于华丽，他们在这小小的旅馆的过道中昂首阔步，各自胳膊下面夹着一本时新的世俗小说，尽情地自娱自乐。他们头脑空虚，在自己的小圈子里用俗语表达各自的想法，但是他们的话题从不涉及价值观问题。他们的价值观十分狭隘，但他并不因此而苦恼，因为在家乡时他对这样的事已司空见惯了，相反，令他感到焦虑的是，他们骨子里透露出一股粗俗和天生的丑陋之气，与那家富丽堂皇的旅馆相比，这种气质显得尤为格格不入。身处广袤的沙漠之中，他们还谈论着最近发生在伦敦的奇闻轶事，哪怕行走在那些陵墓和庙宇中，他们仍滔滔不绝地说个不停。"这可真是好笑啊。"他们费劲心力，想放下身段，去和别人交朋友，结果他们做梦都没想到，他们根本就不值得别人去交往。与宏伟的沙漠相比，他们的各种头衔只不过是小丑身上的帽子和铃铛罢了。

亨里厄特认识他们当中的一些人，所以他不能总撇下那些无趣的人单独行动，然而他却总有意想不到的收获。这些人肯定没法想到，正因为有了他们这些凡夫俗子，沙漠才更加彰显出奇特与永恒之美。

有时，他说的话泄露出了他内心的不满，然而这些人却意识不到他说这些话的意图。"沙漠他真的很聪明，对吧？"在发泄完之后，他就会特意来宽慰一下自己：

"沙漠没有注意到他们，沙粒也没有发现他们的存在，可为什么大海却能注意到高潮以外的垃圾呢？"

亨里厄特怀着虔诚之心，向不断移动、气势恢宏的祭坛靠近，沙漠的荒凉让他深深地折服。一些地方光芒四射，一直延伸到世界上最古老的庙宇那边，他把自己的每一次旅行都当成洗礼来对待。对于亨里厄特来说，沙漠是一个神圣的地方，这里是圣洁的。

他的那些朋友很聪慧，知道他的喜好和品性。无论何时他想来了，他们的大门随时为他敞开。他们住在人造绿洲的北部边缘。他无拘无束，就跟自己独处时一样，没有任何心理包袱。他很感激他们，也很高兴曾来过这里。赫勒万小城欢迎他的到来，沙漠也知道他来了。

偌大的餐厅里，他坐在一个角落里，从这里他可以看见其他客人。他不断扫视着餐厅，但最后总会把目光停留在一个孤零零的男人身上，这个人就坐在他邻桌，其独特的个性撩起了他的兴致。他假装四处张望的样子，其实是在仔细端详着那人。陌生人脸上带着某种憧憬，这引起了他的好奇心。然而那不仅仅是憧憬，还带着一丝丝期许和担心，既紧张又不安。突然，这个男人向四周看了一眼，这足以证明此人很不安。亨里厄特也曾尝试着打量屋里的其他人，尽管他的思绪也会停留在其他人身上一会儿，但是最终他还是会把目光投向坐在他对面的那个人身上。那人形单影只，坐在那里吃饭，诚惶诚恐，好似怕被人看见一样，有时，也会抬起头来机警地一瞥，生怕被人盯梢了。在他意识到这一切之前，亨里厄特的好奇心早已演变成了怀疑。这个男人身上肯定隐藏着什么秘密。亨里厄特注意到那张桌子是为两个人准备的。

一开始碰到他时，他就心想："他是演员，某种异教邪说的牧师，咨询代理人员，或者仅仅是一个怪人？"他内心这么想，绝不是开玩笑的。那人鬼鬼祟祟，疑神疑鬼，不知葫芦里卖的什么药，亨里厄特心里满是疑问，想一探究竟。

只见此人脸上胡子刮得干干净净，面色黝黑，皮肤紧致，头发都一根根竖起来，非常浓密，却杂乱无章，夹杂着些许白发。他表情僵硬，俨然是故意为之，突然他笑了一下，脸部松弛了一会儿，真是难得。这人一定有过不同寻常的经历。因此，亨里厄特仅凭直觉做出了论断："他来埃及不是为了找乐子也不是观光旅游，而是另有图谋。"因为他的脸和神情完全格格不入：他固执己见，甚至有种无情的感觉，这无疑是令人感到厌恶的，然而，他看起来又是那么的心不在焉，他那双淡蓝色的眼睛几乎没抬起来过。亨里厄特察觉到他的注意力总是集中在不寻常的事情上，"心不在焉"不能精准表达他的异常，而"别有用心"可能更恰当，他怪异的表情令人难以捉摸。因此，他看似轻松的面孔背后其实蕴含着冷冰冰的心，两种大相径庭的神情交织在他的脸上，显得极为不和谐。

亨里厄特盯着他，对他充满好奇："我想了解一下这个人，了解有关他的一切。"之后，他了解到那个人叫理查德·万斯，来自伯明翰，是个生意人。但是亨里厄特并不想知道他来自哪儿，而是想知道他在寻找什么，他为什么这样难以琢磨。尽管两人相距仅一桌之遥，他们的目光却没有任何交汇。亨里厄特很清楚对方也在观察自己。同时，来自伯明翰的万斯也在小心翼翼地观察着这位来自伦敦的亨里厄特。

亨里厄特静待时机，终有一日他们自会有机会认识对方。他们互生好奇心，因此，开始关注彼此，不久他们就会变得密切起来，仿佛只要一个偶然的机会，就能使他们的生活交融在一起，具有共同的话题。亨里厄特对他们之间的关系接下来会发生什么样的变化非常好奇，他感到他们终究会走到一起。从他们看到彼此的第一眼开始，亨里厄特就有这种预感了，而这种预感八成可以变成现实。

因此，凭着直觉，亨里厄特没再采取任何进一步行动了解理查德·万斯。接下来几天，由于他总是和朋友一起聚会，他也没再见到万斯，这个来自伯明翰的生意人。后来，有一天晚上，亨里厄特从朋友家里回来时已经很晚，他经过一段很长的走廊，也就差一两步就进卧室了，这时他身边响起一阵声音，这声音不仅低沉而且不那么悦耳。

"不好意思打扰了，我想请问，你有指南针或任何指示方向的东西可以借给我用用吗？"

万斯就在咫尺之外，亨里厄特听完他的话，不禁颤抖了一下。万斯已经站起来了，像阿拉伯鬼魂一样，他肯定早就开始跟踪亨里厄特了。可能亨里厄特刚进走廊不久就被他跟踪了，走廊里有一扇门没关，灯光投射出他的身影，由此可以判断万斯从哪里来。

"嗯，麻烦您再说一遍好吗？你是说指南针？"亨里厄特感到一阵不安。这人也太矮小了，但身体很结实。亨里厄特居然都能看见他的头顶，他的头发很浓密，说话响亮，口音却很重。他的声音和举动都使亨里厄特着实感到害怕。无意间，亨里厄特的表情可能透露出了他的担心。

万斯的表情变得柔和起来，面容不再那么呆滞。"请原谅我吓到你了。"他再一次轻轻地笑道，"你看，地毯很柔软，我想可能是你没听见我的脚步声。"他又询问道："兴许你可以借我一个袖珍指南针？"

"欸，指南针啊，不用道歉，我觉得我应该有指南针，你能等一会儿吗？进来坐坐吧！我要找找看。"

万斯赶忙道谢，并在走廊里等着。恰巧，亨里厄特有指南针，不一会儿就找到了，他把指南针递给他。

"真的很感谢你，我能不能明天早上再还给你？那么晚还打扰您，真是不好意思，还请多多包涵。我想知道正北的方向，我的指南针坏了。"

亨里厄特结结巴巴地回应着，然而万斯已经走了。顷刻间一切都结束了。他插上了门，然后坐在椅子里沉思。这件小事让他很心烦，但是他这辈子都弄不明白为什么会发生这种事情。按理说，这一切该是很荒唐的，然而刚好相反，他感到的更多的是惶恐不安。一个男人借指南针有何不可呢？但是，再想想，为什么会是他来借指南针？而且是在半夜里？他的语气、眼神，他站的位置与我如此之近，他神情如此紧张，还问了如此奇怪的问题，这到底意味着什么？这一切都预示着一些怪异的事情将要发生，这一切到底是为什么呢？这个男人突然出现，使他心头一颤。亨里厄特开始浮想联翩，那人身上的种种特点，不由得让他忐忑不安起来，他有一点害怕，有一点欣喜，又充满了好奇。万斯连说起话来都好似唱歌一样悦耳动听，亨里厄特暂且用小曲儿来形容那声音；那声音也使亨里厄特想到了教堂里的素歌，庄重而又单调，"低沉"这个词肯定不足以形容他的说话特点。

亨里厄特试着把这些事当成自己胡思乱想的产物，但是他始终忘记不了这些事。他的各种烦扰不是自己想象的，而是真实存在着的。他头一次发现这个男人身上有一股若隐若现、难以辨别的香水味，这味道使他想到了一个个牧师和一座座教堂。这股淡淡的香味一直弥漫在空气中，消散不去。亨里厄特知道那人的声音为何如此宛如歌声：那声音想必预示着教堂里用的香，而这庄重的香就是大半夜可以在沙漠旅馆找到正北的指南针吧！

亨里厄特既好奇又兴奋，但是还感到一点不安。

他脱好衣服，准备睡觉。"这简直是挑战我的智商！"他想道，"万斯到底在和我玩什么把戏，真叫我寝食难安！"

但是，一旦有了这种念头，他就会不停地去想。他一定要找到一个解释，才能躺下睡着。最终他找到了答案：天上的星星。万斯是天文学家，也许是个占星家。怎么会不是呢？因为赫勒万上空的星星可壮观了。穆卡塔默山上应该也有可以供游客在特定日子里用望远镜观察天象的天文台吧？最终他找到了答案。亨里厄特甚至悄悄地走上阳台，他想来看看那个陌生男人是否也正在注视着天上那些奇幻的星群。他们俩的房间处于同一边，但是亨里厄特只看见了紧闭的窗户，他也就看不到那人弯腰俯身，眼睛贴在望远镜上望着星空的那一幕了。天空繁星点点，闪烁在这寂静无声的沙漠上空。夜晚无声无息，了无动静。一阵清凉的微风猛地从利比亚沙漠吹来，吹过尼罗河，亨里厄特冷得受不了，便飞步走回房间，他沿着床边轻轻地把蚊帐放下，然后关上灯转身去睡觉了。

亨里厄特完全没想到，睡意立刻扑面而来，他一会儿就进入了梦乡，只是没有睡得那么深罢了。埃及的天空繁星点点，笼罩着整片沙漠。之前亨里厄特瞥了沙漠最后一眼，然而就是这一瞥使得亨里厄特感受到了沙漠那震撼人心的力量，于是他原来的兴奋感也没那么强烈了。一方面，沙漠安抚着亨旦厄特，另一方面它也使亨里厄特产生另一种捉摸不透的感觉，仿佛他正深陷图圄之中，这感觉极其微妙，然而又是那么强烈。如今，他能感受到的只有这强烈的感觉了，这种感觉不可名状，仅凭自己的感知，是说不清道不明的。尽管他已经睡着了，但是他的灵魂还是清醒的，并开始在他耳边低声细语。

他睡得很浅，断断续续做了很多滑稽的梦。梦里有一些奇特而又微小的画面交织在一起，然而又有一些画面却是无法用言语描绘的。这两种画面截然相反，噩梦因此应运而生。两种画面交织在一起，梦中有个黑面人，手握指南针，观测着天空，试图寻找正北方向。那人在地上来回走动，行踪诡异，感觉就像是上天的恶魔一般神出鬼没，而那人的头顶上方，则隐隐约约有一个硕大的鬼魂来回盘旋。那陌生人奇怪的要求，以及看了一眼星空和沙漠所产生的深奥感觉都让他兴奋不已，这两种感觉交织在了一起。

亨里厄特还没睡熟，几小时之后他就醒了，醒来后他感到很害怕，觉得沙漠已经潜入了房间，盯着躺在床上的自己。屋外大风呼啸而过，突然，玻璃窗那边传来一阵微弱但又尖锐的敲击声。

亨里厄特嗖地从床上跳了下来，不过他还没缓过神来，也就没有真正的危机感。受前面噩梦的影响，他仍然心有余悸，内心焦虑不安，有种莫名的困惑。他打开灯，不久后，意识到原来是风太大卷起了沙粒，并把沙粒吹到窗玻璃上，才让他听见这奇怪的噼里啪啦的声音。当然，他以为是沙在呼唤他，其实，这只是他自己在做梦而已。

亨里厄特打开窗户，走到阳台上。他赤着脚，脚下的地板冰冷冰冷的。一阵风吹来，四处全是沙子，灰蒙蒙的一片，他看见沙漠泛着微光，若隐若现，他的眼睛下面让什么东西叮了一下。

"沙，"他小声说道，"又是沙，怎么老是有沙？从早到晚，到处可以见到沙，没有任何其他的东西，全是沙！沙！沙！……"

亨里厄特一边嘀咕着，一边揉着惺忪的睡眼，好像在睡梦中和某个人说话一样，就是问他要指南针的那个人，嘀咕了半天他才清醒过来。然而他真的清醒了吗？他好像在梦里看到了第二天要发生的事情。一个庞然大物，扬起一阵沙子，朝沙漠的深处移动。沙也跟着它前行，留下一处处的痕迹，铺天盖地。最后慢慢地，风也停了。

亨里厄特又去睡觉，很快就进入了梦乡，这个红棕色的庞然大物再次闯入他的梦中，它有一张巨大的灰色脸庞，有无数的手指、翅膀和眼睛，犹如天上数不胜数的繁星一样，使他眼花缭乱。

一整夜它都在观察着，等待着，还爬到小阳台上面窥视着屋里的一切，有时它又进到屋子里，在亨里厄特的枕边聚集起来。他梦见了沙。

三

几天来，亨里厄特几乎没见到来自伯明翰的万斯，这使得他更为好奇，为什么万斯半夜来借指南针？不管怎么说，除了赫勒万，他与其他朋友相处甚好，所以又在沙漠里住了几晚。

他喜欢沙漠带给自己的无限宁静的感觉。在这里，他可以将一切尘世俗事连同记忆抛之脑后。一切渐渐淡去，他开始审视自己的内心。

一个阿拉伯男孩赶着驴，带着睡袋、食物和水，向东前往瓦迪霍夫[1]，那是一个荒凉的峡谷，距此约一小时的路程。峡谷蜿蜒在海拔几千英尺的悬崖峭壁间，突然变得开阔，把平坦的高原和连绵起伏的山峦分隔开来。它还向周围延伸，就像沙漠的手臂一样，总是随着光线的变化而变化。亨里厄特在这儿每天看看黎明，赏赏日落，睡个午觉避避暑，欣赏欣赏日日夜夜广阔的地平线上那奇异的色彩。当他独自一人时，沙漠进入了他的整个内心。晚上，黑暗中豺狼在他精心布置的火堆周围嚎叫，柴不多，所以火苗不旺。白天，鹞子在头顶盘旋，偶尔有一只秃鹰振翅飞过蓝天。这个峡谷布满石头，十分荒芜，他觉得跟月球上的景观差不多。亨里厄特没戴手表。日出一个小时后，赶驴的男孩来了，他宛如来自外星，从那因年代久远而早已被人遗忘的遥远的海湾带来了远方的时光和人世。

短暂的暮光让整个安静的气氛变得诡异，这多少让人有点不舒服。不管是耀眼的白天还是漆黑的夜晚，亨里厄特都觉得还好，但是这忽明忽暗却让他想闭起眼睛躲藏起来，这影响远比他想象的要大。他思绪有点混乱，难以理解这一切。石灰石因为风化明显地失去了原本的色彩，形成了一座座悬崖峭壁和一块块岩石。怪石嶙峋，熠熠生辉，犹如一个个朦胧的灯笼向沙漠发送着信号。座座怪异的山丘随风摆动，颤颤巍巍，经过风吹雨打，它们变得格外陡峭。在晨光中，一切都静静地安睡着。但到了黄昏时节，潮汐再兴，从海面涌上来，白茫茫一片，震慑人心。潮水汇聚在一起，并肩前行，犹如一支完整的军队。星光下，沙的光芒明亮耀眼。月亮从姆卡塔默山上升起，散发出纯洁、慈爱的光，浸润了整个沙漠，只有月光能够淹没沙漠。在沙漠上，月亮变得极其惊艳。月光照耀在一片无垠的沙漠上，这里没有，而且以后也不会有任何生命。在活蹦乱跳的生命出现之前，亨里厄特是这空荡荡的星球上唯一的生物。

然而，让他印象最深刻的是在这死气沉沉的地方却蕴含着巨大的活

1　埃及城市赫勒万的几个区之一。

力。这里单调乏味，但没有一丝一缕悲凉的迹象。这里虽地域广阔、景致单一，却并不悲凉。连绵不断的溪谷和高低起伏的高原让人们能够理解无穷的意义。亨里厄特对"无尽的世界"理解得更加透彻了：沙漠既无终了，亦无源起。沙漠使他感受到什么是永恒的平静，只有星空感受过的那种恬静。灵魂感受到的并非迷惑，而是勇气、自信和希望。这沙是无数岁月的残骸，其上曾奔腾着美丽而壮阔的生命。沙漠是如此广阔，足以包容悲戚忧愁；又是如此深厚，足以承受世事变迁。自其不变者而观之，则沙漠可谓无尽也。在这死寂灰暗的面具背后隐藏着无数的生命，无时无刻不迸发出生命的气息。在沙漠中，亨里厄特觉得自己如贵族一般。

与众不同的是，在这里，生命隐藏在死亡的背后，这看似矛盾，却令人着迷。在沙漠里，快乐如影随形，他从未感到孤独。无数的生命陪伴着他，他感到沙漠与他是如此的亲近，像星星一样，又如沙粒一般，紧挨着彼此。

非洲热风吹来了沙子，形成了沙漠，亨里厄特完全被这里所吸引。他虽然只在这里待了几天，但却仿佛经历了沧海桑田，看遍了世间千年。亨里厄特返程归来，感到沙漠的魔力在血液中流淌。相比之下，旅馆生活实在是太无趣了。在人们眼中，他焕然一新，反应也更敏捷了。沙漠纯粹而宏伟，他的灵魂受到了震撼，得到了洗礼。曾经一段时间，他总会受人们尖酸刻薄的评判。他的生活又变得拮据贫困，他也不再关注自己吃饭时该穿什么样的衣服。在与沙漠朝夕相处之前，他讲究奢华排场；如今，他像一个奴隶一般，严于律己，简约朴素。

然而，在沙漠里，自然生存法则很苛刻，那里提倡公正，这制度犹如凸透镜放大事物的效果一样，亨里厄特在那里待了一小段时间，已经适应了那里的法则。他环顾餐厅四周，扫了一眼餐厅里的人。刚开始，他能清楚地辨析这些细微的感情，后来他被对面小餐桌的两个人吓到了。

亨里厄特已经忘记了万斯，那个半夜里用袖珍指南针探测北方的伯明翰人。如今，他又见到了他，这次他对万斯的印象彻底改观。在他浮想联翩之前，一个绝妙的念头闪过他的脑海。他想到："万斯可能是随我而来的。他应该很了解也很喜爱沙漠。"然而，他的一时之兴正反映了这样的事实："万斯属于沙漠，也是沙漠把他带到这里的。"这时，他的脑海里暗流涌动："万斯想从沙漠那里得到什么？他有着更深的不为人知的动机。这动机又是什么呢？"

尽管他刚刚浮想联翩，但是坐在身边的这个女人一下子就吸引了他的注意力。她是刚刚坐在那个空椅子上的。与亨里厄特第一次见万斯不同，她眼睛直直地盯着他。两人的眼神碰撞到了一起，毫无避讳。他们互相打量了一会儿，她的眼神敏锐专注，在他的脸上来回探察，摄人心魄，但并不让人感到唐突。他手里撕着面包，同时眼睛也紧紧地盯着她，目不转睛，下定决心一定要让她先移开她的视线。她终于低下了眼睛，他感到他们就像经历了一次亲密谈话，中间发生了许多事情。她在心里不断地作出判断，脑子里闪过一个又一个问题并给予回答。很快，他们彼此不再陌生了。接下来，他们继续吃着晚餐，亨里厄特小心翼翼避免直视对方，但他知道她能感到他的存在，暗暗地和他说着话。她压低了声音问他问题，他总是血脉贲张，立即回答。她知晓那些重要且不同寻常的事。她如一泓急流，而万斯只是那水上微澜。

她是他见过的最美丽迷人的女人，这就是亨里厄特对她的第一印象。整顿晚饭，她都有意接近他，坐到了他的餐桌边，似乎就坐在他身边一样。显然从那时起，他们的思想就已经开始交流了。

人们总爱幻想着别人拥有自己渴望拥有的品质，了解自己渴望了解的知识。显然，亨里厄特开动了他活跃的想象力。不过，亨里厄特逐渐确信，自己一直想弄明白的埃及隐藏的秘密，这个女人可以给他解答。她可以指引他去寻找这些秘密，她的心思全花在这些古老的东西上。看到她的脸，亨里厄特就想起了沙漠。随之而来，沙子映入了他的脑海。

他脑中闪过一个念头。当他看到她时，他又有了那种在沙漠上安宁和恢宏的感觉。当然，剩下的都是他基于现实的想象而已。但也不全都是他的想象。

如今，亨里厄特对女人一无所知，他也不想"搞懂"她们，更没有多少与女人打交道的经历，他对自己母亲的敬爱，是他对女人最多的了解。他与女人的几段关系，如果算得上是关系的话，也都只是露水情缘，而且这些都是他年轻时候的事，结果都不是很好，但是他始终对女人抱以美好的期待。粗略看来，亨里厄特的想法中似乎有令人发笑之处。他怀着好奇和尊敬的心态，把女人当作谜团。她们使生活变得甜蜜而又复杂，甚至变得危险。亨里厄特并不是那种急于想走入婚姻殿堂的人！但是眼前的女子却深深地吸引着他。两个有力明确而又真实形象的想法映入他的脑海。一个是最常见的恋人之间所表现的那种关系，或诸如他此前所听所闻的此类关系，比如："之前我就认识这个女人，很久之前就在什么地方见过她；似曾相识。"另一个几乎与这个想法完全相悖："你不会和她有任何来往；她只能给你带来麻烦和困扰。要躲着她，时刻保持警觉。"——事实上，只是不同的预感而已。

因为亨里厄特没有丝毫证据证实自己的这两种感觉，他也不再管那些预感，但当他打量她非凡的外貌时，就摒弃了所有的疑虑，坚持他当初敏锐的判断。他对她还留存着当初那种亲切感和自己的预感。他还在做着白日梦，希望她能告诉他一些关于"埃及"的事情。

亨里厄特专注地看着她，某种意义上说是被她深深吸引了。他只能用黑来形容她的脸庞，黝黑的脸庞显示了她经历了无数艰苦的岁月。自然，用年迈来形容她是最直白的了，但是年迈这个词只能用来形容外表而已。她脸上的种种表情就好像她已经经历了几个世纪一样。不单单是那双乌黑的眼睛，她所有神秘的行为也能揭露出她久经历史岁月磨砺的灵魂。他一直有一种强烈的想法，那就是：这个女人知道为人所遗忘已久的事情。她的颧骨极高，这使亨里厄特不禁想到广为人知的拉美西斯二世法老，法老的下巴很长而且棱角分明，高高的鹰钩鼻——这使她看起来更加威严。尽管她的确手握极权，而且冷酷无情，但是不会让人感到她尖酸苛刻，也没有让人望而生畏。她的唇腭之间透露出一股不可抵御的严肃感！最让人奇怪的是，那双黑眼睛目光凝聚，整齐的上眼皮，就像一把尺子一样。从这个角度来看，女人的凝视是那么不同寻常，难以言表。亨里厄特想到了一位刻在坚硬黑石上的人的雕像，雕像的眼睛望穿沙漠，凝视着一片荒无人烟的遥远世界，在这里人类已被遗忘。那张脸丑得精致，闪烁着奇特的黑色之美。

接着，像往常一样，亨里厄特开始浮想联翩，揣测她的生活圈子如何，她的朋友会有谁，不过都无济于事。幻想停止了。她太年轻，不可能是万斯的母亲，当然更不可能是万斯的妻子。他不仅仅因为自尊心受到伤害而产生兴趣，而且更多的是因为困惑不解！是什么让坐在她身旁的人看起来那么讨厌呢？尽管她从未直接行使她的权威，但是她好像有某种强大的威力，什么时候留下这种印象的呢？亨里厄特怎么会猜到万斯厌恶现在的状态呢？显然，万斯不敢反对，他只是表现得很幽默，他是在有意地使自己表现得很顺从，消极地等待是为了争取时间吗？他的一举一动一颦一笑都显得鬼鬼祟祟的。他肯定有不可告人的企图，他看似心意已决但又显得那么勉强，肯定哪里有点不对劲儿。他离她出奇地近，不断地观察着她。

亨里厄特猜测所有的可能性，猜想着她帮他付了所有花销以及另一大笔钱。她是万斯的亲戚，很有钱，万斯对她有一些企图，七年来他都在侍奉着她，他觉得做鞍前马后的事儿很丢脸，曾谋划着逃跑，但又不能就这么跑掉。一阵莫名的战栗席卷亨里厄特的全身。他陷入了自己的幻想之中。

当然，万斯也有可能是步入歧途、无可救药了，这往往是最有可能的一种状况。但这次，却让亨里厄特碰巧猜对了。每次，只要一件事就能使他否定之前的猜想。万斯身上有股邪恶的力量，还有一点不对劲，给人的感觉并不是负面这么简单。一个男人有这种表情，不是消极怠慢和懦弱的表现。他费力地隐藏自己的意图，然而事实上却因为他过于急功近利的行动泄露了自己的秘密。但他时刻伪装着自己。万斯时刻戒备着，因为他有不可告人的意图。亨里厄特又想到万斯悄无声息地走在铺着地毯的楼道里的那一幕，他不禁颤抖了一下。由此，之前的恐惧再次漫上心头。

接下来，亨里厄特急切地想弄明白万斯和这个女人在埃及——在沙漠上谋划的事情。他相信正是沙漠把这两个人带到他的面前。但是关于这件事，亨里厄特纵有千万种猜测，但总有另一种原因阻挡着他。因为他知道，这个女人知道一些古埃及的事情，而这些都是他曾苦苦寻求而未有结果的。他想寻找的不仅有深埋在沙漠之下的那些石头，还有它们所蕴含的意义。它们完全被掩埋在沙漠之中，以致后来人们对其知之甚少。

在这里，亨里厄特一无所知，也不懂或许可给予他灵感的相关知识，因此，他找不到任何让他感到宽慰的蛛丝马迹。在命运之神伸出援助之手前，他寸步难行。命运之神及时相助之时，此前他以为是自己胡思乱想的那些警告和预言，又变成了事实。亨里厄特犹豫了，同时，他又开始警惕起来。他想了又想，要不要进一步认识万斯和那个女人。"最好不要，"一个小人在他脑海里轻声说道，"最好别招惹那对怪人，他们做的不是什么好事。"亨里厄特总觉得他们是危险的，但是什么让他产生了这种想法呢？然而，正当他在犹豫时，命运给他警告的同时也把他推入万斯和那个女人的生活圈。他刚开始只是在试探，兴许还想着逃离。但是很快——好奇心却使他义无反顾地朝着目的地前进了。

四

命运之神和他开了一个小玩笑之后，这场游戏便开始了。一天晚上，那个女人离开时，把几本书落在了桌上。犹豫片刻之后，亨里厄特拿起来，追了上去。他知道这两本书：《主人之屋》和《藏身之屋》，都介绍了金字塔。亨里厄特曾为其所深深痴迷。如果没记错的话，书里的内容并不为人认同，但他认为这两本书的书名是一个线索，激发了他的想象，让他日日夜夜地幻想，并有了些结果。书页间凌乱地夹着几张纸，上面写满了详细的笔记。当然，亨里厄特没去看它们，他只注意到这些笔记都是用各种各样的圆形图案勾画的，画得很复杂。

亨里厄特在吸烟室的一个角落里发现了理查德·万斯。那个女人已经走了。

万斯礼貌地向他表示了谢意。"我婶婶有时很健忘。"他说着，拿起那些书，按捺不住自己的急切心情，这一切都被亨里厄特看在眼里。他把那些纸折叠起来，然后小心地放入自己的口袋。其中一张纸上，有墨笔勾画的地图，描绘得很详细，这也许是指沙漠上的某个地方吧。地图底部是一个个指南针箭头，还有一些地理标志的东西，亨里厄特看到了这些符号标记。之后，他们互相问候，但没有任何深入的交谈。万斯紧张起来，并且面露不安，他立刻找借口离开了休息室。十分钟后，万斯穿过外厅，那个女人就在他旁边，他们俩都裹着阿尔斯特大衣，身上还披着斗篷，走了出去，消失在夜空下。走到门口时，万斯转过身，朝他这边迅速地瞟了一眼。他那一瞥像是在询问，或许是在试探性地邀请吧。但也许他是想看看有没有人，以及谁注意到他们。

　　简而言之，这是命运让他们结识的第一步，没发生什么大事。没什么重要的细节，谈话内容也没有什么意义，也没能帮助亨里厄特更好地发挥想象力。然而，这两个人不知怎么的使亨里厄特想象得更多，也使他更加坚信自己的想象，他脑中的形象也开始成形，变得逐渐清晰起来。那些笔记、符号标记、万斯的举动，他们一起走出去以及万斯出去前奇怪的一瞥，所有的动作都透露着什么不为人知的事情。不知不觉中，亨里厄特察觉了他们的秘密。沙在流动，他的思绪全部放在这两个人身上，从而使沙从他的心头一点点一片片地退去了影响。埋藏的东西突然倾巢而出，紧接着，一阵下陷，一道光照亮了沙。他感到脚下一阵晃动，正是涌动的沙，一堆堆的沙轻快干燥，全是沙。

　　接着又有一些类似的事，使他们自然而然地相识了。这让亨里厄特很高兴，但他还是感觉有些焦虑。亨里厄特是一位痴迷的观察者，没有什么能逃脱他的法眼。他感到"权圣"的力量越来越近了。这让他想起年轻人为搭讪而想尽办法，却未能得到合适的引荐。命运竟然玩这样的小把戏。亨里厄特感到他们需要另一个人的帮助。他们的计划需要第三个人的加入，想看看亨里厄特是不是合适。亨里厄特未曾和这个女人说过一句话，但是她仿佛与他已相熟多年。万斯和那个女人权衡着、观察着，思考着亨里厄特是否是合适的人选。

　　这些结识人的方法都不太常用，最终，亨里厄特还是想起来一些事，他还听说过很多别人不经意间说的事。他开始感觉到自己像电影里千篇一律的恶棍一样，故事中坏人总能发现主角留下的一些蛛丝马迹。

　　最终万斯还是向亨里厄特介绍了他婶婶："我婶婶对阿拉伯人很熟悉。"晚饭后，亨里厄特和邻桌讨论当地人名含义或其他东西时，万斯也加入了进来。邻桌离开后，只剩下亨里厄特和万斯两个人。万斯接过亨里厄特递过来的香烟。这时，他俩身后传来裙子的沙沙声。"她来了，"万斯说道，"请允许我把你介绍给我的婶婶。"万斯并没有问亨里厄特的姓名，他已经费尽工夫地得到了他的名字——这又是一种暗示和线索。

　　在大厅的一个隐蔽角落里，亨里厄特看见了那个女人。她体态端庄，正向这边走来，地毯很厚，掩盖了她的脚步声。她步履轻盈，黑色的眼睛直盯着亨里厄特的脸。她抬头挺胸，步伐稳健有力。一袭黑装，她的面容犹如夜色一样不可捉摸。亨里厄特说不出是什么让她的脸色如此地深邃和庄严。她走路的姿态中有一股黑暗的力量，这让亨里厄特想到类似人面狮身的雕像，她身体的各个部分都一动不动，但是整体在移动，滑过——像沙一样。她平整的眼皮下面一双眼睛死死地盯着亨里厄特，他内心深处有一丝不适。他之前在哪里见过这一双眼睛呢？

那个女人走上前来，亨里厄特向她鞠了个躬，万斯把他们带到休息室角落的手扶椅那边。亨里厄特感到这次见面以及接下来的谈话，都是预先计划好的一部分，这种状况之前也发生过。也就是说，这个女人对他很熟悉——好像他生命中的某一段记忆是关于她的。

斯坦森女士！刚开始亨里厄特听见这个名字时很失落。很多平常人家也用这个头衔，就好像在有些语言里有的音节音很重一样，如果没有这些音节的话，就难以引人注意，好像没有说出来一样。一些无足轻重的人，生来就有一些平常的姓名，正因为如此，所以他们这些人总是叫嚷着，吸引人们的注意。但是如果这个女人的名字是杰迈玛·琼斯[1]的话，那她就使这个名字更卓著和超凡脱俗了。她很威严，却有阴暗的一面。后来，亨里厄特想，为什么那一刻自己退缩了？含蓄地说，他想要挥舞手臂来自我保护？本能反应迅速地出现，也快速地消失。但是，对于亨里厄特来说，他本能地觉得他必须保护——不是他自己，而是这个女人，让她不受万斯的伤害。这种感觉中夹杂着迷惑，他与万斯的联系正渐渐消失，亨里厄特特意打量着她。尽管她是个女人，但是不管从她的衣着打扮，还是行为方式和仪态上都没体现出女性的外在特征，同时她既没有女性的犹豫不决、机警和优雅，也不带任何明显的男性特质。她很有魅力，而且极具威严；只是亨里厄特经常忘记他正和一位女性说话。亨里厄特对她又敬重又好奇，且对她有一种奇怪的恐惧感。保护她的冲动来得快去得也快，因为他们的谈话兴致，促使他很快就消除了其他所有无关紧要的情绪。在这儿，亨里厄特第一次感到自己与心驰神往已久的埃及又近了一步。这种感觉只可意会不可言传，他感受到了。

一般见面都是以一些常见的寒暄开始，比如："你喜欢埃及吗？""你的期待得到满足了吗？"但是她以一些更好的方式开始对话，

---

1 她是一位体形很大，但长相出众的英国女性，给一家不太畅销的报社写作。

她说："在这儿，人们带来了什么，就能发现什么。"亨里厄特知道与能够理解自己的人畅谈自己熟知的话题，这是多么令人愉快的经历。起初，亨里厄特对这个女人没什么感觉，但是情况突然变了，他对她有说不完的感想。十分钟前，他们还是陌路人，现在却立刻一下亲密无间地聊开了。亨里厄特发现他的见解已经能跟上她的节奏，甚至达到这种程度——那就是他总是赞同她的观点，诸如对某事有一致的看法和推测。亨里厄特谈话太投入，忘记了让他感到不安的笔记，也忘记了那个警告。而且，亨里厄特好像了解她的想法。很多时候，她话还没说出来，亨里厄特就能知道她要说什么。她的那些见解有相似的套路，他总是奇怪地觉得这一切都曾经历过。当她要换话题、表达她奇特的观点时，她说的每一句话，每一个词亨里厄特几乎从没猜错过。

尽管她的想法很奇特，但她能够接受各种猜测，毫无疑问，这些猜测都是不值一提的。实际上，甚至都无人知晓这些事。然而，因为亨里厄特早已阅读过很多东西，所以这些事他都知道。正是她信仰的力量吸引着亨里厄特，她也没给出任何解释，因为她知道原因。当她听亨里厄特说话的时候，双臂交叉，那双黑色的眼睛盯着亨里厄特的眼睛。而这边万斯眼神里充满了警惕，他看着亨里厄特和斯坦森女士，听着他们的谈话，从未放松戒备。然而，万斯很少参与他们俩的谈话，当然他也不给任何见解，他的态度总是默许赞同。每当兴致低下时，亨里厄特就会去想万斯这消极的态度到底意味什么，他很好奇。每一次，亨里厄特都会得出不同的解释，然而都莞尔置之一旁。亨里厄特大胆想象后得出一些不着边际的结论。这些结论根本站不住脚：万斯既不是她的监护人，也不像一个侦探。但有时他的一举一动中，都会透露出侦探的特点。万斯聚精会神地看着，然而他又是如此拙劣地装出毫不在乎的样子。

有时候，陌生人在意外的状况下，一时冲动相互同情会产生比较亲密的关系，这是十分危险的，就像是朋友之间"直指"对方错误实质上是虚假的直率。之后都免不了后悔。但是，亨里厄特却并不在意这些处事原则，他与这个女人谈得意外地开心舒畅。

显然，斯坦森女士十分相信自己关于埃及的梦。她的兴趣不是埃及历史，不是埃及考古学，也不是埃及政治。她的兴趣是宗教，这与世俗毫不相干。他们从宗教角度谈论古埃及人民的知识。当亨里厄特说话时，他感觉似乎是斯坦森女士通过他在说话。她引出亨里厄特的想法，并让他说出来。但是，亨里厄特只是在后来才意识到这一点，这个女人手法很巧妙，也很无情，她不停地询问亨里厄特知道或读过关于埃及的所有东西。亨里厄特后来还意识到，万斯关注的是亨里厄特本人和他对这个非凡的女人的种种反应。

亨里厄特的第一印象是万斯和斯坦森女士可能属于"怪人"这一群体，后来的谈话也证实了他的这一想法。但是，至少他们的怪很有趣，它背后的信仰更吸引人。谈话没多久，亨里厄特就惊奇地发现他们都认为一切皆有可能，这是因为很多大问题都还没有找到最终的答案。

从之前谈话内容来判断，斯坦森女士属于那些少数有虔诚信仰的人，他们认为古埃及人比其他人更了解世界上那些永恒的谜团，还有恐怕只有他们了解古老的"智慧宗教"[1]，其盛行于已经陨落的且不为人所知的亚特兰蒂斯[2]文明，在非洲和墨西哥之间。八万年前，波塞多尼斯都城[3]和那里漫无边际的沙子都沉没在层层波浪之下。在波塞多尼斯都城还未消失的很长一段时间里，那里的大沙漠与欧洲大陆相连。如今，那里的已知世界不过是波塞多尼斯都城幸存者的后代而已。因此，重要的事实就是所有的宗教以及各种神学体系都是以一场洪水这样的故事开始——那场灾难性的剧变摧毁了那片世界。那时，一群亚特兰蒂斯来的牧师占领埃及为其殖民地，同时他们带来了他们独特深奥的知识体系。他们早已预见到灾难要来临。

斯坦森女士非常健谈，她将自己的伟大梦想赋予了强烈执着的信念和事实。她知道不管是从柏拉图还是唐纳，甚至所有人都曾对那片神奇的土地——亚特兰蒂斯（在柏拉图的描述中，这片土地可能是指在地中海东部的一个岛屿上）做出各种猜测。亨里厄特多年以前也曾细心研究亚特兰蒂斯消失的原因——不过，她的调查更为透彻。他已听说那些培根哲学信徒们用一些极具说服力的证据推翻了莎士比亚的推测，这一举动尽管改变不了人们的想法但足以引起人们的想象。然而，当她阐述那

---

1 宗教哲学的一个分支。
2 传说中拥有高度文明发展的古老大陆、国家或城邦之名，对其最早的描述出现于古希腊哲学家柏拉图的著作《对话录》里，据称其在一万年前被史前大洪水毁灭。
3 消失的亚特兰蒂斯最后的遗迹。

些事实论据时，一种惊人的相似性由此应运而生。斯坦森女士的人格魅力、她的镇定以及她默默地相信自己所说的所有事情，都使她的倾听者亨里厄特——比以前更加确定——成为继她之后又一位无比相信她的非凡梦想的人。简单地说，这个梦想很辉煌，充满了无限可能。当她谈论古埃及精神不断向前传承时，她盯着亨里厄特，眼神有些怪异。到目前为止，她对亨里厄特说的一切，都是关于阿拉伯人以及他们的古老信仰和习俗、贝都因人的伟大，还有沙漠王子们。然而，只言片语中远不能满足亨里厄特的需要，甚至他自己也说不清，他要找的远比这些东西久远。这位皮肤黝黑的陌生女人让他的追求更近了一步，他心灵深处沉睡已久的念想终于清醒了，他听见了那些被遗忘的问题。

只有用这种简短的方式才能审视她在他身上激起的风暴。

然而，斯坦森女士的介绍很详细，尽管后来他要费力才能想起那些细节来。实际上，斯坦森女士还有更多的言外之意。她设法证明现代人的一般怀疑论仅是一种低下的价值观而已。其实很简单，空虚掩盖了深度。"我们尝试过好多方法，找到了需要的每一件东西。"思想作为衡量工具，还远远不够。这一类的智慧判断使他的敬佩之情更加强烈了，但他并不像斯坦森女士那样完全接受。因为斯坦森女士深得信任，她富有想象力和好奇心，这使她摆脱并左右着那可怕而软弱的男人的思想。她让亨里厄特着迷。

斯坦森女士认为古埃及人的精神信仰，正是对一些事情的最好解释，一般是指生与死之间的奥秘；他们的智慧是亚特兰蒂斯文明所仅存的。如卡拉可寺庙里仍然保留着一些文物，和其他世界之谜一样，人们对这些东西一无所知，如巨石阵，以及那些埋没在尘土之下墨西哥寺庙里的奇妙文字和城市，这些与埃及那些坟墓上的象形文字惊人地相似。

她认为："就像卡拉可寺庙里的那些文物和墨西哥那些奇妙的文字一样，人们从字面上就理解错了，它们都是先进文明的一部分，而这些文明已淹没在大海之下。远古的精神崇拜智慧早已从地球上消失，只剩下象形文字的一些难以弄懂且相对低级的横竖交错的线条而已。古老的精神崇拜的真正内涵已经遗失，只留下满是黄沙的空壳，这里是沙，那里也是沙，处处都是。"

当她说这席话时，她那双黑色的眼睛热切地打量着他的双眼，话虽然很少，却一直萦绕在耳旁。她不像是在说话，几乎是唱出这些音节似的。他发自心底地回应着她的话，越过信仰缺失的沙漠，滚滚向前。沙之纱笼罩在亨里厄特心头，幕布已经拉开。整座整座的沙丘变成了平坦的沙地，地平线出现了洒满阳光若隐若现的花园。

"但是沙可能被搬走了啊。"说这话的正是斯坦森女士的侄子万斯，这几乎是他第一次说话，却道出了一个十分现实的问题。尽管万斯提出的是反对意见，但是至少他有胆量说出来了。他说话的目的就是想要听到亨里厄特的意见。

"亨里厄特先生，我们不是掘沙者。"还没等亨里厄特回应，她就接着说道，"我们的目的与掘沙者刚好相反。我认为……我有种感觉，"她不是太肯定地补充道，"你可能会有兴趣帮助我们。"

亨里厄特只是好奇她怎么没早点开门见山。直率到没让他感到惊讶，他觉得自己可以直接接受，突然平息下来，他觉得轻松不少。

接着，亨里厄特的警觉一瞬间又回来了。他原来就有兴趣，确切地说，有一部分原因是受到诱惑。然而，不管他们的目的是什么，直到现在亨里厄特还没打算参与他们的行动之中。一刹那间，亨里厄特逐渐忘记的恐惧感再次袭来，他还没来得及质疑自己的怯懦，这种恐惧感又消失殆尽了。亨里厄特双目盯着斯坦森女士，似乎在问："你到底知道什么？告诉我那些曾经你我都知道的事情，你说的这些话只是无稽之谈而已。为什么还有另外一位男士处在我的位置？尽管沙在我的心头不断地变幻，但那是因为你搬走了它们。"

亨里厄特在心里小声说着，尽管他的用词看起来怪怪的，但是从他嘴里说出来就好多了：

"尽管我还没找到任何明确的东西足够支持我的想法，但是自打我记事以来，我就对古埃及的事情很痴迷。古埃及人有权威的概念，有人称其为强大而又冷酷的精神统治。我对此很有兴趣。"

当她听亨里厄特说这些话时，脸上毫无表情，眼中却有一种信念，这信念如咒语一般控制着他。亨里厄特通过这双眼看到的是那些昏暗模糊的画面，背景总是沙。亨里厄特忘记了自己正在和一位女性说话，而在半小时之前他还不认识这个女人。尽管他从来都没弄明白这些画面的意义，但他却一直都在追随着它们……这一切就像他在伦敦做的梦一样。

斯坦森女士谈到了古埃及那些人们熟知的信仰，谈到了"卡"[1]（古埃及宗教信仰中的"灵魂"）或者灵魂和躯体的二元合一，通过它灵魂存续成为可能，甚至还能回到明示的肉体生活。她又谈到了占星术或者天体对月下生物的影响；谈到了其他生命的可怕形态，而这些却是古亚特兰蒂斯敬奉的生物，通过祭司和礼仪，那股巨大的力量可能就会被唤醒。她还谈到了对这些古老信仰的认可程度多少也反映在一些低等生物上面，作为这个难懂的宗教的一部分，因此，人们对这"圣物"十分敬畏。斯坦森女士在谈论这些问题时转换自如，亨里厄特压根儿都没觉察到。她很看不起现代人的学识，因为他们盲目地把动物本身视为"神"，比如那些牛、鸟、鳄鱼和猫等。她说："他们把那些象征着权圣的动物视为神物，这是现代人大错特错的地方。不过，这也很自然，因为现代人思想狭隘，只研究那些呈现在眼前的东西。如果我们都没经历过爱，那么我们可能会认为第一个尝试爱的人是疯子。因为今天的人不知道古埃及人掌握的能力，所以他们就予以否认。如果整个世界的人都有听力障碍，他们在随着乐队摇摆的人面前就能容忍嘲讽，并对听者和表演者表示同情。我们对教堂钟声的敬重被认为只不过是我们对形式和运动的愚蠢膜拜而已。同样地，高级权力本身是无形的，它们曾经以普通形式展现自己，这已是最佳方式了。智者对细节条分缕析。但是，神灵已不存在，人们也不再能感受到其象征的权力了。"

"你说的那些'权力'，然后那些'卡'，可以说……可能还……"

但是，她并不理睬他的话。"就像普通人一样，现代人对那些低级的写实很满足，"她接着说道，"努特是天空之神，却化身为女人，在大地上穿行；休代表着宇宙的宽广，托特神化身为朱鹭，还有哈托尔守护着西山。孔苏是月神，她化身为尼罗河神。但是，高级牧师'拉'是太阳神，你瞧，仍然是个伟大愿景。"

大祭司是个伟大的愿景！——她的话如歌声般美妙，真是太精彩

1　古埃及人相信人类灵魂是由五部分组成，即 the Ren, the Ba, the Ka, the Sheut, the Ib，它们分别近似于汉语中的"姓名、性格、灵魂、影子、心脏"。

了。她的描述华丽生辉，他脑海深处的那一幅幅画面更加清晰。亨里厄特看见了辉煌的孟菲斯城，还看见赫里奥波里斯城在星空映照下崛起，它把尘封在那些庄严古老的寺庙里已久的沙子都抖落下来。

"这些权力曾以普通的形式呈现，你认为与那些大祭司接触，有可能吗？"

亨里厄特怀着一种坚定和庄重地问道，他自己都为之惊讶了。正当他听她说话时，周围的景致都变化了。这里曾是埃及的总督宫，有着宽敞的大厅，与这无垠的沙漠融合在了一起。亨里厄特嗅到了原野的气息，萦绕着赫勒万小镇的沙。阿拉伯仆人身着白色长衫，步履轻盈地穿过大厅，犹如利比亚沙丘的风卷来的尘土。他身边的两个陌生人有着某种奇异的变化。莫名的情绪犹如那些不知名的星星一样在他灵魂上空升腾，追溯出模糊而久远的记忆。

斯坦森女士间接地回答了他。他希望那双眼睛能闭上一小会儿。

"只有去感受，才能体会到爱，"斯坦森女士说道，声音变得有点低沉，"在形式背后，你能感受到受爱戴的人。这是一个召唤仪式，单纯而又简单。举行一次仪式很费功夫，包括膜拜神灵和祷告准备，仪式是一种方式。这仪式很难施行，只有被世人认可的人来实施这种仪式，才能使其奏效。灵魂只有通过这个仪式才能进入永恒。"

亨里厄特本可以自己说出这些话。当斯坦森女士说出这些时，亨里厄特就已有了这样的想法。生活中处处都可见到这种召唤仪式，宛如同化作用一样。然而，亨里厄特惊讶地直直盯着她看，甚至有些令人不快。但是他也没再提出任何问题，或更确切地说，亨里厄特不愿再问了。他不安地想起指南针的指针在仪式中有特殊的意义。它们代表着还在沉睡的力量和活动，等待有人唤醒它们。一瞬间，亨里厄特想到那天深夜，走廊楼梯里那个诡异的请求。他们俩正在进行一些不可告人的实验。亨里厄特觉得……他们也希望他加入他们。

"你们晚上有时会去沙漠吗？"亨里厄特一时冲动，草率地问道。他觉得这时换个话题能摆脱这一切，但结果却适得其反。

"我们在瓦迪霍夫见过你，"万斯突然打破沉寂，说道，"那么你也在外面睡？那就是说，你也知道恐惧之谷？"

"我们在想……"斯坦森女士急切地凑上前去，说道。但这句话就在这里戛然而止了。亨里厄特很是震惊，一阵剧烈的不适席卷全身。而同时，她又接着说道，尽管很明显，这不是她之前想说的："我们在想，那天天那么热，你是怎么度过的？但你是画画的，对吧？我是说，你会画画吧？"

他全身每一个毛孔都感到这个普通的问题有重大意义。难道是因为亨里厄特的画画天赋极高，他们才找来的吗？即使亨里厄特斩钉截铁地回答自己，但是仍有一丝直觉告诉他，这个想法也可能是假的，也有可能是真的：这特殊的两个人在策划某种仪式来召唤某种"力量"在现实世界中的化身，即为远古的顶礼膜拜所知的某种生命形式。这个仪式甚至想借助笔——亨里厄特的画笔来恢复其躯体轮廓。

一扇令人难以置信的探险之门在他脚下打开。他在难以言说的事物边缘徘徊。他一直都渴望了解埃及，这兴许就是一条线索。一只强而有力的手召唤着他。沙子变幻莫测。亨里厄特看见有无数双饱经沧桑的沙漠之眼在看着他。沙子封住了人们的记忆，如今它却一颗颗、一粒粒地揭开了那些尘封的记忆。

亨里厄特既心甘情愿，但也满心畏惧。他到底为什么会犹豫退缩？为什么他保持沉默，依旧警惕着身边那个人，且警告随之而来？他脑海中出现的那些画面出奇的艳丽。不知怎么的，恰恰是万斯在这些画面上留下了黑色的条纹。他优柔寡断，使得画面变得阴郁起来，沙漠的辉煌也因为某些邪恶而又恐怖的东西遭到毁坏。万斯心中有着可怕的念头和肮脏的企图。

实际上，不是因为亨里厄特听到了什么，而是因为那些话中隐含的秘密，使他充分调动起想象力。他的脑中有各种猜测，但是仍然没有理出具体的思路来。这些想法是那么熟悉，就如斯坦森女士一般熟悉。很久以前，亨里厄特曾十分熟悉这些想法。他甚至在埃及这片明亮的夜空下把自己的那些想法付诸实践。此后，不知何时，在亨里厄特的心中升起了一股奇怪的兴奋感，那就是：难道把这些伟大的"权力"召唤下来是为了改变日常生活吗？不管"权力"的概念是多么的模糊，但在这些"权力"的背后都有最独特的辉煌事迹，都蕴含着一些难以遗忘的意义。他一直明白在这片神秘的土地上有一种"权力"存在，只是他至今都没遇见而已。"权力"无处不在。亨里厄特感到这种"权力"正在那高耸的阿波罗神巨像、辉煌的底比斯城和那些寺庙的残垣断壁中孕育，甚至在造型奇异且工艺精巧的斯芬克斯雕像以及那些威力十足的金字塔所显示的权威中滋长。"权力"的隐形羽翼遍布整个埃及。这些建筑可能仅是用来体现"权力"化身的一个个相互分离的部分片段而已。而沙漠保持着它那最洁净最真实的象征物体。沙漠最了解"权力"，沙子甚至可能会给"权力"提供实实在在的外形和轮廓。

然而，亨里厄特已不知该如何描述"权力"了，同时他在灵魂深处也找不到"权力"了。但是亨里厄特感觉到"权力"浩瀚无边，同时又无限渺小。这些小颗粒便是沙漠之源了。

亨里厄特在椅中开始不安起来，再次无意识地瞪着眼睛。此时一群旅馆的人从舞会上回来，他们穿过大厅，向亨里厄特点头示意晚安。亨里厄特闻到斯坦森女士身上的香味。那些旅馆客人谈论他人的声音也逐渐消失了。他们说话有伦敦口音。亨里厄特听见了一些只言片语，他们说话时无精打采，接着又传来了一阵女孩尖锐的笑声。客人穿过楼梯，他们边走边讨论一些小事情，比如小舞台上的牵线木偶表演等。

但是，他们的出现把他带回到现代生活的节奏中，带回到某些相似的衡量准则中去。亨里厄特意识到他一直紧紧盯着的那些画面，只不过是斯坦森女士头脑中一部分不完整的画面而已。亨里厄特已把沙漠视为灰暗庞大的坟墓，在这里仍然存留着古埃及的"卡"。沙子用世纪的面纱遮住了埃及的容貌。但是埃及曾经就在那儿，充满了活力。埃及已在亨里厄特身上留下了暂时的影响，并将继续影响着他。

亨里厄特停顿了片刻，感到一阵唐突混乱。然后亨里厄特意识到当他真正开始听斯坦森女士说话时，她已经说了好一会儿了，而且她说话的语调和她的行为举止也发生了某种变化。

五

斯坦森女士向亨里厄特身边靠得更近，她的脸突然变得明亮鲜活起来。一阵火热的激情划过她那僵硬的身体，这使得她那双乌黑的眼睛更加深邃，同时也传达出一丝——轻松之感——她整个人也变得欣喜起来，这一切是那么动人。亨里厄特感到如此热烈的激情还是源于对权力的向往，她的一生都在为此奋斗，她以此为生，也愿意为此放弃生命。她举止淡然，而这却使亨里厄特对"权力"感觉越强。因此，第一次见她时就已经给亨里厄特留下了十分震惊的感觉。斯坦森女士有信仰，尽管她的信仰是那么狂野和奇怪，但是对她来说就是神圣的，她的影响力就在于——信念。

之后，亨里厄特的态度大幅改变，他心中的好奇渐渐变成了敬畏。她知道的那些事情都是真的，不是凭空想象出来的推测。

尽管斯坦森女士早已看穿亨里厄特的心思，但她还是一如既往的真诚，低声说道："我想你是赞成这一想法的。可能你没意识到你知道这些，但你是知道的。它潜在你心灵深处，你对它只有微弱的感觉，尽是模糊的记忆而已，难道不是这样的吗？"

亨里厄特的眼中流露出赞许；事实就是如此。

斯坦森女士继续说道："我们本能地知道我们所尝试去记住的事物，了解就是记忆。"斯坦森女士停了一会儿，盯着亨里厄特的脸庞，"至少，你没有那些世俗的批判怀疑，把这些古老的信仰当成迷信。"这甚至连个问题都算不上。

"我——我膜拜真实的信仰——任何类型。"他有些结巴。斯坦森女士的那些话，还有她说话时亲近的神韵在亨里厄特心中引起了波澜，他自己也说不出这是什么感觉。亨里厄特支支吾吾道："真实的信仰是生命中最重要的，而不是神灵。"亨里厄特说出的话就是此前斯坦森女士说过的，"它具有创造性，构建了一个全新的世界"。

"并且可以重新构建旧世界。"

斯坦森女士说话时，把头抬得比亨里厄特稍微高点，这样她的眼睛就能向下盯着亨里厄特的眼睛。她的脸变大了，还带着一些男子气概。那活脱脱就是一位牧师的脸，脸上透露出一股精神力量。在哪里，他过去到底曾经在哪里见过斯坦森女士的灵魂呢？他看见她的那个场景，好像她身处一片昏暗的圆柱森林里，那些柱子高高地耸立在条条宽大通道上。亨里厄特再次感到沙漠已经越来越近了。细细的沙子不断变化，它已经进到旅馆里那如帐篷一般的大厅里。沙子轻柔地在他脚边的每一样家具旁边堆积起来，把窗户和门都堵了起来，覆盖了小礼物。风吹起沙子，形成纱帘，一动不动好像挂了几个世纪……

亨里厄特一直沉浸在自己的思考里，斯坦森女士说的很多东西他都没有听到。"在亚特兰蒂斯时代有许多生命形式，这些生命可能复活——这些生命现今没有任何具体的化身。"这是亨里厄特回过神来听到她说的一句话。

"一种生命形式？"他小声说道，回头看看四周，好像在看加入到他们谈话的人，"你的意思是说——幽灵？不为人知的某种幽灵？或者与当今世界上的所有生命形式都不同的生命？"尽管他一直没听她说话，但看起来他多少弄懂了一些她在说的事情。虽然有些犹豫不决，但是亨里厄特还是渴望听她讲话。他能够感觉到斯坦森女士想让他加入她的行动中，并且最终他会心甘情愿地跟她一起去，她的信念深深地影响了他。

他感到自己好像知道会发生什么事。斯坦森女士还未回答亨里厄特的奇怪问题——确实是心中激起了这样的想法——"群体灵魂"这一奇怪想法在亨里厄特的心头升起。这一概念就是：单用那些个体是不能体现那些宏大的灵魂的，它们需要一个完整的群体来完整地展现自我。

亨里厄特专心地听着，尽管实际上所有的谈话都是关于一个话题，这种突然的亲近也很不正常，但是亨里厄特却不这么想，两方长时间的观察和准备清除了障碍——进而由点头之交变成交心密友——亨里厄特暗自怀疑了多久？但是如果"群体灵魂"这个概念不够新，那么斯坦森女士谈话中引出的那个暗示不仅够新还很惊人——同时还那么熟悉。对于亨里厄特来说，它的价值不在于牵强的证据能证明，而在于他内心里深信这个暗示，并且已成为他真实内心的重要部分。

"一个个体，"斯坦森女士平静地说道，"一个人可以完全呈现一个灵魂，我的意思是，这是极其少见的。通常一个躯体不能完整无缺地表现灵魂。在人类社的低级群体中——确切地说在动物和昆虫中——多种生命形式享有一个灵魂。在一群野蛮人的背后一定站着一个野蛮人头头。一群鸟也有一个统帅的大鸟，所有的东西都拥有一个信仰。那些鸟儿在空中盘旋，它们迁徙，它们遵守深奥的智慧亦称之为本能——所有都只有一个信仰。任何东西的生命，狮子是动物之王——狮子的'群体灵魂'体现在整个动物界中。一群蚂蚁就是一个蚂蚁灵魂来统帅；一群蜜蜂就只有一个蜜蜂精神领袖来统治。"

亨里厄特知道斯坦森女士想要说什么，他急不可奈迅速揭穿，于是插话道：

"有一些生命可能完全没有任何相应的化身吗？"他这样问道，仿佛这个问题不受控制自己跳出来似的，"它们以'权力'的形式存在——至今还没在世上显现吗？"

"权力，"斯坦森女士回答道，她紧挨着亨里厄特，目不转睛地死盯着他，"'权力'需要一个群体献出自己的躯体——他们的躯体能体现'权力'——如果'权力'回来的话。"

"回来！"亨里厄特屏息小声重复说道。

但是斯坦森女士却听见了。"它们曾经显现出来了。埃及、亚特兰蒂斯人都知道它们——但是'精神力量'至今没有拜访过这个世界。"

"躯体，"亨里厄特轻声说道，"实实在在的身体？"

"你看，它们的活动范围就是它们躯体的活动范围。并且有可能是它的躯体轮廓。精神生命要去有躯体载体的地方以寻求它的躯体。我们对躯体的一般理解——什么是躯体？躯体就是一个轮廓沿着一个方向移动。对于那些微小的人类灵魂或躯体一部分来说，一个轮廓就够了。但是对于更宏大的那些灵魂来说，一大整群躯体才够。"

"一座教堂？"亨里厄特试探性地问道，"某种信仰的躯体，你确定是这个意思？"

斯坦森女士低头片刻以示赞同。她深信亨里厄特应该彻底明白了自己的意思。

"一批精神意念觉醒——精神生命在一个国家诞生，"斯坦森女士小声回答，"用一座教堂来表现自己，而且那些虔诚的信仰者的躯体就是它们活动的范围。直白地说，那些信仰者就是它们的化身的表达。每一个信仰者就是那个精神依附的皮囊。'精神力量'用一个躯体来表现自己。不然，我们就无法认识它。而且，每一个信仰者的信念越真诚，那么他们所表现的精神生命就越完美。那么就有一个'群体灵魂'在世间盛行。更重要的是，一个国家的虔诚信仰能给国家吸引来未知的精神，这种精神否认其余所有的信念。信仰能召回神灵，神灵早已不在这个地球上了……但是如今信仰已不复存在，并且神明也已离开这个世界。"

斯坦森女士不停地说着，主要的意思就是在信奉更古老信仰的那个时期，地球上有几种神灵生命存在，用膜拜祭祀唤醒它们，这样对人性有益。因为把这些神灵召回地球上的膜拜仪式已经消失了，因此，那些神灵也早已从地球上离开。世界已经变得狭隘了。那些宏大的"精神力量"找不到可以表达或体现自己的"躯体"……斯坦森女士的诸多想法和话语如同沙子一般从亨里厄特面前倾泻下来。他感觉总是沙子——沙子掩埋了现在，揭示了过去……

亨里厄特尽力把自己的思绪集中到熟悉的那些事情上，但是无论何时他看着时，沙子都直接迎着他的目光。这些墙无关紧要，沙漠就躺在墙外，它在聆听，它也在等待。万斯已经失去了辨别能力，他属于当今世界，他适应现今的事情。但是斯坦森女士和亨里厄特却属于几千年之前的世界，这个世界掩埋在沙漠神殿里那些柱子下面。而且这些沙子在移动。亨里厄特的脚步跟着沙子在移动……追溯永恒记忆中的那一幕幕，这些画面宏大壮观，让人产生了恐惧……那个声音像是被挡住了一样，穿过层层的屏障和帷幕才传到亨里厄特耳边，亨里厄特听斯坦森女士说着，她说那些惊人的"权力"可能会因启发仪式的诱惑再次进入人间。

"最终目的是什么？"最后，亨里厄特问道，他自己都为自己的鲁莽感到吃惊。因为他凭直觉早已知道了答案，这个答案穿过那层层叠叠的记忆片断在他的灵魂上空升腾。

"精神知识的拓展，生活层面的拓宽，"斯坦森女士回答道，"在那个'神秘王国'中，这个古老的体系永远不停地追寻，而与这个王国的联系将会重建起来。接下来可能就是完成复原之路。一些部分——这些'权力'的一小部分——曾经自如地用某些动物生命来体现自己，因为这些本能的生命形式不会否认或拒绝它们。曾经，一个巨大的召唤体系用这些神圣的动物来祭祀，这是它的遗产——不是那些怪物，"斯坦森女士苦笑着说，"当用膜拜仪式召唤那些'权力'时，它们愿意且为降临做好了充分准备。"

亨里厄特再次屏息小声说话，他甚至能听见自己的嘀咕声——当他说话时自己都被自己的声音给吓住了："实实在在的外形和轮廓吗？"

"可以作为躯体的材料哪里都是，"斯坦森女士回答道，当然她的声音也很小，"我们最终都会化为尘埃，沙子，如果你喜欢沙子，极好极好的沙子。当生命足够有影响力时，它能轻易把沙子打磨成型。"

当亨里厄特听斯坦森女士说话时，他渐渐变得迷惑起来。他点燃一支烟，静静地抽了一会儿。斯坦森女士和她的侄子万斯在等亨里厄特说话。经过一番思想斗争和犹豫后，最终，亨里厄特提出问题，他知道他们都在等她。想要做出任何反抗都是不可能的。

"知道方法的话那一定很有趣，"亨里厄特说道，"使其复活，可能，通过试验——"

亨里厄特还没说完，斯坦森女士就接过了话头：

"那些声称知道'权力'的人，"斯坦森女士显得非常严肃，她的眼神中流露出赞许，"然后根据一个线索摸索，就有可能找到我提到的那些完善的重建系统。"

"还有方法？"亨里厄特小声地不断重复道。

"用仪式唤醒这些'权力'——仪式可以完成——而且能看到'权力'所依附的躯体。'权力'就能降临了。这个外形或轮廓一旦固定下来，然后就永远固定住了——一个供它随时回来的替身。"

"木偶！"亨里厄特大喊道。

"形象。"斯坦森女士立即回应道，"在我们知道这些之前，生命肯定有一具躯体。为了显现自己，我们的灵魂也需要一个物质载体。"

"还有——为了获得这个外形或者轮廓？"亨里厄特又开始说，"确切地说，是使'权力'永久地固定起来吗？"

"这就是说，也需要一个大胆而且极其会作画的旁观者——但是实际上，这个人却不会参与到召唤仪式中。这个外形精准无误地永远固定在一个固体之中，它能够提供一个永远敞开的通道。严格来说，该是进行试验的时候了。那些不为人知的'权力'集体即将公之于众。"

"这个提议太好了！"亨里厄特惊呼道。令他惊奇的是他没有任何疑问，也不想提问。

"然而，任何已知的宗教类型都值得拥有这种称呼。"万斯插进来说道，他的话像是从远方传来的。似乎他的插话中带着危险气息———丝险恶。他说话显得很急切。

接下来所有的话题都是关于召唤仪式的，亨里厄特心不在焉地听着。这个想法如狂风暴雨一般向亨里厄特袭来，带来一阵骚动，扰乱了他的心思。过于唯命是从而没有任何评断，亨里厄特从中获得一些模糊提示，那就是尽管斯坦森女士记得不太清晰，但是她已提到过她早期的生活，还说了她每一年都会去埃及，经常去沙漠和那些寺庙里尽力找到一些漏掉的线索。后来，亨里厄特记起来斯坦森女士说过："这些事发生在她孩童时期，所以都不太记得清楚。"还有一个更深的提示，即斯坦森女士根本就不认识亨里厄特，或是他们俩之前就已见过。但是，与那些十分明确的事情相比较之下，这件事是最不吸引亨里厄特的。当亨里厄特回应的时候，他几乎都不知道自己在说什么。亨里厄特心不在焉，他的精力全都高度集中在其他的想法上，他可能不顾礼节说出一些空话来。亨里厄特的唯一愿望就是逃避，一个人待着。亨里厄特怀着真挚的信仰，他为自己找到借口后不久就离开，上楼睡觉去了。亨里厄特注意到那一座座大厅很空旷，一个阿拉伯佣人在等候着熄灯。因为电梯早已不在运转，亨里厄特只能走上楼去。

古埃及的魔力还萦绕在亨里厄特身边，少年种下的种子，随着青年时期做的研究成长壮大。俄赛里斯[1]崇拜再次在亨里厄特的血液里沸腾；埃及人早已记不得何露斯[2]和奈夫蒂斯[3]，但是现在它们却又在他们身边苏醒。那些礼拜仪式和各种各样的庆典极其光彩夺目，但是这些早已掩没了许久，如今它们已在亨里厄特身上复活了，还有那些符咒以及由最古老的咒语衍生而来的咒语规则，这些早已俘获了亨里厄特的想象和信仰——那就是《死亡之书》[4]胜利的号角穿过古时某个昏暗的沙漠，再一次吹向亨里厄特的心扉。这里有很多生命形式——它们是由"宇宙"这个造物主创造的——但是人类的灵魂不是宇宙创造的，这些生命形式是可知的。由于眼前的斯坦森女士很非凡，再加上她那席话，因此，亨里厄特精神倍儿棒，走起路来高兴劲儿十足。

随后，亨里厄特关上卧室的房门，小心翼翼地上了锁。这时，他发

1 古埃及地狱的冥神和鬼判。
2 古埃及太阳神。
3 古埃及死亡女神。
4 古埃及时期的书，内容包括用于人死后安抚亡魂的符咒和指令。

现自己身边站着一个人——万斯。亨里厄特对万斯的印象已不清晰，但是他就这样出现在眼前——他双眼凝聚，兴致勃勃，故作虔诚，打探观望之态，都与这里一切宏伟的景象格格不入，万斯此行不怀好意。由于自身的某些原因，万斯假装默默无闻，他隐藏起自己刚烈的性子，然而他身上突然有着令人咋舌的残暴，这些都要求对万斯的存在给出一个解释。

同样令人震惊的，万斯为什么会出现，这个疑问自动破解。它来得那么出其不意，也不那么使人信服；然而它就以这种难以预料的形式到来了。

除了兴趣和顺从之外，万斯还有——恐惧；但在明显的恐惧之外，万斯身上还有另外一种东西，亨里厄特认为那就是邪恶。实际上万斯的邪恶行动已经开始上演了，对亨里厄特来说，这种遭遇还是人生中第一次。尽管，生活中有很多事情很相似，但是目前像万斯这样邪恶至极的做法，亨里厄特还从未预料到。同时，亨里厄特也没想到有一天自己会死去——从繁忙的人世间消失，好像风吹起的一阵尘土一样，从未存在过，然后被人们遗忘。死亡很快就会降临在这个叫万斯的人身上。亨里厄特自己也说不清楚，即使想到这件事他都害怕。

亨里厄特迅速脱下衣服，像个孩子似的以为躺在床上就会有安全感。亨里厄特的思想也开始放松，今天的事情自然就放在了一边；他的头脑变得昏沉，欲望也没那么强烈了。亨里厄特也筋疲力尽了，但是当头脑停止了思考，人自然也变得昏昏欲睡，只有那些诡异的画面在昏暗中从他的脑海中闪过，亨里厄特的大脑不再发出那些机械的解释，他发现一双凝视着他的眼睛。现今的诸多活动掩盖了记忆的大部分内容，所以这些记忆只有借助这存在已久的沙子，以此唤醒自己沉睡的记忆——斯坦森女士早已离开那些古老遥远的沙子，它们肯定知道这些。模糊和确定总是相影相随。诸多细节已不可重现，但是注入的情感却依然如故。

亨里厄特在床上翻来覆去，想竭力抓住那些有利的线索，然后顺藤摸瓜。但是另有一种力量立即把这些线索再一次藏起来了，退入潜意识里，那些线索似乎与他现在的身体形同陌路。一个大脑只储存一生的记忆，古老的记忆只镌刻在灵魂里，只有潜意能够解释和展示出来。斯坦森女士一直忙着挖掘的正是亨里厄特的潜意识记忆。

潜意识记忆像水波一样泛起涟漪，在亨里厄特内心深处徘徊，但是，亨里厄特从未清晰地领悟到它，很模糊，感觉就像是追求不能重现的知识一样。与万斯的恐惧和邪恶的意图相比——现今和近代的生命——亨里厄特感到斯坦森女士那看似不可实现的梦想是多么的伟大，毫无疑问，亨里厄特知道关于"权力"的说法都是真的。亨里厄特意识困怠，也不再进行判断，他不再管什么不可能，他只顾它的伟大。斯坦森女士的信仰既不是轻信也不是迷信，而是"记忆"。直到今天，在埃及那片沙漠上，还有一些巨大的精神力量，它们的阵势太大，人们只知道它们的化身是一个群体——由很多个体组成。它们化身的活动范围肯定很大，这个群体中的每一个个体都有一个躯体。

从利比亚荒原吹来的风穿越尼罗河，直吹着旅馆敞开的一侧，吹得他房间里的窗户咯咯作响——埃及的风历经岁月，经久不息，满是苍凉。亨里厄特从床上起来，拉上百叶窗。他在窗边站了一会儿，看见月亮从萨卡拉金字塔背后飘浮而下。昴宿星团和猎户星座明亮地高挂在天空之上；大熊座靠近了地平线。在沙漠上空有数以万计的星星，赫勒万小镇的那些街道却一丁点儿的声音都没有，沙涛正慢慢潜入这里。

种种思虑从那不曾提起且难以置信的记忆中升起，影响着亨里厄特。月色下，沙漠显得格外苍凉，与夜色连成一体，沙漠太大，大得让人找不到慰藉也无法理解，然而却是无限的宁静。在沙漠宁静壮丽的背后，传来一阵阵很低的声音，使用的却是消失已久的语言，它们曾经很有威力，是用来召唤那些强大的精神"权力"的。如今，沙漠的那些边缘地带在缩小，但是它们慢慢地穿过这片沙漠，开始转变位置并且形成新的领地。亨里厄特突然感觉到沙子的遮蔽作用——作为"形态"这一躯体化身的载体。

沙子在亨里厄特的想象和头脑中，沙漠轻轻地摇动它的那些边缘地带，它升起来了；沙漠向亨里厄特移近了一点点。亨里厄特看见沙漠那不朽的面孔，正在注视着他自己——在那些不断变换的纱帐后面，那张脸一动不动而且亘古不变，一阵阵风小心翼翼地吹过沙漠。埃及，还是那个古老的埃及，在她庞大的沙漠石棺中变化，在膜拜者的呼唤中从沉睡中醒来。

只有用这种不太明显的方式，亨里厄特才能说出自己的那些恐惧感，它们都争先恐后地想要表现……亨里厄特关上百叶窗后，还细致地把窗帘拉紧。然后，他转身回到床上，莫名其妙地颤抖起来。随后，那个非凡的幻想让他为之震惊，呆若木鸡。整个沙漠的巨大影子在升起，而且就在亨里厄特的身后，它们都在阳台上。如思绪一般轻巧，沙漠静静地耸立着，与亨里厄特直面相对。沙漠高耸入云，遮盖住了猎户座和月亮。沙漠在下沉，整个灰色的沙漠在亨里厄特的眼前升起来。月色下，当黑暗笼罩着沙漠时，一阵阵飞旋的沙流朝着沙漠的边缘地带奔流过来。一张伤痕累累的脸如星球一般巨大，满是苍凉，向下注视着亨里厄特的脸庞……

那一晚他睡得很香，没有做梦，但是，有两件事情一直困扰着他……亨里厄特意识到他自己不困。这两件事情是截然相反的，一件是关于人类的，它很小，但是充满邪念；另一件是超自然的，还很庄严。因为困扰着万斯的那些恐怖记忆和邪恶的动机，亨里厄特整整一夜也在为此烦恼。然而，除了这些下意识里的平常感觉，亨里厄特高尚的灵魂里满是疑惑：

沙子在搅动，沙漠在觉醒。"权力"已经做好准备与物质躯壳结合，人们认为这些躯壳已拥有至高无上"权力"的"卡"，"权力"曾借助古埃及的无数生命来表现自己。

六

第二天及以后的好几天，亨里厄特都没见着斯坦森女士和她的侄子万斯。他们的关系发展太快，有点让人觉得不舒服，每个人所看到的只是表象，故作姿态而已，需要了解他以前的所作所为，这样才能把握他或她的位置。就亨里厄特的生活经历来说，他还无法判断斯坦森女士和万斯的位置，只有潜意识可以解释，但潜意识的活跃毕竟是短暂的。当潜意识失去影响之后，亨里厄特就没了方向，不知所措。

早晨的阳光一泻千里，斯坦森女士说的那些重要意义，早已烟消云散。只要有斯坦森女士，就能找到破解谜团的最好办法。尽管，有一部分享亨里厄特也难以理解，但是还是有很多东西，他了然于胸。还是有一点不舒服；与此同时，还有个严峻且邪恶的事实，这比理论更重要，诸多结果便会随之得出——如果亨里厄特加入他们俩的话，那么亨里厄特就会见证一些奇怪的事情。

有股力量使亨里厄特犹豫起来，也正是这股力量吸引着他。它刚来时，就吓到了亨里厄特，让他哑口无言，而且在亨里厄特生命中剩下的日子里，某些正确的时刻他需要时间去意识到这一点。然而，人生中这些时刻不是轻易就能到的，亨里厄特的心情很是复杂，既有质疑、嘲笑，还有完全相信。但有一个细节亨里厄特是确定的，那就是他在万斯身上发现了让人害怕的事情。他努力不去这么想，可是做不到，这就是事实。尽管没有任何证据可以证明这一点，但是那种恐惧感仍然存在，亨里厄特十分肯定它的存在。

也许，这就是驱使亨里厄特去追求他能够理解和感到亲切的伙伴关系的原因吧。他把关于那些陌生人的事情告诉了主人和他的妻子，由于省去了一些聊天的细节，所以这两个人听不明白，只是附和地笑笑。但是，当亨里厄特向女主人描述了那一对平整的上眼皮下有一双乌黑乌黑的眼睛时，她惊呆了，萌生了极大的兴趣。"为什么，还是那个恐怖的斯坦森女士，"她大声说道，"肯定是斯坦森女士，还有那个她自称侄子的男人。"

"听起来像，一定是，"她的丈夫跟着说道，"亨里厄特，你最好远离他们俩，他们也会去蛊惑你的。"

亨里厄特有些恼火，但又不明白火从何来。他心里起了疑团，就对发生的一切只是做了大概描述。但是，当这两个务实的老朋友用人们喜欢的八卦方式扯东扯西时，他竖起两只耳朵认真地听。毫无疑问，这其中不乏有很多地方是添油加醋的，也有很多扭曲和夸张之处，但是，这样的说辞显然是有坚固的根源的，所谓无风不起浪吧。

"万斯确实是斯坦森女士的侄子，"曼斯菲尔德在继续阐述自己的观点前，更正了妻子的话，"不用再质疑那个问题了，我相信，万斯是斯坦森女士最喜欢的侄子，而且她富得流油。每一年，万斯都等着斯坦森女士有空时带他外出。但是，他们俩是令人厌恶的一对。我在埃及各处都遇见过他们，但是最终，他们都会回到赫勒万小镇来。关于他们的故事真的是太多了。你记得——"他支支吾吾地转向了自己的妻子——"有些人，我听说，"他换了个话题，"被斯坦森女士唆使后变得很坏。"

"是的，我觉得亨里厄特应该了解这点。"但是曼斯菲尔德的妻子大胆地接着说，"我的侄女，范妮，曾经历过相当离奇的事情。"她转向亨里厄特，"范妮在阿斯旺或埃德富时，住的旅馆房间就挨着斯坦森女士的房间，有一晚，范妮醒了，听见附近响起一阵神奇的吟诵声音。旅馆的门真的是太薄了，还能闻到一股怪异的气味，像是一股令人作呕的味道，而且一直有一个男人的声音不断传来。范妮躺在床上很害怕，这种状况持续了数个小时——"

"吓到了，你是说？"亨里厄特问道。

"对的，范妮害怕极了，她说那里发生的事情很诡异——她感到自己出了一身冷汗。范妮想去摁门铃，但是她太害怕了，不敢离开床。房间里充满了——东西，但是她却什么也看不见。然而，她却能感觉到那些东西的存在，你明白的。过了一会儿，那种哼唱的吟咏声音抽打着范妮的每一根神经，差点让她晕过去了——像是一种妖术——她感觉自己像是被掐住了脖子，呼吸不了。随后——"她有些犹豫不决。

"把你知道的都说出来吧。"曼斯菲尔德说道，但是语气也相当凝重。

"好吧——接下来的事情就是，至少，范妮说事情很离奇。她说那些吟咏的声音使隔壁房门向内凹陷下去，但是不止是门这样了。好像有一股强大的东西从一侧挤压过来一样，所有的墙壁也鼓起来了或者倾斜了。就在此时，范妮房间的窗户——她房间里有两个大阳台，活动百叶窗被关紧了——她的窗外很黑——尽管是凌晨两点钟，外面漆黑一片。范妮说其实就一个东西———直在尝试着进来，就像水一样，你能明白，想要从每一个小孔里冲进来，还要把门打开。尽管有些害怕——太奇怪了——范妮说感觉自己体内有一股力量———种兴奋感。"

"范妮什么都没看见吗？"

"她说什么都不记得了，我认为她当时可能没有知觉了，但她并不认同。"

"也许只是晕了一会儿。"曼斯菲尔德说道。

"是这样的，"沉默了会儿，曼斯菲尔德妻子总结道，"真的，这些都是真的。是我侄女的亲身遭遇，难道不是吗？约翰？"

接着，他们继续述说关于斯坦森女士和万斯的奇异故事和传奇事迹。显然，这些故事和传奇都相互交织在一起，一个故事借用另一个故事的独特细节，所有的故事都说得很离谱，好像说故事的人们使用的并不是自己很熟悉的语言。但是，尽管听得很认真，也很焦急难耐，但是亨里厄特把故事两两结合在一起，真相就出来了。斯坦森女士和万斯与古埃及了解的力量有联系。

"亲爱的，告诉亨里厄特，关于你在'众王之谷'偶遇那个可怕的家伙斯坦森女士侄子的事。"他听见妻子立即说道。但是，曼斯菲尔德想快点结束这个谈话，所以他只是简略地说了说。

"那是很多年前的事了，那时我还不认识万斯，也没听说过关于他的任何事情，只知道他是那种危险的爱吹牛皮的人。但是，有一晚，我在底比斯的'众王之谷'遇见了他——你知道，那里埋了许多埃及的有钱人，坟墓都气势辉煌，规模盛大。那个地方既可怕又阴森，万籁俱寂，到处是奇异的光线和影子，看起来一切好像都是活的一样——我的印象相当深刻，当时毛骨悚然，战栗不止。我感受到古埃及在注视着自己。"

"接着说，亲爱的。"他妻子说道。

"嗯，当时，我谈完生意很晚了，骑着一头有白色斑点的懒驴回家，突然，帮我赶驴的小伙子吓得落荒而逃，丢下我一个人。那时，太阳已经下山了，沙被落日余晖染成了红色，闪闪发光，宽大的岩石也如火一般通红通红的。我的驴子陷在了地里，寸步难移。接下来，大概五十英尺远的地方，我看见了一个人——很显然是个欧洲人——正在干什么事情——天知道他在干吗，因为我无法描述——地面上遍布鹅卵石。仪式，我建议你这么称呼它。我很感兴趣，所以刚开始的时候我就在那儿看。之后，我看见他不是单独一个人站在那里，身边有很多东西围着他移动，这些东西很高大，来去就如鬼魅一般。暮色让人眼花缭乱；前景也在改变，远处的景致变得更加让人捉摸不透，但是，真的很难看得清楚。我只记得自己从驴背上跳下来，靠近一点，而且，当我离他只有几码远的时候——好吧，那东西看起来好像腐烂了，但是我敢打赌说那些东西突然飞奔而走，只留下我一个人在那儿。它们走时有一股呼啸的声音，就像一阵风一样。它们看起来很模糊，但是又极其庞大，消失在火红的悬崖峭壁上，就好像嗖地一下钻进了那些石头一般。我能想起来可以描述的只有一件事情——好吧，那些沙尘暴就像非洲热风刮起来了一样——那是很热的风，你知道吧。"

"它们可能就是沙子。"曼斯菲尔德的妻子猜道，她急着想要述说自己的另一个故事。

"可能，那里没有一丝风，热得像蒸笼一样——还有——我有些奇特的感觉——此前从未有过这种感觉——既狂野又兴奋——像喝醉了，我告诉你，醉了。"

"你看见他们了？"亨里厄特问道，"你看出他们的形状或是轮廓了吗？"

"斯芬克斯，"曼斯菲尔德立即回答道，"整个世界就像斯芬克斯。你知道那种脸型和头型，沙漠上的这些石灰岩有着巨大的埃及头饰，但是沙漠上流动的沙子已经把下面较柔软的地方侵蚀掉了。这种现象你处处可见。它们看起来很像巨大的雕像，那脸庞、眼睛还有嘴唇像极了斯芬克斯。嗯，这就是我能想到的最贴切的描述。"曼斯菲尔德深深吸了一口烟斗，但他身上没有一丝变化。曼斯菲尔德所说的就是事实真相，然而，在曼斯菲尔德心中，他好像对自己所说的事情感到羞愧。当然，他也省去了很多没说。

"她有着相似的脸庞，都带着斯坦森式的恐惧，"曼斯菲尔德妻子战战兢兢地说道，"只是尺寸再小一点，眼睛画得很黑，你说的正是她——一个活生生的幽灵。"三个人都笑了起来，但是笑声里却没有一丝喜悦。

"你和那个人说话了吗？"

"我说了，"曼斯菲尔德答道，"虽然，坦诚地说，我对自己说话的方式有点羞愧。事实是，我很兴奋，兴奋极了，同时也有些生气。至于那个在这个地方施展那些讨厌的咒语的家伙，我想踢他一脚。然而，一直以来——好吧，好吧，好吧，现在我觉得那时只是害怕而已，"曼斯菲尔德笑道，"因为黑暗中一个人身处野外，我感到非常奇怪——一个人面对这种事情；有这样的感觉，我也生自己的气。总之，我继续往前走——我已经没有赶驴男孩来帮忙，还记得——我把他骂得像狗一样。

但是，我不记得自己具体说了什么，只记得他站在那里，静静地盯着。这样情况更糟——之后，再真实不过了。那个施魔咒的家伙一直都没说话。他用一只手向我打手势，示意我离开。随后，突然，什么东西都没有了，她——那个女人——出现了，站在了他的身边，我从来没看见她走来。由于她仅仅是从地面出现的，她肯定是躲在岩石或者其他东西的后面。她站在那里而且也盯着我——直直地盯着脸庞。她向着日落的方向——这就是西边天空所留下的东西——还有她那双乌黑的眼睛，好像——啊！我描述不好她了——太吓人了。"

"那么她说话了？"

"她说了五个字——还有她的声音——它会让你发笑——那声音很刺耳，像个铜锣：'在这有危险。'这就是她说的话。我只是转过身，尽可能快地消失。但是，我必须走回去。我的驴子早已跟随它的主人走了。我告诉你——你就尽情笑吧——整整一个小时里我的血液好像都凝固起来了。"

之后，因为斯坦森女士和万斯住在曼斯菲尔德的旅馆，曼斯菲尔德解释说他觉得他们应该给出一些解释或者是道歉，以及他在晚饭后是怎么在吸烟室遇见万斯的。对话的结果是——万斯毕竟是相当的聪明——在这些谈话中，曼斯菲尔德只记得一句话。

"或许，你能解释清楚，亨里厄特，我把它写下来，而且我能记住。剩下的把我弄得很糊涂，记不得，也说不好了。尽管我必须承认它看起来并不好，但是也不是完全坏掉了。它是关于占星术、那些仪式，还有古埃及人的膜拜信仰，而且我不知道除了这些还有什么。只有万斯会让它变得清晰和几乎可以感受得到，要是我已经十分了解那些事情，而且还记得就好了。你知道吗？"曼斯菲尔德又说道，好像连他自己也相信了，"这里仍然有很多不可思议的古埃及宗教活动和信仰，想说什么就说什么吧。"

"不要这一句？"亨里厄特问道。曼斯菲尔德去拿笔记本走开了，那上面有先前曼斯菲尔德记下的东西。

"你看，他的下巴，"曼斯菲尔德回来后继续说道，亨里厄特与曼斯菲尔德妻子一言未发，"指向的方位在宗教仪式里很重要，西方和北方象征着某种力量，或者象征其他类似的东西。为什么人们非要转向东方，或者其他的方向。而且，说到整个'宇宙'，当有人唤醒这些力量时，它们就能呈现，但是好像'宇宙'把那些活跃着的力量都隐藏起来了。总之，我就是这样记住它的。接着，他说了这样一件事——可能这样说是为了回应我提出的那些愚蠢的问题的。"曼斯菲尔德大声地读着那些笔记：

"'你处于危险境地，因为你穿过了西大门，而那时，东大门的'权力'正在冉冉上升，因此正好与你的方向相反。'"

接下来情况是这样的，显然，用一个明喻来解释这件事情，曼斯菲尔德的语调显得很惭愧，已经准备接受嘲笑了：

"'从背后还是从正面袭击你，决定了我在你身上激发的回应力量。方位至关重要。'他说那就是所谓的'力量之夜'——那个时间段，沙漠开始侵犯，圣灵开始靠近。"

曼斯菲尔德把笔记本扔在一边，再次点燃烟斗，等着别人评论。"你能解释一下那些话的意思吗？"看到他们不吭声，他忍不住问道。但是，亨里厄特说他无法解释。随后，曼斯菲尔德的妻子开始讲述她听到的关于斯坦森女士和万斯已经传开的故事。

那些故事没有那么详细的内容，自然也不怎么感人，但是，它们听起来都很真实。那都是在埃及茶余饭后能听到的故事，比如，有的是关于木乃伊复仇的，这个故事说的是木乃伊好像对那些把自己变成木乃伊的人们进行报复，让他们的灵魂永久不能安息。有的故事说的是一个女人带着一个从公主墓里盗出来的圣甲虫形宝石项链，这个女人感到有一双手伸向自己的脖子，企图掐死她；还有的故事说的是小小的"卡"的形象、帕赫特女神[1]、护身符和其他的东西，但是这些东西却给保存它们的人带来灾难。这样的东西数量之多、种类各异，极其详尽，而且人们急需改变这些轻信的习惯。还有现代人的一些迷信思想认为沙漠上恶魔肆虐，但是这些现代迷信思想与斯坦森女士和万斯毫无干系。这些故事基于一些毋庸置疑的经历，它们一直都是——无法解释的。关于斯坦森女士的为人处世还有她的侄子万斯，他们俩聚集在一起，就像苍蝇一样围着水果打转，受它吸引。那些阿拉伯人也十分害怕斯坦森女士。斯坦

---

[1] 埃及神话中象征战争女神的母狮子。

森女士也很难得到一些向导和导游的帮助。

"嗨，朋友，"曼斯菲尔德总结道，"听我的吧，别跟斯坦森女士和万斯有任何瓜葛。在这个古老的国度，有很多奇怪的事情，还有这些人知道如何唤醒'权力'。你已经很倒霉了；你刚进来时看起来很吓人。"他们笑了起来，但显然这个英国人是认真的。"我说，"曼斯菲尔德又说道，"好吧，我们一起去打鸟吧。如今，鸟儿成群结队地聚集在三角洲，今年早些时候，它们就已回到北方，它们的家乡。你说怎么样？嗯？"

但是，亨里厄特对打鸟没有兴趣，他更希望能够独自一人，仔细想想刚才谈到的问题。他本来是找朋友们寻求慰藉，但是，他们却让他更加不安和兴奋起来，他的兴致突然倍增。尽管有些害怕，但是亨里厄特还是很期望知道斯坦森女士和万斯想要干什么。他不顾朋友的告诫，同时也不顾自己内心的焦虑，沙完全吊起了他的兴致。

有一阵儿，亨里厄特根本不信曼斯菲尔德夫妇所说的话，想想大笑了起来，但是这些积极乐观的心态不会持续很久。那个感觉总会回来，那就是亨里厄特感到真相就藏在这个奇怪事情背后的某一处，而且，如果亨里厄特与斯坦森女士和万斯一起参与那个事情当中，就像斯坦森女士和万斯他们所期望的一样——亨里厄特就能看到——也好，亨里厄特几乎一无所知——但是，就像危险诱导着他一样，它引诱着亨里厄特，这个鲁莽的男人，简直是自取灭亡。然而，沙漠现在充满了他的脑海。

亨里厄特决定遂斯坦森女士和万斯所愿，献出自己。他会看到——此刻，他一阵战栗——斯坦森女士和万斯看见的一切。而且，他还知道了那消失已久的力量漩涡和古埃及那些神职人员了解的辉煌，可能，在亚特兰蒂斯那些昏暗遥远的日子里，这些只是平常的事情。沙子束缚住了亨里厄特的想象力，他整个人都让沙子所牵绊。

七

亨里厄特没有明确表明心意，他发现自己良苦用心的暗示被斯坦森女士和万斯忽略了。虽然他们没有刻意躲避亨里厄特，但却留他独自一人。他现在几乎碰不到他们俩，只是在夜晚，或者在诡异的黄昏时刻能瞥见他们匆匆离开旅馆奔向沙漠。他们的计划很精明，不理睬亨里厄特，更激起了他的欲望，他差点自己提出与他们一起行动的建议。亨里厄特的思绪就像感光片受到了刺激一样，变得什么都能接受。突然安静下来，随后一个念想一闪而过——这些奇怪的事情是怎么发生的？——他们在等待某个日子，大概就是曼斯菲尔德提到的"力量之夜"，那是古埃及日历的时间，人们相信超感觉世界以及它所有的威力与人类的思绪活动背道而驰。这个念头曾停留在他脑海中的一个角落，如今它变得越来越强烈，亨里厄特很看重这念头。十天过去了，月满的日子一天天逼近。以现在的心态，他可以笑对任何事，因此，他能够坦然接受这种指示性的奇怪暗示，这本身就是一种探险。虽然他劝说自己这只是场游戏，但即将来临的庄严事实令人惊奇，这在他灵魂深处留下了阴影。

他尽情享受这样的日子——没有任何不耐烦的感觉。在耀眼的阳光下，他想到了探险，笑了起来，但是在晚上，他总是夜不能寐，想些如何逃脱的法子。然而，他却从未逃掉。沙漠睁着它的大眼，警惕地监视着赫勒万小镇和亨里厄特的所有动静。如同绿洲一样，亨里厄特在亘古不变的阳光下沐浴，在被人遗忘的月光下做梦。沙子最终悄悄地潜入了他的内心深处，并从他的身边轻轻飞过。

亨里厄特从日常琐事中寻找反应，制定旅行线路。然而，他一直关注着宏伟的沙漠，这让他意识到他观察日常琐事的态度有点可笑。两种截然相反的感觉影响着亨里厄特的一举一动。亨里厄特穿过位于贝德拉申[1]区域的尼罗河，他继续往前，一直走到位于萨卡拉[2]的墓地；那群游客戴着面纱和帽盔，他们的谈话中充满了神秘且不可捉摸的敬畏感，他们就是"猕猴"[3]——他们是现代社会中信口雌黄的家伙，他们不停地胡言乱语。一个世界下隐藏着另一个世界，但是这个现代世界仅仅是一层肤浅的外壳，这就像"沙漠反应"一样——仅仅是一束光照射下来就会立即改变色彩。在沙漠下面很深的地方，有一个墓地通道，亨里厄特沿

---

1 位于尼罗河西岸的小镇。
2 埃及北部的村庄名。
3 原文为印度教的词语，意指猕猴，这个词后来被用于暗指信口雌黄而喋喋不休的人。

着墓地通道走，就像他以前曾从这里走过一样，只是对历史怀有好奇和钦佩，对此刻的感受却不可名状。在阴暗的房间里，亨里厄特看见大理石石棺，在那些房间里曾经躺着神圣的公牛，这些牛曾像人类神明一样摆放在那里，包裹严实，并加了防腐剂。在闪烁的烛光中，亨里厄特仿佛看见了古老的仪式，听见了奚落他的疑问声和笑声。在地下，第一次有人发现这些四千年前的咒语时，几乎很少有人低语，这些咒语能使那邪恶的力量复活，这力量令人望而生畏并有着先见之兆，而这些就潜伏在亨里厄特的身边。他望着四十年前马里埃特[1]发掘的地方，那六十五吨的厚板上的指印和赤裸的脚印直至昨天还清晰可见。亨里厄特从沙漠地下的墓地街道出来，当他再一次看见阳光时，他想到一些关于金字塔的永恒的问题，这个问题在他脑中一直比其他的事情更重要。沙子堵住了抒发年轻情感的渠道，留给亨里厄特的是古老而开放清晰的通道。

在回家的路上，亨里厄特感到不舒服，但是他很高兴能与一群人同行——因为如果不这样的话，他害怕自己就要独自一人面对一切，这他想都不敢想。亨里厄特一直领先于同伴，他穿过沙漠的边缘。这里棕榈树丛沙沙作响，树下满是孟菲斯古城的残垣断壁，蔓延一英里长的壮观人群把棕榈树下的石头全部覆盖了，亨里厄特只能凭想象来观景了，他因为自己的脚踩的是踏实的土地而感到欣慰。拉美西斯二世[2]的巨型雕像的影子投射在亨里厄特身后那片棕榈树下，它的眼睛直盯着天空，好像要帮亨里厄特把那些摇摆不定的思绪稳定下来。其实，空想就能解决这些问题。

因此，在白天，亨里厄特就看着这个繁忙的世界不断地反反复复于给小费和讨价还价等琐事中，而且亨里厄特很高兴能融入到现实中，他尝试着开怀大笑，并仔细研究指南书，甚至去倾听那些不合理的辩解。但是，他总能觉得自己无力的尝试有一点可笑。那些小驴子驮着形状滑稽的担子慢慢走着，铃铛叮叮咚咚地响着，珠子闪闪发光，这一切活动都伴着呼喊声和皮鞭声。但是，这一切并不能把斯坦森女士在他潜意识里激发的那股热潮全部遏制住，相反，它却更加深刻了。亨里厄特所到

1　法国埃及古生物学者。
2　埃及法老，他的巨像矗立于孟菲斯古城的露天博物馆。

之处，都能看见神秘的骆驼没精打采地穿过沙漠，它们的脖颈枯瘦如柴，喝水时脖颈被撑大并发出咕噜咕噜的声音。时间在骆驼交错的步履间流失。每到傍晚，邪或深红或金黄的落日余晖，还有那奇异的绿色光束都使令人敬畏和严肃的气氛重现，突然间，暮色使亨里厄特穿越回过去。月色下，斯坦森女士和万斯走上台阶，他们哼唱着古老的单旋律圣歌咒语，就像千年以前的牧师一样，在沙漠上实施邪恶的召唤仪式，如今这一切都已经深深地埋葬在萨卡拉之下。

一天早晨，亨里厄特醒来，脑海里浮现出一个问题，好像在睡梦中有人问了他这个问题，但是还没得到答案他就醒了。"我为什么要花时间去旅游，而不像以前一样独自深入沙漠呢？是什么让我改变了？"

在解释自己最近的心态时，答案自动出来了，这让他很是震惊。答案很清晰明确，它一直藏在幕后，概括成一个词就是：万斯。

万斯不怀好意，但这感觉让其他更强烈的情绪给遮掩了，此刻万斯的意图再次显露无遗。这很容易理解，人类的恐惧往往被那些奇怪的事情遮掩了。但是，恐惧感一直都在，现在恐惧感占了上风。万斯打算运用召唤仪式把"权力"唤醒的邪恶企图在亨里厄特的脑中挥之不去，他感到害怕，不敢一个人在沙漠中行走。对自私鬼的憎恶感使得亨里厄特的恐惧感再度袭来。亨里厄特十分清醒一个人在沙漠意味着要独自面对那些想象的画面，奇怪的是，画面中的景象都如万斯所希望的那样。

当然，没有证据能够证明这个重大嫌疑。万斯思想不正，性格凶暴，将沙子与这样的人的意图联系起来，看起来确实有一点牵强附会。但是，亨里厄特却看得很透彻。本能使得亨里厄特在几分钟内就能把这件事轻而易举地辩解过去，然而直觉抑制了这种冲动。这个想法一直影响着亨里厄特，他的脑中满是各种可能发生的恐怖事件。亨里厄特如同害怕某些残暴的犯罪情景一样害怕沙漠。此次，来自"超自然"的诱惑却没能抵过对人类的恐惧。

恐惧感一直在心中，而亨里厄特想要加入斯坦森女士行动中的欲望也在不断地增长。很明显，他们避免与亨里厄特见面。他们本想让亨里厄特也加入的，但是好像这个想法也被取消了。亨里厄特变得不安起来，他不能静下心来做任何事，而且，他曾不经意间问斯坦森女士和万斯是否已经离开了旅馆。亨里厄特几天来都没有见过斯坦森女士，也没有机会近距离接触万斯。当亨里厄特得知斯坦森女士和万斯还没走时，他舒了一口气——但是，同时他也很害怕。强烈的兴奋感在悄悄地影响着亨里厄特，导致他睡眠很差。亨里厄特像学生等待重要考试指令一样，等待着即将到来的不祥之事。他的内心纠结不已，心潮起伏不已。

八

直到周末万斯怀着明确的目的来找他时，亨里厄特才知道自己的恐惧是多余的。突如其来的期待让他不禁浑身颤抖起来——因为他既渴望又害怕的邀请即将唾手可得。他决定要谨慎行事，却还是忍不住和万斯来到棕榈树下一个偏僻的角落，进行秘密交谈。谨慎关乎理智，而欲望是灵魂的诉求。他的大脑在告诫他要小心，但是压抑心中已久的渴望却告诉他自己最终必然遵从欲望的引导。

傍晚时分，繁星高照。赫勒万小镇，灯火通明，静静地坐落在沙漠的边缘。沙子正值流动高峰时期，沙漠的活跃时期就要来了，地下深处沙子在慢慢流动。在这个没有风的夜晚，周遭的一切都显得很平和。时间在群星和沙漠间的尘埃中匆匆流逝。沙的神秘已不可言说，它柔软的触角遍布了赫勒万小镇的每一条街道。

万斯开门见山，直入主题。为了和周围的环境相适应，万斯把声音压得很低，但是他的话在亨里厄特的心里却力如千钧，犹如沙粒粘在皮肤上一样难以摆脱，他整个人完全被慑服，戒心和抗拒完全消除了。

"姊姊让我给你传个话。"万斯说这话时就好像邀请人参加野餐一样，亨里厄特坐在暗处，从中央大厅窗户透出的一片光照在万斯的脸上，他淡蓝色的双眼闪闪发亮，透露出刻意掩藏的兴奋，"我们后天晚上要在沙漠里过夜，姊姊问你是否愿意和我们一起去。"

"为了你们的试验？"亨里厄特直截了当地问道。

万斯咧嘴笑了笑，收住眼神，却控制不了眼中的喜悦，不过，那喜悦稍纵即逝。他暗示性地耸了耸肩。

"老的埃及日历记载说那是力量之夜，"他故作轻松地回道，"那是最后时刻，'黑色夜晚'期间，各种超自然力量可能侵占沙漠。我姊姊想要重现古埃及人的仪式，但是结果可能很怪异。无论如何，这个仪式是很壮观的，绝对比伦敦那些拙劣的仿造好很多。"在万斯看来，伦敦拙劣的仿造即是舞会上耀眼的灯光，用于庆祝和舞蹈的服饰以及晚餐过后的乐队演奏。

此刻，亨里厄特什么也没说，莫名的矛盾情感有如潮涌。万斯依然很冷静，说话简单直白，以便消除对方的戒心。亨里厄特一直盯着万斯，两个男人相互凝视着对方。

"她想知道你是否会来帮我们，不需要参与到实验中，你只需要旁观并且……"他眼睛半开半合，犹豫了片刻。

"并且把场景画下来。"亨里厄特故意补充道。"对，把你看到的画下来，"万斯答道，声音更加严肃，"她想捕捉那天所有发生的事——"

"所有能出现的？"

"完全正确，确定那天来的任何事物的形状。你应该还记得那天晚上和她谈话的内容，她对成功有十足的把握。"

万斯表达得很清晰，就像正式请人吃饭一样，非常诚恳。亨里厄特觉得自己想要的东西近在咫尺，只需说个"好"就行。亨里厄特确实答应了，但是，他下意识地看了看万斯周围，希望他带路。亨里厄特看见利比亚高原上空繁星闪烁，像臂膀一样的沙漠在月光下闪烁着怪异的白光，从房子之间的空地一直延伸到自己身边，默卡塔姆山重峦叠嶂，像一排排奇怪的尖头栅栏守护着阿拉伯荒原，瓦迪·霍夫峡谷上覆满黄沙的山脊显得那样安静而深沉。

心中的疑惑没有得到任何回应，只有沙漠一言不发地望着他。只有蜥蜴发出尖厉的叫声，还有穿着白袍的阿拉伯男孩滑行在满是沙子的街道时发出的吟唱声。透过这些声音，亨里厄特听见自己答道："是的，我会来。但是需要我怎么做呢？告诉我你们的计划。"

万斯面无表情，但他激动的眼神表明他很满意。他的双眼和表情显然流露出内心的挣扎，闪现出他对非世俗知识的追求，或许他也相信那些知识。这也就不难解释为什么他流露出挣扎的表情。

接着，所有表情再次消失了，万斯向前靠了靠，声音压得很低：

"你还记得我们之前谈的那个话题吗？生命形式多种多样，仅仅一个躯体是不能呈现它们的，我姊姊相信这世上有某些更为古老的宗教体系是可以解释这些生命形式的。"

"当然记得。"

"她的试验就是把这些伟大的'权力'带回来——我们可以用热情的仪式把它们中的一些激活——使它们进入我们的思想范围之中。我们会为此欢呼雀跃，你看，通过举行超视觉这种仪式，就能够感知到这些'权力'。"

"然后呢？"他们可能一直在谈建造房屋的事，下面自然就要谈遇到的问题与解决方案了。但是，古埃及精神崇拜的意义迅速涌现出来，并强有力地震撼了亨里厄特的心灵。很奇妙，记忆也随之涌现。

"如果'权力'以具体的形态带着强大的力量涌向我们，你要把这种形态描绘出来并使它变得永恒、具体。接着，我们想方设法从根源上唤醒它，这样我们就能拥有它的自然'躯体'——外形、标识、形象、图案。这只是开始，你明白吧，还有更多呢——姊姊希望圆满重建。"

"权力可能会以一个具体的躯体呈现吗？"亨里厄特重复道，感到非常吃惊，心中总也抹不掉疑惑和嘲笑。

"我们都在地球上。"万斯刻意压低声音答道，但这毫无必要，因为附近根本没有任何活物。"我们难道不是生活在物质的世界里吗？哪怕是人类的灵魂，如果不寄宿在躯体上，我们也识别不出——躯体为返回的灵魂提供了轮廓、标识和形象。这……"万斯拍着自己的胸膛说，"这就是灵魂生命的物质标识。除非，它本身具有某种力量，否则就没有躯体形式。而且，没有躯体，我们就没有希望控制或者驾驭它。也许我们能够意识到它的存在，但是却不了解它。"

"你是说光意识到还不够吗？"因为亨里厄特察觉到万斯特别强调了"意识到"三个字。

"这还不够清晰，对于将来使用毫无价值，"万斯答道，"但是一旦得到了形式，我们就有了那种特殊'权力'的自然标志。标志比形象更重要，它是那种生命的直接集中表达，这相当了不起。"

"那么，你说的这种标志也有可能是一个躯体。"

"它是展示灵魂的最佳载体，但是'躯体'似乎是最简便的表达方式。"

万斯慢慢悠悠且慎重地回答，他闪烁其词，好像在衡量到底讲多少合适。接下来他说话古里古怪、半遮半掩，也许没有说任何有价值的内容。亨里厄特理智上很抵触那些话，但在心里却接受了，因为他体内古老的灵魂也在倾听和思考。

"生命用物质表达自己的形式就是躯体，它首先是几何模式。从最低级的水晶形式到更高级的复杂有机体都是以骨架为集合模式。因为几何是所有可能现象的基础，是对有机运动形态的思维阐释。"万斯眼睛朝亨里厄特靠了靠，再次压低自己的声音。"因此，"他轻声说道，"古老巫术系统中的符号——代表权力的骨架，在用物质表达自己的时候自动勾勒权力。这些符号是权力无形存在的物质象征，它们吸引着所代表和阐释的生命。一旦人们意识到并唤醒这种概念，就能得到真正的象征，并且得到与此相应的'权力'。你瞧，它有现成的模型，这样它就能进入模型之中。"

"一旦人们意识到并唤醒这种概念。"亨里厄特疑惑地重复道，而万斯却仍然在用很早以前掌握的语言结结巴巴地说着。

"人们离开这个世界，沉睡过去之后，就消失了，形式就不为人知了。如今，世上没有什么形式可以承载它们，但是它们可能会被唤醒，"万斯阴沉地说道，"如果召唤非常精确，它们一定会响应的。"

"招魂？"亨里厄特小声说道，心情一下子变得紧张起来！

万斯点了点头，身子再向亨里厄特靠了靠，撅着嘴唇，带着莫名的恐怖，急切认真地说道："我们想……姗姗想问你的画画技术，或者事后回忆勾勒事件的能力。"

万斯等着回答，脸近得让亨里厄特感到非常难受。

亨里厄特往后退了一点，他现在已经完全拿好了主意。从一开始，亨里厄特就知道自己会同意，因为他知道自己的欲望比所有的顾虑都更强烈。过去的记忆无情地把亨里厄特卷入其他生命形式的轨迹中，相比之下，他心中由万斯引起的人类的那点恐惧感，似乎也没那么重要了。

"你们两个，"亨里厄特说，试着做出一些判断，"参与到招魂之中，一定有超视觉能力。如果我参加，我应该是旁观者吗？就是镇静地观察、见证、了解发生的所有事情，还有就是把所有的都画下来？"

"除非，"万斯迅速且明确地回复道，"'权力'的到来太强大，不能以真实的物质形态呈现，那么这个试验就失败了。任何人都有主观想象，但是这种幻想没有任何价值，这些幻想注定是毫无根据的空想而已。"随后，万斯又迅速说道，好像在亨里厄特开始警惕和犹豫前，就来排除顾虑："你必须从高处观察，我和婶婶会在山谷里，就是瓦迪·霍夫峡谷。你绝对不能靠得太近——"

"为什么不能靠得太近？"亨里厄特问道，他没抑制住自己的冲动，迅速向前跳起来。

万斯的回答与亨里厄特的反应一样迅速，但亨里厄特却没表现出丝毫的惊讶。他的自控能力很强，只有眼中的那道微弱光芒一闪而过，之后又返回到承载它的灵魂去了。

"为你自己的安全考虑，"万斯低声回答，"'权力'，婶婶想唤醒的那种生命形式非常巨大。如果唤醒，并且婶婶能够把它们诱导进固定的躯体中去，那么'权力'就又能拥有自然的物质躯体。但是，怎么做到呢？膜拜者的躯体能呈现它们，但是这些躯体在哪儿？没有。因此，这个试验就要运用无生命的物质来实现这些。要呈现自己需要巨大的冲力会使周遭所有不牢固的东西向它屈服——沙子、石头，所有能征服的东西都会屈服——所有东西必须参与到'权力'显现的行动当中。当然，我和婶婶在正中心，而你却在外围，你会很安全。只要——你绝对不能靠得太近。"

但是，亨里厄特已不在听万斯说话了。他的思绪早已凝结，因为，在那毫无防备的一刻，恶魔的标志（这里"恶魔的标志"比喻破绽）已经使自己暴露无遗。万斯暗示关于这次行动的危险，但这也暴露了他背后的骇人意图。所以他才希望有见证人，不仅仅画下来那些可能的形状，因为这些形状可能把"权力"自身展现在世人眼前。万斯要见证人还有其他原因。为什么他要把危险这种思想灌输到亨里厄特脑中？好像万斯已经失去最需要的助手，而他现在就是在竭力得到一个这样的助手。

亨里厄特还没看穿真相，他只弄明白了一件事情，那就是不止他自己有危险。

此后，万斯和亨里厄特谈了很久，直到深夜。灯光都灭了，巡逻兵也开始巡逻了，他们沿着阻挡沙漠入侵的铁栅栏外面来回走动，眼睛好奇地盯着栅栏。但是，亨里厄特知道只有一件事很重要，那就是他要站在悬崖顶端，还要观看。还有在太阳下山之前，他要到达那里，而且要一直等到月亮升起来．月亮此时遮住了西边天空的所有光亮。而且——在此之前亨里厄特都无法看到斯坦森女士，她这几天一直为那个可怕的试验秘密地准备灵魂和躯体，亨里厄特只能从遥远的高处看着位于漆黑山谷底部的斯坦森女士，而她正忙着和万斯为了实施那些古老的试验，而大胆地尝试着。

<h1 style="text-align:center">九</h1>

　　还有一个小时太阳就落山了，亨里厄特把毯子和食物放在驴子背上，告诉骑驴的男孩见面的地方，那地方的距离很远。亨里厄特自己则步行。烈日之下，他沿着沙街默默地快速前行。一队队骆驼无精打采地行走着，它们从采石场驮来建造金字塔所用的石头。亨里厄特觉得赫勒万小镇想要挽留自己。但是，他现在欲望太强，都顾不上警惕了。沙浪涨起来了，轻而易举就可以把他冲得不见踪影。他觉得距离自己将近两千米远的地方有一股吸引力，身后是两千年的推力，欲念难以遏制。

　　万物沐浴在阳光之下，他经过富丽堂皇的奥哈亚特旅馆，那建筑犹如一座直达苍穹的宫殿，屹立于村庄中。在旅馆的柱廊和阳台里，只见一群人一边听着军乐队的音乐，一边喝着下午茶。穿着法兰绒的男人们在打网球；长途跋涉的人们跳下驴背；笑声，说话声，人声鼎沸。愉悦的氛围引起了亨里厄特的注意，凭经验，他应该留下，加入到这群生气勃勃的人群当中。不久，这里将会有一些欢乐的晚宴派对、舞蹈、歌唱、悦声巧笑、各种漂亮的白色连衣裙等等。他用温柔的眼睛搜寻，在棕榈树间，他看到了几个认识的女孩。但是，他感觉自己和这个现代社会隔了几个世纪的距离，心中涌起一股难以形容的孤独感。他搜寻历经岁月却被人遗忘的沙漠，在岁月遗留的废墟中徘徊。于是，他加快了脚步，好像进入了深水区，呼吸不由得紧促起来。

　　亨里厄特爬上通向高原的陡峭高地，瞭望台就坐落在那里。他看到两位认识的官员，经历了白天的工作之后，俩人正在休息。亨里厄特也感到自己的思想在天体中驰骋，这些躯体却存在于安静且永久和平的世界中，远离人类。那两个官员认出了他，他们的眼神告诉他再远的距离也不遥远。他们在招手，挥舞着用来从高脚杯中喝饮料的吸管，他们的声音就像是从星空传来一样。他看见阳光在那些杯子上闪烁，听见冰块撞击着玻璃杯壁的叮当声。周围安静得有些出奇，他也挥手向他们致意，然后快速离开，他不能留住流逝的岁月。

堆积起来的引力漩涡使沙浪流得更快了。亨里厄特来到了高原，呼吸着凉爽的沙漠空气。他的双脚踩在像薄膜一样的沙地上，黑黝黝的地毯一眼望不到边，遍地是沙。当消失已久的文明踏上这片炙热的土地，沙地因未曾被沙浪席卷而依旧平滑，随后沉入了布满星星的帷幕之后。沙在朝一个方向集聚，沙流、气流和吸力的强度越来越大。亨里厄特感受到强大的暗流，深一点的沙浪使他的双脚向一侧移动，而且他还感受到了来自沙漠中央的巨流。那些沙在流动，从下向上，亨里厄特也不得不和它们一起移动起来。

顷刻之后，亨里厄特转过身，看着赫勒万小镇在夜晚的灯光下熠熠发光。传到他身边的声音很微弱，但是现在变得就像呢喃了。三角洲之外，是翠绿鲜艳的棕榈树、贝德拉申的座座屋顶，尼罗河河水咕咚咕咚地流淌着，河面上还有逶迤而行的三桅小帆船。他还看见，利比亚黄色的地平线上耸立着许多金字塔，它们巨型的三角形状变得暗无光泽。金字塔在天空中留下了巨大的楔形身影，在一片金色的沙海中是那么显眼。看吧，金字塔的威严耸立在这整个沙漠之上。它们直插云霄，代表着古老的"权力"，现在注视着他在破损的领土上踽踽而行。

亨里厄特看了一会儿，然后继续前进。他面向东方，看见一轮冷月当空，在广袤无垠的沉寂沙原上冉冉升起，气势恢宏，几乎和那些金字塔一样可怕。正是她引起了沙浪，带着他的脚步穿越沙漠，奔往瓦迪·霍夫。一会儿，亨里厄特沉到了山脊下面，赫勒万小镇、尼罗河和那些金字塔都消失于视线之外。亨里厄特进入到古老的水域，时光在他身后立即逆流，冲刷掉所有痕迹，亨里厄特的思绪也随之漂走。亨里厄特跨过世纪的漩涡，进入过去。沙漠就出现在亨里厄特的面前——一个敞开的坟墓，在那里亨里厄特很快就读懂了那些消失已久的东西。

随后，日落的奇异暗光开始在这大地上施展魔法。一道紫色的光芒照射在姆卡塔默山，风景轻快地移动形成了惊人的海市蜃楼。翱翔在一千六百米以上的风筝，一瞬间由小虫子那么点儿大变成了羽翼丰满的鸟儿那么大，忽然就感觉它们近在眼前。没有一点预兆，那些山脊和绝壁在极速前进，平坦的地方变成了斜坡和盆地，看到这情形亨里厄特失足倒地。沙漠显现出了它的独特性，而正是这样的品性使那些胆小的人害怕黄昏的到来；沙漠毫无伪装，遍及各地。因为沙漠彻底改变了眼前的景象，但它却给人们带来了困惑，这困惑不是来自徒劳的或者构想的事物。当把遮住真相的帷幕拉开时，熟悉的事情变得不同，这是影响思想最简单的方式。在日落时分，一个人突然产生了这种困惑，而这一切来得太快，令人不安。现在，沙漠在上升，速度异常的快。顷刻间，亨里厄特发现自己被包围起来了。

但是，亨里厄特十分了解沙漠的威力，他努力尝试去弄清楚它，因此继续前进。不过，他此行的主要目的不在于此，他不会沉浸于这些事情上。尽管亨里厄特从没把这件事忘记，但是他也不接受那个精心策划的夸张的说法，他这样做很明智。"我将要去见证一个让人难以置信的试验，但是有两个宗教信仰者却对此十分信任和狂热，"亨里厄特自言自语道，"我已经答应了去画任何我所见的东西。也许这里就有真相，或者这仅仅是他们内心过于兴奋而产生的幻想。我很感兴趣——尽管这可能对我做更好的判断不利。但是，我还是会一探究竟的——因为我必须这么做。"

这就是亨里厄特要求自己必须有的态度，这是他真实的想法，还是他用来鼓起自己渐渐丧失的勇气呢？他自己也不清楚。这些情绪是那么复杂和相互矛盾，他在心里不断地以这种方式安慰自己。这种感觉太强烈，以至于亨里厄特都不能分辨事情了。此刻，一个人若十分了解自己的想法，那么他就能解决好这世上那些最古老的心理问题。沙使亨里厄特专注于他的判断，因此他企图用目前自己能够接受的标准来说明这次探险。亨里厄特在一个巨大、充满奇幻的世界里前行，但是这些奇幻并不是那么明显，以至于他记不太清。

具有埃及出其不意的特点，太阳已经落到地平线以下。那片金字塔已经淹没了太阳。"拉[1]"坐在金色的船中，行驶在利比亚荒地以外的海

---

1 古埃及太阳神。

域里。亨里厄特不停地向前走，他感受到了那无尽的孤独。他正走在充满梦想的地方，这里远离现代生活，所以他找不到任何他曾经十分熟悉的同伴。沙漠如此宽广、昏暗和荒凉，他在这如海洋般无尽的"过去"中迷失了。亨里厄特走进一个鸦雀无声的地方，它在数千米以下，周围是静寂无声的海洋。他只和一样东西在一起——这个东西深不可测，寂静无声，这里没有任何生灵——什么都没有，只有阳光、影子和风沙。月亮慢慢地从东边升起，高挂在这寂静的夜空里——这种寂静由地平线一直延续到与苏伊士运河相邻的水域中，那片水域在流动着，水面上波光粼粼。现在，月亮照耀在阿拉伯山脉和那些荒凉的海滨上面。上埃及的荒地向南蔓延了数千里，一直延伸到努比亚荒原。但是，在这些相互分离的沙漠间，移动的沙产生了飒飒声——低沉的声音传递着这样的信息："灵神"正在释放"死神"。埃及的"卡"已被裹在沙子中数百年，徘徊在月亮底下，面对着古老的房屋。

如今，沙子开始真正的移动，而且这种移动非常的迅速。亨里厄特走了旅途的前三千米，薄暮照在岩石山丘上，呈现出怪异的地貌形态，即使在白天，这些山也隐藏不了这怪诞的造型。亨里厄特深刻认识到，原来是那些侵蚀掉的部分造就了如今的形态，然而，他的脑海中冒出了另一个更深刻的解释，这个解释就隐藏在它们字面意思的背后。在这里，沙蓄意隐藏着那些不知名的东西，而这些东西却要竭力穿透没有任何动静的地表，变成早期的形式，亨里厄特感觉到这一切像极了埃及人所熟知并膜拜的"灵神"图腾。因此，这些神圣的生命首先来自沙漠，亨里厄特认为这些超自然的生命具有花岗岩外形上的特点，它们会在富丽堂皇的庙宇中被唤醒，而且与他们的神秘的仪式紧密相连。

亨里厄特知道，利比亚沙漠可以观测，正因为它是自然形成的，所以通过它能看到最深层次的问题。地表上的石灰岩，耐腐蚀，以天空为背景而堆积得很高，然而，下面那些相对松软的沙子却把石灰岩当作蚀变的根基，石灰岩就这样被凸显出来了。这些石灰岩不容易被腐蚀，亨里厄特在上面穿行。它们形成于沙漠表面，时而升起，时而又沉下去——如海上的波浪把那些被人遗忘的生命从水下深处带了上来。它们既令人敬畏也很有威胁性，在一些地方会显得宏大壮观。依据人类或动物的外观标准来判断，它们根本没有成形，它们面孔巨大，这使它们看起来很恐怖。眼睛一眨不眨地盯着，虽然没有眼睑，但是它们也从没成功地遮掩住这个缺陷——那些眉毛平整且显眼。从那些没有眼睑的眼睛里可以透露出一个景象，其中包括亨里厄特埋藏在内心深处的那些动机和目的。它们细细端详着他，明白了亨里厄特为什么会来到这里，随后——它们慢慢地收回了那神秘而又穿透人心的目光。

地层把它们建得出奇的高；眉毛很浓，很有威慑力；厚厚的嘴唇历经岁月的雕琢弯曲成类似冷笑的模样。颚骨下垂到沙堆里面，但是沙堆已攀升到了脸颊的位置；下巴突出，而且肩膀就要把整个身体抬出沙地——这些面貌给人一种严肃的感觉，而且这种感觉似乎会一直延续下去，如死神般不可安抚。与人类面孔相比，这些面孔既不具有人类外貌的特点，也不具有任何类似人以及任何动物外观的特点。它们充斥于沙漠之中。它们虽把自己的笑容隐藏起来，但还是可以辨认出来的，隐秘的笑声渐渐地扩大成了沙漠的笑声，寂静把这笑声埋藏在地下，但是亨里厄特能感觉到它。这么多张脸汇聚成一个巨大的面孔，那就是沙子的外表。亨里厄特好像在每一个地方都能看见沙，但是又好像在哪儿都看不见它。

因此，在模棱两可的情况下，对于沙漠的理解，亨里厄特进行了更大胆的想象。尽管对于沙漠他有自己的见解，但这也不全是他一个人的想法。亨里厄特感觉到一股力量正从沉睡中苏醒，它在不断地增强并变得骚动不安起来。当亨里厄特穿过那里时，他觉得大自然背后有一些其他东西正严肃地盯着他，它们使用的似乎是一些唾手可得的物质。通过想象他构建出了这些框架，然而这种力量本身是真实存在的。沙子在移动，速度极其惊人。亨里厄特怎么也想不到会发生这种事情，他连做梦都没想到会有这种简单但却令人敬畏的行进方式。

行进！就是这个词，亨里厄特想到的第一个词就是行进，连他自己都吓了一跳。这儿要发生什么事情了；某些东西正在逼近。沙漠出现在他的身边，并开始移动。不仅仅是成片成片闪闪发光的石灰岩构成了这样的自然景观，还有这里所有山丘上那些裸露的岩层也有助于形成这种地貌，当然它们也是这地貌中不可或缺的一部分。有东西从亨里厄特的前后左右，甚至是下方注视着他。沙子从他身边一扫而过，甚至和他的步调都一致。沙漠开始变得明亮起来，还有一点闪闪发光的效果，这极其怪异；灯笼也因此亮了起来，亨里厄特借着灯笼的光线，蹒跚前进，他很高兴即将在约好的地点见到那个阿拉伯男孩了。

太阳的最后一缕光线也渐渐褪去，天空与荒野融为一体。突然，一条宽敞深邃的沟壑出现在亨里厄特的脚下，那就是众所周知的瓦迪·霍夫峡谷。峡谷蜿蜒崎岖，迅速蔓延至他的身后。

他的第一印象是大峡谷的水确实猛烈：荒凉的水奔腾不息。他看到的不仅是一段蜿蜒的峡谷和气势磅礴的景象，还看到瓦迪·霍夫峡谷绵延数里，奔腾而去的全景。月亮把峡谷照得发白，如白雪一般，一片片漆黑的阴影出现在紧靠着悬崖峭壁的地方。在无尽的月光中，峡谷的溪水奔腾而过，长流常新。

溪流的涌动似乎停歇了一会儿，它抬头看向亨里厄特的脸，随即又重新飞速流动起来，这个过程好像一条河流奔向大海一般。峡谷的水源源不断，前浪紧接着后浪。而且，这种行近早已经开始了。

亨里厄特意识到自己正在颤抖，他站在那儿，望着深渊，像之前一样，他不断重复着那些看似不太起作用的方法去平复自己的情绪。不过，他几乎要把这些自我安慰的话喊出来了。但是，当他想这样做时，心里却想到了另外一件事。斯坦森女士和万斯传播给亨里厄特的思想，一阵阵涌上心头，犹如一阵风沙铺天盖地地刮过来，这些想法带来的冲击力能消除所有庸俗的见解，这些想法让他在原地颤抖起来，他凝视着河水深处，却看不见水下数百千米远的地方暗流涌动。

他想弄明白现在自己到底在干什么——他来赫勒万只是为了旅游吗？受怪异力量的影响，亨里厄特把自己的心思全放在事实上了；但是他能做的也只有这些了。是力量在起作用；力量把人唤醒了，它们正在某处等待活动起来。招魂仪式已经开始了，当亨里厄特从赫勒万小镇一路走来时，就感到力量正在来临，这不是幻觉。力量早已从地球上消失，现在要重现，它们马上就要降临在这世界上，它们就在路上——它们太庞大了，所以要想呈现自己的形体，就需要一组人、一队人、一大群人甚至一个团体的载体才能完成。此刻，斯坦森女士和万斯距亨里厄特十分近，他们早已做好了招魂仪式的准备，他们的思想早已在这小小的世界之外的领域驰骋。峡谷正在清空自己——为召唤而来的力量做着准备。

　　沙子确实在流动　亨里厄特想起斯坦森女士曾说过的那些话。"我的身体，"他回想道，"如同思想一样可以到处移动，但它只是地球上的一抔尘土，或者一抔黄沙而已。沙漠就是原材料，它储存着世界上最丰富的资源。"

　　而且紧随沙漠之后，另一件事突然发生了：力量会把它所及之处所有松散的东西都聚拢过来——以此形成自己的活动范围，从字面意义上说，就是它们的实际形体。

　　刚开始的那会儿，亨里厄特就站在那儿，他明白了一切，并且深深地被折服了，他不得不相信这一切。那个峡谷的水正在迅速流动，之后那里将充满奇特伟大的生命。当然，死神也隐藏在那里——一场无足轻重且不体面的死亡。万斯这个名字飞快地闪过他的脑海，然后消失得无影无踪。这个名字虽不足挂齿，但他这重要的预言却在亨里厄特的灵魂深处掀起了巨浪。亨里厄特低头沉默了一会儿，但是他不知道自己到底在干什么，他似乎已等待了千年。他忽然意识到自己急切地想要逃走，躲藏起来，彻底销声匿迹，他不会露出一丝恐惧、好奇和震惊。但是，这样做是徒劳无益且滑稽可笑的。沙漠看见了亨里厄特，沙漠也知道他就在那儿。他已无处可逃，沙把他困住了，流淌的河水也从他身边漫延开来，他被这些永恒的东西包围了。

　　那些山丘现在一动不动，就像雕像一样，它们不久后就会消逝于这个行列中，犹如船舶一样渐行渐远，与那个招魂仪式同时进行。目前，只有瓦迪·霍夫峡谷的水在流动，而不是峡谷本身在移动。月光轻柔，洒满大地，照亮整个瓦迪·霍夫峡谷，为正要到来的一切做好准备……但是不久后，整个沙漠就要向上升起，然后继续延伸。

　　接着，沙向两侧移动，亨里厄特的脚踢在了软软的东西上，它们聚集于沙堆之上，而且他还发现了几条毯子，这是那个细心的阿拉伯男孩在他全速地向充满温和光线的赫勒万小镇行进之前留下的。那个男孩离去的脚步声在消失以前是很沉重的，因为他是孤身一人。

　　回想起这些细节，亨里厄特意识到这是最受用的礼物了，他弯下腰，拿起那些毯子和外套，之后，他开始为入夜做准备。但是，指定的地点在对面悬崖顶上，于是他开始观察。他必须穿过瓦迪·霍夫峡谷的河床，然后爬上悬崖顶部。他努力慢慢地往下爬，想要爬到瓦迪·霍夫峡谷谷底一个落差很大的裂缝处，那里很容易绊倒和滑落，最后他终于站在了一处充满月光的地方。那里很平坦，没有一丝风，也很宽敞。每一粒沙子都处于沉睡千年的状态，好像沙已经停止了流动。

穿过漆黑的阴影，亨里厄特爬上了东侧边上的悬崖，一个小时不到他就爬到了悬崖顶端，从那里他能看见位于谷底的万斯，亨里厄特扫视了一下谷底，下面就像一幅银白色的地图。这里的冷风依旧刺骨，吹来了许多冰凉的沙子。由于岩石松散并且已经开裂，他的攀爬则使一块块小石块迅速坠落下来，直至谷底深处。他紧紧裹着大衣，躺在堆积起来的毯子上等待。他斜靠在不到一米高的、摇摇欲坠的厚壁上，前面是一片数十米宽阔的空间。他躺在平坦的地面上，这样后面的沙漠就看不见他了。在悬崖的下面，瓦迪·霍夫峡谷弯弯曲曲形成了一个天然的露天竞技场，在这里能清清楚楚地看见一块块岩石从悬崖上掉落，甚至还能看见骆驼吃的灌木嫩枝。他注意到了那些大一点的嫩枝，几乎把它们的数量说出来了。

当溪流流经峡谷底部时，亨里厄特之前没注意到溪流在移动，现在它又开始流动了。月亮还未升起，瓦迪·霍夫峡谷的水就已经开始奔腾起来了。宏大与渺小再一次结合，给人以特殊的印象。通过构想这超乎寻常的运动，一种微妙绝美的格调产生了，亨里厄特感觉到他的思绪犹如一只鸟儿在自由翱翔。在沙漠坚固且不移动的诸多物质下面，有一种敏捷轻快的东西掠过。一些奇怪的画面呈现在亨里厄特面前，像是一张张飞速而过的巨大风景画快照：亨里厄特想起了在赫勒万小镇看到的蜻蜓俯冲的情景，想起了孩子们小巧可爱的舞步，想起了振翅欲飞、翅膀闪闪发光的蝴蝶——还有一些鸟儿。主要是，想到了一群飞行的鸟儿，它们每一队相互分开，形成独立的整体。"群体灵魂"这一概念再次占据了他的思想，但是想到这个概念时，他的感觉不单是好奇或惊讶，而是崇拜，带着敬畏的崇拜。在他心中第一次产生了符号迹象表达形式这个概念，他在内心深处记下了这个概念。一个属于某种古老礼拜仪式的符号，它庄严而神圣，亨里厄特对此记得不太清楚，但是他的一生都在努力弄明白这个概念。

亨里厄特茫然地躺在那里等待，他在想他的那两个同伴到底在哪儿了，因为他习惯于与那些非常恐怖而强大的东西为伍，因此所有的恐惧之感就消失了。亨里厄特充满着希望，而非焦虑。至于他自己的安危，他已置之度外。亨里厄特就像是另外一个人，简单地说，在他曾熟知的先存时期时，他还是他自己。他开始反思过去那些依稀记得的人生高峰期，然而关于过去的细节内容，他早已忘记。

铅笔和绘图板放在他的手边。月亮升得越来越高，只有贴近悬崖峭壁的地方才有阴影。月亮的银白色已经变成了雪白色，月光下，每一块圆石都能看得清清楚楚。庄严的气氛让四处变得低沉，使人心生敬畏。瓦迪·霍夫峡谷在悄无声息的岁月里静静地流淌，现在几乎快流空了。随后，亨里厄特突然意识到事情出现了转机，这种移动在某处改变了。它移动得更加平稳；节奏也慢了下来；招魂仪式进入最后一个阶段，峡谷的长度和深度被改变了，它是用来追溯过去、改变远隔的河流弯曲处。

"它在减速。"亨里厄特小声说道，他对此十分确信，就像看见了一支军队列队而过。他的声音很柔很轻，宛如天空中飘着的羽毛，风吹散了他的声音。

画面在切换，仪式已经开始了。黑夜和月亮仍然在洞察和聆听着地面的一切。风已经完全停止了，沙也停止了流动，沙漠各处都静了下来，并且开始变换。

几个世纪以来，一直分隔着这个世界的某种帷幕在轻轻地拉开，留下了朦胧的追忆，通过这些记忆亨里厄特看见了一些早已被人遗忘的画面。但是，它们仍然被沙埋着，埋得太深，所以根本就无法全部复原，亨里厄特发现了一些依稀可见的画面，但他还没理解里面这些曾经深受人们尊敬和爱戴的东西。对亨里厄特来说，这些曾是他的全部，不只是出于对不完整片段的好奇而侦察。而且，他对这一切都非常地熟悉，甚至对现在正在准备招魂仪式的斯坦森女士也很熟悉。他不再伪装他所知的事情，萦绕于心头的事让他的感觉更加强烈，他对这些事深信不疑，亨里厄特感到没有任何力量能摧毁这种感觉。

一些人放弃美好的精神追求，盼望着过充满激情的生活，就像今天的人们追逐名利和金钱一样，但是这种精神在亨里厄特的心中苏醒，他感到无上的光荣。尘封已久的记忆突然涌现出来，亨里厄特本该为这种信仰至今还不复存在而哭泣。这种权力在世界上消失了，就像它从来没存在过一样，这个想法是在为人类担忧和悲泣。尽管亨里厄特将要观察的那一小部分可能还不完善也不完整，但是它终究是一个伟大体系的一部分，这个体系曾造出了这个富饶的神性王国。亨里厄特的崇敬之情包含了对圣洁的夜和星星的敬意，这其中也有一丝敬畏之情。因为他已经来到了神圣世界的门口，他满怀期待和敬意。

这种情绪不是简简单单的高兴或担忧，而是亨里厄特第一次意识到他一直认为那两个黑影是雪白的峡谷底部的圆石，但实际上他们完全不是这样的。他们是活生生的人，而不是随着月光慢慢移动的那些影子，他们之前在活动，但是这么长时间以来，这两个人就如石头一般一动不动。当亨里厄特穿过瓦迪·霍夫峡谷时，他们距亨里厄特只有几米远，但是亨里厄特经过时肯定没发现他们，而且当亨里厄特站在崖顶时，他的目光肯定多次扫视过他们，只是没认出他们来而已。他们的思想远比他们的身体活跃，亨里厄特对此十分了解。他记得，举行仪式的人的思想力量是这个古老仪式中最重要的一部分。

的确，这里没有大人物到来时那种戏剧性的效果，也不具备当代那些低级外部仪式的特点。灵魂的威力，虽已被人遗忘，但是它的伟大之处在于有说服力，辉煌又真实。在亨里厄特没来之前，斯坦森女士和万斯可能在那一整天里就已煞费苦心地在准备了。数小时前，当亨里厄特在月色下穿行于高原时，他们俩就已在那里了，和沙漠融为一体。对于他们来说——斯坦森女士有操纵这古老仪式的权势——亨里厄特单凭想象就能感受得到。亨里厄特曾认为沙漠是活动的，这就是他的解释：沙漠本来就是活动的。生命即将到来。斯坦森女士长期隐藏在心底的愿望，就是要把实体召唤回来，当亨里厄特越来越接近中心的时候，他受力量的影响也越来越大，斯坦森女士正在那里聚精会神地等待着实体的复活和归来。那些被人监视和跟踪的异常感觉都得到了合理的解释。一个在远古受顶礼膜拜的牧师正在施展真正的"召唤"仪式，一个伟大的仪式就要让这宇宙的力量爆发了。

他远远地注视着下面那些小小的人物，亨里厄特感到这场面真是无比的壮观，但是只有那些模糊的记忆可解释清楚这种感觉。如今，这些小小的人物正在升起，他们把自己的胳膊举起，形成了一个缓慢旋转的平面图，它预示着众多的河流突然停止了流动。因为瓦迪·霍夫峡谷的水突然停止流动了，一切都安静了下来，斯坦森女士和万斯两个人的动作不像跳舞那样悠闲庄重，他们俩缓慢地在月光下漫步。亨里厄特的精力全部集中在斯坦森女士和万斯身上。其他所有的运动都停止了，斯坦森女士和万斯感觉在沙漠中时间流逝得特别快。

接着发生了什么呢？亨里厄特怎么解释这个长期被否认的经历呢？符号的力量及其内含物的力量已不复存在了吗？这些卓越的膜拜礼仪早已被完全埋没且无法复原，尽管有一些小细节，但是又如何去解读这些符号阐述的意义呢？力量的伟大不会一直停留在人们的脑海里，人们认为神灵在一片云之上，那云离那华丽的教堂非常遥远。亨里厄特自己是怎么定义力量的呢？他记起来一些关于过去的模糊的画面，而能够描绘这些画面的语言已经流失了，它们遥不可及。

亨里厄特不知道，兴许他永远都不知道。当然，他那时甚至没想过自己要知道。他的思想终究是他自己的，别人无法理解；亨里厄特通过直觉自动摸索出来的那个解释也中断了，最后彻底停止了。然而，在亨里厄特内心深处的某个地方出现了一种力量，这力量沉睡已久，这种力量让亨里厄特看见了一些神圣且有意义的膜拜仪式，他记得那里的人说了一些很直白的话，亨里厄特对此曾经很了解。当然，亨里厄特自己也会参与到这些膜拜仪式当中。类似于这样的招魂仪式已经永久地属于过去了，亨里厄特的灵魂也和它们一起在运转，如今，沙子正在减少。

那些象征符号有着惊人的意义，它们突然闪现，之后又穿过那渐渐消散的薄雾。亨里厄特不能明白这些符号的意义，但是又好像他早就已经知道它们了一样。他好像在梦中见过这些符号，通过内心深处对这种伟大力量的解读，它们的一些寓意在他的心中留下了模糊的印记。这一切都代表着宇宙间的神圣天性；只有这些象征符号才能体现出力量——祈祷书和那些圣礼只在远古时期的"宗教智慧"里使用过，但如今它们只存在于破旧的书本里，这也是它们衰落的表现。

那些人物气势磅礴地穿过瓦迪·霍夫峡谷，神圣团体再一次与这些人物会合在一起。他们一起和着宇宙间的舞蹈移动，这旋律非常有创意，整个宇宙都与他们共舞。

所有常见的外部事物都在变换。亨里厄特意识到外表就是无声的语言里可见的文字，而亨里厄特曾经了解这种语言。夜晚、月亮和沙漠中沙子的力量与亨里厄特意识深处的某些观点相结合，他体会到了这种感受并且接受了它们。亨里厄特若有所思。

古老的埃及从她那暴露的王座上弯着腰走下来，恒星派出了信使。沙漠上满是沙子，显得很神秘。这里有一点混乱，因为沙漠铸就了寺庙，它的支柱高耸入云。数米之外，传来了沙子跳动的旋律。

这些寺庙曾经出现在沙漠中，但已经不复存在了，有些外行人曾研究过寺庙的那些残垣断壁，但是这些人根本不懂它们的神圣意义。整个沙漠被风席卷，形成了一个神龛，埃及曾经象征着权威，然而现在人们却完全否认和漠视它。沙漠就是一座祭坛，而恒星就是祭坛里的灯光。月亮照亮了无垠的苍穹，还有那从数千千米远吹来的风，风里夹杂着熏香的味道。斯坦森女士和万斯有着这样的信念，就是使山脉与沙漠分开，这两个有信仰且激情高昂的人唤醒了埃及的"卡"。

在亨里厄特看来，他们的动作所组成的形状是一些明确且协调的图案，他们昏暗的身影在那个闪闪发光的峡谷谷底下寻觅着。就像指南针的指向一般，会有一些难以辨认的方向，它指向天空，指针的转动预示着有鲜明特征力量的巨大轮廓——那是斯坦森女士和万斯将要唤醒力量的印章。这一切需要一个过程，没有任何一个单独的个体能够承载得了这种力量。这个过程需要很多可以看得见的载体——在宏大的祭祀仪式体系上，人们都明白这一点："群体灵魂"突然袭击，它们从久居的巢穴里冒出来，然后猛烈地冲向那些载体。"卡"和沙子密切配合，回应着那些召唤。沙漠就是力量的躯体。

然而，这些并不是亨里厄特想用画板和铅笔画出来的东西，或许是还没到发挥他的才能的时候。河中有一些他似曾相识的东西，当这些东西经过亨里厄特身边时，他就在那里驻足观察着、倾听着。呈现在亨里厄特眼底的是越来越清晰的图案，犹如听得越来越清楚的音乐一般。这些图案都太复杂、太冗长，以至于后来也记不准确，亨里厄特明白其实这些图案都是基本的几何图形，这就是所有生命的本原所在，在轮廓中可以找到它们的模型。生命很快就能活灵活现地呈现出这个图案。歌声不知从什么地方传来了，这声音就像那些美丽的星座一样动人。

刚开始，这声音很微弱，但是慢慢地越来越清晰了。确切地说，这里不可能有任何回声，这些悬崖峭壁能挡住那些跑偏了的音调，这些音调是从那更遥远的沙地传来的。那些人肯定在咏唱什么，但是亨里厄特听到的不全是他们的吟唱。他还听见从远处传来的其他声音，这声音从四面八方向亨里厄特传来，而且是从非常远的地方传来，所有的这些声音都涌向瓦迪·霍夫峡谷谷底，与召唤它们的那个声音会合。沙漠正在说话，它的头罩被掀开了，记忆里展示了更多关于它那灰色神秘的脸庞，然而这个脸庞却带着疑问探寻着亨里厄特的灵魂。难道亨里厄特这么快就已经忘记了那些奇怪的图案和声音了吗？这些在远古的招魂仪式里可是人人皆知的。

亨里厄特曾耐心地试图摆脱这些沙漠之歌，他的血液在嗡嗡作响，这带有一丝鬼蜮色彩的声音是斯坦森女士和万斯从亨里厄特的血管里唤醒的。但是，亨里厄特最终只摆脱了一部分的声音。沙子飘浮在空中，这里有回声、韵律和节拍；这里断流的声音几乎变成了美好的音节。但是，这种奇怪的回声，是由于那无数的沙在半空中相遇，然后围绕亨里厄特旋转形成的旋律，或者是由于沙子在那些较大躯体的表面摩擦，然后那些躯体又将沙子扔回亨里厄特的耳朵上。现在起风了，风吹起了沙粒，沙粒刺痛了亨里厄特的脸和双手，而且很快他的眼睛里都是细小的灰尘，这些灰尘遮住了部分月光。但是，这些颗粒不是正在形成更大、更多的东西吗？

声音和动作也越来越大，飘扬的沙子也越来越多，它们形成了一个个单一的、带着漩涡的激流。但是，对于亨里厄特他自己所看见的东西，他找不到任何一个可以让人接受的说法。原因在于，外在的东西显示的其实是事物本质的变化，然而这和问题的特点与答案没有任何关系。有个人在他身边的话，就不需要看这些东西了。比如，他那来自赫勒万的朋友——曼斯菲尔德，就没有必要看这些东西了。夜晚隔开了这些。作为现代的代表，赫勒万处于庇护的中央，这些事就是在赫勒万背后发生的。当激流变成真正的暴乱之后，亨里厄特一动不动地蜷缩在那儿，在某个先于灵魂存在的、重建的前厅入口处观察着。

然而，夜色依旧，月光没有任何改变；恒星的光线拖得很长，呈金黄色而且绵延不绝。就像此前一样，到处笼罩着寂静。在这无声的夜里，伟大的"显现"仪式继续进行。

但是，他所观察到的人类这些小小的动静，虽然威严，但他现在却难以描述出来。当斯坦森女士和万斯避开那些显现出来的生命进入山洞时，那些臂膀和躯体就被赋予了至高的庄严，而且唤醒了那些代表已经消失了的力量的符号。与真正的语言相比，他们念咒的声音是不完整的旋律。事实上，如果他们说的是语言的话，亨里厄特从未听懂他们说的是什么。然而，亨里厄特明白他们的目的——当力量来临时，回归生活的方式就能说明这一点。慌乱之下，亨里厄特还记得去摸索他的绘画材料，然而当他摸到铅笔时，笔却在他的手里断成了两截。即使是现在，仍有一股力量在骚动，它就在举行仪式的场地外围，在亨里厄特意识到这股力量之前，他身上的每一块肌肉就已经开始抽动起来了……

然而这一刻，他的心里一阵慌乱，心脏跳得很快，胸口感到一阵剧痛，这会儿，亨里厄特站在那里一动不动，就像死了一样。瓦迪·霍夫峡谷上的那些东西停止了跳动如迷宫般复杂的舞步，所有运动都停止了，声音也在渐渐消失。一切都太寂静了，着实让人害怕，在这片寂静中，这些图章安静地放置在亨里厄特的下面，它们在静候通知。最终，力量来临的时刻到了，生命就在附近。

亨里厄特明白了生命的回归为什么非得需要一个过程，因为这不仅仅是一场转瞬即逝的景象，力量需要从极远的地方赶到现在的世界上。

最终，整个过程都变得严谨起来，沙漠被帷幕般的沙墙抬高了，这使那些悬崖峭壁、连绵的山丘和天空都黯然失色，整个沙漠都高耸入云了。正如之前亨里厄特在阳台窗户边梦到的一样，沙漠笔直地升起来，直至接近他的脸颊。突然，沙漠把它的壁垒建造得离恒星很近，这样就能遮住亨里厄特所看见的一切，在任何时候都没有任何东西能把沙墙里落下来的碎石变成灰尘。

亨里厄特很好奇，他站在边缘，看着沙漠分崩离析。因为亨里厄特站在高处，他睁大着眼睛，专注地向下看，记忆中的那些非凡画面突然闪现在他眼前。在天空中的繁星点缀之下，这些画面隔开了记忆里壮丽的轮廓。亨里厄特的眼光徘徊在那些柱子之间，这些柱子就像是沙子做成的一般，它们支撑着天空，遍布在那些消失的岁月里。沙子向四周涌流过去，"过去"一览无余地暴露出来。

亨里厄特注视着宏大的景象，好像进入了一个绵延无尽的街道一样，直到它延伸到远方，形成了一个小点。亨里厄特看见"圣灵"在向自己这边移动，岁月用无数的帷幕把沙子包围起来，"圣灵"却将这帷幕震落了。隐匿的埃及，它的"卡"从睡梦中苏醒。斯坦森女士也曾听说过这因古老而受人敬仰、具有强大召唤力的仪式。这时力量到来了，她伸出一只手臂，指着那些唤醒她的膜拜者。力量那如木乃伊般的外貌、干瘪的躯体都来自一望无际的沙漠、绵延无尽的沙子还有无垠的荒野，她升起来了，并向大地走来。实际上，亨里厄特看见的只是力量的一部分——然而这一部分却要听从于那些断断续续的仪式。亨里厄特虽然只看见了显示出来的一部分片段，不过，即使只是一这小部分，它的力量也依然很巨大，这一小部分像"圣灵"一般成群结队大规模地出现了。

这一刻什么声音都没有，忽然，斯坦森女士那响亮的呼喊声传来，整个瓦迪·霍夫峡谷都回荡着她的声音，随后声音渐渐消失，周围又变得寂静起来。人类能发出如此巨大、深沉、洪亮的声音，这真是难以置信。高大的沙墙一会儿就把这声音淹没了。但是，"圣灵"的显现需要物质化身，它需要一队人、一群人甚至是一个团体的躯体来实现，那一刻，"圣灵"到达了宽阔的街道尽头。"圣灵"走向现代，闯进了人类的世界。

十

刚开始亨里厄特对看到的东西只是好奇而已，随后他的所有经历，包括他读到的、想象到的和梦到的都变成了不切合实际的事情。短暂的休息之后，仪式的高潮将重点转向了亨里厄特的身上。自始至终，亨里厄特都很清楚地注意到这两个小小的人物，那个男人和女人，他们笔直地站在中央，掌控着一切——亨里厄特也知道，斯坦森女士指导和掌控着一切，然而亨里厄特心底里还是支持斯坦森女士的，而且，他一直在观察着她。但是两边都张黑暗，空间变得更狭小了。然而，知道斯坦森女士和万斯在那里时，亨里厄特才有勇气全神贯注地待在那里。要不是因为斯坦森女士和万斯离他不远，他肯定已经双眼紧闭昏厥过去了。

一阵骚乱把散乱在天上的星群抛起，星星在他周围旋转，在力量降临之前，由柱子支撑的街道出现了。一股巨大的自由能量迸发出来，"权力"到来了，如一股旋风，在亨里厄特身边旋转，"权力"试图再次显现自己的外形和躯体。他们早已开始寻找"圣灵"的外形轮廓，"圣灵"正好来到这里。亨里厄特竭力使自己冷静自若，这样他才能意识到这类似于人们所谓的"精神崇拜运动"，这会使一群信仰者相信这个事实——一个种族，甚至整个国家都会相信；亨里厄特在短暂的时间内体会到了"精神崇拜运动"的感染力，在"圣灵"分散到成千上万的人们心中之前，它是一个统一集中的形式。在帷幕后面，亨里厄特知道"权力"的本原以及本质所在。然而它确实难以操纵，亨里厄特感到"权圣的"那些表象下面是很松散的组织。这股力量旋转着，它有惊人的冲击力，这冲击力好像要把这一条条难驾驭的山脉都折弯，缠绕起来似的。"权力"试图用它自己不可抗御的生命力来温暖那些山脉，使它们成形，让它们变得顺从而不再难以驾驭。那股冲击力穿过了所有东西，并继续蔓延，犹如熊熊燃烧的大火一般。

然而，没有看见任何可视的东西，尽管冲力冲击着一切固定不动的东西，但是实际上，周围的风景也没有什么变化，亨里厄特眼前熟悉的东西也没有什么改变。亨里厄特没有察觉到任何异样，他镇静自若，站在招魂仪式的外围。他注视着，等待着，几乎不敢呼吸，然而，同时，亨里厄特也意识到"权力"会在任何时候从他的记忆中走出来，而这些记忆是主观意识对客观事情的反映。

之后，一瞬间，他们之间联系的桥梁就建好了，招魂仪式也完成了。这一切是如何完成的？在哪里完成的？亨里厄特却无从所知。"权力"已经来到了这里，就在他那平凡的、尘世的视野范围之内，但是亨里厄特还没注意到它。当亨里厄特看到它时，他愚笨地用自己的双手保护自己的脸。长期以来，这力量被抑制和储存起来，它潜藏了数个世纪，就要来到空空如也的瓦迪·霍夫峡谷，峡谷已经准备好了接受它的到来。"圣灵"带着一股如飓风般的力量，穿过那些石头、沙子和岩石，来到这里，它释放的力量让亨里厄特感到害怕。所有自由松散的东西汇集起来，像谷壳一样，立即回应"权力"。一些松散的物体迅速地移向"圣灵"，那些山脉和悬崖也让步了，而且就连那无垠的沙漠也为"权力"的到来做好了准备。夜晚，沙子发出如铰链般咯咯嗒嗒的声音，

"权力"为自己备好了一个躯体轮廓。

然而，没有任何东西在很明显地移动，这很是奇怪。亨里厄特对眼前的巨大差距作何感想呢？因为只在表面看不见明显的动静——这都是表面的一种假象而已：然而在这表象之下，这些东西确实在移动和变化。亨里厄特同时看见两个东西，然而他的感官没有感受到外部有任何变化，但内部的动静却很惊人，有一些看不见的物质移向充满吸引力的生命的漩涡，正是这个漩涡把这些东西吸进去。面对"圣灵"归来时的压力，那些顽固的东西变得温顺起来，因为在某地，它们被告知要有适应力。为了能显现躯体外形，沙漠正在转变成一种形状。一个流动的东西侵入了坚硬的物质里。那两个信仰虔诚的人，站在没有任何动静的中央，他们很安全，然而亨里厄特独自一人站在仪式的边缘，没有受到任何伤害和影响。但是，他们中任何一个人，只要朝任何方向上稍作移动，就意味着会立刻面临死亡。他们会被吸入到那个漩涡中间，因为只有躯体才能为一个强大的"圣灵"显现贡献力量……

亨里厄特怎么会有如此深刻的见解，他自己也说不清楚。因为亨里厄特能感觉到，所以他知道。天色已经暗淡下来，黄昏来临了，亨里厄特感觉到有什么东西错从天空上掉下来，正好落在他的身上。星星似乎在形成那股强大的流动推动力上贡献了一部分力量，这推动力征服了物质，并且成就了自己的物质化身。

随后，"圣灵"将会采用任何可以看得见的躯体，对此亨里厄特还未预想得到，但是他知道这需要进一步的改变。仪式刚开始不久后，"圣灵"以迅雷不及掩耳之势就来了，在亨里厄特身边环绕，这是确定的事，然而，它又那么难以捉摸，它散发出巨大的威力，这威力如沙漠般惊人。尽管这力量中也有美丽之处，但这不是人世间的那种美。古埃及的一部分已经回来了——埃及曾是那个巨大的"信仰躯体"中的一小部分。"卡"被真挚热情的人类给唤醒了，它重新回来造访这个它曾经很熟悉的世界——沙漠。

但是，"圣灵"只有一小部分到来了，亨里厄特清楚地意识到这一点。"圣灵"向前伸出一只手臂。它发现膜拜者不是很多，这样它就没法彻底地显现自己，于是，它只能借用无生命的物质来完成显现。

这就是斯坦森女士曾提到过的创建——几乎空缺的情节。整个重建过程可能就要发生了。

接下来，亨里厄特意识到这些吸引力是那么熟悉，集体能量在这些吸引力中寻求一个可以看得见的外形来遮盖自己。亨里厄特将要看见的，也不是什么新奇的东西。当它们从天空中掉下来的时候，发出低沉的声音。它们只要移动起来，那阵势就变得不可捉摸，它们在"大街"上集合，这个街道对着召唤"圣灵"的那个中心位置。亨里厄特意识到它们的阵势巨大——美得让人震撼，这震撼的一幕就要降临了，它呈现了一种被这世界遗忘已久的生命，但是它们就如这无数的沙子吹过亨里厄特的皮肤一般。壮观的"黑暗大军"迅猛地冲过沙漠荒原，这使人类曾知道的所有有机体都变得逊色。尽管那些轮廓比那些金字塔还高，高耸入云快要遮住天上的星星，但是亨里厄特还是认出了他们，面对死亡时他身上冒着冷汗。事实是，尽管亨里厄特从未见过那个庞大队伍的完整面目，但是通过它显示出来的那一部分，亨里厄特就能把它们认出来了。但是，亨里厄特认为，它们中间有一个把这个永恒的谜语留给了沙子，沙子已经很古老了，它为了把外形固定在石头中，时不时地瞥向它，但是还是没怎么固定好，正如一个玩偶可能代表一个人的尊严，抑或是一个孩子的玩具代表推动火车的引擎一样……

亨里厄特屈膝在岩石狭窄的边缘上，这是个被人类遗忘的世界。震慑住亨里厄特的力量实在是太强大了，这力量让人好奇也让人担忧，然而亨里厄特甚至都没有害怕过。亨里厄特不知道是怎么了，他没有任何感觉，他把自己都忘记了，只是看着这一切，眼前的壮观景象让他目瞪口呆。画画板和铅笔，这是他出现在这里的唯一原因，但是也不复存在了……

但是还有一件小事情，还能让亨里厄特对地球上的事情有些印象：他一直看着眼前的一切，他就站在招魂仪式的外围，安然无恙。而且，中央也没有任何变化，斯坦森女士和万斯站在那里也毫发未伤。但是，在任何方向上只要有稍微的移动，他们当中的任何一个人就会马上死亡。

随后，是什么突然加深了那种孤独感呢？山脉紧密相连，亨里厄特感到其中有一股拉力，但他却无从告知。亨里厄特回来了，他想通过下落之势来实现化身，隐约地感觉到这好像来自遥远的地方——而此刻，亨里厄特和斯坦森女士还有万斯这两个人一起在瓦迪·霍夫峡谷，傍晚的空气透露着一丝凉意，沙漠里的寒意则让亨里厄特颤抖起来。

但是，刚开始时，亨里厄特的思绪已经陷入到这个古老膜拜的片段中间，其他事情他也记不住了。小小的街道和房间就坐落在某个地方，但是亨里厄特已记不起那个地方的名字了，他曾经去过那里，那里有很多人，但是都是一些小人物。这些人都是谁？亨里厄特与他们都有什么关系呢？亨里厄特沉浸在无尽的回忆里，随着时间的流逝，现在所有的这些记忆也都淡去了。

这两个人就在亨里厄特的下方，他们站在白色的沙地上，那他们是谁呢？很长一段时间，亨里厄特都记不得他们的名字了。然而，他最终还是想起来了，但他怎么也不记起这些名字都有什么含义了，他看了一会儿他们的名字，其中有一个名字寓意着邪恶。它们之中有一个人很邪恶，画面中也因此多出了一些邪恶感。那个男人阴险狡诈、道德败坏、内心阴暗，但是亨里厄特还是叫不上他的名字。因为这样的原因，召唤仪式不是很公正。邪恶的动机就是一个瑕疵，这瑕疵影响着整个计划的成功。

斯坦森女士和万斯，他们的名字闪过亨里厄特的脑海。

万斯！光彩鲜丽的事情瞬间变成了低俗肮脏的事情，亨里厄特感觉到了这其中的痛苦。这个男人的动机不重要，而且他的目的也很残暴。想到这个名字，亨里厄特感到自己对那个男人的厌恶、恐惧和质疑越来越深。他充满了人类天生具有的恐惧感，他尖叫了起来。但是，就像做了个噩梦一样，亨里厄特没有发出任何声音。他试着起来，但是一股强烈的力量阻止了他，它把亨里厄特推向前，直至接近下面那令人眩晕的海湾边缘。但是，亨里厄特已不能自制，他骨子里都充满了恐惧，全身瘫软。

但是，随着关注焦点的改变，画面也迅速改变了；从壮观到平庸，变化如此之大，这扰乱了人们的洞察视野。他的心情变得忧郁阴沉起来，外部感受和内在感受交织在一起，无法分割，这种感觉极其强烈，好像基本上是来自身体上的痛苦。然而这一切都发生得太快了，一瞬间，亨里厄特莫名其妙地产生了既想退出这个仪式又想继续参与这个仪式的矛盾感觉。而且，假使亨里厄特确实没看见这个骇人的事情，他至少也已经意识到这终究是会发生的。好像亨里厄特在某个安静的实验室里一样，他的眼睛正盯在放大镜镜头前，他知道这一切一定会发生，而且他见证了这一切。

招魂仪式那神圣一刻就要到来了。生灵穿过那个骇人的沙地漩涡，一路怒吼着，疾驰而来。松散的东西一阵阵降下来，但是它们被猛烈的"生命"气流捕捉住了，正是这"生命"塑造了沙漠的壮丽——突然，这些不怀好意的沙子飞速穿过去，玷污和损坏了那个轮廓。

一个粒子飞进那个漩涡，那是一个人。"集体灵魂"把那个人抓住，并利用了他。

实际上，亨里厄特并没有看到招魂仪式完成。亨里厄特是个见证人，但是他却拿不出证据来证明他自己。那个女人是因为被逼无奈才会事先设定好目的呢，还是因为故意运用一些虚假的声音和图案细节，以此来引起这种可怕的结果呢？亨里厄特无法判定，他假装什么也不知道。她走着走着，突然就消失了，这一切都异常地迅速，空间和时间被吞进一个无底洞中，这只是无数个微粒中小小的一个而已，借助这些微粒，如今生灵在沙漠上昂首阔步，把自己塑造成一个军队般的躯体，沙漠淹没了她。

接下来，这里空无一物，这是一种无法形容的沉默、沉静和安宁。无论他们从何而来，所有的动静和声音都立即停止了。记忆的长河也关上了，所有的壮丽景观都进入了沙地坟墓里……

月亮已经沉入了利比亚的荒原里；东边的天空也已经是红彤彤的一片了。傍晚时分的景致使沙漠变得异常甜美，这效果像极了月光洒满大地。沙漠也进入了睡眠状态，生活中充满了太多高深莫测的事情，人类观察着、等待着。同时，它也把自己隐藏在当前荒凉的废墟之下。在亨里厄特的脚下，他所见的是已经变空的瓦迪·霍夫峡谷，整个山谷飘浮着缓缓吹动的轻风，这微风吹来了日出。

接着，透过沙漠苍白无力的微弱光线，亨里厄特看见一个人影在移动。这个影子朝着他快速走来，跟跟跄跄，他走得很急，看起来很丑。万斯正在去接亨里厄特的路上，他的到来把亨里厄特吓了一跳，这感觉就像是脸被锤子砸了一下一样，他闭上眼睛，想要退回去躲藏起来。

但是，亨里厄特还未晕倒，当他爬上那些已经裂开的岩石上时，他听见凶手在走动，脚底发出碰撞石子时哗啦哗啦的声音，而且，他还听见了凶手微弱的回音，呼唤着亨里厄特的名字——这声音是装出来的——求助。

（张金倩　译　穆从军　钱家骏　陈菲茵　谭　华　洪娇娇　叶舒梅　校）